A estrada para o país

Chigozie Obioma

A estrada para o país

Tradução: Cristina Cupertino

GLOBOLIVROS

Copyright © 2025 Editora Globo S. A. para a presente edição
Copyright © 2024 by Chigozie Obioma

Todos os direitos reservados. Nenhuma parte desta edição pode ser utilizada ou reproduzida
— em qualquer meio ou forma, seja mecânico ou eletrônico, fotocópia, gravação etc. — nem
apropriada ou estocada em sistema de banco de dados sem a expressa autorização da editora.

Texto fixado conforme as regras do Acordo Ortográfico da Língua Portuguesa
(Decreto Legislativo nº 54, de 1995).

Título original: *The road to the country*

Editora responsável: Amanda Orlando
Editor-assistente: Rodrigo Ramos
Preparação de texto: Vanessa Raposo
Revisão: Marcelo Vieira e Mariana Donner
Diagramação: João Motta Jr.
Capa: Estúdio Insólito

1ª edição, 2025

CIP-BRASIL. CATALOGAÇÃO NA PUBLICAÇÃO
SINDICATO NACIONAL DOS EDITORES DE LIVROS, RJ

O14e

    Obioma, Chigozie
        A estrada para o país / Chigozie Obioma ; tradução Maria Cristina
Cupertino. - 1.ed. - Rio de Janeiro : Globo Livros, 2024..
        400 p. ; 23 cm.

        Tradução de: The road to the country
        ISBN: 978-65-5987-221-3

        1. Romance nigeriano. I. Cupertino, Maria Cristina. II. Título.

24-95581

        CDD: 896.3323
        CDU: 82-31(669.1)

Gabriela Faray Ferreira Lopes - Bibliotecária - CRB-7/6643

Direitos de edição em língua portuguesa para o Brasil
adquiridos por Editora Globo S.A.
Rua Marquês de Pombal, 25 — 20230-240 — Rio de Janeiro — RJ
www.globolivros.com.br

Para Adamma, a primeira a me chamar de "Papai", e à memória de todos os que morreram durante a guerra.

Para poder contar fielmente toda a história de uma guerra é preciso que, além dos vivos, falem também os mortos.

— Provérbio igbo

Não é fácil falar sobre Biafra — aquilo foi como o fim do mundo, da civilização. Metade da população passava fome, à beira da morte, e a maioria estava tão fraca que nem sequer queria se proteger da guerra que acontecia à sua volta. Os escritores e jornalistas que estavam lá, como Kurt Vonnegut, diriam que a guerra era de tal escala que dentro das fronteiras daquele pequeno país o uso das armas de fraca potência foi maior que o verificado na Segunda Guerra Mundial!

Se a Primeira Guerra Mundial produziu novas doenças como a frieira, essa guerra nos deu novas doenças como o kwashiorkor e a noma. Foi a guerra que motivou a criação dos Médicos sem Fronteiras por profissionais de saúde franceses que estavam lá.

— Anônimo

Só podemos contar a história de Biafra como algo que não existiu, como uma especulação, um enigma, ou algo que pode acontecer — talvez como uma visão, como ficção ou uma advertência profética.

— Sargento Isaiah Nwankwo, 39º Batalhão, janeiro de 1970

Personagens

Seguem os nomes das pessoas que o Vidente, Igbala Oludamisi, encontrou na visão de oito horas que teve nos primeiros momentos do dia 19 de março de 1947:

1947 — AKURE
Igbala Oludamisi, também designado como "o Vidente"
Tayo Oludamisi (sua esposa)

1967 — AKURE
Adekunle "Kunle" Aromire (o homem não-nascido que é o tema da visão)
Tunde Aromire (seu irmão)
Dunni (mãe deles)
Gbenga (seu pai)
Tio Idowu (tio de Adekunle)
Nkechi Agbani (amiga)

1967 — 51ª BRIGADA, 1o BATALHÃO DE BIAFRA
Felix, também chamado de Professor (camarada)
Bube-Orji, também chamado de Bube (camarada)
Ndidi Agulefo, também chamado de Padre (camarada)

Ekpeyong, também chamado de De Young (camarada)
Major Patrick Amadi (comandante de batalhão, 1º Batalhão)
Brigadeiro Alexander Madiebo (oficial em comando, 51ª Brigada)
Capitão Irunna (comandante, Companhia D, 1º Batalhão)

1968 — 4ª DIVISÃO DE COMANDO DE BIAFRA
Agnes Azuka, também chamada de Agi (camarada)
Rolf Steiner (oficial no comando)
James Odumodu, também chamado de Sacumé (camarada)
Taffy Williams (comandante do batalhão)
Tenente Layla (oficial, Pelotão do Comando Especial)
Sargento Agbam (tradutor de Steiner)
Capitão Emeka (assistente do comandante)
Sargento Wilson (comandante do pelotão)

1968 — BIAFRA
Chinedu Agbani (irmão de Nkechi)
Ngozika Agbani (irmã de Nkechi)

1969 — 12ª DIVISÃO DE BIAFRA, 61ª BRIGADA
Coronel Joseph Okeke (comandante da brigada)

1969 — TERRITÓRIO NIGERIANO RECAPTURADO DE IKOT EKPENE
Mobolaji Igbafe (soldado, 3ª Divisão de Comando da Marinha Nigeriana;
amigo de Kunle na escola primária)

MAPA DE BIAFRA
após a Independência (30 de maio de 1967), com as principais cidades

— Rios

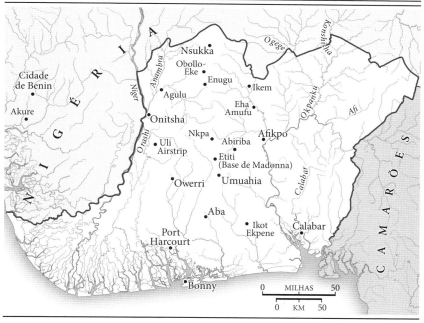

Parte I

O NASCIMENTO DA ESTRELA

Na escuridão, o caminho para as colinas é vago. Percorrido à luz do dia, apresenta-se como uma linha reta. À noite, adquire um aspecto místico, parecendo sinuoso e bem mais longo. Mas depois que o Vidente atravessa o riachinho a estrada se torna mais distinta, brilhando sob o olhar da lua como se o estivesse esperando pacientemente. As árvores ao pé da colina são finas e de pouca altura, mas suas folhas — como as de qualquer árvore antiga — encerram uma história local do universo. E tendo agora atingido o topo da colina, ele se empertiga, triunfante. A estrela que seguira durante grande parte da noite se dissolveu num mosaico de cores — uma massa purpúrea cintilante contornada por arquipélagos amarelos e carmesins. Sob as cores efêmeras da sua luz, ele cambaleia à beira das lágrimas.

O Vidente desenrola o tapetinho de ráfia e põe no chão as coisas que trouxe: uma tigela de prata, um garrafão com água, dentes de cobra e um amuleto de búzios unidos por um fio. Com o peso de sonhos abatendo-se sobre si, esvazia o garrafão dentro da tigela. A água se agita, borbulha e se aquieta, com a superfície escura marcada por manchas da luz azulada das estrelas. Ele sente no corpo uma emoção ansiosa, pois sabe que se aproxima o momento em que a visão de Ifá começará e ele irá testemunhar o futuro da criança prestes a nascer. O Vidente fez esse ritual apenas duas vezes: a primeira sob a supervisão do seu mestre, dez anos antes, em 1937; e três anos depois, sozinho. Após a morte da amada esposa, a dor havia subtraído o propósito de sua vida, e tudo o que ele quer agora é algum dia saber o que aconteceu com ela.

Apertando o amuleto entre os dedos, o Vidente ergue o olhar para o horizonte que se contrai curvando-se para o centro, onde a estrela proeminente que ele passara a observar permanece radiante. A estrela se queima num espasmo de luz e despenca, mergulhando no espaço como uma lança flamejante. Acaba por pousar logo acima da colina, sobre a cabeça do Vidente, e o submerge, assim como à tigela, na sua luz azulada. Ele arqueja, pois sabe o significado daquilo: a pessoa cuja estrela cai do céu e volta a subir estará entre as mais raras de toda a humanidade, um *abami eda*: alguém que irá morrer e voltar para a vida.

— Baba, você viu? — indaga o Vidente apontando para o céu, como se seu mestre, morto há dois anos, pudesse ver aquilo. Há muito tempo ele queria viver a experiência daquele milagre galáctico de que seu mestre lhe falara muitas vezes, testemunhar a visão de uma vida que desafiará a morte. Depois de vinte e cinco anos praticando predições astrais, ele havia contemplado esse milagre.

O Vidente joga o amuleto dentro da tigela. A água borbulha, se aquieta, e formam-se ondas que vão se ampliando. Ele começa a ouvir vozes — inicialmente distantes e indistintas, como se fossem mundos desconhecidos e familiares, de tempos e planos de existência diferentes, sangrando uns dentro dos outros. Cores reluzem nos seus olhos e vozes irrompem, gradualmente se apagam e de novo se elevam com o caos. Durante todo o tempo o Vidente balbucia encantamentos. À sua volta, a noite se adensa. Atraídos pela luz estranha da tigela, insetos o rodeiam e morcegos passam rapidamente entre as árvores próximas.

As primeiras imagens da visão são granuladas, como algo visto através de um vidro molhado. Lentamente tudo vai ficando mais claro e surge a figura de um homem numa sala com uma lâmpada amarela dependurada no teto por dois fios coloridos. Ele é jovem, de tez escura, com um rosto de criança. O homem está olhando para fora da janela da sala.

Como se tivesse deslizado do velho universo para o universo da sua visão, novo e futuro, o Vidente se dá conta de que, nela, pode ver as mesmas coisas vistas pelo homem não-nascido. Paralisado, ele olha durante algum tempo através dos olhos do homem não-nascido, inundado pela luz daquele mundo ainda por ser criado.

I.

PELA PRIMEIRA VEZ EM QUASE UMA hora, Kunle se levanta da cadeira de bambu e consulta o relógio de pulso, depois olha para o arbusto lá fora. A chuva, que começou logo antes de ele se sentar para escrever, tinha parado. Na terra macia próxima da janela um passarinho cambaleia, tendo no bico uma minhoca que se contorce. Ele volta a sentir a presença, a impressão incomum de algo, uma coisa viva embora invisível, observando-o. Olha para cima, depois em torno de si. Não há ninguém.

Começa a passar os olhos pela "história" que acabou de escrever. Fica subitamente surpreso com a quantidade de detalhes do acidente que permaneceu em sua mente, passados tantos anos. Naquela manhã, ele havia entrado no auditório perto do prédio da escola de Direito e ouvido um conferencista falar sobre escrever para se libertar. Ele havia corrido para casa, pegado uma caneta e a caderneta. E agora pedaços da sua infância estão reunidos naquelas poucas páginas.

Ao reler, os detalhes lhe surgem diante dos olhos em cores vívidas: Nkechi, de pé diante dele, nove anos de idade, assim como ele. Tem no rosto a beleza da juventude, e o cabelo anelado está preso com fitas e sua pele brilha com creme.

— Benzinho, vamos pôr o Tunde para fora, hein? — sugere ela aproximando-se da sua orelha esquerda. — Para ele não perturbar a gente.

— Ah, tudo bem — concorda ele.

Nkechi lhe sussurra algo e abruptamente ele se volta para a porta quando Tunde, que só tem seis anos de idade, entra cambaleante. Tunde lhes diz que vai querer ensopado com arroz e carne de cabra. Kunle ouve, meio desatento, o que o irmão diz enquanto Nkechi se aproxima, põe a mão em concha na sua orelha e diz: "Benzinho, despacha ele para fora daqui. Mmhãã... Despacha ele daqui, para ele não perturbar a gente de novo".

Kunle tira o irmão da cozinha e o leva para o quintal, que é parcialmente gramado, mas também tem chão de terra. Ele pega na terra uma bolinha de futebol verde e a chuta sobre a cerca.

— É gol! É gol! — grita Tunde e corre para fora do terreno, indo atrás da bola.

Kunle se apressa a voltar para a casa e fecha a porta. Está enlaçando Nkechi num abraço quando eles ouvem Tunde gritar.

Esse foi um momento difícil para Kunle escrever: na página, havia nesse trechinho quatro linhas apagadas e reescritas, até duas vezes. Mas o que se permitiu registrar no final foi que ele ficou confuso, aturdido. Correu na direção do grito e o que encontrou foi uma aglomeração de pessoas. Tunde está deitado no chão ao lado de um Oldsmobile que tem o para-lama amassado, as portas escancaradas e um cheiro de fumaça subindo da parte traseira. Tunde tem o rosto coberto de sangue e suas mãos estão afastadas. "Tunde! Tunde!", grita ele arremessando-se na direção do irmão. Mãos desconhecidas o puxam para trás enquanto ele chuta e se debate, gritando o nome do irmão.

Kunle deposita a caderneta na mesa e se levanta como se seu corpo tivesse recebido um jorro de sangue novo, agitando-lhe os membros com sua vida fresca e quente. O que ele faria com aquele texto? Por muito tempo ele fica ali de pé pensando naquilo, até ouvir uma batida na porta. Ele olha em torno de si na sala e então, rapidamente, atira no cesto sob a mesa o *garri* que comera pela metade e joga uma camisa suja atrás da cama, deixando somente um livro da biblioteca sobre o colchão.

A voz estrondosa de tio Idowu se segue às batidas persistentes:

— Kunle, você ficou surdo?

Imediatamente, Kunle gira a chave e abre a porta.

— *Alagba* — diz tio Idowu. — Qual é o problema?

— Perdão. Eu estava dormindo. Estava…

— Hum… A esta hora? — diz tio Idowu fechando a porta e olhando para as roupas dependuradas numa corda azul ao longo da parede.

— Sinto muito.

Tio Idowu senta-se no sofá; sua barriga protuberante parece uma grande bola.

— Não sei nem mesmo se… O que você está fazendo?

— Vou comprar um refrigerante para o senhor, tio — diz Kunle, olhando para cima enquanto amarra o cordão do sapato.

— Não, não, sente-se, Kunle. Eu não estou aqui para beber nada. Seu pai me mandou lhe dar um recado.

Kunle senta-se na cama olhando para o tio sob a luz brilhante do sol da tarde.

— Você está sabendo que há uma guerra na Região Oriental, *abi*?

Kunle balança a cabeça.

— Eu ando…

Tio Idowu arregala os olhos.

— O quê? Você não ouviu nada?

Envergonhado com sua resposta, Kunle apenas resmunga "não" em meia-voz.

Seu radinho portátil está sem pilhas há muito tempo. Fica claro então que ele simplesmente deixara de perceber alguns sinais: o primeiro foi que dois alunos da sua classe, os gêmeos igbo, haviam desaparecido. Eles não tinham papas na língua e levantavam muitas questões nas aulas de história da Nigéria. Desde meados do último semestre, os dois haviam desaparecido. Duas semanas antes, a caminho da sala para o exame de Direito Contratual, ele viu alunos protestando diante da sala do reitor com faixas dizendo coisas do tipo "NÃO À GUERRA! NIGÉRIA UNIDA! CHEGA DE TRIBALISMO!"

— Kunle, você sabe o que isso significa? — Tio Idowu, sentado diante dele, puxa a manga da sua *agbada* até o ombro. — Está acontecendo uma guerra no seu país e você não tem conhecimento disso? Ora, que coisa!

A ESTRADA PARA O PAÍS *19*

— Sinto muito, tio.

— Mude de vida, rapaz — diz tio Idowu, passando a falar em inglês, como sempre faz quando está bravo ou tenso. — Eu já lhe disse que esse isolamento não é bom. Você é jovem, *nitori Olorun*!

— Sim, senhor.

— Então: Ojukwu e seus rebeldes declararam guerra... Mas isso é problema deles. Eu estou aqui por causa do seu irmão. O garoto evaporou.

— Hã? — diz Kunle voltando-se como se reagindo a uma picada de cobra.

— É isso! Seu pai me mandou um telegrama contando. Alguém... uma amiga dele, uma moça. Imagine! Um garotinho como ele seguir uma mulher numa zona de guerra. Um menino que não anda, que vive em uma cadeira de rodas. — Tio Idowu suspira. — As crianças de hoje, ah... Você consegue imaginar? *Sha*, você precisa urgentemente ir para Akure. Amanhã de manhã.

Kunle faz que sim com a cabeça.

—Afinal, as aulas desse semestre acabaram, *abi*?

— Sim, senhor, na sexta-feira passada — diz Kunle e volta a olhar para baixo.

— Está vendo? Já são quase três dias sem aulas e você ainda está aqui! Você não tem família?

— É que... eu estava... eu...

Ele não ergue os olhos para fitar o tio, sabendo que era incapaz de admitir que desde a semana anterior estava pensando em ir para casa. No entanto, toda vez que se decidia a fazê-lo lembrava-se do acidente, de Tunde sendo levado sangrando, e isso o deixava receoso de encontrar o irmão, de enfrentar a realidade do que ele fizera. Em vez disso, nos últimos meses ele vinha escrevendo cartas para Tunde a cada duas semanas. Nelas, deliberava sobre tudo, normalmente comentando coisas sem grande importância (os livros que tinha lido, a história do Direito consuetudinário inglês), mas sempre as encerrava com um pedido: que Tunde o perdoasse. Toda vez que postava uma carta para casa se sentia aliviado. Contudo, depois de algum tempo ele passou a duvidar da eficácia das cartas, e era sobretudo esse sentimento que o mantinha longe de Akure.

Tio Idowu lhe estende duas notas de uma libra.

— Para o seu transporte, certo? Trate de ir amanhã.

Kunle fica atrás da porta depois que Idowu sai, angustiado por saber que o tio tem razão: ele está vivendo uma vida de eremita, uma vida egoísta. Nos últimos dias ficara reunindo pedaços do seu passado, como um detetive, enchendo o quarto com imagens do irmão antes do acidente — época em que dormiam juntos na mesma cama, em que jogavam *kantas* com tampinhas de garrafa, representavam um ao outro com caricaturas no quarto que dividiam, ou cantavam com sua mãe. Uma lembrança se destacava: o momento, em 1958, dois anos depois do acidente, em que ele ouviu a mãe dizer para o pai que o acidente havia acontecido porque Kunle era amaldiçoado: "É uma maldição, isso é claro… Eu sempre soube, desde quando o profeta veio aqui, no dia em que ele nasceu. Se não é isso, me explique como esse mal recairia sobre o seu próprio irmão".

Por muitos anos depois daquela noite, Kunle viveu dentro de si mesmo, cavando as suas próprias estradinhas. Não tinha amigos e evitou — como se fosse um protesto interior — tudo o que pudesse aproximá-lo de alguém. Não pensara nisso como um problema até a manhã depois do golpe militar de julho do ano anterior, quando andava de bicicleta pelas ruas, alheio ao golpe e ao toque de recolher. Um comboio de soldados imediatamente lhe ordenou que parasse. Amedrontado, ele caiu, e a bicicleta deslizou, afastando-se com suas rodas girando. Os soldados o revistaram minuciosamente e confirmaram que na verdade ele tinha dezenove anos, cursava o primeiro ano da faculdade e não era um conspirador do golpe. A partir daquela manhã, ele começou a consertar sua vida, visitando o tio Idowu duas vezes por mês e iniciando uma amizade com uma colega de classe. Mas logo a achou muito tagarela e autoritária, e encerrou a relação depois de uma noite em que ela lhe perguntou se já havia feito sexo.

Agora Kunle está na cama, olhando para a lâmpada amarela no centro do quarto. Quando criança, ele frequentemente olhava para as luzes até que surgiam nelas palavras espectrais que o levavam para paisagens selvagens da imaginação. Ele tenta imaginar como seu irmão aleijado poderia sobreviver a uma guerra, mas em vez disso se vê experimentando uma ansiedade crescente, que o mantém desperto durante um bom pedaço da noite.

Ele parte à primeira luz do dia, levando na maleta seus pertences e caminhando no ritmo de algo que se desprendeu da sua âncora. Encontra uma multidão de igbos reunidos no estacionamento como refugiados, alguns deles empunhando uma estranha bandeira multicolorida. Imediatamente é tomado pela sensação de que alguma mudança fundamental ocorreu no mundo. Ela flutua e remoinha durante as cinco horas da viagem de ônibus para Akure, mas, quando transpõe o portão da casa dos pais, a sensação se acalma. A gravidade do que aconteceu está estampada no rosto do casal. Ele não voltava à sua casa havia treze meses, desde maio de 1966, quando entrou na universidade.

Sua mãe lhe parece envelhecida, com rugas em volta dos olhos e fios brancos nas tranças agora mais finas. Ela o abraça. O pai — antes uma figura severa, que se impunha — está magro, com a barba por fazer. Sinais de insônia são visíveis em volta dos olhos injetados. Ele fala com voz trêmula, como se não fosse o mesmo homem que tantas vezes brandira o chicote. Assim como o acidente, o desaparecimento de Tunde aconteceu muito de repente, como se, com passos inaudíveis, a preocupação os tivesse assaltado em plena luz do dia e descarregado sua cólera antes que alguém pudesse se mexer.

2.

DEPOIS DE SE LAVAR E DEITAR NA CAMA, ocorre a Kunle que precisa saber mais sobre o que está acontecendo, sobre aquela "guerra". Primeiro, nota que há mais fotos na parede da sala de estar: algumas do batizado do irmão; uma de Tunde de gravata-borboleta vermelha e terninho em seu aniversário de dois anos; uma foto em que os quatro estão posando com Papai Noel, em dezembro de 1954; uma de Tunde na cadeira de rodas. Kunle desvia o olhar dessa última, lembrando-se do dia em que ela foi tirada: em 1965, apenas dois anos antes. Nkechi havia insistido que sua família poderia levar Tunde numa viagem até a cidade natal deles para a Páscoa. Tunde uma malha e calças boca de sino no dia da partida. Desde o dia do acidente Kunle não o vira tão feliz. Quando ia ser carregado para dentro do carro, ele se virou para os pais e disse: "Eu amo vocês, *maami, paami*". E olhando relutante na direção de Kunle, completou: "E você, *egbonmi*".*

— Vocês acham que Tunde corre um perigo sério?

— O quê? Você pergunta a um rato preso no esconderijo de um gato se ele está correndo perigo? Ele está correndo o maior perigo! Não é exagero. Você não está ouvindo os noticiários?

---

* Respectivamente, "mamãe", "papai" e "meu irmão mais velho". (N. T.)

O pai fala "noticiários" em inglês, a voz carregada de raiva silenciosa.

— Não, *paami*... Hã, estava em época de provas, tinha leituras a fazer.

O pai resmunga e começa a esfregar as bochechas cobertas pela barba.

— Não começou ontem. Os mais velhos dizem que quem morre esmagado no chão fica mais visível do que quem é enforcado numa colina. Eu tenho acompanhado essa crise, desde o início até agora.

A mãe chega com uma bandeja de inhame cozido e a deposita na mesa entre os sofás.

— Na verdade, podemos dizer que começou em 1953 — prossegue seu pai assim que a mãe volta para a cozinha. Sua voz se eleva, e Kunle atribui isso ao entusiasmo por terem lhe pedido para demonstrar seu conhecimento, algo que o pai adorava fazer quando eles eram crianças e ficava até tarde falando com Tunde e com ele sobre tudo, de matemática a história. Nessas ocasiões o pai misturava o seu iorubá com um inglês pobre.

— Naquele ano, houve uma rebelião porque os do Norte não queriam que a independência acontecesse em 1956, mas os do Sul diziam que tinha de ser assim... Lembre-se, foi no ano seguinte que Agbani e a família dele chegaram a Akure, vindos de Kano.

Kunle se lembra claramente: foi a primeira vez que ele viu Nkechi, quando ela descia do caminhão que a trouxe do Norte com a família. Sua pele era clara como um mamão maduro e o cabelo estava preso numa trança bem-feita. Para impressioná-lo, provavelmente, a menina havia saltado bem em frente da varanda dos Aromire. Nesse momento Kunle soube que queria ser amigo dela. Durante semanas, eles desenharam juntos nas lousas da escola, consumindo pedaços de giz. Espantavam borboletas pousadas nas rosas e nos jasmins-mangas, perseguindo-as depois. A amizade deles logo floresceu, a tal ponto que Kunle ainda se ressentia da sua ausência muitos anos depois de eles terem deixado de se falar.

— Passada aquela rebelião tudo mudou. Então... na verdade, espere, eu já volto. — O pai volta com três números recentes do *Daily Times*, todos do ano em curso, 1967. Ele os atirou no assento ao lado de Kunle. — Na verdade, está tudo aqui.

Os olhos de Kunle percorrem as manchetes: "EJOOR DIZ QUE NÃO SE USARÁ FORÇA CONTRA OS SEPARATISTAS", "A LUTA COMEÇA", "GOWON ADVERTE OJUKWU: 'NÃO POSSO FICAR DE JOELHOS'".

Ele pega o jornal de 08 de julho e começa a ler, afastando insetos que pousam nas páginas, respondendo sem entusiasmo às perguntas feitas pela mãe, e quando termina o último jornal já está escuro. Suas pernas se enrijeceram por ele estar sentado há horas.Levanta-se quando elas voltam à vida, abre a porta do quarto de Tunde e fica olhando para o trecho de parede iluminado por um facho de luz do quintal vizinho. Houve um período antes do acidente em que Tunde e ele disputavam quem retratava melhor o outro em desenhos. Em vários esboços, Tunde fazia Kunle cada vez mais magro ou mais baixo, ao passo que ele desenhava com olhos grandes e sem pernas. Durante dias, apesar de sua mãe recriminá-los por estarem emporcalhando o quarto, eles desenharam em toda a extensão da parede, chegando até o mais alto que seus braços curtos podiam alcançar.

Quem olhasse de cima para Kunle poderia dizer o que ele sabe agora sobre a guerra. Durante toda a noite os acontecimentos se formam na sua mente. Primeiro houve o caos sangrento de 1953 em Kano, quando os do Sul, especialmente os igbo, foram assassinados e tiveram as suas propriedades destruídas. Ao anoitecer, centenas estavam mortos. Depois, um grupo composto sobretudo por oficiais igbo assassinou muitos dos principais políticos do país numa noite de 1966. Na manhã seguinte, o país (com exceção de Kunle) ficou sabendo que altos funcionários do governo nigeriano, a maioria deles do Norte, tinham sido decapitados. A população daquela parte do país foi para as ruas, fez emboscadas e matou os orientais onde quer que estivessem— em escolas, feiras, igrejas, estações ferroviárias. Nos meses seguintes, as matanças de orientais escalaram progressivamente até um pogrom, culminando no assassinato, em julho, do novo presidente, o general Aquiyi-Ironsi, um igbo.

***

A luz azulada da aurora entra pelas venezianas quando Kunle acorda. Vozes tensas na Rádio Kaduna ganham o ar vindas do transístor de seu pai. Ele levanta a cortina, apoia as costas na parede e começa a ler, enquanto ouve o rádio. A porta é escancarada e a mãe aparece na faixa de luz clara com uma caneca de Ovomaltine.

— *Ka'aro*, meu filho. Hoje é domingo. Imagino que você vá à igreja.

Ele hesita.

— Sim — responde.

— Ah… porque Deus é tudo o que nos resta agora. Seu pai está se arrumando. Vamos rezar pelo seu irmão.

Ela se senta de frente para Kunle à mesa de refeições, do outro lado da sala.

— Os estudos estão indo bem? — indaga a mãe. Sua voz um pouco alta demais.

Ele hesita.

— Sim, *maami*, tudo vai bem.

— Ah, assim espero! Puxa, meu filho vai ser advogado? — Ela ergue as mãos para o céu, segurando uma faca cheia migalhas de pão com manteiga na lâmina serrilhada.

Ele toma um gole da bebida e murmura:

— Ah, *maami*.

Kunle se surpreende com a igreja quase vazia. Normalmente, nessa época, ela estaria cheia, sendo até preciso colocar bancos do lado de fora. Ele olha várias vezes para as últimas fileiras, onde Nkechi, a irmã e a mãe costumavam se sentar aos domingos, como se fosse possível invocá-las do nada. Do púlpito, o inglês com sotaque ibibio falado pelo pastor é seguido pela tradução em iorubá feita pelo intérprete:

— Olhem à sua volta.

— *Ewo awon ti o wa legbe yin.*

— Vejam como a nossa congregação ficou vazia.

— *Ewo o bi ijo wa se di ahoro.*

— Amém?

— *Amin?*

— Satanás se levantou no meio do nosso povo... instalou-se entre os nossos dirigentes! Aleluia! Agora estamos divididos. Dizemos que somos irmãos... Mas agora estamos lutando contra nossos próprios irmãos... Alguns de vocês aqui, os poucos de nós sulistas que não voltaram estão com medo... mas o lugar de vocês é aqui... A Nigéria é de todos nós!

As palavras do pastor, cheias de rancor e mágoa, ziguezagueiam na mente de Kunle, de modo que até durante a viagem de volta para casa, sentado no banco traseiro do Opel Kadett de seu pai, ele continua ouvindo-as. Elas acentuam a gravidade da guerra, essa coisa perigosa em que Tunde foi lançado e da qual precisa ser resgatado. Ele olha pela janela, para a longa passarela repleta de comerciantes, para o grande prédio em construção do UTC, com trabalhadores que sobem e descem escadas, cobertos de poeira branca, como leprosos. Ele sempre achara que o mundo era cheio de coisas, que até nos momentos mais solitários havia sempre uma multidão. No entanto, tudo que era amado permanecia invisível, oculto entre as multidões que ele não amava.

Kunle sente isso com ainda mais intensidade agora que eles se aproximam da casa e ele olha fixamente através da janela do Omoge, o moderno salão de beleza onde trabalhava a mãe de Nkechi, para as mulheres sentadas sob o capacete do secador. Não há nenhum sinal da mãe de Nkechi ou de alguma irmã dela. Ele se pergunta novamente o que acontecerá se Tunde morrer na Região Oriental. Não seria por sua causa?

Kunle se dá conta de que a mãe falava com ele.

— Kunle — repete ela.

— Sim, mamãe, me desculpe.

— Você continua calado? Mesmo estando agora numa universidade, ainda não sabe conversar?

— Eu... eu converso, *maami*.

Ela meneia a cabeça.

— Quantas palavras você disse desde que voltou? Eu posso contá-las nos dedos de uma das mãos.

Kunle se afasta. Antes, ele era um tagarela que participava das competições de ortografia e atuava no teatro da escola. Mas, quando Tunde foi levado para o hospital, ele voltou aterrorizado para casa e nos três dias seguintes ficou deitado debaixo da cama no seu quarto, temendo que o pai o castigasse. Durante três dias não falou com ninguém, apenas respondeu às perguntas alarmadas dos pais. Sua mente percorria universos de acontecimentos e contemplava o destino, a vergonha, o medo, o amor, a morte, o ódio, a ira, a vingança — tudo o que um homem pode sentir. Os dias adquiriram uma escuridão palpável e, reunidos, tornaram-se a noite de sua vida.

— Estou pensando em como… como podemos trazer Tunde de volta — diz ele enquanto o pai dirige de volta para casa.

A mãe volta-se rapidamente para Kunle, com parte do rosto iluminada por uma faixa de luz.

— O quê?

— É isso, *maami*, é por isso que eu não ouvi quando você falou. Estou pensando em ir ao correio e mandar uma carta pedindo para ele voltar.

— Ah, *omo mi! Shey e, wa she orire!* — Ela enxuga os olhos com a barra da saia. — Deus o abençoe!

De novo no quarto, Kunle pega os jornais e está lendo sobre a guerra entre Israel e Síria quando ouve um grito agudo da mãe. Ele a encontra deitada de bruços no chão da cozinha, chorando. Há sangue no piso, na saia, perto da cintura e no seu dedo. Alarmado, o pai de Kunle passa rápido por ele, sai e volta trazendo algodão.

À luz da tarde, a visão do sangue de sua mãe, o odor ácido de algum gel líquido e o balbuciar lento de "Tunde, por que você fez isso comigo?" causam nele uma tristeza incontornável.

— Vá pegar iodo no banheiro! Depressa! — grita o pai.

Rapidamente, ele passa pelo vão da porta. No armário antigo, que continuava cheio de remédios usados, ele encontra um vidro de iodo vazio.

— *Paami*, não tem iodo — grita ele.

— E o que é que tem?

Ele vê um frasco de plástico, examina-o.

— Antisséptico líquido! Somente isso!

— Então traga.

Eles sentam a mãe, que mantém o dedo enfaixado erguido acima da cabeça. Ela soluça baixinho, apelando para que Tunde volte, para acabar com aquele sofrimento. O pai, com a camisa e os suspensórios habituais, pede a Kunle que vá com ele até a farmácia para comprarem iodo e algodão. Eles passam a pé pelos fundos da casa de Nkechi, pelo toco do grande mamoeiro que foi atingido por um raio e está secando desde as raízes. Os porcos se reúnem perto de um poço, enchendo o ar de grunhidos discretos e um cheiro forte. No passado, Kunle os perseguia com Chinedu e Nnamdi, irmãos de Nkechi, e com Tunde. Eles atiravam pedras nos porcos para ouvir seus guinchos, que frequentemente pareciam os gritos de um bebê com dores fortes.

O ar é úmido. Ao norte, a linha do horizonte está avermelhando. A sombra de seu pai se estende à frente no caminho e atrás dele ficam impressas suas pegadas. Eles percorreram alguns quarteirões, e então Kunle sente um golpe de vento no peito, contra o coração. Estão perto do bangalô em estilo colonial onde mora Igbala, o Vidente.

— É por isso que eu pedi a Idowu que dissesse para você vir. Ela não pode... ela não consegue suportar esse *problema*. Eu conheço Dunni. Ela não é mais a mesma.

Seu pai se detém para responder ao cumprimento de uma vizinha que está ajoelhada, com uma criança presa às costas.

— Como eu dizia, você pode notar isso. Antes sua mãe se cortava com facas?

Kunle não responde, sabendo que a pergunta é um balão no ar, para ser pego novamente pelo pai.

— Eu não me lembro de isso ter acontecido alguma vez. Mas só... só... — Seu pai se interrompe diante da casa do Vidente, meio escondida por uma grande pedra. O sol, agora uma mancha avermelhada no canto extremo do céu, ilumina uma parte do seu rosto encovado. O pai olha para ele, balança a cabeça e continua andando. — O homem que mora aqui — diz com súbito fervor —, você se lembra dele?

— Sim, senhor, *eh, mo ranti.*

— Ele disse que previu essa guerra muito anos atrás. — O pai estala os dedos algumas vezes. — Ah, agora eu me lembro. Foi em 1960! Nos tempos da Independência. Ele anunciou isso em público. Previu que a Nigéria se dividiria. Verdade, ele fez isso! Disse: "Vai haver uma guerra". Você acredita?

Eles param diante da farmácia, atrás de uma fila de pessoas postadas numa pontezinha de madeira sobre o bueiro que separa a farmácia da estrada. O pai balança a cabeça e repete:

— Você acredita?

Durante todo o resto da tarde, a mente de Kunle é agitada por muitas questões. Ele se interessara pelo Vidente desde o dia em que ouvira por acaso sua mãe dizer que no dia em que ele nasceu, o homem os havia visitado levando um recado, mas eles tinham-no expulsado. Fora isso, o que Kunle sabia sobre aquela pessoa lhe fora contado por um garoto da igreja para cujo pai ele havia feito uma previsão muito ruim. O menino dissera que, para conhecer a antiga prática de adivinhar o futuro através das estrelas, exercida pelo Vidente, tudo o que se precisava era ler a história bíblica dos reis Magos que seguiram a estrela de Cristo no seu nascimento. Depois da revelação desse garoto, Kunle começou a planejar uma visita à casa do Vidente para ouvir pessoalmente sobre a visão, mas não conseguia fazer isso, temendo o que lhe seria revelado. Uma tarde, quando estava com dezesseis anos, ele contornou a pedra na frente da casa, passou por um grupo ruidoso de galinhas que ciscava grãos espalhados em montes de feno e entrou na varanda de pedra onde estava sentada uma velha que tinha o peito nu e mascava um bastãozinho. Ele cumprimentou a mulher prostrando-se no chão e dizendo:

— *E ku asan, ma.*

— Chegue mais perto. Chegue mais perto e fale mais alto, para que eu ouça você — disse a mulher. — Mais perto, isso… pronto, assim está bom. Agora diga o que você quer.

— Quero ver o profeta.

—Ah, quer… profeta?

— Eu quero ver o Vidente.

—Ah, agora eu ouvi… você quer ver o Baba. Quem é você?

— Adekunle Aromire. Ade-kun-le Aro-mi-re. Ele teve uma visão sobre mim quando eu nasci.

— Baba! — gritou ela. — *E ma bo oh!*

Quando, usando apenas uma tanga, o Vidente surgiu na porta, Kunle quis correr. No entanto, permaneceu ali enquanto ele se aproximava perscrutando seus olhos, rescendendo a beberagens nativas: *agbo*, vinho de palmeira, *dudu-osun*.

— É você, Abami Eda? — perguntou o Vidente, piscando. — Tenho procurado você há muito tempo.

Ele tocou um dos lados da cabeça de Kunle, deu palmadinhas no seu cabelo embaraçado, despenteado, e continuou:

— Ainda não aconteceu. — E ficou diante de Kunle entoando encantamentos. — Ifá, aquele dentre nós que é imaculado; o branco puro é a sua cor. *Langi-langi* é o andar do gafanhoto...

E então a familiaridade da voz e das palavras do Vidente suscitou medo em Kunle e o levou a se virar naquele momento, tropeçar ao passar pelas galinhas e correr para fora do jardim. Ele se foi sem fazer as perguntas, em vez disso, partiu levando uma série de outras: o Vidente havia de fato visto o seu futuro? Alguém era mesmo capaz de saber o destino das pessoas? Por que o Vidente se referira a ele como alguém que desafia a morte?

A casa está em silêncio naquela tarde, e com isso seus pensamentos parecem gritar, como um bando de homens tensos num jogo muito disputado. O pai passou iodo no dedo de sua mãe, pôs nele um band-aid e a levou para o quarto. Kunle joga os jornais no armário. Por saber das coisas que agora sabe, está decidido a voltar a atenção para o plano que se forma em sua mente: livrar os pais daquele sofrimento e, ao fazê-lo, redimir-se aos olhos deles. Com o passar dos anos, ele passou a sentir, por alguma lei secreta da alma, que um dia seria chamado a reparar seu pecado. Durante toda a noite, ele lança em sua mente os dados das possibilidades: o que fazer para trazer de volta o irmão? Apoiado na janela do quarto, ele olha para a luz na varanda do vizinho, com os dados rolando ao longo da noite. Então, quando começa a derivar para o sono, subitamente fica claro o que é preciso fazer.

***

Ele vai para o estacionamento no início da manhã seguinte e tenta conseguir um carro que o leve para a Região Oriental. No calor, entre vozes ululantes e os gritos dos motoristas, não encontra nada. Dois homens que conferem os bilhetes dos passageiros que embarcam em um ônibus para Lokoja lhe informam que o único jeito de fazer isso é ilegal, o que não é seguro.

— É arriscado, cara — diz-lhe um dos homens. — Podem te prender e te espancar. Quem não é esperto pode até morrer.

Perto do meio-dia, a ideia já foi bastante maltratada e agora está paralisada. Ao som dos pássaros que cantam tristemente em meio à cacofonia do estacionamento, ele se abriga sob uma árvore alta imaginando o que fará. Uma van sobe pela estrada de terra, com uma inscrição na lateral: P&T SERVICES HQR, LAGOS. Enquanto ele a observa, ocorre-lhe que a agência do correio deve ter um catálogo telefônico de toda a Região Oriental. Talvez fosse possível encontrar o endereço dos Agbani e mandar-lhes um telegrama.

Uma hora depois, ele contempla a conhecida escultura de um envelope instalada na frente da agência do correio, um prédio antigo que — com tijolos decorados e uma varanda de pedra — estampa sua história colonial como uma máscara inapropriada. A última vez que estivera lá ainda estava hasteada uma grande bandeira inglesa. Eles estavam voltando da igreja e, quando entraram, Tunde, então com cinco anos, havia parado para examinar o mural em tamanho real que mostrava a jovem rainha da Inglaterra, uma mulher branca e magra com um chapeuzinho delicado, que acenava com a mão enluvada. Tunde tinha apontado para a imagem e dito em voz alta: "*Maami*, quando eu crescer vou casar com ela". As pessoas que esperavam na fila caíram na gargalhada. Um inglês idoso havia dito: "Sim, meu jovem. E o senhor será o primeiro rei negro da Inglaterra!".

Agora que Kunle está no mesmo lugar, a ideia inicial que o levara até ali se obscurece pela fumaça de novos pensamentos. Ele se precipita em direção aos caminhões que estão sendo carregados e pergunta quem é o chefe ali. Podem transportá-lo clandestinamente para o Leste? Levando ao rosto um lenço branco e úmido, o chefe o encara com um espanto hostil. O homem, que evidentemente não via com bons olhos a empreitada, estava com pouca paciência:

— Vinte e cinco libras. Sem pechincha.

— Está certo, chefe — diz ele.

O homem se vira, olha novamente para Kunle e então esfrega o rosto com os dedos sujos de fuligem.

— Às quatro da madrugada. Quatro em ponto!

O rapaz faz que sim com a cabeça.

O horário marcado, como se estivesse sendo ansiosamente esperado há anos, chega com uma rapidez incrível. Ele quase não dorme, mas logo está pontualmente na agência do correio com o dinheiro e algumas poucas roupas numa bolsa de nylon.

— Então você veio? — diz o motorista em inglês, olhando em volta como se quisesse se certificar de que ninguém à espreita na escuridão tinha visto Kunle. Suas palavras são costuradas umas às outras com fios finos, flutuantes. — Está com o dinheiro?

— Aqui, senhor.

Ele estende as notas para o motorista. O homem recua e olha novamente ao redor.

— *Aburo,* [*] olha só: não arrisque sua vida desse jeito. — O motorista meneia a cabeça. — Escute: você é muito jovem.

Um ajudante do homem acende uma lanterna e então Kunle consegue ver vagamente o motorista.

— *Aburo,* eu contei para a minha mulher ontem à noite porque não conseguia dormir. Ela não acha certo que, por conta de dinheiro, eu deixe você arriscar sua vida. Está acontecendo uma guerra, e até eu, com a identificação de funcionário do governo, estou com medo...

---

[*] Meu irmão mais novo. (N. T.)

— Senhor, eu sei…

— Os soldados podem fazer qualquer coisa.

— Mas eu…

— Vá para casa ou procure outra pessoa.

O motorista sobe no caminhão. Ao ligar o motor, põe a cabeça para fora da janela e grita:

— Você pode se alistar na Cruz Vermelha… perto de Owode. Talvez eles o ajudem!

O caminhão entra na estrada moendo o cascalho sob os pneus e desaparece. Kunle fica durante um momento olhando para o veículo e depois para o horizonte, onde começa a surgir uma sugestão rósea de amanhecer. Então, com a lenta necessidade de alguém que está sob o peso de uma promessa secreta, ele se volta para a direção que o homem apontou e fica repetindo as palavras para não esquecer: Cruz Vermelha, Cruz Vermelha… Cruz Vermelha.

O Vidente fica em êxtase com as maravilhas que somente Ifá pode operar: o milagre de um passado que ainda não está formado, mas se desdobra diante do olhar brilhante do presente. Contudo, algo nas últimas sequências de acontecimentos o inquieta. Ele viu o homem não-nascido — Kunle — e o pai dele pararem diante do que, sem nenhuma dúvida, é a sua casa, embora ainda não possa reconhecê-la. O Vidente se lembra que seu mestre havia falado que queria transformar o lugar num santuário e que para isso haveria uma grande pedra em que ele se sentaria e consultaria as estrelas, em vez de caminhar por trinta minutos com pernas reumáticas até as colinas. Ele cumprirá o desejo do seu mestre?

O Vidente está incomodado também com a versão de si mesmo que acabou de testemunhar: seu rosto muito enrugado emoldurado com cabelos brancos e a jovem que ele tomou recentemente como segunda esposa parecendo tão envelhecida, murcha e surda. O arroto alto de um motor vindo da sua visão o faz estremecer. Uma enxurrada de vozes humanas sobe da tigela. Percebendo que a visão continuou, ele se esforça para libertar a mente do inacreditável espectro do seu rosto envelhecido.

Ele se verga novamente sobre a tigela, mas um pensamento, como uma picada de inseto, o faz se erguer. O que foi que o pai do jovem disse? Que ele, Igbala Oludamisi, trairia Ifá e revelaria sua visão para os outros a quem ela não se destinava? O Vidente meneia a cabeça.

— Impossível — diz ele. — Não posso desobedecer a Ifá. Meu criador não pode cravar um espinho na palma da própria mão.

Mas espere: ele duvida de Ifá? Acha que algumas coisas não acontecerão se Ifá as está revelando como uma visão definitiva do futuro? Nesse ponto, ele meneia a cabeça mais uma vez e declara:

— Não, não! Não posso jamais duvidar de Ifá! Ifá é tudo, tudo: a própria vida.

O Vidente transpira e seu coração bate forte. O que é aquilo que testemunhou, que tem o poder de destruir sua lealdade a Ifá? Ele deveria parar agora? Temeroso, ergue o olhar, mas a estrela está quase totalmente coberta por uma faixa de nuvens escuras. O conteúdo da tigela está imóvel coberto por uma camada de escuridão impenetrável. O Vidente sente o coração acelerar. Ele teria provocado a indignação do seu mestre divino? Ifá estaria retirando a visão porque ele exprimiu dúvida ao ver apenas alguns anos da infância do homem não-nascido?

Ele levanta as mãos e grita:

— Ifá, Historiador do Inconsciente, perdoe minha intransigência! Acolhe-me de volta. Que a fumaça diante do vale seja tragada pelo ar de Olodumarê. Que...

Um chiado agudo na tigela o força a abrir os olhos para ver o homem sentado num veículo cuja porta acabou de ser fechada. Ele sabe que a visão de Ifá, uma vez iniciada, prossegue livremente, e que com cada momento de interrupção é ele, o Vidente, que perde partes da história.

Ele levanta os olhos e vê que a estrela voltou, brilhante, cercada por um halo azulado cuja luz pousa na superfície da água quieta de Ifá. Tranquilizado, o próprio Vidente se acalma. Percebe que a visão ainda está longe de acabar.

3.

Quando a van da Cruz Vermelha sai da cidade, Kunle se sente aliviado. O homem cego de um olho que está sentado ao seu lado no banco do meio talvez tenha a idade do seu pai, ao passo que o que está no banco de trás deve ter cerca de trinta anos. A religiosa que ocupa o assento ao lado do motorista é bem mais jovem. Kunle faz parte desse pequeno grupo há apenas uma semana, e no dia anterior havia ajudado a carregar a van com suprimentos para a Região Oriental. Agora, com o veículo acelerando e o ar se precipitando para dentro, ele sobe o vidro da janela.

Kunle olha para fora, sentindo o cheiro forte de remédio e com o matraquear suave dos frascos enchendo-lhe os ouvidos. Como se tivesse recebido um estímulo, o homem que tem um só olho começa a fazer um relato da missão da semana anterior num lugar chamado Garkem, na fronteira da Região Oriental, mas a mente de Kunle volta sempre para Tunde, imaginando como será viver com a família de Nkechi num lugar em que há guerra. Estará Tunde pensando na sua casa, nos seus pais, em Kunle?

Ele nota à frente uma barreira e percebe que o motorista desacelera para se juntar a uma fila de outros automóveis. Entre os veículos há soldados em uniforme verde-folha e com capacete preto. No acostamento, onde a terra tornou-se vermelha, outros dois soldados sentam-se num banco sob um toldo.

— Ouçam, todos! — diz a freira. — Por favor, ouçam com atenção. Quando chegarmos àquela barreira, por favor, por favor, em nome de Deus, não falem nada. Certo?

— Sim, irmã — responderam todos.

— Muitos deles estão bêbados — continuou a religiosa. — Alguns estiveram no front e seus amigos foram mortos. Estão todos furiosos… — Ela se benze quando um soldado que empunha um fuzil se aproxima da van. — Eles estão furiosos e… podem fazer qualquer coisa.

A fila de veículos avança e então alguém grita:

— Pare! — O soldado aponta a arma para o carro que se encontra na frente da van. O porta-malas está entreaberto, preso apenas por cordas grossas amarradas na parte inferior.

O medo de Kunle se manifesta como uma febre no estômago quando o soldado com o fuzil gesticula para o motorista da Cruz Vermelha, ordenando que baixe o vidro da janela. O soldado se curva e olha para dentro da van.

— Cruz Vermelha, é?

— Sim, senhor — diz o motorista com a voz um tanto falha. — Vamos em missão para Enugu, senhor.

O soldado assente.

— Enugu, aham. Todos vocês?

— Sim, senhor.

Com o fuzil pendurado no ombro, o soldado contorna a van, parando para examinar a bandeira de tecido com o símbolo da Cruz Vermelha presa ao capô. O soldado faz um sinal para o motorista para que avance e este acelera lentamente entre as duas barricadas de madeira colocadas ali para que os veículos diminuam a velocidade. Quando a van entra novamente na estrada, Kunle sente como se tivessem retirado do seu coração oprimido um peso morto, e ele suspira, à espera de que o órgão volte a bater.

O medo volta no momento em que o grupo se aproxima da barreira seguinte, mas vai, aos poucos, se atenuando nas demais, onde os soldados os deixam passar mais rapidamente. O sol está alto, e eles param atrás de um caminhão Mercedes-Benz repleto de sacos de alimentos. Dos dois lados da estrada há jipes militares com armas à vista. No acostamento, soldados revistam uma família cujos pertences estão espalhados pelo chão. Um dos revistados é um indiano com uma pinta vermelha na testa; ele está falando baixo com os soldados e à sua volta se veem laranjas que caíram de uma sacola rasgada, muitas delas esmagadas no asfalto.

— Estamos perto de Onitsha — diz a freira. — Passaremos por outras barreiras. Agora mais perigosas. Eles...

Um soldado com um chicote grita:

— Baixem os vidros! Baixem os vidros!

— Abaixem os vidros, todos! — ordena a freira. — Depressa, *biko*.

O ar quente penetra na van, acompanhado pelo cheiro de grama seca e de polpa de laranja.

— Para fora, todo mundo! — O soldado brande o chicote e bate na lataria da van, enquanto fala em hauçá: — *Dambu-roba*, todo mundo para fora!

Kunle pega o pedaço de papel com o endereço dos Agbanis na Região Oriental e o enfia dentro do sapato, sob seu pé. Corre para fora com os outros passageiros e ficam todos no acostamento. Perto dali, deitado no meio do mato, há o corpo de um homem que tem o torso oculto sob o capim. O cadáver deixou tiras marcadas no solo, parecendo ter sido arrastado para o matagal enquanto manchava de sangue a terra. Kunle sente que nunca na vida seu corpo foi sustentado por pernas tão rígidas quanto naquele momento. O soldado que os deteve retorna e pergunta:

— O que tem aí dentro?

— Roupas, alimentos e remédios, senhor — responde o motorista. Enquanto ele fala, o soldado sobe na van.

— Se olhar, o senhor verá, senhor.

— E livros — acrescenta o homem de um olho só, cujo nome Kunle não lembra. Ele gesticula para a frente e, em seguida, como se tivesse sido advertido a não o fazer, endireita-se.

O soldado remexe nos engradados e nas caixas atrás dos bancos, curva-se para olhar debaixo de um assento, erguendo uma perna, com a casca de uma laranja presa na sola da bota. Os membros da equipe ficam de pé, imóveis, aparentemente unidos num medo que, como algo misterioso e incognoscível, se compara com tudo o que é conhecido e óbvio.

— Tem arma para rebeldes jukuns, *kwo*?

— Não, senhor — diz a freira. — Nós somos da Cruz Vermelha.

Como se não tivesse ouvido a mulher, o soldado investiga o homem caolho, que responde a todas as perguntas e lhe mostra sua carteira de identidade. Em seguida, o soldado enxuga a testa com as costas da mão e aponta para Kunle.

— *Aboki*, você *ma na* Cruz Vermelha?

— Sim, senhor. Eu entrei para ajudar, senhor — diz Kunle.

— Por quê? Que ajuda?

— É... Por causa das notícias, senhor. Eu sempre fiz trabalho voluntário no orfanato, senhor... — E temendo que o olhar do homem sobre ele signifique desconfiança, acrescenta: — Eu quero ajudar, senhor!

O soldado o examina.

— Você é de que tribo?

— Iorubá, senhor. De Akure.

O soldado balança a cabeça, franze os lábios e em seguida se vira.

Aliviado, Kunle olha para seu relógio de pulso — para o ponteiro comprido em permanente movimento. Desde quando ficou escondido debaixo da cama, depois do acidente de Tunde, os relógios de pulso tornaram-se sua fuga. Nos três dias que ficou lá embaixo, o relógio de pulso tinha voltado a funcionar e Kunle havia começado a olhar para o mostrador como se o que era mostrado fosse o rosto de um amigo secreto.

Quando o soldado ordena que eles prossigam, Kunle diz "Obrigado", como os outros, mas sente que seu coração se intromete nas palavras, atrapalhando-as.

— Vocês viram o cadáver? — pergunta o caolho, assim que o soldado sai do alcance de sua voz. — Eles desconfiam que aquele homem estava indo para o exército de Biafra, e que seria um igbo.

— Vocês não viram nada — diz o outro homem. — E daí que eles matam na estrada? Vão ver o que acontece em Garkem ou Nsukki.

— Nsukka — corrige o motorista.

— Isso, perdão, Nsukka. Vão lá ver. Lá tem a grande universidade, e vocês vão ver a guerra. Casas incendiadas. Cadáveres por toda parte. Por toda parte. Até à luz do dia, como agora, a gente escuta tiros do exército. Na verdade, eu estou feliz por a irmã não nos ter levado para lá novamente.

E, com detalhes perturbadores, o homem conta que viu gente morta, explosões, como se estivesse narrando a trama de um filme da Sessão da Tarde. É difícil ouvir aquele relato, tendo Kunle avançado até ali em sua empreitada para finalmente, depois de tantos anos, fazer algo de uma importância tão grande que compensaria o que ele havia causado e levaria seu irmão a perdoá-lo. A narrativa, aliada à visão dos soldados, dos fuzis, borbulha dentro dele num vapor aterrorizador. Se o problema é tão grave na Região Oriental, então Tunde deve estar realmente em perigo. Ele espera que a van chegue lá o mais rápido possível e que de manhã ele já possa ter trazido o irmão para a segurança da Cruz Vermelha.

Kunle sente-se inquieto e nauseado. Abaixa o vidro. Eles estão num congestionamento e a fila de veículos à frente parece flutuar na água, com uma ondulação que percorre a miragem. A van volta à vida e se põe em movimento.

Durante o resto do percurso, ele permanece quieto, entre estar presente e disperso pelas paisagens do passado, imaginando como seus pais devem ter reagido depois de descobrirem o bilhete que ele escreveu nas costas de um telegrama antigo e deixou na mesa de jantar. Eles devem ter dito que aquilo era bom, nobre. Sua mãe deve ter chorado, dessa vez de alegria pela esperança de que Tunde poderia ser levado de volta. Afinal de contas, ela havia manifestado o desejo de ir por si própria procurar Tunde, dizendo ao marido que era uma vergonha ela ter crescido em Akure e não ter parentes, com exceção de alguns distantes que ainda residiam no Leste. A voz da freira o irrita:

— Em nome do Pai, do Filho e do Espírito Santo... Santa Maria Mãe de Deus rogai por nós agora e na hora da nossa morte. — Ele olha pela janela e vê as vigas de uma grande ponte e, ao lado delas, a vegetação pantanosa submersa na água.

Chegaram à Região Oriental. Ele esfrega o vidro do relógio e põe as mãos na testa enquanto dos carros estacionados na barreira irrompe um júbilo, em vez do medo que estivera infalivelmente presente nas barreiras anteriores. As pessoas acenam das janelas. Um dos veículos é um caminhão Isuzu com a carroceria descoberta onde um grupo de homens em pé canta músicas igbo. Um deles agita a estranha bandeira que Kunle viu no estacionamento em Lagos. A aparência dos soldados dessa barreira é diferente: eles trazem ramos no capacete. Parecem animados. Um deles, com um apito na boca, ergue no ar o punho enquanto as pessoas saúdam e gritam:

— Viva Biafra, a Terra da Liberdade!.

Kunle contempla tudo o que tem diante de si: telhados de latão onde se veem pneus e flores de buganvília balançando com a brisa. O homem caolho aponta para uma placa verde no acostamento da estrada e pergunta:

— Você consegue ler o que está escrito?

O fulgor do sol da tarde incidindo na placa impede que Kunle decifre a mensagem, mas logo o caolho desvenda o mistério:

— Rio Níger!

A van avança alguns metros e a grande barricada de metal a quase dois quilômetros da ponte fica visível. A estrada se alargou e nos acostamentos mais soldados com o mesmo uniforme verde-oliva estão de pé em baias de sacos de areia. A ponte é mais grandiosa que a ponte Carter, que em janeiro ele atravessara levado por seu tio Idowu, a caminho da ilha de Lagos. Tio Idowu havia mencionado naquela viagem a ponte sobre o rio Níger, dizendo que se tratava de uma grande realização da engenharia e uma evidência de que se os novos países fossem governados pelo seu próprio povo só o céu seria o limite. Mais além das vigas há cordas pretas bem esticadas que parecem barreiras protetoras para pedestres.

Eles entram no novo país com o sol se pondo no vasto céu aberto. Embora seu humor tenha melhorado bastante graças à drástica mudança de atmosfera, Kunle procura algum sinal da guerra, mas o que vê é apenas o movimento normal de pessoas, mascates e negociantes em torno dos carros e o trânsito de caminhões e vans. Ele pega o endereço dentro do sapato e o coloca de volta no bolso. O motorista cruza o portão de um prédio branco de dois andares e o grupo celebra.

42 *Chigozie Obioma*

Um homem idoso que veste uma camisa marrom um tanto desabotoada espera diante do prédio. Uma lâmpada fluorescente ilumina a inscrição sobre a porta dianteira: CENTRO DE SAÚDE. O homem aperta a mão de cada um deles e depois os ajuda a levar para dentro da clínica os suprimentos — um grande pacote cheio de medicamentos intravenosos, caixas com seringas, camisolas hospitalares envoltas em plástico, caixotes com livros e doses de glicose glicose, leite em pó, frascos de pílulas e aventais, além de um saco de polietileno repleto de luvas. Eles atravessam a recepção bem iluminada, que tem nas paredes os retratos de dois homens, um dos quais é o tenente-coronel Ojukwu.

Na recepção há pessoas sentadas em bancos e entre elas se veem homens com muletas. Um deles teve uma perna amputada, e o coto está coberto por uma faixa branca. A visão desses homens feridos dá a Kunle o sinal de guerra que ele temia. Ele fica de pé em um depósito e olha pela janela para o jardim atrás do hospital, até um bosque de bananeiras. Quando volta, a fim de pegar uma caixa de seringas, o velho estende a mão para cumprimentá-lo novamente. A lâmpada no teto pisca e apaga. Na escuridão, ouve-se a voz do velho:

— Bem-vindos, bem-vindos, ah, bem-vindos a Biafra!

4.

Está escuro quando Kunle acorda. Ele divide um quarto com os outros homens. Todos dormem em esteiras de bambu. Ele adormece com a mente ainda presa, como uma pipa entre os galhos dos últimos acontecimentos, e então a imagem do cadáver no capim volta à sua mente. Ele se pergunta: Tunde terá visto por toda parte soldados federais com armas de guerra? Ele sabe que a Região Oriental ficou muito perigosa? E Nkechi e a família dela se sentem mais seguras neste país novo que chamam de Biafra? Se ele puder encontrar Tunde e a família Agbani e contar-lhes o que viu, talvez consiga convencê-los a voltar para Akure.

Ele sobe um pouco a cortina e vê no relógio que passa um pouco das quatro horas. Pela janela, vislumbra a van à luz da lua, salpicada de lama e com as marcas de uma longa viagem. Ele precisa partir imediatamente para poder retornar a tempo de viajar de volta para casa com a equipe. A freira dissera que eles descansariam 24 horas e voltariam para Akure no terceiro dia da jornada.

Ele encontra seus sapatos ao lado da porta e olha rapidamente para o pé esquerdo. O papel está lá, amolecido pela umidade e malcheiroso por causa do suor do pé, mas ainda assim legível. Ele pega sua jaqueta da Cruz Vermelha. Esvazia no chão a bolsa de couro com uma tira que fica atravessada em seu peito. No balcão da cozinha, pega os restos de um pão de forma e uma garrafa de refrigerante e os coloca na bolsa. Para no alpendre da clínica, repleto de mariposas sem asas, à espera que a luz se apague. Uma dúvida repentina o toma de assalto como uma pequena chama, iluminando a imagem dos soldados furiosos na barreira. Como se convocado por uma voz que ele precisa escutar, Kunle se precipita em direção ao portão e à cidade, correndo até a clínica ficar bem distante.

Quando para, a escuridão que antecede a aurora está impregnada de umidade e ele se vê molhado de sereno e suor. Ao encostar numa árvore, os galhos negros balançam e pássaros saltam no ar com súbitos cantos longos e vibrantes. Esbaforido, ele começa a andar. Precisa ir até um estacionamento e ver se consegue uma carona que o leve primeiramente à cidade de Umuahia e depois para um lugar chamado Nkpa, onde fica a casa da família do pai de Nkechi. O velho que os recebeu na noite anterior lhe disse que o estacionamento ficava a sete quilômetros da clínica, no centro da cidade de Enugu. Mas está escuro, e, como não conhece o lugar, ele não sabe para onde está indo. Sem iluminação é impossível ler as placas. Teme estar seguindo na direção errada ou até mesmo ter ultrapassado o lugar. Para e observa a rua que se estende à esquerda e à direita, vazia e ameaçadora.

Passado algum tempo, Kunle ouve um veículo que se aproxima. Ele vai para a rua, acena e grita para o Volkswagen, ocupado apenas pelo motorista. O carro desacelera e, ao parar, cobre Kunle com uma luz intensa.

— Por favor me ajude, senhor. Preciso de ajuda — diz Kunle ofegante.

— O que você quer?

Ele fala com dificuldade, põe a mão no peito, aponta para a rua e, depois, para si.

— Cruz... Cruz Vermelha.

— Ah — diz o homem, que usa óculos e está com um jaleco branco de médico.

— Estou indo para... o estacionamento, senhor... quero ir para Umuahia.

— Para o estacionamento... a essa hora? Para o estacionamento Ogbete?

— Isso, senhor, pegar o primeiro ônibus.

O motorista leva a cabeça para trás, como se querendo ter mais espaço para observá-lo, e percorre com a luz de seu farol toda a figura de Kunle. Então diminui a intensidade da luz e balança cabeça negativamente.

— Não estou indo nesse sentido. É longe. Longe... dentro... dentro da cidade. — Os lábios do homem se franzem e ele assume uma expressão contemplativa. — Mas... isso fica perto de Opi? Vá nesse sentido e pare, certo? Quando amanhecer você talvez encontre alguém indo para o centro da cidade... Eu sou médico e vou atender uma emergência em Okpaku.

Kunle segue na direção que o homem indicou, com a sensação de estar em um mundo estranho, hostil. Enquanto caminha, passam-lhe pela mente trechos de cartas que escreveu para o irmão, a última discussão acalorada com os gêmeos igbo na sua classe antes do desaparecimento deles, as lamúrias de sua mãe. Vem de trás um clarão que logo enfraquece e depois aumenta novamente, invadindo toda a rua. Dois caminhões com a carroceria aberta e uma picape aproximam-se dele, repletos de soldados de pé segurando-se nos anteparos. Kunle permanece no acostamento, com as pernas bambas e instáveis. Um dos caminhões para e Kunle ergue as mãos.

Alguém grita:

— Você aí, pare! Não se mexa!

Ele vê, acima da faixa de luz, o cano de um fuzil. Cai de costas, mas logo se ergue e corre para o mato.

Durante algum tempo ele corre numa floresta tão escura que é impossível enxergar qualquer coisa fora a silhueta de árvores e arbustos. Algo prende suas pernas, e ele tropeça no capim. Há um farfalhar no mato e um ruído de asas, acompanhado por gritos enérgicos de pássaros. Ele olha longamente na direção de onde havia vindo, até ter certeza de já não estar sendo seguido pelos soldados armados. Levanta-se varrendo com as mãos a terra e as folhas grudadas na roupa e se senta num tronco tombado cheio de cogumelos selvagens. Embora a pouca luz do amanhecer não lhe permita consultar o relógio, sabe que já são quase cinco horas da manhã. Ele saiu da clínica há mais de uma hora e sua mente se povoa de perguntas reprimidas: o que acontecerá quando a equipe se levantar e não o encontrar lá? Será que ele deveria ter contado o que faria? E se não concordassem com a sua volta? E os soldados — o teriam prendido ou matado se ele tivesse esperado? Suas entranhas roncam com um novo acesso de ansiedade. Ele dá um tapa no pescoço e, olhando para a palma da mão, já à primeira luz do dia, vê sangue escuro e o corpo esmagado de um inseto.

Embora não se lembre de ter adormecido, vê que a manhã está em sua plena luz. O médico lhe havia indicado a localização do estacionamento, mas ele se desnorteou ao fugir dos soldados, e agora é difícil saber que rumo tomar. Kunle bebe um pouco de refrigerante e volta pelo caminho que havia tomado até ali, avançando com dificuldade sob os galhos inclinados de árvores selvagens, golpeando ramos e trepadeiras emaranhadas, chutando cipós para desviá-los do seu caminho. Durante toda a manhã os pássaros voam livremente pelas árvores, assobiando e arrulhando no alto enquanto embaixo os insetos sussurram incessantemente. Às vezes a folhagem é tão fechada e emaranhada que cobre a trilha.

Ele chega a uma clareira que tem árvores mortas e apodrecidas, e ali para, ouvindo um som indistinto que lentamente se aproxima. O vento é muito forte ali, mas o som retorna, mais claro: *ta-ta-ta*, o estampido da artilharia.

— *Oluwa mi oh!* — grita Kunle.

Ele vira para a esquerda, sobe num tronco morto e hesita. De onde vem aquilo? Como evitar o confronto? Ele salta e começa a andar, mas depois de alguns metros o matraquear de fogos de artifício ou de artilharia está tão próximo que ele tropeça. Permanece ali no capim úmido, com um ramo de árvore balançando lentamente sobre sua cabeça. Sente uma dor aguda e passa a mão numa perna da calça. Ao encontrar uma superfície de pele aberta como a aba de uma miniatura de envelope, examina o corte. Desesperado para estancar o sangramento, despeja no ferimento o refrigerante e berra.

Em seguida, ele vai na direção oposta, andando e correndo por talvez mais dois quilômetros, quando então lhe ocorre que está novamente perdido. Checa que horas são e balança a cabeça. Agora a esperança de chegar ao povoado de Nkechi antes de escurecer agarra-se aos degraus mais baixos de sua mente com mãos oleosas. Um som penetrante à direita o força a erguer o olhar para as árvores altas, onde vê macaquinhos dependurados nos galhos como figuras de um sonho infantil. Um deles pula para o chão, põe a mão em concha na cara preta e grita. Kunle se vira e foge.

Por fim, ele se choca contra o tronco de uma árvore gigantesca, como se esvaziado de vida. Tem as mãos rachadas e cobertas de picadas; as calças estão salpicadas por fragmentos de capim e espinhos. Então ele vê que fez uma loucura. Não deveria ter ido para ali. O que o fez pensar que por ter o endereço do vilarejo de Nkechi seria fácil simplesmente pegar um ônibus e chegar lá? Como foi possível ele não entender que a guerra inviabilizava uma viagem com segurança pela região?

Com súbita certeza, Kunle se dá conta de ter se deixado controlar pela culpa — que tinha acinzentado sua vida, apesar de, nos últimos anos, ter tentado muitas vezes uma reparação. Somente quatro anos antes ele havia subido numa escada e se atirado de cima dela, esperando fraturar a coluna e sofrer o mesmo destino do irmão. No entanto, ficou com muito medo de cair de costas e aterrissou com as duas pernas.

Ele chega a uma planície onde se veem poucas árvores, com aglomerados esporádicos de vegetação dispersos na colina. O ar cheira à terra. Sedento, ele quer tomar um gole do refrigerante, mas não encontra a bolsa. Examina suas pegadas no capim. A bolsa deve ter caído quando ele fugiu dos macacos, ou seja, não há mais documentos. O que ele fará se for abordado por alguma autoridade? Onde estará o certificado da Cruz Vermelha para lhes mostrar? Kunle fica ali, sem nenhuma motivação. Gotículas de chuva começam a molhá-lo.

Ele para num ponto em que a vegetação se transforma num emaranhado de bananeiras selvagens, de cujo interior se desprende o cheiro de algo morto e em decomposição. À sua aproximação, pássaros que ele não havia avistado voam das árvores. À esquerda, o chão da floresta dá lugar a um buraco escavado pela erosão, onde se formou um poço com água estagnada, coberto de musgo e folhas, e cheio de detritos nas bordas. O zunir das moscas é irritante. Ele cospe e tampa o nariz com o pulso.

A ESTRADA PARA O PAÍS *49*

Quando volta os olhos para o poço, algo corta o tapete de musgo e folhas mortas. A superfície clareia, revelando águas translúcidas; então surge a pele estufada de algum ser, negro e podre, com uma multidão de vermes na barriga aberta. A alguns passos dali o rosto de um cadáver humano aflora na superfície, uma cabeça reduzida a um crânio com apenas um pequeno tufo de cabelos eriçados.

— *Oluwa mi oh!* — grita Kunle e foge correndo às cegas, perguntando-se o que teria acontecido com o cadáver. O homem teria sido morto ou se afogara? Com os músculos tensos, ele tem certeza de que acabou de ouvir vozes humanas. Então para e, com a garganta ressecada e uma voz insegura, grita:

— Tem alguém aí?

Ouve passos no capim e logo vê facões, fuzis e cabeças humanas. Pensa que precisa correr, mas seu coração cambaleia: e se ele voltar a se perder e passar ali a noite?

Uma voz grita:

— Mãos ao alto! Parado aí!

Kunle se volta rapidamente. Diante dele, acima do matagal, o cano de um fuzil aponta na sua direção. Ele quer apertar o peito para acalmar as batidas do coração, mas, em vez disso, é obrigado a erguer as mãos.

Dois homens — um deles com uma arma comprida — de rosto pintado e corpo coberto com folhas, como se plantas estranhas estivessem crescendo em suas roupas, irrompem à sua vista brandindo facões. Um dos homens pintados assobia com os dedos entre os lábios, e outra meia dúzia de pessoas, inclusive mulheres, se precipita para fora do esconderijo. Ele acena para um homem que carrega uma imensa tigela de alumínio velha e suja. O homem bate os pés, levanta a mão em uma espécie de saudação e grita:

— *Shun, sa!*

— Revistem esse homem! — ordena o homem com a arma.

O sujeito deposita a tigela no chão e faz sinal para que Kunle se aproxime.

— Estou falando pra você se endireitar! — O homem aponta para os dedões dos pés do rapaz, que escapam das sandálias.

— Eu sou da Cruz Vermelha... membro da Cruz Vermelha, senhor.

— Cala a boca!

Um homem diz algo em igbo. Kunle identifica a língua por ter ouvido sua mãe falá-la. O homem nota o olhar de incompreensão no seu rosto e balança a cabeça. Por um momento, Kunle quer falar, mas vê que não pode fazê-lo.

— Você é surdo? — diz o líder, e com um movimento rápido atinge Kunle no rosto.

O rapaz cambaleia e cai, sentindo algo estalar na boca e uma pontada de dor. Seu sangue brilha no capim e ele sabe, pelo súbito vão na gengiva, que perdeu um dente.

— De pé! — Alguém grita.

Kunle rapidamente se levanta.

— Desculpe, senhor — começa ele. — Eu sou da Cruz Vermelha de Akure, Região Ocidental, senhor... Cheguei ontem à noite.

— Aham — faz o homem e pronuncia algo em igbo. — Então, o que você está fazendo aqui, hein? Cruz Vermelha no meio do mato, dentro de Biafra!

— Não tem nada, senhor! — anuncia o homem que o revistou, afastando-se dele.

Surgem outros rostos pintados. Um dos homens com folhas na cabeça ergue o punho e se dirige a ele em frases longas, das quais os ouvidos de Kunle captam apenas as palavras em inglês que aparecem intermitentemente: "entregar-se", "inimigo", "setor". O grupo se anima e um homem alto agita sem parar uma bandeira de Biafra presa na ponta de uma haste, que o sol ilumina ora de um, ora de outro lado.

— Somos membros da milícia da República Popular de Biafra — informa o líder, que carrega um fuzil no ombro.

Os soldados gritam em uníssono:

— Sim!

— Você, homem, é de um país inimigo! O general do exército popular ordena que você seja preso por entrar ilegalmente na República de Biafra.

Kunle sente uma indiferença, como se seu corpo — com os braços agarrados por aqueles homens estranhos — tivesse perdido a vida. É esse corpo que eles arrastam por uma floresta de bambus e cipós até entrarem cantando numa aldeia. O lugar é um ajuntamento de cabanas e construções de tijolos cuja disposição lembra a da aldeia de sua mãe. Sua família a havia visitado apenas uma vez, para o enterro da avó, o último parente próximo da sua mãe que não se mudara para Akure ou Lagos. Tinha sido uma viagem longa, tortuosa, de ônibus, para Otukpo, depois de trem para Enugu, e ainda tomaram outro ônibus para Ovim, com Tunde vomitando muitas vezes até eles chegarem, tarde da noite, no destino final.

Os milicianos o levam para uma cabana que teve seu telhado de palha reforçado com folhas de palmeira e em cuja varanda soldados uniformizados montam guarda atrás de sacos de areia. Três oficiais com uniformes verde-oliva estão debruçados sobre uma folha de papel sobre uma mesa, todos com pistolas em coldres presos ao cinto.

— *Shun*, oficiais, saudações! Comandante da Milícia Popular aqui, comandante Chimaroke, senhor! — declara o miliciano.

Os oficiais se viram.

— Senhor, nossos membros da defesa civil pegaram esse impostor no território de Biafra, no meio do mato, a vinte e cinco quilômetros de Obollo-Afor. Estava indo para o lado inimigo.

Kunle sente sobre si o olhar dos oficiais e se pergunta qual deve ser o seu aspecto sob a luz da lâmpada amarela, arrebentado como está, com um dente faltando.

— Isso é verdade, cavalheiro? — pergunta um dos oficiais, que usa óculos de armação de tartaruga com aros redondos.

— Eu… sou voluntário da Cruz Vermelha. — Kunle apalpa o que sobrou da camisa, levantando uma aba rasgada e amassada, onde estava a insígnia. Mostra. — Cruz Vermelha de Akure, senhor. Vim para ajudar porque meu irmão está aqui.

O oficial dispensa o chefe da milícia, que dá um passo desenvolto, bate continência e começa a se retirar.

— Espere, Chima! — grita o oficial. — Seus homens notaram alguma coisa perto de Obollo-Afor hoje?

— Sim, senhor. Concentração do inimigo, mas sem movimentação.

Durante algum tempo após a partida do miliciano, ninguém diz nada para Kunle nem olha para ele. Quem pousar os olhos sobre Kunle, mesmo que de relance, poderá ver que ele está em pânico: o que irão fazer com ele? Será morto, jogado numa cela? Ao levantar a aba de tecido no joelho, onde sua calça está rasgada, ele vê que a ferida escureceu. Como costuma fazer quando está em dificuldade, se questiona se o Vidente viu aquilo. Ele estava destinado a ser morto pelo mero crime de querer levar o irmão para casa? De vez em quando ouve um barulho vindo de alguma estrada que não se vê: o som de um veículo ou de alguma máquina. Durante um bom tempo os oficiais conversam em inglês sobre o mapa que está na mesa. Falam de pontes, floresta, erosão, barreiras naturais, blindagem, e suas vozes são oscilantes, impacientes, com uma estranha mistura de dureza e medo. E quando parece que estão concluindo a reunião, Kunle sente como se algo mordesse seu coração, maltratando-o. Enquanto os homens não estivessem prestando atenção nele, Kunle estaria a salvo. Uma tempestade de ideias e argumentos o acomete quando os oficiais se levantam num movimento abrupto que parece ensaiado e se despedem com apertos de mão. Dois deles saem, deixando para trás o oficial de óculos que havia falado com o miliciano. Alto e de ombros largos, ele tem uma postura inclinada, como se carregasse nas costas um peso invisível. Usa um quepe verde como o de Fidel Castro, que sombreia seu rosto.

— Como você se chama, jovem? — diz o oficial, sem se virar.

— Kunle, senhor. Adekunle Aromire.

O oficial levanta os óculos de tartaruga, observa-o e lentamente os põe de volta no rosto.

— Aham, então você é do ocidente, hein?

— Sim, senhor. Mas minha mãe é igbo.

Os olhos do oficial se contraem e ele parece examinar atentamente Kunle, com um olhar descansado e firme para o seu rosto e o seu corpo. Kunle permanece imóvel, desejando que não escape nenhum som. No entanto, seu estômago ronca, produz uma série de berros ao alcance do ouvido do oficial. Este retira os óculos, esfrega os cantos dos olhos e diz:

— Hum… igbo… De onde?

— Ovim, senhor.

— Hum, então você veio nos ajudar?

— Sim, senhor — ele responde, mas, ao achar que o major não o ouviu, repete sua resposta.

O oficial se levanta e sua figura novamente provoca em Kunle uma súbita angústia. Ele olha para as mãos do major, que as esfrega.

— Sou o major Amadi, e com os meus colegas que você viu agora, estamos lutando pelas nossas vidas. Se quiser nos ajudar, não precisamos apenas de comida. Precisamos de homens corajosos como você, cuja mãe é uma de nós e, portanto, que é um de nós. Precisamos de homens como você… precisamos de armas. — O oficial retira o quepe, esfrega a marca deixada por ele na testa e o coloca de volta na cabeça.

O major Amadi volta a falar, mas a lâmpada emite um ruído gasoso, obscurece, estala por um tempo e apaga. No escuro, o oficial ergue um lápis e o balança entre os dedos.

— Se formos seguir nossas regras, você teria de ser preso e depois morto por ter entrado ilegalmente no território de Biafra… Certo, você veio para nos ajudar, mas deixou seu grupo e começou a viajar sem permissão pelo país. Percebe?

Kunle sente o corpo latejar. Ele se ajoelha, suas mãos tremem.

— Por favor, senhor, eu…

— Não, não, não! Você é um homem corajoso. Levante-se!

Surpreso com o elogio do major, Kunle sente o medo arrefecer. Levanta-se e limpa a boca com as costas da mão. O major lhe dá um copo com água pela metade e ele a bebe apressadamente.

— Você é um corajoso igbo por parte de mãe — diz o major Amadi pegando o copo de latão. — Na verdade, você fez uma viagem sabendo que estamos em guerra. Você veio… um de nós… para ajudar. — O major tosse e cospe num lenço. Uma mulher lhe traz uma vela e ele a observa despejar um pouco de cera derretida e colocá-la na mesa.

— Você irá nos ajudar — diz o major, agora com suavidade.

— Sim, senhor. Mas, senhor, se me deixar ir embora eu prometo que vou para a casa dos meus pais e nunca mais volto aqui. Nunca, senhor, por favor.

O major Amadi dobra os braços em torno de si e por algum tempo parece rir em silêncio.

—Agora é tarde demais para isso. — Sua voz assume um tom de raiva moderada.

Kunle recua quando o major Amadi se aproxima, mas ele simplesmente põe a mão no seu peito e diz:

— Inspire.

Kunle puxa o ar.

— Expire!

Ele solta o ar.

— Vire de costas! — Depois: — Fique de cócoras com os braços levantados! — E: — Vire-se outra vez, aperte as mãos contra o chão e levante as pernas!

Quando Kunle, ofegante, sente suas forças começarem a falhar, o major grita:

— Última coisa: fique na ponta dos pés.

Kunle cambaleia, quase perde o equilíbrio, com a tensão aumentando nas panturrilhas. O major Amadi balança a cabeça com um brilho no rosto.

— Bom, bom... ah, bom. Agora levante a mão e repita comigo: Eu me comprometo com Biafra, meu país...

— Eu... eu... — Ele olha hesitante para o major Amadi. — Eu me comprometo com Biafra, meu país.

— A ser fiel, leal à revolução e à nação biafrense...

Kunle repete cada frase, acompanhando o major:

— Defendendo o país contra toda agressão por terra, ar e mar...

"Lutando com todas as minhas forças como integrante das Forças Armadas de Biafra...

"Sabendo que o custo da deserção será a minha vida...

"Eu juro!"

Kunle fecha os olhos durante todo o juramento e quando volta a abri-los a escuridão está mais densa, como se a noite tivesse caído com mais profundidade naquele curto espaço de tempo.

O major Amadi fica olhando pela janela, como se mergulhado em contemplação, de tal modo que, quando volta a falar, parece súbito, inesperado:

— Você jurou apoiar a nossa revolução, ajudar Biafra. Com a sua vida. Abandoná-la resultará em morte.

— Sim, senhor! — Kunle se vê respondendo pela enésima vez.

O major Amadi fica mudo, balançando a cabeça. Quando volta a falar, a voz é mais suave:

— E antes que eu me esqueça: você não pode ter esse nome aqui. Daqui em diante você é Peter, ouviu?

— Sim, senhor!

— Peter... hã..., talvez Nwaigbo... já que você é nosso filho. Peter Nwaigbo.

— Sim, senhor!

Os sons dos insetos noturnos invadem a varanda, como se tivessem sido convidados. Além deles há apenas o sibilo da vela, perturbado por uma mariposa que morre na chama tremulante. As palavras do major Amadi soam inesperadas, cortantes:

— Parabéns, então. Você é um de nós!

O Vidente estava perdido na visão revelada da vida do homem não-nascido. É difícil acreditar no que da onde está agora, vinte anos mais tarde. Muitas coisas na visão o surpreendem. Por exemplo: é difícil acreditar que o colonialismo acabará, quando apenas dois anos antes os ingleses divulgaram uma nova constituição. Uma grande escuridão preenche a tigela e ele só vê a silhueta da estrela. Ele sabe, por experiências passadas, que isso é um intervalo, e que quando Ifá quer levar um vidente mais adiante no futuro de alguém, ele limpa o terreno dos acontecimentos e encobre períodos de tempo com camadas de escuridão luminosa.

O Vidente espera, entoando os nomes poderosos de Olodumarê, Ifá e todos do panteão das divindades. Precisa usar esse tempo para evitar adormecer. Ao se levantar, evoca — quase como se fosse uma visão — a noite em que viu pela primeira vez sua falecida esposa, Tayo. Ele a viu de pé num ponto de ônibus e sentiu uma necessidade quase desesperada de pegá-la e levá-la para qualquer que fosse o seu destino. Quando ela se sentou no carro, ele disparou uma litania de perguntas: ela não sabia que Lagos era perigosa àquela hora da noite? Não temia ser raptada? Ele falou durante muito tempo antes de se dar conta de que estava repreendendo aquela linda jovem. Porém, ela nada disse. Ele perguntou seu nome e ela respondeu simplesmente: "Tayo". Aquela reserva, mesmo após sua generosidade e das suas perguntas, deixou-o perplexo. Ele guardou o número do conjunto de moradias onde ela desceu, como se tivesse herdado um grande tesouro fechado numa caixa cuja chave somente ela detinha e que estava ansioso para abrir. Voltou na noite seguinte.

O intervalo se estende por muito tempo e o Vidente fica preocupado. Terá feito algo errado? Até então ele havia se aferrado às regras e não pronunciara uma única palavra que o homem não-nascido, distante naquele mundo além da ponte mística do tempo, pudesse ouvir. Ele pega o xale branco imaculado que trouxe consigo e o coloca sobre os ombros, sussurrando:

— Ifá, aquele dentre nós que é imaculado, branco puro é a sua cor. *Langi-langi* é o andar do gafanhoto... Caminhei atrás dos espíritos do tempo, *shukuloja-shukuloja*... Ifá, eu o procuro.

Após as suas súplicas, o Vidente sente como se uma luz vital houvesse sido acesa. Entretanto, quando abre os olhos e observa a tigela, a escuridão continua lá e não há nenhum som. Ele se pergunta o que precisa fazer. Em ocasiões assim já desejou muitas vezes que seu mestre ainda estivesse vivo. Ele ergue novamente seu amuleto, mas para, trêmulo. Um círculo de luz irrompeu subitamente para fora da tigela e ele vê uma longa comitiva de homens, com cerca de dois quilômetros de extensão, avançando como uma trilha de formigas ao longo do acostamento da estrada. O jovem, Kunle, está entre eles. Como os demais, tem o peito nu e balança ritmicamente os braços e as pernas ao mesmo tempo que canta.

5.

Kunle marcha e canta pela primeira vez nos quatro dias desde que chegou ao campo de treinamento. Depois de forçá-lo a entrar naquele estranho exército, o major Amadi o havia mandado para lá num carro. Kunle acabara por concluir que, considerando a sua situação atual, o desejo de expiar a culpa pelo ferimento do irmão tinha sido um erro grave. Daquela noite em diante, seus desejos — até mesmo de estabelecer algum contato com o irmão — tinham se tornado humildes e se vestiam com simplicidade, ao passo que seus temores ostentavam adornos opulentos. Assim, ele passou a se preocupar apenas com a ideia de como evitar entrar na guerra. Durante vários dias, cultivou a terra em vão, mas naquela manhã ocorreu-lhe uma ideia de clareza meridiana. Ele passou o dia inteiro treinando marchas e manobras com uma disposição revigorada. Quando dispara a arma que anuncia o último treino do dia, ele corre, pensando nos tempos mais amenos em que corria em volta do quintal com Tunde e os irmãos de Nkechi, Chinedu e Nnamdi, atirando com armas de brinquedo. Aquilo acontecera tanto tempo atrás que ele havia se esquecido de como o corpo pode exaurir a sua própria força. E agora, depois que o ponteiro indica o final da corrida de cinco quilômetros, ele se deixa cair ofegante no capim ao lado de dois companheiros.

Embora tenham lhe dito na chegada que havia quase setecentos homens no acampamento, conheceu bem apenas dois homens da Companhia D. Um deles, Felix, ele conheceu naquela mesma noite, no dormitório. Desarmado pela força bruta dos acontecimentos, deitou-se para dormir sem lençóis sobre a esteira amarela, tentando extrair algum sentido daquele mundo, aberto à força num único dia. Já estava quase começando a tremer quando ouviu uma voz dizer "Bem-vindo". Virando-se, ele viu pela primeira vez que na esteira à sua esquerda sentava-se um homem com um radinho colado ao ouvido. Felix tinha mais ou menos a sua altura, mas era claramente bem mais velho: talvez tivesse trinta anos. Estava ficando calvo, o que tornava sua testa mais proeminente. Era um pouco parecido com Chinedu, o irmão de Nkechi.

Naquela noite, Kunle se agitou na cama, em parte devido à claridade: o luar brilhava através do buraco na parede que chamavam de janela. Toda vez que abria os olhos, via Felix com o rádio grudado à orelha, observando-o. Em dado momento, Kunle deu vazão à sua dor e frustração, deixando escapar um gemido profundo. Felix entregou-lhe um lenço e o aconselhou a tentar dormir. Quando acordou na manhã seguinte, Felix estava sentado diante dele rabiscando num caderninho. Ao ver que Kunle tinha aberto os olhos, começou a ler algo que estava no caderno:

— Um a um nós chegamos, anjos caídos... nosso sofrimento falando com vozes claras... em línguas de além destas planícies.

Kunle se sentou. Lá fora soava um assobio, e antes que ele pudesse falar, Felix o empurrou para o campo para que iniciassem os treinamentos do dia. À noite, Felix contou que Kunle e a primeira noite de ambos haviam inspirado o poema lido na véspera. Ele era poeta e estivera trabalhando em Lokoja antes da guerra, tendo sido transferido do Norte havia apenas três meses. Contou-lhe como havia entrado no exército de Biafra: estava indo entregar um bilhete ao seu pai, que trabalhava como engenheiro para uma companhia de motores na periferia da cidade de Enugu. Ao atravessar a ferrovia, viu uma comoção e parou, testemunhando então o resultado de um massacre de orientais no Norte. Com a multidão agitada, Felix viu orientais feridos e mortos sendo tirados do trem. Entre eles, viu o corpo destroçado de uma mulher. No lugar onde haviam extirpado os seios, restava apenas pele ensanguentada. Num intervalo forçado pelo espetáculo de novos corpos que eram retirados do trem, ele encontrou um homem vestido com trapos ensanguentados relatando como, na cidade setentrional de Jos, eles tinham sobrevivido escondendo-se atrás de um baú quando o trem que levava orientais foi atacado por jovens armados que tinham mutilado os outros refugiados com facões. Uma gritaria assustadora vinda da multidão interrompeu o homem, e, ao se voltar para a direção deles, Felix viu a razão daquilo: um cadáver decapitado. Ele então deu meia-volta e foi diretamente alistar-se no exército de Biafra.

Felix narrou sua experiência com singular franqueza e emoção, que impressionaram Kunle. Pelo modo como nos intervalos das suas narrativas Felix citava passagens literárias, depreendia-se um amor pelos livros e por contar histórias. A história de Felix plantou em Kunle sementes profundas de compaixão pelo companheiro e pelos orientais. Naqueles quatro dias, Kunle treinou ao lado do companheiro. Mesmo sentindo simpatia por Felix, ele ficava desconcertado, como se a amizade fosse uma linguagem que seu coração esquecera há muito. Entretanto na noite anterior, depois de dias revolvendo pensamentos inquietantes, ele chegou a um plano, e desde então começou a tentar se distanciar de todos, inclusive de Felix. Não havia sentido em criar relacionamentos sólidos, pois ele não tardaria a ir embora.

Afundando os dedos no capim macio e molhado, Kunle ergue o olhar para Felix.

— Pe-ter. — Felix enxuga o suor do rosto com um dos dedos.

— Estou cansado — declara Kunle.

Felix assente com a cabeça. Por um momento eles olham para a clareira que tem o dobro do tamanho de um campo de futebol e que naquela hora do dia cheira a grama cortada. Cabanas com telhado de palha assentam-se na extremidade norte da clareira, e para o leste há construções de tijolo que outrora faziam parte de uma escola, mas agora eram usadas para o treinamento do exército de Biafra, com seus tetos de zinco camuflados com folhas de palmeira. Os homens a distância estão sentados em grupos no centro do campo, rodeando vários mastros compridos nos quais foram construídas escadas. Com voz monótona, sob um calor intenso, um oficial grita instruções para um grupo que está perto das cabanas. Felix cutuca Kunle:

— Venha, venha! O major está chamando a nossa companhia.

Kunle não hesita: aquele sargento-major pune os recrutas ao menor pretexto. Eles encontram o resto dos homens da Companhia D sentados no chão em uma longa fila, entoando a mesma música que — ele se lembra — que os milicianos que o prenderam cantavam: "Somos biafrenses lutando pela nossa nação... em nome de Jesus, vamos realizar nossa conquista".

Depois, enquanto o sargento-major leva quatro homens que deixaram de treinar por terem sido dispensados, os soldados da companhia começam a conversar. Felix é envolvido em discussões sobre os quatro homens, um dos quais tem cinquenta anos e é hipertenso, segundo os médicos do exército. Kunle se levanta e vai sentar-se a alguns metros do grupo, tentando manter distância e conservar o sentimento de não pertencer àquele grupo. Procura considerar a situação em desenvolvimento: deveria intencionalmente ser reprovado nos testes? O que acontecerá se o reprovarem? Ele seria posto novamente no seu caminho para encontrar Tunde ou para voltar à Cruz Vermelha? Ele pergunta a Felix o que acontece com quem é reprovado.

— Eles o levam diretamente para a milícia! — responde Felix aos sussurros. — Quando você se identifica como soldado e faz o juramento, precisa servir no exército de alguma forma.

— Ah! — Kunle assente.

Outros dois homens começam a dar palpites, mas ele deixa a mente flutuar até a última ideia que teve: tentar telefonar imediatamente para a clínica e pedir à freira que interfira em seu favor. A religiosa é compassiva, e quando souber que ele é um bom aluno cujo período letivo está prestes a começar pedirá para que o liberem do exército. Tudo o que ele tinha de fazer era encontrar um jeito de entrar em contato com ela e expor seu caso do modo mais convincente possível.

Bube-Orji, o outro homem que ele conheceu, lhe dá um tapinha no ombro e se agacha ao seu lado. Kunle quer protestar, mas algo no rosto de Bube-Orji o dissuade de fazê-lo. Bube-Orji tem uma doença de pele que lhe deixa manchas brancas no corpo: o vitiligo. As manchas do seu rosto parecem a pele de um corte antes de começar a sangrar. As manchas brancas em volta de sua boca muitas vezes lhe dão uma expressão de simpatia e cordialidade. Foi ele que, dias antes, falou sem constrangimento que fazia sexo com a namorada. A moça, na época uma virgem de dezenove anos, tinha sido pega pelos pais furiosos, que insistiam que ela era jovem demais para Bube-Orji e que ele, um homem pobre, era indigno dela. Magoado com a separação, ele tinha visto na guerra uma chance de se redimir.

— Estou com fome — diz Bube-Orji.

Kunle quer dizer que também está faminto, mas apenas assente. Nos últimos quatro dias eles tinham ido para a cama às dez da noite e levantado às cinco da manhã. Toda manhã o intendente assobiava antes do treinamento e os recrutas enchiam o salão da escola: um prédio grande que ficava no centro do acampamento, ao norte da clareira. Eles comiam inhame cozido com azeite de dendê, bolinhos de *akara* ou, às vezes, arroz refogado. As porções eram menores que todas que ele já comera, e frequentemente a refeição era feita às pressas; quando rompia o dia eles já haviam gastado a energia do alimento e novamente sentiam a barriga vazia, depois de correr, saltar barreiras nas corridas de obstáculos e escalar paredes enquanto oficiais os perseguiam com apitos. A refeição seguinte era à tarde, depois do treinamento: peixe defumado, ovos cozidos ou inhame.

— Agora só Deus sabe quando a gente vai comer outra vez. — diz Bube-Orji olhando para cima. Seu estrabismo lhe enruga levemente o rosto.

O sargento-major volta soprando seu apito e ordena à Companhia A, o grupo na extremidade mais remota da clareira:

— Inclinar!

Imediatamente, os homens se precipitam para escalar as escadas de construção rústicas. Kunle permanece com os olhos fechados, desejando uma pausa, pois seu corpo ainda dói insuportavelmente.

— Companhia D!

Kunle e os outros homens avançam. Ele sobe uma escada dependurada, suspensa por uma barra horizontal que balança sob o peso do corpo enquanto ele peleja para subir. Gritos o incentivam:

— Vai, Peter! Peter!

Ele desce e depois corre até a casamata, a cinco metros dali.

Mais tarde, quando se retiram para os quartos do acampamento, ele fica deitado na cama, pensando no que estará acontecendo com Tunde. Haverá combates perto dele? Ele pensa em retornar para casa? Caso decida voltar, se for pego, como se defenderá sem ajuda? Kunle está tão perturbado que quase não ouve a conversa dos homens. Nas últimas quatro noites, depois do jantar os recrutas contaram histórias do seu ingresso no exército de Biafra, a maioria deles falava em inglês por causa dos recrutas de outros grupos étnicos. Um homem, de Katsina, teve toda a sua família assassinada e só foi poupado porque se escondeu numa árvore do quintal. Outro, ao voltar de uma viagem encontrou a cabeça do irmão presa num espeto. O homem que fala agora é pastor e bem mais velho que a maioria deles — tem pouco mais de quarenta anos, talvez. Havia recebido uma bala nas costas durante a noite sangrenta de Kano e fora dado como morto. Ele e dois outros membros da congregação tinham conseguido sair rastejando por uma porta secreta nos fundos antes de a multidão arrasar sua igreja e matar a maioria dos fiéis, inclusive sua esposa e os dois filhos do casal. Como muitos outros, esse homem está lutando agora não somente pela sua família, mas porque sabe o que aconteceria com eles se os nortenhos chegassem ali.

Essas histórias enchem Kunle de angústia, como se as coisas que os homens descrevem tivessem acontecido com ele. Terminado o relato do pastor, um frágil silêncio se instala, mal preenchido pelo som de grilos. Enquanto esperam outro recruta começar, ele se pergunta qual seria a sua história, caso lhe pedissem para contá-la. Como seria possível dizer que num acesso de irracionalidade ele embarcou numa viagem para uma guerra? Como seria possível explicar que Kunle não era ele mesmo desde 1956, que grande parte dele havia sido rompida pela culpa, que o conduzira até ali com a esperança de levar o irmão de volta para casa? Ele se sente aliviado quando um homem começa a falar sobre sair de Lagos para ir para ali.

Na manhã seguinte, ele se levanta às vinte para as cinco, antes do primeiro apito. A noite fora cheia de pensamentos sobre sua mãe. Na carta deixada em casa, ele escreveu que estaria de volta dentro de três dias. As missões da Cruz Vermelha costumavam ter essa duração. Só que já se passara uma semana. Ele lava o rosto no tambor de água, do lado de fora do dormitório, joga na boca pedaços de bastão de mascar para limpar os dentes e corre para o alojamento do sargento-major, um chalé abandonado pelos seus ocupantes quando irrompeu a guerra e em que a maior parte do mobiliário, inclusive um televisor moderno, ficara para trás.

Quando o sargento-major o convida a entrar, Kunle lhe conta cabisbaixo, como chegou a Biafra.

— Não é a minha guerra, senhor! — Ele luta para controlar a voz. — Não vim para lutar como meus companheiros. Por favor...

Durante vários minutos, o sargento-major permanece mudo, e o silêncio começa a fazer Kunle questionar o que disse. Assim, atropeladamente, ele acrescenta:

— Senhor, eu amo Biafra e vou lutar, senhor. Eu... É só que eu estou muito preocupado com a minha mãe e o meu pai, senhor.

O silêncio do sargento-major permanece, e em algum ponto da casa uma voz feminina começa a cantar uma melodia. O sargento-major parece atraído pela música: *mas se o preço é a morte de tudo o que amamos, então que morramos sem uma sombra de medo.* Quando a voz é abafada pelo jorro de uma torneira, o sargento-major finalmente diz com voz rouca:

— Então o que você quer? Seu juramento já foi feito. Você é um soldado de Biafra, não vai voltar a ser um membro da Cruz Vermelha.

— Eu só quero dizer a eles, senhor... que estou aqui. Caso eles estejam me procurando.

O sargento-major acena com a cabeça na direção do telefone:

— Vá rápido.

Durante quase cinco minutos, Kunle segura o fone verde contra o ouvido, olhos fixos no disco rotatório, temendo não conseguir falar com o centro. Ele estremece ao ouvir uma voz alta, impositiva, dizer:

— Alô? Alô... Centro de Saúde de Opi.

Kunle inspira, firma a mão, olha para o sargento-major, que o observa.

— Eu sou... era membro da equipe que começou em julho... de Akure.

— Membro? Quem…

— Meu nome é…

— Sim? Qual é o seu nome?

Ele volta a olhar para o sargento-major, receoso de dizer seu nome verdadeiro.

— Meu… hã? Sou o membro que deixou o Centro de Saúde de Opi.

— Ah, sim, o garoto que a irmã Rose estava procurando?

— Isso, senhora.

— Jesus! Onde é que você se meteu? Por que…

— Desculpe, senhora, eu sinto muito…

A mulher que está do outro lado da linha afasta-se do telefone e fala em igbo com alguém que está por perto.

— Senhora?

A mulher volta à linha.

— Escute, a irmã está muito, muito brava. Na verdade, você foi demitido…

Ele tenta falar, mas parece que a mulher não o escuta.

— Eles procuraram demais por você, em toda parte; *procuraram* você.

— Eu…

— Foram até na Rádio Biafra, na tv Biafra…

— Eu estou… estou… senhora?

— Sim, fale.

— Estou no acampamento de Udi. Eles me prenderam e eu entrei no exército. Por favor, conte isso para a irmã Rosemary. Estou com pressa, perdão.

O telefone zumbe com o som de um carro dando partida. Kunle ouve um barulho no fundo, o motor do veículo e alguém que grita alguma coisa. A mulher sussurra para outra pessoa em igbo, e Kunle fica na expectativa, com a esperança por um fio. Então a voz volta, mais calma que antes:

— Olhe, amigo, entendi. — Vou falar com a irmã, e se ela quiser, fará alguma coisa. Se não, boa sorte.

Ele desliga o telefone e bate continência para o sargento-major. Durante dias, fica à espera, com a mente suspensa na ponta de uma vara inalcançável, pensando somente no que e como havia dito. Ele tinha pleiteado o seu caso, mas isso o ajudaria? Os treinamentos intensificam-se com a passagem do tempo e os homens estão constantemente pingando de suor, com os músculos tensos e doloridos. Eles percorrem os cinco quilômetros até uma aldeia vizinha e voltam, com fuzis reais e de demonstração que balançam na mão esquerda. A intensificação da atividade resulta em ferimentos. Na volta de uma marcha, um homem desmaia. No mesmo dia, um fuzil de repetição erra o alvo e quase mata um dos sargentos. Os oficiais tornam-se cada vez mais exigentes, gritando constantemente, e suas vozes ecoam o tempo todo na cabeça de Kunle.

À noite, ele se senta à margem dos agrupamentos, à espera. Três dias depois do telefonema a Companhia B é mandada para o front, e então seu grupo passa a ser o próximo na fila. Dentro de um dia, dois, três, uma semana, duas — ninguém sabe quando —, seu grupo será mobilizado. Essa ideia é como uma ferida em algum ponto do seu corpo, uma ferida em carne viva, que sangra.. A cada dia ela se aprofunda mais e se expande, amargurando-o.

Ao acordar no sexto dia depois do telefonema, ocorre-lhe que a freira pode ter resolvido não o ajudar e que assim ele terá de ir para o front, rumo a um futuro imprevisível. Quando o sol diminui de intensidade e sombras cobrem o campo de treinamento, eles saem para a área de prática de tiro, dessa vez com fuzis Lee-Enfield. Ele segura a arma mas suas mãos não o prendem com a devida força e o suor lhe escorre pela nuca, enquanto seus companheiros, entre eles Felix e Bube-Orji, brandem seus fuzis e sorriem radiantes. Durante três dias seu pelotão usou imitações de armas: galhos esculpidos na forma de fuzis, e agora ele só pensa que o armamento de madeira era mais pesado que o real, que está nas suas mãos.

Eles rastejam por duzentos metros sobre o capim molhado enquanto os suboficiais disparam sobre suas cabeças, mirando uma baliza de madeira. Por duas vezes, ele sente a força das balas que passam zunindo, atingem o alvo e se dissolvem em faíscas aterrorizantes. Momentos depois de, postado logo atrás de Bube-Orji e Felix, atingir a linha final, um grito cortante parte dentre os que estão atrás dele. Os oficiais vibram os apitos e correm em direção à baliza, onde um homem atingido na cabeça por uma bala ricocheteante se contorce tombado no capim. O treinamento é encerrado imediatamente, e depois que o homem é retirado os soldados voltam aos dormitórios.

Durante toda a noite, deitado na cama tentando dormir, o rosto baleado do homem agonizante e o crânio do cadáver visto no poço o encaram de algum espaço desconhecido. Como alguém poderia estar seguro ali em meio à morte e à tristeza? Como alguém poderia sobreviver no front, se durante o treinamento há tanto perigo? Sua única esperança era a freira benevolente, mas já faz seis dias desde a ligação. Na extremidade do salão, Felix e Bube-Orji estão sentados ouvindo a Rádio Biafra no radinho. Kunle olha pela janela para o campo vazio iluminado pelo luar e tem a impressão de que o espírito do homem morto passa por lá.

Os últimos dias de treinamento são sombrios, e o desespero de Kunle vai adquirindo a fecundidade bruta do veneno. Na véspera da partida da companhia, o major Amadi chega ao amanhecer, como se convocado pelos anseios mais recônditos de Kunle, que oscila entre extremos de coragem (procurar o major Amadi e pedir para ser liberado) e medo (da reação de Amadi ao seu pedido) durante o tempo em que o oficial se dirige aos recrutas. Não consegue reunir coragem e, em vez disso, observa o major Amadi entrar no seu carro, um Peugeot 404 escuro, e desaparecer na estrada que sinuosamente se afasta da escola.

Enquanto seus companheiros, revitalizados pela fala do major Amadi, cantam músicas de guerra, Kunle se senta sozinho com uma certeza paralisante de que não há saída para aquela situação. Sente que o desejo de desejar Biafra é como um monumento tombado. Sabe o que tem de fazer: encontrar um meio de inteirar Tunde do que está acontecendo, de que ele está ali perto. Se for para o front, e acabar morrendo, seu irmão precisará encontrar um jeito de voltar e ficar com os pais. Um dos dois deve sobreviver. Ele pede a Felix um pedaço de papel e o conserva no bolso durante o treinamento matinal, que consiste em marchar por estradas empunhando fuzis e cantando. No caminho para Emene, um dos oficiais apita e grita:

— Atenção!

Todos os homens param e pisam forte no asfalto.

— Peter Nwaigbo, recruta, insígnia número B-131!

É ele.

— Presente, senhor! — grita Kunle, e imediatamente a barriga lhe dói.

O sargento aponta para um veículo à espera no outro lado da estrada.

— Vá com ele para o acampamento.

Kunle está perturbado, mas sem tempo para acalmar os pensamentos, pois perto da entrada da escola a caminhonete da Cruz Vermelha o espera. A freira está sentada no banco do passageiro com o vidro da janela aberto. Parece mais magra, com o rosto de tez clara maltratado pelo clima e pontilhado de espinhas. Ela desce do veículo, em voz baixa pede ao motorista para esperar e então se benze.

— Irmã, irmã, eu sinto muito — diz Kunle com voz ofegante. — Eu quero... queria ver. — Ele bate na barriga com a mão direita até o ar ruidoso se aquietar nas suas entranhas. — Irmã, eu queria ver o meu irmão rapidamente e voltar... Eu não ia demorar... Sinto muito... Sinto muito, irmã.

Ele se dá conta de que está chorando, então baixa o olhar para suas pernas, para os pés descalços, cheios de capim, terra e moscas.

— Está tudo bem. Agora não tem volta. — Ele percebe a hesitação na voz da freira. — Você entrou para o exército...

— Por favor, irmã, por favor. — Ele se ajoelha, olha ao redor para se certificar de não estar sendo visto por nenhum dos seus superiores ou amigos. Sabe que aquele é o momento, que aquela é a sua chance de voltar à vida. Era preciso encontrar um modo de persuadi-la. — Eu nem terminei a faculdade — pede ele enxugando os olhos com as costas da mão. — Eu sou aluno... da Universidade de Lagos, irmã.

A freira fecha os olhos. Com o coração chegando à beira do limite, Kunle quase grita:

— Por favor, irmã, eu sou iorubá. Nem sou deste lugar.

Ela meneia a cabeça e se vira para observar um homem que chama alguém no outro canto do campo. Quando volta a fitá-lo, Kunle sente um golpe no estômago, como se tivesse engolido algo sem saber.

— Irmã, irmã, a minha mãe — diz ele, nervoso —, ela vai se matar. Por favor, por...

— Você entrou para o exército — repete a freira com expressão sombria. — Nós fomos até a guarnição de Enugu. Antes de vir aqui fomos ontem conversar com o próprio major Amadi. Mas eles recusaram. Nós fizemos o possível, por você.

— Ah... *Oluwa mi!*

— Veja, preciso lhe dizer... lhe dizer... que não posso fazer nada agora.

Ele não consegue erguer o olhar, mas vê os pés da freira moverem-se para trás e ouve o retinir de chaves. Seu corpo treme numa onda desesperada.

— A senhora pode contar para eles... Para os meus pais, por favor... Eu... Por favor, irmã. — Ele avança um pouco, rastejando ajoelhado e com as mãos unidas em súplica.

— Levante-se, levante-se — pede a freira enquanto recua. Ela se vira para trás e faz um sinal para o motorista. — Traga um papel e anote o endereço dos pais dele.

Ela dá de ombros e o abençoa.

— Deus esteja contigo.

6.

Nos três dias que sucederam ao término do treinamento da sua companhia, ele ficou à margem de tudo. O espírito vagava pelas estradas que deixavam Biafra, em busca de uma saída. No marasmo da noite anterior, havia ido até a varanda e feito um levantamento dos entornos: a oeste da escola, tinha apenas a silhueta da floresta; a leste, uma barreira operada por homens; ao norte, tambores de gasolina e um caminhão velho. Ele se perguntou: se eu me embrenhar no mato, até onde conseguiria chegar? Será que me perderia novamente na floresta e seria preso por algum policial militar de Biafra, ou entregue a soldados federais para ser morto? Quando o major Amadi soubesse da quebra do juramento, o condenaria à morte? Esse pensamento o tinha levado de volta ao quarto, destruído.

No entanto, naquela manhã a velha porta da fuga se fechou com um estrondo quando chegaram os ônibus que os levariam para o front. Eles não partiram porque a tempestade começada antes da madrugada continuava. Ficaram o dia inteiro esperando com seus pertences no salão de reuniões, e agora já são quase quatro da tarde. Ele se senta bem no fundo do cômodo, perto de uma pilha de carteiras, cadeiras e lousas quebradas.

— Peter! — chama uma voz familiar. Abrindo os olhos, ele vê Bube-Orji sentado no banco ao seu lado, com Felix logo atrás.

Desde a visita da freira e do decorrente desespero que o acometeu, Kunle percebeu que não tinha escolha senão formar uma amizade tão firme quanto possível com seus companheiros e evitar buscar a solidão. Havia ali tanta coisa desconhecida e temível que — ele concluíra — seu bem-estar dependia daquela camaradagem.

— Estou pensando — começa ele, olhando para os amigos. — Vocês sabem onde é a cidade de Nkpa?

— Nkpa… Nkpa — repete Bube-Orji e dá um tapinha na testa. — Já ouvi falar deste lugar.

— Não fica perto de Uzuakoli? — indaga Felix.

— Não sei — responde Kunle olhando agora para Felix, cuja pele clara estava começando a bronzear depois daqueles dias de exposição ao sol. Tinham surgido espinhas em todo o seu rosto, uma delas logo abaixo do lábio inferior.

— Fica perto de Uzuakoli, depois de Ovim — informa Felix.

— Ah… sim, me lembro! — grita Bube-Orji. — Fica depois de Umuahia, uns quarenta quilômetros.

— Bube-Orji está certo — diz Felix. — Mas, Peter, por que você quer saber?

Kunle abre um sorriso.

— Bom, porque o meu irmão está lá.

Felix pega a mão de Kunle e, virando-a de modo a poder ver as horas, assobia. Pega a sua bolsa de pele de bode e retira de dentro dela o radinho de pilha.

— Esse rádio — comenta Bube-Orji, enquanto Felix estende a antena — é o deus dele.

— *Egwagieziokwu*, ouvi o seu cochicho. — Felix balança a cabeça e vozes nítidas começam a surgir entre a estática. Ele já havia dito várias vezes que adora ouvir o programa da Rádio Biafra às sete horas da noite chamado *Conversa sobre as notícias*. — É para você, Peter, que eu quero pôr o programa. Você vai…

— O que é isso que ele fica falando, *"Igbangi ekiku"*?

Seus amigos riem, Bube-Orji se sacode como se estivesse com espasmos.

— Diga de novo, por favor, ah, *biko*, diga.

Mas Kunle, receoso de que alguém questione a validade da sua afirmação da identidade igbo, hesita.

— Shh — diz Felix —, o programa vai começar.

Felix aumenta o volume e Kunle reconhece imediatamente a música comovente: é a mesma canção que a voz feminina na casa do major cantava. Quando acaba a música, um homem com voz suave que se apresenta como Emeka Okeke lê as notícias. O homem fala sobre homenagens a um oficial chamado major Chukwuma Nzeogwu, que morrera em ação durante um combate por Biafra; sobre extração de petróleo ao largo da costa de Warri num novo poço promissor para a jovem nação; e sobre a previsão de um discurso do coronel Ojukwu no dia seguinte para anunciar esse grande avanço.

Lá fora, a chuva começa a arrefecer, e agora o salão está em silêncio, apenas com o som do rádio. Outra voz irrompe no ar, e a sala vibra com um grito de "Okokon-Ndem!".

"Boa noite, povo auspicioso, invencível e extraordinário de Biafra!"

Os homens que estão na sala gritam:

— Boa noite!

"Salve Biafra, Terra da liberdade! Terra do sol nascente, camaradas de armas, homens e mulheres corajosos, esperança da raça negra. Estou feliz por anunciar a vocês que os atos dramáticos e covardes dos vândalos estão desnudados para o mundo como numa peça de Shakespeare. Eles espalharam confusão diante dos nossos rapazes, e Obollo-Eke foi defendida contra o exército do mal do hauçá Fulani e seus mercenários chadianos, egípcios e soviéticos. Nde Biafra kwenu! Abasi do! Salve o comandante do 14º Batalhão, OGC *Alexander Madiebo e major Patrick Amadi…"*

Os oficiais entram na sala aos gritos e rapidamente, enquanto os recrutas ficam atentos e Felix desliga o rádio, Kunle se dá conta de que, como uma bola chutada num campo em declive, sua entrada na guerra não será evitada. Eles pegam em grandes sacos de lã uniformes verde-oliva do exército de Biafra. Os mais de vinte capacetes se esgotam antes de Kunle e seus amigos chegarem aos sacos, mas Felix está entre os poucos que pegam os quepes no estilo dos de Fidel Castro. Há calçados disponíveis, mas a maioria são botas já usadas pelos militares do exército da União Soviética, importadas, segundo Felix, de um negociante iugoslavo. Kunle encontra uma que lhe serve bem, uma bota preta aparentemente de borracha, com pedrinhas cravadas nos vãos do solado.

Felix veste num segundo seu traje, como se já estivesse acostumado a usar um uniforme militar. Kunle abotoa, com dificuldade, os muitos botões e Felix o ajuda a endireitar o colarinho. No alto das duas mangas estão costuradas insígnias retangulares com fundo preto e a imagem de um sol nascente. Abaixo da insígnia da manga direita há um tecido branco com a inscrição LI. Ele acha que está tudo certo com os botões, mas Felix, sorrindo, aponta para os seus ombros, onde há duas tiras.

— O que é isso? — pergunta Kunle.

— Ombreiras — responde Felix abotoando a ombreira esquerda para Kunle. — É nelas que colocarão as insígnias da patente, se você for promovido no futuro.

— Ah, sei.

Felix dá um tapinha no ombro dele.

— Não vá morrer antes disso!

Eles são quatrocentos e, quando estão acomodados em três ônibus idênticos com a inscrição EJIKEONYE TRANSPORT LTD., Bube-Orji se inclina para Kunle e murmura algo em igbo que ele não entende, mas mesmo assim assente com a cabeça. O comboio passa por uma corrente contínua de pessoas que vão para o trabalho no acostamento da estrada, algumas pedalam bicicletas ou as empurram, a maioria segue a pé. Um grupo de mulheres e homens idosos está sentado sob a sombra de um guarda-sol grande e sujo, mas entre eles há uma jovem de pele clara com um lenço de algodão nos cabelos. Ele pensa imediatamente em Nkechi. Nos anos que se seguiram ao acidente, seus sentimentos em relação a ela tornaram-se anfíbios: por vezes nadavam alegremente num lago cálido de admiração, mas no momento seguinte agitavam-se nas margens do ressentimento. Ele se ressentira por ela ter revelado aos pais dela e dele tudo o que havia acontecido naquele dia, inclusive o jogo malcomportado a que estavam entregues. Os pais dela a puniram, e durante meses a moça não falou com ele. E então ele sentia tão profundamente a ausência de Nkechi que desenvolveu uma curiosidade deletéria, obsessiva, em relação a ela. E mesmo anos depois, quando ele já estava totalmente imerso em sua reclusão, ela espreitava atrás da porta do seu desejo.

Eles chegam a um campo onde há uma longa coluna de soldados e caminhões pintados com a cor verde do exército de Biafra, completamente cobertos de folhas. Os homens entoam uma música já conhecida de Kunle e ele se junta ao coro, cantando com um arrebatamento que o assusta. "Se a nossa geração não vai para a guerra, quem irá?" "Guerra! Se os da nossa idade não vão, quem irá?" "Jovens de Biafra, chegou a hora!"

O major Amadi permanece no capô do seu carro de comando e agita o cassetete até o canto parar. Está com um quepe como Fidel Castro e uma camisa cáqui camuflada, com mangas compridas arregaçadas até os cotovelos.

— Soldados da Companhia D, 1º Batalhão, 55ª Brigada — convoca o major Amadi. — Irmãos, homens corajosos de Biafra, sobreviventes do ódio e do genocídio. Todos vocês sabem por que estamos lutando. Se não sabem, olhem para a nossa bandeira: o vermelho simboliza o sangue dos civis biafrenses inocentes massacrados a sangue-frio no norte da Nigéria. Mulheres grávidas foram mortas como caça, em plena luz do dia! — Seus olhos tornam-se selvagens, a voz ergue-se numa fúria acelerada. — Nós vestimos o sangue deles! O negro significa o luto coletivo pelos nossos irmãos e irmãs, pelas mães e pelos pais, por nossos filhos e netos. O verde simboliza prosperidade. Venceremos!

Um grito abafado atravessa as fileiras de homens.

— E, por fim, mas não menos importante, o sol nascente simboliza o renascimento. Estamos lutando, irmãos, pela maior nação negra jamais vista!

Ele ordena aos homens que marchem em fila única em direção à tenda de varas de bambu coberta por esteiras de juta.

— Soldado Nwaigbo! — chama o major Amadi quando os homens começam a se dispersar.

Kunle, sentindo uma ferroada no coração, quase desmorona.

— Sim, senhor!

— Dê um passo para o lado!

Kunle sai do alinhamento, mãos curvadas no canto do rosto em saudação, enquanto os outros marcham na direção da tenda.

— Descansar!

Kunle desfaz a saudação e o major pergunta:

— Como vai?

— Eu... Eu... Senhor... — diz ele e então emudece. — Estou bem, senhor.

O major Amadi levanta os olhos para o céu como se tivesse subitamente se interessado pelo grupo de passarinhos que volteavam numa coluna de ar quente ao longe, depois baixa o olhar, meneando a cabeça.

— Veja, meu amigo, você precisa entender que não está sendo punido. Não. Você é um de nós... Sim, pelo lado da sua mãe. Hoje muitas pessoas no mundo inteiro querem lutar ao nosso lado. É por isso que até alguns brancos se juntaram a nós. Porque todos estão vendo com os próprios olhos o que nós estamos fazendo. Mas você... você já está aqui.

Kunle olha para o major Amadi.

— Sim, senhor.

— Além disso, você fez um juramento, o juramento do soldado. É assim no mundo inteiro.

Kunle assente com a cabeça.

— Sim, senhor!

— Portanto, eu não quero voltar a ouvir mais nada sobre você. Nada além de que você está cumprindo seu dever e lutando corajosamente.

— Sim, senhor!

— Você sabe o que acontece se desertar do exército. — Uma sombra ameaçadora atravessa o rosto do major. — Mas se você lutar e nós vencermos esta guerra, então... talvez você possa voltar para casa.

— Sim, senhor!

Embora as palavras tenham sido pronunciadas com uma voz mais suave, os olhos do major comunicam uma finalidade ardente.

— Bom, meu amigo. — O major aperta a clavícula de Kunle e assente. — Você vai ficar bem.

Quem olhasse de fora poderia dizer que, enquanto observa a silhueta do major que se afasta, Kunle se dá conta de que seu último esforço para evitar lutar naquela guerra frustrou-se. Ele se pergunta aonde a estrada o teria levado se, quando estava no campo de treinamento, ele a tivesse percorrido. Então procura seus companheiros, que agora estão todos armados com fuzis, e Felix levanta o dele na sua direção, chamando-o. Kunle tem novamente a sensação de estar aprisionado numa casa em chamas.

No meio da noite, no campo aberto, ele se levanta entre os amigos deitados sobre o capim, com as cabeças sobre os braços dobrados. Os únicos sons que consegue ouvir são o ronco dos homens e o *chirriar* dos grilos, mas sente que algo invisível e inexplicável o cerca. Desde quando era garoto, ele muitas vezes ouve palavras estranhas — entre elas, frequentemente, "Ifá" — ditas por uma voz que parece originar-se atrás dele. Normalmente, ao sentir essa presença ele vagueia por túneis profundos, imaginando, fascinado, quem seria a pessoa que estava falando. Porém, naquela noite, com uma arma nas mãos depois de apenas algumas horas no front, ele ergue os olhos e diz o mais baixo que consegue:

— Socorro! Seja você quem for… por favor, por favor me salve.

Sua mente está mergulhada nessa presença quando, ao romper da aurora, a companhia marcha entre os sulcos de uma fazenda abandonada, a escuridão deixando a cada passo a face do horizonte. A Companhia C está no front, seguida por dois suboficiais com submetralhadoras. As duas companhias deverão oferecer apoio de flanco para o avanço do resto do 1º Batalhão. Ele está na fileira da frente ao lado de Felix, Bube-Orji, outros dois homens da companhia e o seu comandante, o capitão Irunna. Atrás deles está uma fileira de homens sem fuzis; levam facões, cestos cheios de enxadas e pedras, garrafas de cerveja. Adiante há um pelotão de sinal, composto sobretudo por homens em trajes civis que pedalam bicicletas. Enquanto caminha, ocorrem a Kunle pensamentos orquestrados pelo som dos seus passos: o que estará acontecendo na universidade agora que o novo semestre acabou de começar? A freira já terá ido à casa deles em Akure? Ele lhe deu o endereço há mais de uma semana. Se ela foi, então talvez eles tenham mandado uma resposta — ou seus pais teriam morrido? E se Tunde…

Por um momento, ele se sente no limiar de uma vertigem: cai no chão e agarra o capim. Abre os olhos, dá tapinhas nas orelhas. Há fumaça nos seus olhos e uma película lhe tolda a visão. Por toda parte vozes gritam, e de algum lugar próximo ele ouve um matraquear de metralhadora. A marcha foi interrompida, isso é claro; a linha de frente está espalhada pelo campo e há muita poeira no ar. Os oficiais do comando gritam ordens e o mundo parece momentaneamente estar tendo um acesso. Ele pisca várias vezes e então vê que o rosto que o fita, preso a um homem ajoelhado diante dele, é de Felix.

— *Idi* ok?

— Sim! — grita Kunle.

Ele se levanta, mas receia andar. Fora derrubado um momento antes pela precipitação de uma explosão e o tremor que ela causara no chão.

— O que foi que aconteceu? — diz ele mais para si mesmo, mas Felix aponta na direção da linha regimental rompida. — Peter, precisamos nos reunir a eles novamente!

Kunle se levanta outra vez e com o coração batendo ruidosamente limpa as mãos escurecidas. Corre ao lado dos outros homens com a garganta tensa, uma sensação ruim no estômago, depois na boca, e que acaba por ir se dissipar numa região indiscernível do corpo.

— Artilharia. — Felix empurra Kunle pelo ombro. — Estão dizendo que vândalos alcançaram Ikem, a apenas quinze quilômetros daqui.

Kunle começa a falar, mas silencia para que possam ouvir as ordens gritadas pelos oficiais no comando. Então pergunta:

— Onde estamos?

— Eha Amufu — informa um homem atrás deles.

Eles se viram para ver um dos quatro cabos sobreviventes do que restou da Companhia D. Agora ele é o assistente de comando. O homem, corpulento e de testa larga, agita uma metralhadora e tem um lenço preto no pescoço.

— Estão nos bombardeando novamente. São morteiros de alto calibre. Foi isso que matou quase todos os nossos.

O cabo dá um salto para o acostamento da estrada, empurrando para o lado uma touceira de capim muito alta. Felix, Bube-Orji e Kunle seguem, tossindo. Ele conta que haviam se equivocado devido à falta de comunicação com a companhia da retaguarda e acabaram ficando desprotegidos, atingidos por bombardeios federais tão intensos que dos noventa e seis homens restaram apenas quatro.

O cabo encerra seu relato quando eles atingem a retaguarda da linha de frente de Biafra, onde um tecido suspenso entre duas varas fincadas no chão ostenta a inscrição POSTO DE PRIMEIROS SOCORROS. Por toda parte, folhas de *uma*[*] com comida estão espalhadas pelo capim, assim como papéis, peças de roupa, bastões, chapéus e calçados ensanguentados. Há veículos carregados de feridos — um homem tem o rosto partido, outro sangra por uma faixa e um terceiro está nu até a cintura com um buraco nas costas. No limite do campo aberto mais feridos em graus diversos de padecimento físico estão deitados sobre sacos de grãos e esteiras de ráfia. Um deles tem um ferimento escuro no peito e está imóvel, como morto, com moscas verdes sobre o ferimento. O rosto de um homem com um coto onde antes havia um braço está azul, mas ele ainda pisca. Outros sacos estão manchados de sangue, e alguns dos homens sobre eles estão mortos, semicobertos por folhas de bananeira.

Eles dão um passo para o lado a fim de abrir caminho para uma van preta com o teto coberto de folhas frescas. Imediatamente, homens com tiras brancas com o emblema da Cruz Vermelha atadas a uma das mangas da camisa saltam do veículo e começam a levar mais feridos para dentro do veículo. Kunle fica ali, sentindo uma súbita compulsão maníaca de se desgarrar, correr para o mato e para casa.

Eles marcham sob instruções rigorosas para não se espalharem, a não ser em caso de ataque. Estremecendo a cada som, Kunle segue o homem diante dele. A um quilômetro do primeiro posto de socorro, eles recebem a ordem de parar perto de um posto de comando tático — uma tenda de lona encerada camuflada com folhas — onde oficiais estão sentados, debruçados

---

[*] *Thaumatococcus daniellii.* Erva de folhas grandes, parecidas com as da bananeira, que são usadas para embrulhar alimentos e têm vários usos medicinais. (N. T.)

sobre uma mesa, com caixotes de munição ao seu lado. A poucos metros dali um grupo de soldados está deitado ou sentado no capim, com fuzis em mãos. Esses homens estão cobertos de suor e lama, e seus uniformes parecem em mau estado. Uns poucos usam capacete e um tem na cabeça uma bandana preta. Quando surgem os novos substitutos, os homens sentados se animam ao vê-los. Kunle volta a engolirem seco e sente muita sede.

Eles chegam a um campo cortado por uma longa valeta que se arrasta sinuosamente por quilômetros, desaparecendo no mato. Nas valas, homens estão sentados atrás de sacos de areia e longas paredes improvisadas com troncos. Suas armas estão posicionadas nas fendas e eles têm os olhos fixos na distância para além da clareira.

— A-ten-ção! — grita o comandante da companhia, capitão Irunna.

Os homens ficam imóveis. O capitão, um homem de pele escura que parece um dos ex-fisioterapeutas de Tunde, observa a companhia, esfregando a testa com as costas da mão. Tem nos dois lados da boca um bigode descaído que se movimenta quando ele fala, oferecendo um espetáculo que, noutros tempos, Kunle teria achado engraçado, mas que agora dá ao capitão um aspecto de zangado.

— Fiquem firmes! — grita o capitão Irunna com tanto esforço que seus óculos escorregam pelo nariz. Os homens batem os pés levantando poeira e logo em seguida ficam imóveis.

Kunle, sentindo como se algo o mordesse por dentro e abocanhasse todos os órgãos ocultos, afasta-se dos amigos para observar os soldados nas trincheiras, depois volta a olhar os agonizantes que estão sendo levados para o posto de primeiros socorros mais próximo. Durante semanas ele tentou, esperou e lutou contra o poder do mundo para evitar aquilo, mas agora finalmente está diante dele: o front.

PARTE 2

A ESTRELA PROEMINENTE SE ESTABILIZA

O Vidente está impressionado com a situação do homem não-nascido: a triste imagem de alguém que precisa lutar a contragosto numa guerra. Parece que o homem não-nascido, Kunle, foi empurrado contra a parede e cedeu. O Vidente pondera que ele próprio já esteve nessa situação muitos anos atrás, quando tomou a decisão. Ele era um homem de negócios em Lagos, que se apaixonara e vivia uma vida tranquila, quando as visões de sua esposa morta cercada por uma pequena multidão começaram a fustigar seu sono. Naquelas imagens, havia sempre um carro azul arruinado, com um para-lama amassado.

No dia em que Tayo morreu, a visão — que acontecera pelo menos sete vezes — havia sido especialmente vívida. Ele acordou e viu que a mulher tinha ido trabalhar. Estava ainda processando o que vira quando um vizinho chegou aos gritos à porta de sua casa. Antes mesmo de abri-la, ele soube. Constataria que a visão recorrente tinha sido um aviso ignorado e confirmado com os próprios olhos: sua amada, arremessada para fora do táxi arruinado, deitada com a cabeça estraçalhada, quase irreconhecível. A partir de então, exatamente como fizera Kunle com o acidente do irmão, o Vidente se consumiu na culpa pela morte da esposa e decidiu que iria procurar a fonte daquelas visões e dedicar a vida a adivinhá-las e interpretá-las.

A estrela proeminente agora está radiante, clareando um pedaço do horizonte. O Vidente quer cantar para Ifá, mas lembra-se de que, momentos antes, Kunle havia pensado na "estranha voz" que ouve frequentemente. O Vidente sabe que a parede entre ele e o homem não-nascido é fina como um hímen. Se fala ou produz algum som, o homem ouve, e ele estaria prejudicando o curso dos acontecimentos. Ifá proíbe tal interferência, e é por isso que o vidente deve ficar o mais distante possível de habitações humanas, de preferência no alto de uma colina, ao acessar a tigela sagrada de Ifá.

Com os olhos fechados, o Vidente sussurra cantos em louvor a Ifá:

— Historiador do Inconsciente, o abutre branco que lança suas sombras sobre os céus de Orunmilá.

Ele coloca o xale branco sobre os ombros e, ao olhar novamente para a tigela, vê um sol brilhando tão intensamente que seu rosto fica banhado por sua luz, irradiando duas décadas no futuro.

7.

ELES ESTÃO SENTADOS ALINHADOS, ombro a ombro, beirando uma trincheira, com o sol a pino. O corpo de Kunle dói. Na noite anterior, ele havia dormido ao relento, maltratado por pernilongos que o picavam por cima do uniforme. Os três homens que agora Kunle chama de amigos — Felix, Bube-Orji e um terceiro cujo nome começa com Tchi mas é difícil de pronunciar — estão sentados ao seu lado. Duas noites antes eles tinham dormido juntos num pequeno espaço de uma trincheira, corpos aconchegados uns aos outros como coelhos. Agora Kunle sente a necessidade urgente de compartilhar uma ideia com Felix, que está escrevendo. Kunle ainda não entende como seus companheiros compartilham com estranhos, de modo tão descontraído, os detalhes de sua vida, até mesmo histórias sobre sexo com as namoradas. Mas agora também Kunle manifesta esse estranho desejo de revelar todos os seus pensamentos e começa a entender por que eles fazem isso. Primeiro, eles o fazem para confrontar sua mente em desintegração com a estabilidade da dos outros, para ter certeza de que eles não são os únicos que estão desmoronando. Segundo, talvez questionem o sentido de guardar segredos quando no dia seguinte, ou até mesmo naquela noite, eles poderiam estar mortos. Assim, passam adiante tudo — seus sonhos, histórias sobre relações íntimas.

Mesmo quando estão em silêncio, Kunle sente intensamente a presença deles, como até então não sentira a de ninguém.

Ouve-se um barulho estranho e os homens pegam seus fuzis, apontando para a esquerda, para a direita, para cima e para baixo até tornar-se claro que se trata de um helicóptero biafrense com as armas nacionais pintadas nas portas. Ao descer, o veículo enche o ar de uma espiral de poeira e sujeira. Um oficial sai da aeronave e se dirige rapidamente para o campo, seguido por outros homens de alta patente. O capitão Irunna, com as pernas da calça escurecidas pela água, apressa-se ao encontro de dois oficiais aparentemente mais velhos. Kunle vê que um deles é um daqueles que estava na cabana com o major Amadi quando ele fez o juramento. Bube-Orji o identifica como o brigadeiro Madiebo, o novo general comandante das 53ª e 51ª Brigadas, que incluem o 1º e o 14º Batalhões. O homem usa um chapéu de campo vermelho de expedicionário, carrega um cassetete e frequentemente cruza as mãos nas costas.

Kunle observa com ansiedade as deliberações dos oficiais, relembra o cadáver pútrido no poço verde, os feridos no campo, tudo isso flutua por sua cabeça. Depois que o brigadeiro deixa o comando em sua Mercedes, o capitão lê as ordens por ele deixadas: as Companhias A e B do 1º Batalhão devem avançar em direção aos arredores de Ikem partindo de Eha Amufu, onde outra brigada trava combate com o inimigo, e fornecer apoio de retaguarda. Ikem fica a apenas quinze quilômetros de distância, e o inimigo, tendo chegado lá há duas noites, àquela altura já controlou quase totalmente a cidade. Para iniciar a marcha, os oficiais distribuem dez cargas de munição para cada soldado que tem uma CETME ou um fuzil Madsen. Alimento disponível: porções minguadas de inhame cozido e carne de sol compartilhadas entre os soldados. Eles bebem de dois baldes de água, com os homens levando as mãos em concha até a boca.

Enquanto eles comem, chega um veículo de apoio da infantaria preta. Suas rodas são como as dos caminhões de carroceria coberta que transportam grande número de pessoas, mas sua alongada carroceria de metal se parece com um trator reformado. Tem uma fenda de tamanho suficiente para permitir a visão do panorama que se estende à frente e dos lados.

Faz um indescritível ruído, como uma grande massa de aço e metal sendo arrastada por uma superfície lisa. É pintado dos dois lados com as cores da bandeira de Biafra e o emblema do sol nascente. O capitão Irunna, limpando com as costas da mão o azeite de dendê que ficara retido em seu bigode, anuncia que o nome do caminhão é Genocídio, e imediatamente os soldados que estão atrás do veículo começam a repetir a palavra aos berros. Felix põe as mãos em torno do pescoço de Kunle e os dois pulam no ritmo da recitação.

— Nós somos felizardos — diz o capitão Irunna depois de, com a ajuda do seu auxiliar no comando, ter acalmado os homens. — Essa é a primeira vez que Biafra está usando um carro blindado nesta guerra. E nós somos os primeiros a ter esse tipo de veículo!

Os soldados aplaudem:

— Biafra ou morte! Biafra ou morte!

O capitão Irunna, esperando os soldados se acalmarem, retira os óculos e os limpa com a camisa. Seu uniforme é de um verde mais escuro, com tiras de camuflagem espalhadas.

— E — diz em seguida o capitão Irunna — vocês sabem que ele foi fabricado em Biafra? Isso mesmo, um veículo blindado fabricado aqui pelo Departamento Nacional de Pesquisa e Produção, na África negra!

Novamente os homens gritam, animados.

— Está na hora! — mais lentamente. — Preparem suas armas.

Kunle ergue o fuzil e imediatamente sente a meia porção comida revirando em seu estômago.

Cantando, eles marcham em duas colunas atrás do veículo. Nas duas primeiras fileiras de cada uma delas, os soldados levam fuzis; atrás, homens sem armas carregam caixas de munição na cabeça. A estrada para Ikem está vazia, com capim e sujeira espalhados e alguns pertences caídos dos refugiados em fuga — roupas, papéis, pratos, um balde, um rádio quebrado, esteiras de ráfia — e árvores partidas. Numa clareira à esquerda há uma solitária casa de tijolos e telhado de zinco, cuja parede está rachada e chamuscada no alto, com pedaços de fios elétricos dependurados. De ambos os lados da estrada há cadáveres escurecidos.

A ESTRADA PARA O PAÍS 87

A marcha é lenta — o veículo blindado para a cada vinte minutos mais ou menos. Depois de alguns quilômetros ele enguiça por um tempo mais longo, desprendendo uma fumaça. A cantoria é substituída por murmúrios. Eles estão numa rodovia que corta uma floresta densa, que se estende por quilômetros a perder de vista. Retomada a marcha, ocorre uma nova parada em razão de um baque forte contra a dianteira do veículo blindado. O ar se enche de gritos, e através da fumaça Kunle vê dois homens caírem do lado direito e um capacete rolar para dentro do mato.

— O que aconteceu? — pergunta Kunle.

Ele pisca, tosse. Onde estão seus amigos? Os homens se dispersaram atrás de troncos caídos, deitados de bruços dos dois lados da estrada. Uns poucos, inclusive o coronel, se agacham atrás do veículo, com os fuzis de prontidão. Kunle rola para o lado de um homem alto e magro da sua companhia. Eles ficam deitados perto de um formigueiro e Kunle apoia seu fuzil num abacaxizeiro morto. O homem está falando quando outra saraivada de balas atinge demoradamente o veículo, como o matraquear de correntes, lançando faíscas vermelhas e fazendo o ar rescender a metal em combustão.

— Respondam à fuzilaria! Respondam à fuzilaria! — grita o capitão Irunna, e imediatamente irrompe um retinir de tiros e de cartuchos usados sendo ejetados das armas.

Kunle cai e se agacha entre tufos de capim, tampando os ouvidos com as mãos. Algo aterrissa ao lado dele à esquerda, e, gritando, ele larga o fuzil e se arrasta para trás até chegar a um homem que o repele.

Ele se vira. O rosto de Felix está escuro e em carne viva, e ele grita:

— Pare!

Então, como se tivessem acabado de retirar uma venda dos olhos, Kunle vê fumaça subindo do cano do fuzil que Felix tem nas mãos. Felix aponta novamente, e agora Kunle percebe no mato, a cerca de um quilômetro, a torre de tiro de um veículo inimigo avançando no meio de um aglomerado de árvores baixas, com infantaria dos dois lados. Felix agita um punho para ele e berra acima da gritaria coletiva:

— Atire neles!

O tranco do fuzil de Felix o sacode, mas Kunle aperta com força o gatilho de sua arma. Como se tivesse levado um chute no estômago, cai de costas. Quando abre os olhos, vê fumaça subindo do cano do seu fuzil. Há poeira nos seus olhos e ele ouve um cruel clamor de batalha, mas fica agachado no capim, olhando para as mãos trêmulas. Subitamente o ar se espessa e se ouve um som como se o tecido do universo se rasgasse. Um braço pressiona-lhe o ombro e uma voz, baixa, exclama no seu ouvido:

— Peter, você acertou um! Muito bem, você vai acabar com eles!

O homem está deitado ao seu lado; as camisas ensopadas se tocam, mas ele não pode levantar a cabeça para ver o rosto. Balas zunem sobre ele. Ao se virar para o outro lado, ele percebe um homem deitado no capim, morto, com sangue escorrendo de um buraco no pescoço. Kunle se encolhe ao vê-lo e força o corpo contra o capim.

Ele se choca ao ouvir Bube-Orji gritar:

— Muito bem, Peter!

Ao se virar para trás, vê Bube-Orji. Felix, que há pouco estava ao seu lado, desapareceu, assim como o homem alto que havia anunciado a sua ação. É verdade? Ele matou um homem? Kunle ergue o olhar para longe de suas mãos, em direção à distância fumacenta, procurando o homem que alvejou, buscando alguma confirmação do que fez.

Um súbito tiroteio o força a se arremessar novamente ao chão. Ele sente uma dor aguda, e olhando para baixo vê duas manchas de sangue na perna esquerda da calça imunda. Quando foi ferido? Como isso aconteceu? O capitão Irunna grita do veículo blindado. Kunle se levanta, mas é derrubado de volta por uma explosão, que sacode o chão e o joga para o lado de Bube-Orji. Levanta-se e senta contra a raiz de uma árvore, convencido de que algo o atingiu. Durante algum tempo fecha os olhos, depois os abre para ver que nada perfurou seu peito, embora lhe pareça que ali há algo que sobe em zigue-zague Um soldado, abatido por uma das balas que ricochetearam, se arrasta em direção ao mato, deixando sangue na estrada e traçando uma linha vermelha úmida e sinuosa no capim. Alguns metros adiante, na direção do inimigo, há um campo queimando, de onde rompeu uma linha de fogo crepitante que agora avança no campo aberto, enchendo-o de correntes de fumaça em movimento.

A ESTRADA PARA O PAÍS 89

Durante outra meia hora, eles vadeiam entre as árvores sob o estrondo de assobios e gritos de "Avançar", "Fogo" e "Retroceder". Parece impossível seguir em frente quando se pode ter a cabeça partida por um tiro, como aconteceu com o homem a dois metros dele, mas de algum modo eles avançam: tossindo, chorando, gritando, com a fumaça se espalhando entre as árvores, disparos irrompendo em galhos e correndo pelo capim. Chegam, por fim, a uma pilha de soldados federais mortos e feridos e, na parte traseira do campo chamuscado, estão reunidos soldados biafrenses, que cantam e erguem seus fuzis no ar.

No início, é difícil acreditar que terminou. Kunle segue Bube-Orji até a estrada, onde seus companheiros estão virando os corpos dos inimigos mortos, recolhendo fuzis, dinheiro e capacetes. No limiar do capim, um biafrense prostrado se contorce e mexe a cabeça num espasmo agonizante, cuspindo sangue. Outro homem, com um dos olhos fora da órbita — o que havia sido um olho é agora uma massa de pústula sangrenta com nervos rompidos —, grita:

— Não estou enxergando!

Kunle desvia o olhar, fechando os punhos com força para fazer frente ao choque, descontraindo-os somente quando chegam a um vilarejo deserto onde ainda há fumaça em casas bombardeadas. No centro do mercado, um Land Rover chamuscado queima por dentro. Bube-Orji, que masca uma noz-de-cola para aplacar a fome, aponta para a esquerda. Ao voltar o olhar para a direção, Kunle vê Felix aproximando-se, que parece diferente: tem o rosto e o uniforme cobertos de poeira e de fragmentos de folhas, e seu lábio inferior está inchado. Ele abraça Kunle e o sacode violentamente gritando:

— Vencemos!

Desvencilhando-se de Felix, Kunle sente uma tontura, como se estivesse caindo muito rapidamente de uma grande altura.

— Como é que você está? Como é que você está, Peter? — indaga Bube-Orji.

— Não sei — diz Kunle.

Felix olha para Kunle e depois para a sua própria calça manchada.

— *Nwanne, egwagieziokwu*, nós vamos vencer esta guerra. — Felix agita o punho. — Eu juro, vamos vencer. Olhe como eles correm, só por causa de um veículo.

Kunle sente a ferida na perna, com se a pele fosse rompida por um galho pontudo. Quer se sentar, evacuar, comer e dormir, tudo ao mesmo tempo, mas a primeira dessas necessidades se faz mais urgente e o domina. Ele sai correndo.

O rapaz cobre com folhas a imundície cheia de moscas e sai da floresta com a consciência de alguém em estado de aturdimento. Quando chega de volta às ruas se surpreende com a destruição. Tudo aconteceu muito depressa, como se na guerra o tempo tivesse uma característica diferente, hiperativa. Por toda parte o chão está repleto de cadáveres, crateras, sangue, fogo. Tudo parece um mistério escrito numa língua sombria, indiscernível.

Menos de meia hora depois do término do combate, dois soldados da Companhia A são mortos ao pisarem em material bélico não detonado dentro de uma casa de tijolos; o imóvel pegou fogo e agora veem-se sobre ele volutas de fumaça negra. O capitão Irunna dá ordens para que todos da Companhia D se reúnam no centro da cidade, num estádio municipal que tem parte das suas cadeiras plásticas queimadas e o toldo desmoronado sobre os assentos. O teto, uma placa de ferro, retine, movido pelo vento, e pássaros pretos voam sobre o campo contra o sol poente. Kunle se senta na grama do campo de futebol com Felix, Bube-Orji e o homem alto da companhia. O homem, retinto, de testa larga e que está sempre sorrindo suavemente, havia dito que seu nome era Ekpeyong.

Eles têm instruções para dormir ali, no estádio aberto, mas há muito barulho e, além disso, o frequente trânsito de refugiados que estavam escondidos no mato não lhes permite descansar. Um dos grupos é resistente: tinha sido fustigado por tropas federais, que mataram vários de seus parentes. Eles contam histórias do massacre executado pelos soldados federais, que os forçaram a recitar "Eu apoio a Nigéria unida!" se não quisessem ser mortos. Antes de se retirar para Ikem, o inimigo sequestrou algumas mulheres, e uma delas, de catorze anos, era a filha de um homem que ficava se lamentando, implorando aos soldados que perseguissem o inimigo e resgatassem sua filha, até que o capitão Irunna ordenou que ele fosse levado para a segurança de Eha Amufu.

O assistente de comando da Companhia D, o cabo com um apelido em igbo que significa "fuzil", resolve entrar na cidade e achar um lugar razoável para dormir. Outros da companhia, inclusive Kunle e seus três amigos, seguem o cabo, que vai para a cidade com uma vara comprida e seca, sendo o caminho deles orientado pela extremidade acesa da vara, com fagulhas vermelhas que caem dela e morrem na escuridão. A noite está tão escura que a tocha do cabo quase não consegue iluminá-la, e eles pisam em corpos e em fuzis quebrados. Bube-Orji esbarra em algo escuro que sai rolando na escuridão com um som de lata repicando. O estranho eco desse som martela em Kunle pontadas de pavor e faz voar dezenas de morcegos pousados nos fios de iluminação, que então desaparecem no breu distante. Fica claro que a cidade foi severamente danificada. Enquanto avançam com dificuldade entre destroços, Ndidi comenta que essa é a razão pela qual dizem que os soldados federais são "vândalos". Eles veem pela luz da tocha quase em cada centímetro de parede que ainda está de pé os cartazes colados pelos soldados federais. Mostram o presidente da Nigéria Yakubu Gowon, apontando um dedo de advertência acima da inscrição: "Manter unida a Nigéria é uma tarefa de todos". Finalmente, eles encontram uma casa, metade dela reduzida a uma pilha de destroços, mas cuja sala ainda está quase intacta. Lá dentro há esteiras, tapetes e pertences espalhados. Eles estendem as esteiras pelo chão e, à exceção de Felix, deitam-se numa linha reta, com o luar entrando pela janela aberta. A luz da lua incide sobre um cartaz com uma enorme tabela de multiplicação dependurado na parede.

Na escola primária que ele frequentava no ano anterior ao acidente havia uma tabuada igual. Certa vez Kunle levou o lanche para o irmão, que então estava na primeira série, e o encontrou de pé sob o cartaz, protegendo-se com as mãos enquanto quatro meninos do terceiro ano zombavam dele e o chutavam. Mesmo passados tantos anos, Kunle não sabe o que o possuiu quando se precipitou para dentro da sala. O que sempre se lembra é do som de um dos meninos batendo na parede, do rosto ensanguentado de outro e de apertar contra os joelhos a cabeça de um deles, que gritava desesperado. Kunle foi punido e seu pai precisou ir à escola na manhã seguinte. Porém, no caminho para casa, depois da reunião com a diretora, seu pai lhe dissera: "Kunle, escute, eu gostei do que você fez. Você protegeu seu irmão. Isso é uma coisa boa".

Felix se senta à janela e gira o botão do rádio para ter um sinal melhor, esticando a antena. O sinal está começando a chegar quando Felix se levanta rapidamente, como se envolvido numa súbita briga com um assaltante invisível, e acende um fósforo. A sala se ilumina com a luz amarela. Do amontoado de destroços que é a outra metade da casa, alguma coisa salta, desliza até o chão e, como óleo escuro saído de uma garrafa invisível, corre e sai pela porta numa diabólica linha sinuosa, assobiando durante o percurso. Então eles explodem em risadas que se misturam ao alívio e ao pânico, como se tivessem sido momentaneamente tomados por um ataque de loucura.

Os homens começam a discutir o avanço de Biafra para a cidade de Benin, no centro-oeste, e como as tropas recuaram justamente quando chegaram sem oposição a Ore, que fica a menos de três horas de Lagos.

— Sabotadores! — diz Felix com voz zangada. — Eles estão por toda parte, até no quartel-general do exército. Mas... como é que... eu simplesmente não entendo como um igbo pode querer que seu próprio povo seja derrotado. Não entendo isso.

Na escuridão, o rosto de Felix se torce como se coberto por algo deformado.

— Estava... — O cabo tosse e engole em seco. Ele havia retirado da cabeça a bandana vermelha e com isso parecia calvo e muito mais velho. — Desde o início estava fadado a fracassar.

— Ah, é?

— É, sim. — O cabo assente. — Faça para si mesmo essa pergunta. Por que Sua Excelência traz homens iorubá para comandar a operação?

Bube-Orji assobia baixinho, balança a cabeça e pergunta:

— Como Sua Excelência acha que pode dar certo? Como, *biko gwa mu*?

Eles ficam em silêncio. Durante algum tempo o cabo tosse.

— Sua Excelência precisa comprar armas onde quer que as encontre — diz Felix. — Olhe para os vândalos: são uns medrosos. Antes mesmo que qualquer coisa aconteça eles já fogem.

— Amém! — exclama Ekpeyong. — Juro: eu teria atirado contra todos aqueles hauçás, se tivesse munição.

— Eles simplesmente têm armas, é só isso... — As palavras do cabo desaparecem num bocejo alto. — Só isto: porque Wilson está dando a Gowon todas as armas que eles querem. Se não, o nosso exército vai acabar com eles.

No silêncio que se segue, Kunle não consegue afastar da mente a história daquele oficial iorubá que traiu Biafra. Seus companheiros sabiam que na verdade ele não era Peter Nwaigbo, um igbo que não falava igbo somente por ter crescido numa área iorubá, mas que era de fato iorubá? Porém, além disso, por que essa ação violenta está sendo desencadeada sobre os igbo? Nkechi e a família dela sempre tinham sido bondosos com ele, com seu irmão e com a sua família. Ele nunca os havia julgado desfavoravelmente. Como era possível que agora até pessoas iorubá estivessem se juntando ao massacre de indivíduos igbo?

Kunle abre os olhos e vê apenas o botão da antena do rádio e a silhueta de Felix apoiado na parede, ouve-o resmungar para si mesmo agora que os outros estão em silêncio. Tenta dormir novamente, mas não consegue evitar que os pensamentos — da escola, da discoteca a que seu tio o levara na ilha de Victoria, de Nkechi e da *Encyclopaedia Britannica* que eles liam juntos, até mesmo do Vidente — pulem sem parar na sua mente. No entanto, ao final de cada pensamento as imagens da guerra se insinuam, e durante toda a noite ele luta, como alguém que tenta escalar uma colina escorregadia, para pensar em algo que não seja o front.

8.

Ao acordar, a luz que passa por buracos de bala do tamanho de um olho cai sobre o seu rosto. Kunle lembra imediatamente que o noticiário da Rádio Biafra na noite anterior havia mencionado que era uma segunda--feira, 14 de agosto, o que significa que hoje é terça-feira, 15 de agosto. Ele está na Região Oriental há um mês, e um novo semestre começou ontem na Universidade de Lagos. Na sua cabeça borbulham perguntas: as matrículas para o semestre se encerraram? Como ficará a sua situação acadêmica, o seu apartamento? A quem ele explicará essa necessidade urgente de voltar para Lagos? Esse pensamento lhe causa uma reação tão violenta que ele quase grita.

Sua mente está pesada como as árvores em torno dele, cinzentas depois da chuva. A calça está úmida por causa da água retida na grama, que brilha à luz matinal deixando no ar a sensação de um verdor úmido. Tinha chovido logo antes do amanhecer, e agora a terra argilosa tem um odor antigo — como o de terra ancestral. Em todo o povoado, regatinhos correm por pequenas ravinas e sulcos, levando restos de destruição. Alguns homens da Companhia B rodeiam um tambor de metal lavando o rosto e a boca. Atrás deles, do lado de fora de uma cabana, civis se reúnem em torno de uma fornalha. Numa vala que atravessa a estrada de terra, um caminhão com suprimentos está parado e soldados tentam empurrá-lo para que o motor pegue. Ao sul, há uma casa desmoronada, num acúmulo de pedras, madeira e utensílios domésticos: um lampião, uma cama, um braço quebrado de uma cadeira de madeira. O cadáver de um dos soldados mortos pela artilharia está entre o entulho, com apenas os pés visíveis.

Quando começam a marchar novamente, suas botas acumulam lama da estrada e eles arrastam os pés pelos sulcos balançando as mãos, quase numa dança cômica. Alguns homens tombam na lama escorregadia, entre eles o capitão Irunna, que oscila com as mãos flutuando enquanto dança numa postura arqueada para finalmente cair. Kunle e seus companheiros riem e Ekpeyong ajuda o capitão, que xinga e cospe furioso. Eles encontram um caminho gramado e seguem numa linha estreita até o capitão dar ordem para parar. Os homens cortam folhas de banana e cobrem a estrada com elas antes de continuarem a marcha.

O Genocídio avariado, sem a cobertura, abre caminho. Durante algum tempo uma multidão de animados civis vindos do mato em volta os segue, no rastro do caminhão de suprimentos. Quem olhasse de fora poderia ver que Kunle sente necessidade de ficar perto de Felix, Ekpeyong, Bube-Orji e os homens do seu campo de treinamento. Canta com um deles, que começou a entoar uma música com letra em inglês, e imediatamente esquece que está com medo. Entende então por que os homens frequentemente cantam com o rosto afogueado e músculos retesados no pescoço: "Somos biafrenses, lutando pela nossa nação, em nome de Jesus, vamos conquistar!".

Quatro quilômetros depois da cidade seguinte, cujo nome ele não recorda, o grupo chega a um entroncamento onde um grande número de pessoas com enxadas conserta uma estrada danificada por uma bomba de alto calibre. Perto do entroncamento, um hotel destruído ainda expele fumaça. Seu portão azul se derreteu num amontoado de metal comprimido. Ainda ligado às dobradiças, o bloco metálico guincha embalado pelo vento matinal. A cinza cai de uma árvore com metade carbonizada e a outra ainda verde-escura. Do galho mais alto urubus olham para as ruínas. Um soldado biafrense morto está estendido ao lado do prédio destruído. A chuva lavou o rosto do homem. Alguém lhe retirou os sapatos, e uma lagarta preta se arrasta na sola amarela do seu pé. A poucos metros dali funcionava um posto de observação de Biafra — uma gaiola sem telhado aninhada no alto da árvore — operado por dois homens, que foram mortos. O corpo de um deles, dependurado pelos pés, com a cabeça e as mãos suspensas no ar, projeta-se de um buraco aberto na gaiola. Ao ver aquilo, Kunle sente um movimento na virilha e gotas de urina escorrem por suas pernas. Ele olha em volta para ver se alguém notou aquilo, depois se apressa a abrir o zíper da calça e alivia-se no mato.

Saído de uma casa danificada, surge o sinalizador do regimento, coberto de lama e fuligem. Ele grita que o contraforte do inimigo está na direção em que eles seguem. Ele acena freneticamente, redirecionando-os para onde a Companhia C cavou trincheiras e estabeleceu uma linha de defesa. Os homens estão começando a se mover quando um soldado cai, com sangue jorrando onde haviam estado seus olhos. Outro, um homem da Companhia D, apelidado de Golias, se esparrama no chão aos berros. O resto foge precipitadamente atrás do Genocídio. O veículo ainda está rodando quando balas começam a atingi-lo novamente, agora com um ganido mais alto e mais próximo. Homens caem, entre eles o sargento que comanda a Companhia C, e uma camada de fumaça sobe do buraco sangrento no seu peito enquanto ele grita sem parar. Durante muito tempo, o mundo é para Kunle fumaça e barulho, algo envenenado e vandalizado. Parece que há fogo em seus olhos, espinhos no seu coração e toxinas nos seus pulmões. Ele tosse, fica ofegante, e abre caminho numa estrada obscurecida por fumaça negra ao longo de vários metros — pois o Genocídio foi mergulhado em chamas.

O bombardeio que se segue é implacável: uma torrente de explosões e convulsões. Encolhido ao lado de Ekpeyong, Felix, Bube-Orji e outros homens da sua companhia, Kunle tenta não entrar em pânico. Inicialmente parece que eles estão protegidos na trincheira, com menos de um metro e meio de profundidade e de largura, parapeitos feitos de sacos de areia e troncos de árvore. Entretanto, a cada explosão ele se sacode e fica mais próximo da parede do aterro da trincheira. O campo se enfurece com granadas e morteiros. Embora caiam a uma distância de centenas de metros, o terrível assobio ouvido quando elas passam é infernal, e há uma trágica ressonância no estilhaço que penetra na carne, estoura sacos de areia e mata gente. De vez em quando ele vê num relance um brilho alaranjado na passagem das granadas. E, na extremidade direita da trincheira, um homem que talvez tenha tentado fugir cai de volta, gritando; tem um estilhaço alojado no corpo. Durante cerca de uma hora, os gemidos do homem são uma cruel rejeição a um mundo virado do avesso. Eles incendeiam a alma de Kunle e, talvez, a alma de todos que o ouvem, mas ninguém se arrisca a tirar o homem da proteção da trincheira para levá-lo até o posto de primeiros socorros. Em dado momento, um dos soldados se arremete até o agonizante, mas Bube-Orji e outro homem o seguram repreendendo-o até que a voz se enfraquece e acaba se extinguindo.

Então, depois de quatro horas de bombardeio, o front cai em silêncio. É um tipo estranho de silêncio, no qual o mundo adquire uma súbita claridade verdejante. Todos os sentidos de Kunle se ampliaram e, com as pálpebras cheias de poeira, ele vê as minhocas contorcendo-se na parede da trincheira e a argila brilhando ao sol. Sente o odor da própria urina, do suor e do mau hálito dos companheiros. Ouve claramente o murmúrio da respiração dos homens, o ronco dos estômagos e Bube-Orji mascando a cola. Limpa o vidro do seu relógio: são quase onze da manhã.

Felix, que se encaixou entre Bube-Orji e Ekpeyong, rompe o silêncio. Naquela manhã ele havia ficado contente depois de ouvir pelo rádio que uma unidade biafrense havia saído vitoriosa no setor norte, perto de Onitsha. Agora está xingando, louco por uma chance de enfrentar novamente o inimigo. Ekpeyong é sujeito a mudanças bruscas de humor, como se levasse consigo uma garrafa de óleo que a cada derrota se esvazia e, depois, se enche de novo a cada vitória.

Bube-Orji está coberto de areia dos sacos que se abriram e tem as pestanas amarelas. Ele diz algo em igbo, mas Felix não responde, e passa pela cabeça de Kunle que ele está falando consigo mesmo. Talvez, como Kunle, Bube-Orji esteja pensando nas imagens que nunca o deixarão — talvez o horrível rosto do homem com os olhos explodidos ou daquele que morreu na trincheira sem ser socorrido. Ele não sabe por que quer saber, mas de qualquer maneira se pergunta. Bube-Orji, com um sorriso cheio de dor estampado no rosto, comenta:

— Eu estava dizendo que é como a gente ficar diante do espelho, sabe? O espelho é esta guerra... Ela nos mostrou imagens diferentes de nós mesmos que não sabíamos que existiam.

Durante todo o tempo, o front foi atormentado por um barulho de estilhaços, um som imbuído de terror estridente. Entretanto, agora o silêncio é tão firme que quando na linha um homem peida, o barulho é tal que quem se levantou ou saiu da trincheira volta correndo à posição. A linha de frente explode numa grande gargalhada.

Chega a notícia, pelo rádio do capitão Irunna, que a pausa se deve ao fato de um helicóptero biafrense de ataque ter destruído uma das baterias de artilharia do inimigo. A linha de trincheira, em toda a sua extensão, se regozija. Kunle não participa da cantoria, espantando as persistentes moscas atraídas pelas trincheiras enlameadas e impregnadas de urina. Surge o helicóptero, voando baixo entre as árvores, soprando poeira, folhas e papéis no ar. Os homens — até o que está ao lado dele, sempre distante, sussurrando preces com um rosário entre as mãos — gritam:

— Viva Biafra!

Durante o bombardeio tudo ficara imóvel — todos deitados onde estavam —, mas agora a vida retornou: por toda parte carregadores e gente do corpo médico começam a levar os feridos e os mortos. Soldados distribuem jarros e baldes de água, e saem das trincheiras para chegar até o mato a fim de se aliviarem. Kunle também sai correndo, desafivelando o cinto da calça bem antes de chegar no lugar pretendido.

Quando volta, os homens estão esvaziando uma caixa de madeira cheia de munição. O capitão Irunna caminha pela linha serpeante da trincheira fazendo uma conta de cabeça dos soldados da Companhia D. Sua bandana está molhada e enquanto ele conta ouvem-se vozes no seu walkie-talkie gritando em meio à estática: *Atacar, alfa... OK, OK... Hora de* QG *Chineke, ordem parar!...Perigo, perigo, comando força aérea aqui... Capitão Oleka falando de...*

— Noventa e quatro — diz o capitão apontando para Kunle com a ponta de uma caneta, e em seguida, gesticulando atrás do rapaz. — Noventa e cinco, noventa e seis...

Quando parece estar satisfeito, o capitão Irunna designa seu assistente de comando para vigiar e desaparece na retaguarda. O cabo escala o aterro e ordena descanso, e Kunle, relaxado, fecha os olhos para acalmar a febre na testa. Por algum tempo sente o apelo do lar, aspira o perfume forte da cozinha de sua mãe aos domingos.

Um grito agudo sobe do front e ele desperta com um estremecimento. Através da nuvem de poeira, ele vê o helicóptero biafrense afastar-se, deixando atrás de si uma corrente de fumaça vermelha. Algo cai da porta aberta. É um homem — curvado, inicialmente com as duas mãos estendidas, como se fosse mergulhar numa piscina. A figura escura vira, balançando no ar como uma tesoura de cabeça para baixo, com as mãos agitando-se, depois estendidas e em seguida unidas quando ele dá uma cambalhota desajeitada, até ficar fora de vista. O helicóptero avariado segue por uma pequena distância depois disso, soltando uma fumaça branca ao cair.

O espectro da morte do homem lança os homens no silêncio. O cabo se senta no aterro da parte da trincheira onde estão Kunle e seus amigos e se inclina contra um cepo balançando a cabeça. As mangas de sua camisa estão arregaçadas até o cotovelo, mostrando a cicatriz de uma queimadura. Ele começa a falar para os homens sobre a Batalha de Nsukka, seu primeiro combate. Uma granada tinha matado quatro homens numa trincheira em que havia oito e deixado os outros quatro totalmente ilesos. Ele tinha visto um dos mortos debruçado no parapeito, com o projétil ainda soltando fumaça na sua barriga.

— Nunca vi algo como aquilo na história da minha vida — diz o cabo com voz falha, como a do tio Idowu. — Nunca. Meus olhos adoeceram. Deus. Foi realmente...

Quem olhasse para Kunle ficaria aturdido a princípio, sabendo apenas que houve um barulho estrondoso e agora a cabeça e as mãos dele estão cobertas de poeira e lama. Ele sente muita dor no olho direito e um peso pressiona suas costas contra o solo. Kunle avança arrastando-se com as mãos e os joelhos. Ele se vira e vê que o peso é do corpo morto do cabo, cujas pernas ainda estremecem com o choque mortal.

— *Oluwa mi oh!* — grita ele, afastando de si as pernas do cabo. Procura sair dali rastejando, mas vê que aquela parte da trincheira cedeu e ele está confinado ali. Tenta se libertar, mas não consegue mover-se um centímetro. O buraco da arma fechou, a parede da trincheira desmoronou e metade das suas pernas está coberta de areia. Ele balança a cabeça para soltar a areia e enquanto escapa lentamente pelo chão ouve a música débil e nervosa da metralhadora. À esquerda vê Felix sentado com os dedos nos ouvidos; na manga da sua camisa uma linha escura corre do ombro até o punho. Outra explosão curva Kunle para a frente, e a uns cinquenta metros de distância ele vê irromper uma massa de terra com membros, corpos e folhas agitando-se em seu interior como acrobatas.

Ele ouve vagamente um grito do capitão Irunna ordenando que evacuassem as trincheiras. Tonto, cuspindo lama e sangue, Kunle não consegue se mexer da cintura para baixo. Ele se contorce, tenta reunir por todo o seu corpo uma força relutante. Aos berros, pega o fuzil e se arrasta por alguns metros sobre corpos massacrados, sujando as mãos de sangue. Por fim, chega à fortificação e corre para o mato atrás dos amigos.

Kunle se agacha ao lado de Ekpeyong e o homem alto imediatamente lhe entrega um cantil quase vazio. Ele bebe, despejando na boca as últimas gotas. Através do mato, eles ouvem mais bombardeios e veem uma fumaça negra voltear sobre as árvores. Kunle, agachado no capim, treme com uma febre estranha. Vê o sol brilhar por entre os ramos e acima das árvores. Ouve os gafanhotos pousarem nas plantas e a passagem distante dos veículos blindados do inimigo — a que Felix e os outros se referiam como "Saladinos" e "Furões" —, fornecidos pelo governo inglês. Ele se ajoelha ao lado de Ekpeyong, que parece calmo apesar de ter uma camada de sangue no olho direito. O fuzil de Ekpeyong está pousado em posição de disparo contra um possível ataque inimigo.

— Eles estão vindo — murmura Ekpeyong, com uma voz tão rouca que Kunle quase não o ouve.

— O quê? — indaga ele.

— Vândalos. Não está ouvindo? — Ekpeyong aponta para a direção de onde vem o som.

Então Kunle ouve a cantoria distante do inimigo. A terra parece ganhar vida própria, como se todos os mortos desde o início da humanidade tivessem começado uma repentina marcha. Seu olhar desce até a bota, onde torrões de terra deslizam lentamente para baixo a cada tremor das rodas dos veículos que se aproximam. Ele pensa no Vidente: por que o Vidente tinha dito que Kunle era um *abami-eda*? Ele sobreviverá a tal investida? Mesmo se isso acontecer, ele sobreviverá à guerra? Na estrada deserta surgem os veículos blindados, e suas sombras se movem entre as árvores enquanto gritos vindos da direção dos veículos erguem-se parecendo algo imaginado: *"Ooshebee! Heh! Ooshebee! Heh! ...Coragem! Heh!"*.

Naquela mesma manhã, mais cedo, alguns recrutas levaram caixotes de munição para os soldados: cartuchos para Mausers, CETMES, Lee-Enfields e outros. Agora Kunle verifica o compartimento do seu fuzil e constata que do total de vinte cartuchos há apenas sete. Ele volta a olhar os homens que carregam as caixas de munições.

Um assobio soa alto e quase imediatamente ele sente sobre si uma corrente de ar provocada por algo que logo vai se chocar contra o alto da floresta, rasgando com fagulhas as folhas largas e escuras. Poucos metros atrás de Kunle, uma árvore se incendeia. A floresta está iluminada com uma luz estranha, fantasmagórica. A árvore tomba, formando uma depressão comprida e estreita no mar de capim, e debaixo dela duas pernas escoiceiam. Gritos cortantes se elevam vindos daquela direção. Ele vislumbra primeiro o que não passa de uma miragem, e depois — como se rasgados de algum outro espectro — percebe dedos das mãos de um homem emoldurados na chama amarela.

Kunle se vira para trás para ver o contorno vago dos soldados federais em avanço. Ele rasteja rapidamente, por entre folhas grossas, passando por dois soldados biafrenses mortos no mato espesso. Por toda parte há vozes gritando: do capitão Irunna, de Ekpeyong. Uma voz conhecida berra:

— Peter… recue!

Alguma coisa atinge o cano do seu fuzil, produzindo um gemido alto, metálico. Ele está prestes a chorar. Ouve novamente seu nome. O mato farfalha. Diante dele, Ekpeyong se agacha gritando:

— Venha! Vamos!

Ele corre, objetos passam voando por ele, atingindo com pesados baques o capim e as árvores, e nuvens de fumaça preta se acumulam atrás dele.

Com fogo de artilharia e granadas destruindo tudo à sua volta, Kunle e Ekpeyong entram numa cidadezinha arruinada e passam por um grande buraco aberto por uma granada na parede de uma loja de tecidos, enquanto um bombardeiro federal voa alto atacando posições biafrenses. Poucos metros à esquerda dele, uma fumaça negra se lança, deslocando-se como um amontoado de nuvens sobre o sol que avermelha. Kunle sobe os degraus instáveis criados por destroços de tijolos e pisa nas costas de um cadáver esmagado. Pequenas labaredas espalham-se por ali. Eles rodeiam o mato em chamas por todo o caminho até a rodovia. O asfalto está repleto de pedaços do Genocídio, estilhaços, corpos, cartuchos usados e poeira. Ali há uma unidade de soldados biafrenses em retirada, a maioria deles em uniformes amarfanhados, feridos. Ele olha para trás, depois para as mãos ensanguentadas e então se lembra do nome que o Vidente lhe deu.

Com a cabeça girando e a vista obscurecida, ele e Ekpeyong chegam à retaguarda, onde um dos caminhões do comando está estacionado. Por toda parte homens suados, cansados e ensanguentados estão de pé ou sentados, tentando obter água ou ser levados dali para terem um atendimento médico. De uma esteira ao lado de um dos homens do corpo médico que carrega jarras de água, uma voz o chama debilmente. Ele se vira e reconhece um membro da sua companhia que havia comentado no campo de treinamento que ele tinha cara de adolescente.

O homem está deitado com um estilhaço alojado no pescoço e tem o lado esquerdo do uniforme ensopado de sangue arterial escuro. Ele pisca, com sangue grosso escorrendo no pescoço como a saliva branca de uma fera atingida. Esforça-se para falar ao ser levado para a caçamba num caminhão carregado com os corpos de uma dezena de homens mortos ou feridos. Quando o caminhão se afasta, oscilando ao entrar nos sulcos da estrada, os corpos dos mortos ou feridos, sustentados em posição sentada contra as laterais do caminhão, sacodem e batem na grade de metal, e o homem sentado parece balançar como se estivesse dançando tranquilamente. Kunle vira o rosto e se dá conta de que começou a chorar.

Quando o Vidente ouviu a chegada dos veículos federais, se empertigou e sentiu um aperto na garganta, esforçou-se para reprimir um grito. Embora o homem não-nascido só exista na sua visão, num tempo ainda não criado, Kunle sente o peso do olhar do Vidente e o ouve. Essa é uma das grandes maravilhas de Ifá: ele pode ultrapassar os limites do tempo e da existência para se comunicar com alguém muito além no futuro. O Vidente se conteve ao ver a carnificina, jovens sendo mortos num teatro de operações de guerra diante dos seus olhos. Em dado ponto, ele se perguntou se estaria assistindo ao momento da morte do homem. Kunle, no entanto, tinha escapado ileso, com uma bala apenas arranhando o cano do seu fuzil. O Vidente certa vez havia testemunhado, com sua amada Tayo, uma briga brutal numa feira perto do estacionamento de Agege, durante a qual um homem havia esfaqueado a cabeça de seu agressor. O inalterável frescor da lembrança, graças ao qual ele tem diante de si todas as partes do caso em detalhes vívidos, ainda o surpreende. Entretanto, naquele momento ele está ali vendo homens caírem, sendo incendiados e explodidos.

Agora que Kunle deixou o front, o Vidente se levanta da esteira de ráfia. Balança outra vez a cabeça, pois essa parte da visão é difícil para o seu estômago. Ele experimenta um conflito: quer desesperadamente assistir à morte e ressurreição desse homem, mas ao mesmo tempo, metade do seu coração se aquece com o desejo de que todas aquelas pessoas, muitas das quais ainda não nasceram, sobrevivam.

Um movimento de asas perto dele o assusta, e, virando-se, ele vê um pássaro branco subindo rapidamente na direção do aglomerado de árvores. O coração do Vidente estremece. O pássaro, seja ele qual for, deve ter sido atraído pela luz da tigela. Ele olha para baixo, e por um momento a água de Ifá se turva, então uma estranha dobra aparece na sua superfície. O Vidente espera com impaciência para ver Kunle novamente, o homem que acabou de saltar sobre o poço da morte, levando intacto o jarro da sua vida. E, involuntariamente, o nome escapa dos lábios do Vidente:

— Abami Eda.

9.

AQUELE É O SEXTO DIA NO FRONT, e ele já chegou ao seu limite. Durante
cinco dias, eles lutaram, recuaram do contato com a infantaria inimiga e
cavaram novas posições defensivas, que o inimigo bombardeou. Poucos
dias antes, eles dominavam povoados e cidades perto de Ikem. Na noite
anterior lhes restava apenas uma rodovia longa e sinuosa rodeada de afloramentos e pequenas colinas nas vizinhanças de Eha Amufu. Mortos e feridos se amontoam na retaguarda ou jazem nos acostamentos. Hoje os soldados estão concentrados ao longo da margem oriental do rio Eha Amufu,
flanqueando as posições da Companhia B ao sul do rio.

O bombardeio de hoje fala uma língua violenta que reverbera pela
casa grande da vida, rachando suas paredes em muitos lugares. Os homens
estão partidos por ele — como o homem que no terceiro dia não parava de
gritar que estava com dor de cabeça: *"Isi na awa mu o! Isi na awa mu o!"*. E,
num ato de súbita insanidade, deixou a trincheira. Horas depois Felix disse
que tinha visto as pernas desse homem flutuando no ar.

É para aclimatar os soldados ao seu ambiente que eles não têm
permissão de dormir fora da trincheira. Na noite anterior, Kunle dormiu
com a cabeça apoiada no ombro do homem que reza o terço, Ndidi. Um oficial do 14º Batalhão ficou num jipe conversível do comando gritando no megafone que ninguém podia sair, exceto para se aliviar no mato ali por perto.

— Se alguém tentar deixar o campo de batalha será julgado pela corte marcial. Repito: vocês serão julgados pela corte marcial.

Normalmente a noite é calma, e eles se acostumaram a dormir no campo de batalha, à quietude que há ali, quebrada apenas pelo barulho dos insetos e dos sapos, além de um ocasional ronco de veículos que retiram corpos ou trazem suprimentos, ou de homens que gemem, conversam, rezam ou cantam. Kunle também se acostumou aos sons dos mortos que jazem na terra de ninguém que fica além da base. Durante toda a noite ouvem-se gases vazados do abdome dos cadáveres e um ruído que parece urina jorrando. Ás vezes, ratos e camundongos interagem com os corpos.

Entretanto, nessa noite é diferente: Kunle acorda com pingos de chuva e um tumulto de gritos. A noite ganha vida com o matraquear de fogo de artilharia e fagulhas alaranjadas dos tiros que voam. Custa acreditar que o inimigo empreendeu um incomum ataque noturno. Por toda parte homens berram e gemem. Um oficial invisível ordena:

— Respondam à artilharia!

Kunle se atira na direção oposta daquela de que havia ouvido os tiros chegarem. Os disparos prosseguem incessantes — por cerca de vinte minutos —, depois cai o silêncio. A investida acabou, mas ele já não consegue dormir. De manhã, na estrada repleta de marcas do ataque, logo depois das trincheiras, quatro soldados federais estão estendidos em sulcos negros e tomados pela água. Outro homem jaz mais adiante na lama cheia de sangue, reclinado contra um monte de terra. Seu capacete, inclinado sobre o rosto morto, tem a inscrição MATADOR DE IGBOS.

O choque do ataque da noite anterior somado ao bombardeio ocorrido às sete horas dessa manhã faz com que Kunle também se sinta partido. No entanto, durante grande parte do tempo ele fica sentado pensando que apenas alguns dias antes, quando chegou ao posto de primeiros socorros na retaguarda, ouviu um som estranho que ninguém mais ouviu. Foi um longo bater de asas seguido de duas palavras ditas numa voz parecida com a do Vidente: "Abami Eda". Ele sentiu aquilo como real, mas quando olhou em torno de si não viu nenhuma ave e tampouco alguém próximo que pudesse ter pronunciado aquelas palavras.

Ele está pensando na voz quando mais tarde, durante um combate com as tropas federais na estrada aberta, Ekpeyong é alvejado e cai imediatamente, rangendo os dentes e piscando. Kunle se arrasta na direção dele, quer tocá-lo, mas se assusta com o aspecto do sangue escuro que rapidamente ensopa o uniforme do companheiro atingido. Aquele sangue lhe pareceu mais vermelho do que qualquer outro que ele já viu. O capitão Irunna, que ele percebe agachado atrás de uma árvore no acostamento da estrada, grita:

— Leve ele para o socorro!

A princípio, Kunle acha que o capitão Irunna enlouqueceu, pois eles estão sob o fogo incessante das posições federais na floresta, a apenas duzentos metros de distância, e os veículos do inimigo são visíveis até dali. Entretanto, quando o oficial grita novamente, engatilhando sua pistola, Kunle se abaixa para pegar o homem que chora alto. Com o coração batendo forte, ele o levanta e o carrega, levando-o dali o mais rápido possível.

Ao se aproximarem do primeiro posto de socorro, Kunle se surpreende. De repente, eles estão entre outros feridos e carregadores do 1º e do 14º batalhões que rumam para a mesma direção. Dois homens retiram Ekpeyong dos seus braços e alguém lhe dá um cantil, mas a água bebida apressadamente cai muito mal no seu estômago. Um homem que está sendo ajudado por outros dois soldados tem a perna esquerda fraturada na altura do joelho, e o membro está dependurado por um osso fino ensanguentado. Eles param arquejantes numa poça e dois homens avançam precipitadamente para ajudar Ekpeyong a sair da lama.

Aliviado, Kunle dá chutes para tirar os sapatos, pega-os e continua a correr com os calçados pingando como sacos de água furados.

— Estão vindo! Mexam-se! Mexam-se! Recuem! — Ele escuta a notícia de fogo de artilharia mais próximo, a menos de dois quilômetros.

Kunle ouve seu nome e, virando-se, encontra Ndidi logo atrás dele. Os dois correm seguindo a massa que se retira na direção de Eha Amufu. Ndidi reza a Ave-Maria. Eles observam um caminhão com a carroceria aberta passar pela estrada de terra cheia de buracos, cuja carga compõe-se sobretudo de mortos empilhados, com os pés descalços que sacodem de forma brusca como

A ESTRADA PARA O PAÍS *109*

mãos que acenam. Um dos feridos grita para o veículo pedindo um médico, mas o motorista apenas balança a cabeça, apontando para a traseira. Durante mais de dois quilômetros, uma pequena multidão de civis claudica ao longo daquela massa sombria de soldados feridos. Por fim, como se a própria natureza os tivesse emboscado, eles param às margens do Eha Amufu. A ponte sobre o rio tinha sido destruída por sabotadores naquela manhã e agora não passa de pilhas de barras de ferro caídas na água. Na extremidade mais próxima há uma aglomeração em torno de uma grande canoa, onde dois oficiais com varas e um homem que veste um jaleco branco com a insígnia da Cruz Vermelha na manga estão selecionando os passageiros, acolhendo apenas os feridos. Kunle e Ndidi avançam com Ekpeyong para a canoa.

Alguns poucos soldados entram no rio erguendo os fuzis acima da cabeça. Seus corpos ágeis tocam suavemente a água barrenta e emergem no outro lado parecendo mais magros e grisalhos, trêmulos. O barco volta e novamente se enche de mulheres e feridos. Chega o último do 14º Batalhão e os soldados se atiram no rio, gritando que o inimigo está a menos de um quilômetro de distância.

Embora não saiba nadar, Kunle não reflete e pula no rio. Imediatamente sente água na boca, nos olhos, nos ouvidos, no nariz. Não vê nada, chuvas de luz colorida penetram no tecido dos seus olhos. Ele solta um berro e se debate. A água chega até seus ombros e ameaça cobri-lo. Outro homem, que tem as costas ensanguentadas, cai de cabeça para baixo contra ele e Kunle sente sua calça ser puxada. O homem grita, e durante algum tempo o rosto de Kunle afunda na água. Ele se liberta batendo os braços contra a superfície. Sente algo ceder e sente-se livre. Rapidamente abre caminho pelo tráfego de gente encharcada.

Homens em trajes civis ajudam-no a escalar o outro lado. Ele fica na margem macia e arqueja por muito tempo. Inicialmente não nota que os homens que o ajudaram estão apontando para a sua cintura, falando em igbo e rindo. Ao olhar para baixo ele vê que sua calça está rasgada. Então cobre com as mãos a virilha e rapidamente se senta na margem. O homem que tinha se agarrado agora se aproxima da margem, ainda com o pedaço de pano cinza e gotejante preso ao punho.

A maioria dos soldados biafrenses é logo evacuada para o outro lado do rio Eha Amufu. Os oficiais do comando incendeiam o caminhão carregado com corpos e suprimentos. O fogo alto tem um som murmurante e se reflete na superfície do rio. Os oficiais que caminham ou nadam afastando-se do local do perigo passam através do anel flamejante. De súbito, um grande silêncio se instala sobre as pessoas que estão do lado seguro do rio, pois agora elas esperam para ver o que irá acontecer com a meia dúzia de homens feridos deitados nas macas, incapazes de fazer a travessia. Kunle ouve a voz de um deles, que está sentado na maca gesticulando e gritando algo em igbo. Outro se arrasta devagar até a beira da água e simplesmente desliza para dentro dela. A correnteza, mais forte por causa do vento do final da tarde, puxa o homem para baixo. Uma exclamação perpassa a aglomeração na margem, e por algum tempo Kunle espera, afugentando as moscas do rosto. O rapaz se dá conta de que suas pernas dão chutes involuntários, como se estivesse andando de bicicleta. As mãos do homem mergulham, afloram novamente na superfície do rio, a cabeça se agita para libertar-se da água. Kunle desvia a vista. Quando olha novamente, a roupa do homem está flutuando na água como se fosse uma pequena jangada.

Chega uma meia dúzia de soldados federais com folhas nos capacetes e nos uniformes. Um deles atira na direção dos biafrenses que escaparam, mas suas balas não os alcançam. Então, em meio a estampidos, o soldado mira os feridos que ainda estão na margem. Os biafrenses gritam e xingam em vão. O general comandante do 14º Batalhão ordena a evacuação. Eles se levantam, centenas de homens, afastando-se de Eha Amufu. No rosto deles, Kunle vê esta sórdida constatação: depois de seis dias de combate pesado eles tinham perdido Ikem e Eha Amufu. E por um longo tempo eles seguem pela estrada numa amargura silenciosa, guiados apenas pelo luar, como se proferir uma palavra sobre o que tinha acontecido fosse provocar o sofrimento de um futuro ainda desconhecido.

10.

DURANTE QUATRO DIAS, KUNLE FICA APÁTICO, estirado sobre uma esteira de ráfia num quarto em Enugu, capital de Biafra, com a maioria dos soldados deitados nus sobre seus uniformes. Nesses quatro dias, sempre que havia um silêncio no salão, imagens vívidas do front arrastavam-se como vermes saindo dos olhos mortos do passado e entrando na sua cabeça, enchendo--o de um pavor ruidoso. Diariamente, amargo e irritado, seu pensamento passava dos planos de fuga para planos de ir procurar o irmão. Na manhã seguinte à chegada deles ali, ele perguntou novamente a Bube-Orji sobre a área de Umuahia e o homem lhe garantiu, como Felix já havia feito antes, que não havia mais combates lá. Ele ponderou que se seu irmão estava seguro, tirá-lo de lá poderia colocá-lo em situação mais perigosa. Resolvendo que seria melhor Tunde voltar para casa por iniciativa própria, ele agora pensa em ligar novamente para o Centro de Saúde de Opi. Tenta durante dias encontrar um meio de falar com a clínica.

Seus amigos estão igualmente mal-humorados e tristes, pensando nas batalhas recentes nas quais mataram centenas de homens. Eles perderam também a maioria das suas posses, queimadas num dos muitos caminhões que não puderam atravessar o rio. Felix perdeu na água seu radinho de pilha; Ndidi perdeu um livro de orações. Kunle perdeu o papel em que escrevera o endereço de Nkechi e durante os dois primeiros dias seu relógio parou de funcionar. Ele abriu a face posterior, de prata enferrujada, retirou a bateria e o colocou no sol ao lado da vidraça da janela, no salão em que estavam alojados. Quando a pôs de volta, o ponteiro maior começou a se mexer de novo.

A perda das cidades setentrionais levou a uma reorganização da estratégia militar de Biafra. Diariamente, pelo rádio, pelo boca a boca, por exemplares de publicações como o *Biafran Sun* ou *The Leopard*, chegavam até eles notícias de outros setores da guerra, e ao cabo da primeira semana ficou claro que o avanço de Biafra na Região do Meio Oeste — que Felix e outros haviam seguido — tinha parado completamente e as tropas biafrenses foram derrotadas. Os homens estavam aturdidos com as notícias. Sabiam que os soldados federais não eram melhores que os biafrenses, apenas tinham equipamentos mais adequados. E uma unidade do exército de Biafra, que enfrentara pouca resistência, havia posto a perder o que poderia ter sido uma vitória decisiva.

No primeiro dia da semana seguinte, o intendente chega do quartel--general e eles se reúnem no centro do complexo escolar. No meio do pátio há a estátua de um aluno vestido com camisa branca de mangas curtas e um short azul, segurando nas mãos alguns livros, e sobre seu pé há um pedestal de pedra onde se vê a inscrição ESCOLA SECUNDÁRIA IMACULADA — ENUGU. O intendente distribui vários itens para cada um dos quase quarenta soldados: duas pequenas bolsas de couro, um suporte para munição, novos uniformes confeccionados por alfaiates de Enugu e de toda a Biafra. Nos cintos, um terço dos homens tem um cantil de borracha ou de metal. Naquela noite, depois do jantar de inhame cozido com azeite de dendê, Kunle puxa Felix para fora do alcance da audição dos demais e lhe pergunta como seria possível telefonar para seus pais. Acariciando a barba crescida, Felix sorri.

— Parece que você leu a minha mente.

— Ah, é?

— Eu tenho tentado conseguir um passe para ir ver a minha família, que não está longe daqui, dá para ir a pé. — Além disso, quero pegar o rádio velho do meu pai, que tem dois. Quero também vê-los, pois pode ser que Enugu caia e eles saiam de lá. Mas o capitão disse que, devido à situação, eles podem me dar permissão apenas para uma hora.

— É verdade — concorda Kunle.

Felix baixa a cabeça para pensar, e então se tornam visíveis as lêndeas no rosto claro dele, que escurece mais a cada dia.

— *Egwagieziokwu*, eu sei onde a gente pode mandar um telegrama para eles. Cita… Press, já ouviu falar?

Kunle meneia a cabeça.

— *Citadel Press*. O dono é Christopher Okigbo. Espere, vou pegar passes.

Kunle assente.

— Tenho certeza de que eles me darão, porque não moro longe. Eles não querem que ninguém mais fuja, afinal vários já fizeram isso. — Felix torce tanto a cabeça que os músculos do seu pescoço produzem um som. — No caminho de Enugub os policiais militares pegaram muitos, incluindo dezesseis da nossa brigada, que o major mandou diretamente para o tribunal.

Kunle nota que Felix está olhando fixamente para o seu rosto.

— Você sabe o que acontece?

Ele faz que não com a cabeça.

— Pelotão de fuzilamento — responde Felix sem esperar. Então, torcendo a boca num sorriso, põe a mão no ombro de Kunle, como se para acalmá-lo. — Vou pedir de manhã, também para Bube, então vou rezar para que nos deixem ir.

De manhã ele sai com Bube-Orji, que assobia e cantarola uma música enquanto masca nozes-de-cola. Eles param primeiro no portão da escola e cumprimentam os soldados rasos que montam guarda na entrada. Acima do posto de guarda, uma grande bandeira de Biafra ondula suavemente à brisa do fim da manhã. Do lado de fora, um pilar de aço de alta tensão se eleva por cerca de cinco metros. Lá no alto, há um estranho equipamento eletrônico com um fio que vai até a cabana situada ao lado. O instrumento está coberto — talvez para protegê-lo da chuva e do sol — por um telhado de zinco.

— O que é isso? — indaga Kunle.

— Sirene? — Felix cospe na sarjeta ao lado do acostamento. — Também estão nos bombardeando do céu, por toda parte. Não sei o que nós fizemos para essas pessoas. Por que, meu Deus, por que esse ódio? Por que, hein? Se você vir como eles nos matam... você até os ouviu no campo, não é?

Kunle assente com a cabeça.

— É terrível, terrível mesmo! — concorda Bube-Orji. Ele cospe saliva verde na grama.

Os três caminham pela longa estrada pavimentada, passam por vendedores de beira de estrada e policiais militares em motos que avançam com dificuldade entre a multidão de veículos. Kunle vê que a cidade é moderna — tão desenvolvida quanto a parte de Lagos que fica além da ponte Carter. Parece quase intocada pela guerra. Eles passam por um posto de gasolina com uma longa fila de carros caros: um Thunderbird americano, Opel Kadetts, um caminhão Ford, um Morris Minor. Os carros estão sendo atendidos por mulheres com aventais azuis sobre a roupa branca. Ele se surpreende por ver que as mulheres também controlam o trânsito na cidade de Enugu: guardas sempre do sexo feminino, vestidas com muito apuro em uniformes azuis e boné alto. A que está na rotatória onde eles param lhes acena autorizando a travessia e para com as luvas brancas uma dezena de carros dos dois lados da estrada. Um garotinho que atravessa a rua ao lado deles grita:

— Papai também é soldado!

Felix mostra para Kunle e Bube-Orji o nome das ruas: Zik Avenue, Bank Road. Alguns quarteirões depois eles chegam a um prédio de dois pavimentos próximo de uma loja de discos, na qual retumba uma música. Felix fala, mas sua voz é abafada pela de um homem que vende sorvetes de uma pequena geladeira atada à garupa da sua bicicleta. O homem toca uma campainha ao passar e grita:

— Sorvete geladinho! Feito em Biafra, doce como mel!

Bube-Orji começa então a produzir ruídos com boca, simulando que está sorvendo algo. Felix balança a cabeça e acena para o sorveteiro, dizendo ao companheiro:

116 Chigozie Obioma

— Você está sempre faminto. — Então pergunta ao vendedor, rindo:
— É mesmo feito em Biafra?

— Juro por Deus, oficial. Juro que isso é sorvete de Biafra, de verdade. — O homem levanta o sorvete, que está dentro de um saquinho de nylon limpo, que goteja água.

Felix dá algum dinheiro ao homem, que ergue as notas, examina-as bem e balança a cabeça.

— Não tem dinheiro novo?

— Qual é o problema?

— Dinheiro novo, de duas semanas atrás. Seu moço, troque o dinheiro. Nós não recebemos mais esse.

Felix olha para Kunle enquanto o homem devolve o sorvete à geladeira.

— Desculpa, soldados. A gente não recebe mais esse dinheiro.

— Que dinheiro? — pergunta Kunle, mas o homem apenas balança a cabeça, monta na bicicleta e vai embora soando a campainha e gritando: "Sorvete geladinho…".

— Sei lá — diz Felix com os tendões tensos aparecendo no pescoço.
— E, *egwagieziokwu*, nem mesmo De Young mencionou isso. Eles odeiam o nosso povo de tal forma que até trocaram a moeda… dinheiro comum! Assim nós vamos morrer de fome.

Kunle assente novamente com a cabeça. Quer dizer algo, mas chega apenas a uma compreensão parcial das circunstâncias. Eles estão diante de um prédio em cujo dintel se lê a inscrição CITADEL PRESS. Param no salão de entrada e leem uma notícia datilografada numa tabuleta dependurada na parede. Kunle olha por cima do ombro de Felix, com os olhos fixando-se primeiro na insígnia do sol nascente da manga da camisa do amigo.

— Está dizendo o que se deve fazer para apresentar um trabalho para a imprensa — informa Felix.

Bube-Orji fala que vai esperar do lado de fora, e antes que alguém possa dizer qualquer coisa já está tirando a pele de um pedaço de noz-de--cola. Felix e Kunle sobem a escada e passam por uma moto estacionada sob os degraus. O prédio cheira ao interior de um livro novo. Um ventilador de teto gira lentamente, fazendo ondular as cortinas verdes. Veem-

-se uma cadeira e uma escrivaninha, sob a qual há uma grande máquina de escrever e um telefone. Acima dela, uma foto emoldurada do coronel Ojukwu, com a legenda: EXÉRCITO DO GENERAL DO POVO. Ao lado três pequenos relógios mostram o nome de três cidades: Enugu, Londres e Nova York. Numa prateleirinha descansa uma pilha de livros, todos com a mesma capa verde. Alguém estivera datilografando, mas agora já não se ouve o barulho das teclas. Surge uma mulher, vinda de uma porta com a tabuleta SALA DE IMPRESSÃO.

— Olá, senhores — diz ela.

— Ah, irmã. Boa tarde.

— Em que posso ajudá-los?

Felix sorri.

— Não, é… nós só queremos ver o prédio. Viemos do setor de Obollo-Afor.

— Certo. Estamos abertos desde junho. — A mulher vai até uma escrivaninha e fica de pé atrás dela. — Nós até publicamos nosso primeiro livro. Está vendo ali?

Felix se aproxima, dá uma olhada na capa e balança a cabeça afirmativamente.

— É muito bonito. Da próxima vez que eu vier aqui vou comprar um.

Eles ouvem o barulho de cliques seguidos, como se alguém estivesse movendo o disco de um telefone, e uma voz baixa começa a falar de uma das salas. Com o tímido sorriso ainda no rosto, Felix aponta para a outra sala em cuja porta está escrito MAJOR CHRISTOPHER OKIGBO, EDITOR-ASSISTENTE.

— Ah, o major Okigbo não está. Ele está no front, em Nsukka. Mas o editor está aqui. No momento ele está ocupado. Se quiser vê-lo, volte depois das três horas.

— Não, não há problema — diz Felix. — Nós só queríamos verificar e conhecer o lugar. Eu também sou poeta.

— Ah, quem sabe a gente publica o seu trabalho?

— Ah, senhora, por favor, eu lhe peço… meu amigo quer mandar um telegrama para Akure.

— Ah, na Nigéria?

Eles assentem com a cabeça. A mulher meneia a dela.

— Não se pode mais mandar mensagem de Biafra para ninguém de lá.

— Ah — diz Felix, virando-se para Kunle.

Por um momento Kunle fica em silêncio, com o crescente sentimento de ter sido preso numa armadilha, de todas as portas estarem batendo na sua cara. Não pode mandar um telegrama para os pais. Não pode encontrar Tunde. Não pode ligar para o Centro de Saúde de Opi a fim de saber se a freira chegou a ir até a sua casa.

Mais tarde, eles encontram Bube-Orji mastigando e balançando a cabeça sentado numa pedra ao pé de uma árvore. Ao voltarem, Felix recita o poema de um poeta que ele chama de Jelan. Bube-Orji e Kunle ouvem. Bube-Orji geme e resmunga a cada verso que ele acha admirável.

A voz de Felix está começando a se elevar quando Bube-Orji se põe a fazer gestos rápidos, quase cômicos, como alguém cujas partes do corpo doem alternadamente: ora aperta o peito, ora a barriga, ora os fundilhos.

— O que foi, Bube? — indaga Kunle, mas Bube-Orji apenas o olha como se a pergunta tivesse sido feita numa língua incompreensível.

Eles estão numa rua larga com casinhas dos dois lados. Bube-Orji corre até uma moita baixa que tem ao lado uma lixeira fumegante. Ele é muito rápido, mas os dois o seguem, escalando um pneu de caminhão enferrujado. Por fim o alcançam, escondido atrás de uma árvore de tronco volumoso. Está com a calça descida até os tornozelos, numa dança louca que inclui tapinhas na virilha e nas nádegas. A certa altura ele arranca algo dos pelos pubianos. Kunle e Felix riem enquanto Bube-Orji se agacha e agarra a barriga. Felix se abaixa bruscamente e estremece com risadas: Bube-Orji não tinha notado que havia formigueiros em torno da pedra onde ele se sentara. Umas dez formigas haviam subido pelas suas roupas e ele tivera todo o corpo picado.

Quando Bube-Orji se certificou de que não havia mais formigas vermelhas nas suas roupas eles prosseguiram, para depois de alguns quarteirões parar em frente de uma casa com uma cerca baixa. Felix sorri ao ver correr na sua direção uma moça que se parece com ele, de cabelo trançado e seios balançando numa camiseta transparente. Ela estava pendurando roupa num varal quando os viu.

— Mano! Mano! — grita ela enquanto pula no irmão e ele a abraça.

Ela fala algo, mas Felix, meneando a cabeça, diz:

— Por favor, *biko*, fale em inglês. Nem todos os biafrenses são igbo, sabe?

A moça assente com a cabeça e diz ao irmão, num inglês entremeado de igbo, que a camiseta que está usando lhe foi dada por Sua Excelência durante as comemorações da Independência de Biafra. Ela faz Kunle se lembrar de Nkechi. A semelhança está presente no seu jeito de gesticular enquanto fala, curvando as mãos, apontando e tecendo no ar desenhos vazios. Na sua voz também há algo que se parece com o sussurro suave de "*Mmh*ãã", que frequentemente se seguia às palavras de Nkechi. "Você está me envergonhando, *mmh*ãã." "Não fique triste, *mmh*ãã." Enquanto a irmã de Felix fala, Kunle vê nas unhas pintadas dela o primeiro dia em que Nkechi pintou as unhas na sala da casa dele, com o cheiro forte do esmalte enchendo o ar.

A irmã de Felix traz sopa de *egbono* e purê de inhame em grandes pratos e tigelas, servilmente. Os três homens lavam as mãos e comem rapidamente da mesma tigela. Bube-Orji lambe os dedos com tal desinibição, o que faz com que Kunle precise se esforçar para conseguir parar de rir. Eles mal são capazes de ouvir o que diz a irmã de Felix sobre tudo o que aconteceu na cidade desde a Independência. A mãe de Felix, de tez muito clara, tal qual o filho, talvez seja alguns anos mais jovem que a mãe de Kunle. Tem muita coisa para contar: o estado dos civis em Biafra; o preço do sal, que disparou; o sofrimento das mães cujos filhos estão morrendo no front. Ela está falando sobre as ações dos sabotadores quando faz um movimento brusco e cai. Kunle também foi atirado no chão de vinil, com a perna esquerda doendo. Ao lado dele há pedaços quebrados dos pratos que foram arremessados contra a parede, como se uma criança petulante os tivesse atirado num acesso de raiva. A irmã de Felix está no chão, agarrada às pernas do irmão e entoa com voz trêmula:

— *Faa abia go! Faa abia go!*

Felix fica visivelmente irritado. Ele se ergue, levanta a irmã e alcança a mãe, que está refazendo o nó afrouxado de sua saia.

— *Nwanne*, vocês ouviram isso? — Felix se dirige a Bube-Orji e a Kunle.

Piscando e pondo-se de pé, Kunle balança a cabeça. O ataque parecia mais devastador que os projéteis de artilharia e os cartuchos de morteiro.

— *Chineke'm!* — No grito de Bube-Orji há também um som de dentes rangendo. — O que foi que eles despejaram assim na cidade? Ah, sobre civis? Vocês podem imaginar? Mulheres e crianças inocentes...

Kunle se atira no chão novamente, cobrindo com as mãos a cabeça e balbuciando "*Jisos, jisos*" para si mesmo. Ele sente mais medo ali do que no front. Dentro de uma casa não há como escapar. Uma bomba poderia atingir a residência, matando seus ocupantes. Aquele acontecimento confere um trágico realismo às histórias que os homens contaram sobre o pogrom no Norte. A raiva que ele sente o possui por inteiro, como se tivesse sido feita uma nova versão de si mesmo. Ocorre-lhe então que a causa a que ele foi involuntariamente amarrado pode na verdade ser boa. Em vez de chegar à redenção buscada durante tanto tempo com a correção do erro que cometeu, ele talvez a poderia alcançar numa escala maior se ajudasse a lutar para salvar aquelas pessoas.

Quando o chão para de tremer, eles ouvem gritos angustiados na vizinhança. As pessoas correm em todas as direções, saltando para fora dos carros e abrigando-se em pequenas construções com marquises. Uma bicicleta está tombada na lateral da via e de algum lugar além do bloco de prédios sobe uma fumaça preta. Eles rumam para aquela direção e a alguns quarteirões de distância encontram uma padaria em chamas. Algumas pessoas tentam retirar um homem do entulho, mas exatamente quando estão prestes a liberá-lo uma parte da parede ao lado desaba. Gritos de "*Chineke-eh!*" partem da multidão como algo saído de um conto sinistro. O homem que eles tentavam socorrer está soterrado e somente suas mãos aparecem entre os pedaços de tijolo e madeira, com o punho ainda cerrado. Subjacente ao entulho escorrem dois fios de sangue como cobras gêmeas.

Eles retiram uma adolescente coberta com pó branco que dá um brilho estranho ao sangue vermelho-escuro em seus lábios. Ela tem um

A ESTRADA PARA O PAÍS *121*

corte na coxa esquerda que sangra abundantemente a cada movimento feito. Estão puxando outro homem do entulho quando Bube-Orji se curva até o ouvido de Kunle e lhe pergunta as horas. Quando Kunle levanta o pulso para que Bube-Orji possa ver seu relógio, o amigo murmura em pânico que o tempo deles já se esgotou.

Depois que Felix pega na sua casa o novo rádio, eles voltam para o acampamento e encontram os companheiros animadamente batendo o pé em torno de uma fogueira: *"Kerenke obi!"*. Kunle se junta ao canto dos homens, dando-se conta de um certo entusiasmo no seu espírito. Alterado com o bombardeio indiscriminado e sem lugar para ir, ele agora se sente ligado àqueles homens, apesar de ter sido levado para ali contra sua vontade. Ocorre-lhe que se lhe fosse dada uma chance de partir, ele não embarcaria imediatamente na van da Cruz Vermelha para regressar a casa. Ele se perguntaria se queria ficar longe daqueles homens — de Felix, Bube-Orji e Ekpeyong —, deixando-os sozinhos para enfrentar aqueles dias difíceis. Enquanto as chamas brilham e iluminam o rosto dos amigos, de que sim, possivelmente escolheria ficar.

11.

KUNLE SUGERE QUE ELES VISITEM EKPEYONG antes de rumar de volta para o front. Os quatro, uniformizados — com exceção de Ndidi, que usa uma camiseta com a imagem do papa Paulo VI colada ao corpo e leva um terço no pescoço —, esperam no portão enquanto Bube-Orji pede a permissão. Por volta do meio-dia eles estão diante do prédio que não se parece com nenhum hospital visto por Kunle antes da guerra: dois mastros sustentam uma bandeira branca com uma cruz vermelha e no alto do telhado inclinado o mesmo símbolo imenso, pintado nas telhas, é visível para pilotos dos bombardeiros federais. Ao ver a bandeira, o coração de Kunle se agita como se estivesse diante da tão ansiada salvação. Ele corre para o local, sob duas árvores de folhagem fechada onde há carros estacionados, e percebe que aquela van da Cruz Vermelha é diferente e que ali não há nenhuma irmã Rosemary. Então volta para junto dos amigos, que estão com expressões confusas.

— Desculpa — balbucia ele. — Achei que tinha visto alguém que eu conheço.

O funcionário que está na mesa lhes pede para escrever seus nomes numa folha de papel almaço com pautas vermelhas e cheia de nomes. Depois eles atravessam o comprido saguão até a Ala B, onde estão os que se feriram recentemente, e onde o cheiro antisséptico de desinfetante é bem forte. As janelas da sala estão abertas, com as cortinas brancas recolhidas para enchê-la de luz. Eles se movem lentamente entre as camas, onde estão deitados homens de aparências diversas, alguns envoltos em bandagens, outros cobertos. Tendo em vista a sua lotação, o local é estranhamente silencioso, ouvindo-se apenas dois ventiladores brancos de teto que matraqueiam no alto, o tilintar suave de agulhas em bacias médicas de metal e uma colher sendo raspada num prato de latão por um paciente. Um jovem está dormindo calmamente enquanto uma enfermeira enluvada limpa a ferida aberta em sua perna, colocando algodão com sangue e agulhas cirúrgicas numa bandeja ao lado da cama. Os olhos de Kunle encontram os de outro homem, que tem as costas apoiadas contra a parede e bebe num copo. No seu torso magro há um grande número de bandagens e, embora esteja nu, ele usa um capacete de aço amassado num dos lados, que tem as tiras unidas sob o maxilar. Uma enfermeira com o boné branco inclinado num lado da cabeça entra apressada e lhes faz sinal para que saiam. Explica que eles não podem entrar na ala e os dirige para uma sala de espera.

Ekpeyong aparece. Tem o peito nu e emplastros cobrindo os pontos de entrada e saída da bala. Ao vê-lo, os três amigos se manifestam com gritos abafados de "De Young!". Ekpeyong sorri, seus olhos brilham. Tem a voz forte, mais viva agora, e parece ansioso por preencher os silêncios, por anular as palavras dos outros para que possa elevar a sua. Ele acrescenta rapidamente, antes que outros possam falar, que lhes asseguraram que não haveria mais ataques a hospitais.

— Ah, *mba*, eu não confio em vândalos — diz Felix.

— Sim, você tem razão — Ekpeyong apressa-se em concordar.

— Sabe? — começa Bube-Orji calmamente, olhando para cima. — Eu sempre me lembro do cabo Egbe… mais do que de qualquer outro que morreu.

Ekpeyong resmunga algo e seu rosto se ensombrece.

— Eu simplesmente não sei… não sei por que tudo isso tem de acontecer. Por que nós precisamos continuar morrendo… desse jeito? — Bube-Orji, ainda olhando para cima, balança a cabeça. — Talvez… talvez a vida seja simplesmente um mal necessário.

— O que você está dizendo é verdade, *nwanne*! — observa Felix, sorrindo. — Apague, apague, chama breve! A vida não passa de uma sombra ambulante, um solitário... perdão... um pobre ator que se pavoneia e se agita no palco.*

— Esta guerra humilha a todos — sussurra Ndidi, que balança a cabeça sem parar. — Antes da guerra nós sempre queríamos uma coisa ou outra, sempre tínhamos grandes sonhos, grandes ambições. Mas agora as nossas necessidades se tornaram muito pequenas e os nossos sonhos desapareceram. Que esperança temos nós? Somente de sobreviver... é isso.

— Essa é a pura verdade! — Felix assente.

— Pois é... pelo menos até a guerra acabar. É isso. — Ndidi esfrega as mãos ao fazer esse comentário.

Durante um intervalo curto ninguém fala, e então eles ouvem uma explosão e as paredes do hospital balançam. O grupo corre para a janela. Nas redondezas do hospital uma sirene toca, e na frente do prédio um homem agita uma grande bandeira da Cruz Vermelha. Kunle e seus amigos não veem o bombardeiro. Os estrondos são longínquos, e por fim eles já não os ouvem. Quando se sentam novamente, Ekpeyong lhes garante que as forças federais não atacariam o hospital porque ali há estrangeiros — irlandeses, ingleses e americanos, incluindo a enfermeira —, muitos deles das organizações da Cruz Vermelha. Porém, que eles assistiram em Enugu poucos dias antes é tão vívido e recente que ninguém responde ou parece acreditar nisso. No silêncio, um mosquito-pólvora que voa por ali chama atenção. Ele pousa na bandagem da ferida de Ekpeyong, banhada em violeta de genciana, e depois passa para a bolsa de couro de Felix. Bube-Orji, levantando-se na hora certa, esmaga o mosquito entre as mãos com um ruído alto. Os homens aplaudem e Bube-Orji ri, e seu rosto se ilumina como se as manchas de vitiligo tivessem se enchido de luz. Felix, para manter Ekpeyong entretido, narra o suplício de Bube-Orji com as formigas. Faz isso em voz baixa, para que somente o grupo de amigos o ouça. Dessa vez é Ekpeyong que faz Kunle

---

* Alusão arrevesada à conhecida fala de um personagem da comédia *As you like it* (*Como gostais*), de Shakespeare. (N. T.)

se preocupar por eles estarem rindo muito alto. Ele e Ndidi pedem silêncio e Ndidi ainda tem o dedo nos lábios quando eles ouvem, vindo da ala ao lado, o gemido de um homem que chama por sua mãe.

— Por hoje chega, rapazes — diz uma voz masculina com sotaque estrangeiro enquanto o homem aponta o polegar para o lado.

O homem barbudo que usa uma camisa havaiana está a poucos passos deles, esfregando as mãos e acenando com a cabeça para Ekpeyong. Ndidi protesta que primeiro eles precisam rezar, e imediatamente começa a recitar a Ave-Maria, benze Ekpeyong e lhe entrega um papelzinho retirado de seu novo livro de preces que, segundo ele, é do Vaticano, abençoado pelo próprio papa Paulo VI. A folha, branca mede um palmo e tem no centro a imagem singela de uma cruz.

— É um homem corajoso — comenta Felix quando os quatro estão do lado de fora.

Kunle balança a cabeça, concordando.

— Ele quer muito voltar a lutar. Embora... o irmão dele esteja lutando pela Nigéria.

— Meu Deus! — admira-se Bube-Orji.

— É verdade! — Felix baixa a voz. — Ele não comenta isso com qualquer um, mas o irmão e muitos parentes dele, que são do povo ibibio, apoiam Gowon.* O irmão está na 2ª Divisão, lutando contra nós.

— Isso é muito triste — lamenta Bube-Orji. — Imagine se o próprio irmão atira nele?

— É mesmo — diz Felix. — Mas, sabe... *egwagieziokwu*, nesta guerra são iguais o belo e o feio.**

— Está certo, professor, é verdade. — Agora a voz de Bube-Orji está pastosa, porque ele pôs na boca uma lasca de cola.

---

* Yakubu Dan-Yumma Gowon foi o chefe de Estado (chefe da Casa Militar do Governo Federal) da Nigéria entre 1966 e 1975. Ascendeu ao poder após um golpe militar e liderou o país durante a Guerra de Biafra. (N. T.)

** Felix usa as mesmas palavras de uma das feiticeiras em *Macbeth*, de Shakespeare: *"Fair is foul, and foul is fair"*. (N. T.)

No entanto, um pensamento não deixa a mente de Kunle: há apenas algumas semanas o país era unido e aquelas pessoas eram vizinhas. Hoje elas estão se matando, até dentro da mesma família, irmão está lutando contra irmão. O mundo, como um besouro ferido, jaz de costas, incapaz de se pôr novamente na posição certa.

Bube-Orji assobia e dirige o olhar dos outros homens para o campo em frente do hospital. Cerca de uma dezena de homens feridos — todos com uma perna amputada ou enfaixados, a maioria com muletas — estão jogando futebol. No gol, os homens com as duas pernas intactas se postam como goleiros, um dos quais é um adolescente com a cabeça enfaixada. Algumas pessoas estão sentadas assistindo nas laterais, inclusive duas enfermeiras perfeitamente penteadas e com a roupa branca brilhando ao sol poente. Kunle estuda os homens com curiosidade, do mesmo modo que fez com os feridos no front, e o quadro provoca-lhe uma súbita erupção de medo: o que aconteceu com aqueles homens poderia acontecer com ele também?

Eles param a fim de dar passagem a um caminhão que transporta na carroceria aberta barris de petróleo e se dirige ao hospital, na sua lateral vê-se uma inscrição: PESQUISA E PRODUÇÃO DE BIAFRA. Então eles caminham ao longo de extensas paredes cobertas de musgo que cercam um terreno baldio além dos limites do hospital. Kunle pensa nas palavras de Bube-Orji sobre o "mal" necessário da vida quando, vindos de algum canto invisível, quatro garotos irrompem na estrada de terra, descalços, perseguindo uma pipa cujo fio escapou da mão de um deles e agora está fazendo uma curva no ar, com o polietileno produzindo um som tremulante.

— Tio, ajuda a gente! — gritam os meninos, dois deles cutucando Kunle. Ele agarra o fio e o entrega a um dos garotos.

— Obrigado! Obrigado! — grita um outro enquanto eles se afastam.
— Eu também quero ser soldado quando for grande!

A manhã seguinte está tão escura que Kunle quase não consegue ver as horas no relógio quando soam o apito e o clarim. Ele lava o rosto e limpa a boca com o conteúdo de um tubo de pasta de dentes espremido que é passado para todos, esfrega a pasta em dois dedos que passa pelos dentes, gengivas e língua. Eles embarcam em três ônibus de viagem, vários Land Rovers conversíveis e jipes, além de um caminhão com carroceria coberta, e entram nas ruas vazias sob uma chuva miúda. Kunle está começando a adormecer quando irrompem gritos de pânico. Bube-Orji assobia e Felix bate no ombro de Kunle. Ele vê através da janela o campo de futebol do hospital e o corpo de um dos jogadores mutilados, ainda vestido com a camiseta branca do dia anterior, agora pendendo de uma das traves do gol, com o corpo balançando levemente. A corda com que o homem se enforcou fez seu pescoço se inclinar para o lado, empurrando a língua para fora. A chuva goteja do corpo, correndo para o espaço vago da calça dobrada onde antes estivera a sua perna esquerda.

Kunle olha até não ver mais nada, pois aquilo é um espetáculo do qual ninguém, mesmo a contragosto, consegue desviar a vista. Ndidi, segurando o terço, continua a olhar naquela direção mesmo bem depois da passagem do caminhão. No mundo em que Biafra agora existe, a vida é assim. Não há nada que ele ou aquele homem possa fazer quanto a isso. É assim que será para ele e para todos os soldados nessa guerra. Eles já viram muita coisa, e verão ainda mais. Precisam aprender a suportar o que veem, a se adaptar. Se ficarem chocados, podem se sentir assombrados por aquilo, e isso lhes é muito danoso. O soldado que já está ferido pela sua própria mente nunca poderá ter uma chance contra um inimigo cruel e bem equipado. Como esse soldado poderá suportar a visão das metralhadoras ou dos tanques?

Eles chegam ao quartel-general da nova brigada, um povoado a apenas doze quilômetros de Eha Amufu, e encontram uma multidão que do acostamento os aclama, muitos com bandeirinhas de Biafra. "Viva Biafra, a Terra da Liberdade!", eles saudam. Sob uma tenda improvisada, com telhado de palha coberto com camuflagem de folhas — copas de palmeira e folhas de bananeira — estão dois tanques blindados chamados de Demônios Vermelhos de Biafra[*] e carrinhos de mão repletos de fuzis CETME e Madsen

---

[*] Idealizados e construídos pela unidade de Pesquisa e Produção do Exército de Biafra,

com fundas, para os quais os homens correm como galinhas para uma espiga. Os veículos se parecem com o Genocídio mas têm armaduras e torres de tiro mais fortes.

Os homens, que antes imploravam ao coronel Ojukwu que lhes desse armas e itens de proteção para irem guerrear, agora entoam com supremo entusiasmo o louvor ao líder, e Felix traduz para Kunle enquanto dança, erguendo seu fuzil diante do sol nascente:

— Obrigado, Ojukwu, obrigado! — grita Felix novamente. — Vou me juntar ao exército com meus companheiros.

A música tem letra em igbo, mas toda vez que ela fica menos vigorosa Felix se inclina para Kunle e diz:

— Pendurar o meu bom fuzil CETME no pescoço... usar o meu bom capacete na cabeça.

De novo os homens explodem em gritos eufóricos. Felix, perdido no momento, atira os punhos para o ar.

— Obrigado, Ojukwu, obrigado!

Uma alegria tênue permanece em Kunle quando eles partem na manhã seguinte antes do amanhecer. Ao chegarem à frente de Eha Amufu, acham-na familiar e ao mesmo tempo estranha. Kunle sente como se tivesse entrado na paisagem de um dos seus sonhos mais desagradáveis. É um campo que teve as árvores cortadas há pouco, ficando os tocos por toda parte, e o ar úmido rescende a grama recém-cortada. Numa árvore solitária, à esquerda da trincheira onde se empilhavam sacos de areia ensopados, o corpo de uma cobra decepada está dependurado, com água escorrendo. Uma multidão de vozes grita. Ele registra, com uma alegria lenta e relutante, a evidência das quase três semanas de planejamento da recaptura da cidade. A linha de defesa tem barricadas antitanques criadas com troncos de árvores, sacos de areia e carcaças de veículos arruinados. As trincheiras parecem mais seguras, com parapeitos longos revestidos com sacos de areia empi-

integrada principalmente por alunos da graduação da Universidade da Nigéria. (N. T.)

lhados. Tudo isso foi obra conscienciosa da milícia biafrense, que havia trabalhado sob a cobertura da escuridão.

O capitão Irunna, de óculos de sol, os espera num posto de comando improvisado diante de uma barreira de mato reforçada. Ele e outros co-mandantes da 53ª Brigada estão absortos no exame de mapas. Quando deixa a reunião para inspecionar seus sodados, ele cheira a combustível e tem a ponta dos dedos enegrecida com fuligem. Oferece à companhia duas grandes cestas de alimento. Os homens comem rapidamente, devorando a comida: arroz envolto em folhas de bananeira. Kunle lambe os dedos depois, pensando em como, no front, a comida se tornou um luxo, algo que cumpria apenas o fim de sustentá-los. Na véspera, no acampamento de Enugu, tinham lhes oferecido carne de bode — era a primeira carne que ele comera desde sua entrada no exército biafrense. Kunle olha para os campos chamuscados, para os tocos de árvore enegrecidos pelo fogo, e um pensamento lhe ocorre subitamente: O que acontecerá aos seus pais se ele for morto? Vinda não se sabe de onde, ele sente uma repentina força afastando-o da decisão de ficar com seus companheiros.

Naquele primeiro dia, eles conseguem vitórias inesperadas: uma bomba biafrense derruba um bombardeiro inimigo e, com a artilharia recém--abastecida, derrubam posições federais. O bombardeiro lança uma carga de explosivos em algum lugar perto do front e imediatamente o armamento antiaéreo dispara algumas rajadas em direção ao avião que soam como uma tempestade presa num tambor de latão. O bombardeiro começa a voar em círculos sobre o front como um pássaro cego. Reanima-se na corrente de ar ascendente, marcando a face do céu com longas linhas treliçadas de fumaça branca. Lentamente uma fumaça negra começa a sair das asas. Num piscar de olhos ele já está caindo, transformando-se numa coisa em chamas como a ponta de um fósforo.

Surpresas talvez por essa inesperada potência de fogo biafrense, as forças federais se retiram do centro de Eha Amufu e passam sobre uma feira, chegando a uma posição mais segura. Então sobrevém um alívio, um tempo de descanso. No entanto, eles sabem que o inimigo voltará de manhã. Para Kunle, a luz tornou-se o adversário, uma sinalização para o inimigo que quer matá-los a qualquer custo. Ele se pergunta o que esse novo hábito lhe acarretará depois da guerra. Irá se costumar à escuridão, a temer a luz do dia e sentir-se mal com o sol?

O armamento antiaéreo é destruído no início da manhã seguinte e o bombardeio é mais impiedoso que o anterior. Antes do combate, o capitão Irunna disse-lhes ter sido informado pelo Diretório de Inteligência Militar de Biafra que o exército federal havia trazido através de Onitsha fuzis sem recuo de 106mm e morteiros de alta densidade. Eles sentem imediatamente o impacto: uma granada de morteiro explode pela linha de trincheira reforçada, matando oito homens. A chuva cai e o sangue se acumula nos sulcos e escorre pela fenda. Mesmo assim, eles continuam nas trincheiras, famintos, com as mãos em concha para beber água da chuva. Os sapatos de Kunle ficam ensopados e ele cheira a sangue e lama. E volta o tormento, o anseio pelo lar. O sofrimento é tamanho, tão terríveis são as reverberações dos abalos na veia de terra que, na segunda noite, ele sente que algo morreu dentro dele. E o que restou é uma coisa estranha e desconhecida.

Os quatro dias seguintes são iguais: eles ficam rígidos na trincheira, com o corpo acostumando-se ao som dos morteiros que se aproximam, como uma tempestade de ar frio que avança por um túnel. Os homens mantêm em alerta seu corpo, quase certos de que uma bomba vai arrebentar o parapeito e os sacos de areia, acabando por matá-los. A maioria delas cai bem longe, mas as poucas que aterrissam perto destroem muito. Quando o dia já está quase na metade, um abalo atira Kunle contra a parede da trincheira e numa fração de segundo ele está banhado em sangue. Passada essa chuva, a areia dos sacos parece pedra.

Depois de algum tempo, Kunle abre os olhos e se surpreende por ter adormecido. Olha para o relógio: passaram-se cinco horas desde o início da barragem. Molhado com a urina dos outros homens, ele dá vazão à sua própria e observa a linha amarela correr pelo chão da trincheira como uma cobra, curvando entre os sulcos, molhando a calça dos seus companheiros. Um homem xinga a mãe da pessoa que urinou. Kunle faz uma cara de indiferença e ri por dentro. Muitos anos antes, ele molhava a cama e sempre tinha de levar o colchão para secar no sol. Agora a guerra voltou a fazer dele uma criança. E de todos os homens ali: eles choram constantemente, deixam o catarro lhes escorrer pelo rosto, urinam e defecam na roupa. Quando há um bombardeio, muitos homens defecam bem ao lado dos outros na trincheira. Quem arriscaria se pôr de pé? Um soldado da Companhia B havia contado para Felix dias antes que um homem abalado por uma bomba vomitou no rosto de um companheiro e este, enlouquecido com o vômito de outra pessoa na face, levantou-se para deixar a trincheira e se limpar: o resultado foi que ele imediatamente caiu morto ali mesmo, atingido por uma bomba. E assim, nas trincheiras e florestas de Biafra, não há vergonha.

O sol se afastou da posição deles e agora ilumina um campo distante. Olhando à sua volta, Kunle vê que a trincheira se reduziu, restando apenas metade dos homens, dois dos quais o observam. Ele havia se deslocado para o interior do aterro e está cheio de areia dos sacos abertos. No parapeito, durante toda a manhã, o corpo de um soldado raso morto no início do bombardeio foi sendo arremessado pelas bombas até ser engolido pelo entulho. São só cinco horas, mas a devastação é formidável: vinte e quatro homens do batalhão estão mortos, um deles a poucos metros de Kunle, esquartejado por uma bomba. Uma casamata situada no limite com o mato, bem atrás, foi danificada, formando agora um monte de lama, roupas e madeira, junto com mãos espalmadas, pés e membros arrancados dos corpos. Quem pode saber quantos estão entre os destroços? Num buraco aberto a poucos metros dali vê-se um grande fragmento de uma das granadas de morteiro explodidas. Do lado de fora da trincheira da qual Kunle emerge, um homem se agacha no chão vomitando com a mão na barriga. Por toda parte soldados, abalados ou feridos pelas bombas, estão sentados gemendo ou falando com seres invisíveis. Como sonâmbulos exaustos um grupo tropeça nas crateras fumacentas e na terra acidentada, com o corpo dilacerado, caindo e levantando, apontando e tremendo.

Grande parte do batalhão está destruída, com exceção da Companhia D. O capitão Irunna parece torturado, embora aliviado. Bebe numa garrafa escura o gim forte que os soldados igbo chamam de "kai-kai" e orienta que a Companhia D ocupe uma posição de flanco perto da borda de uma floresta densa a um quilômetro dali. Imediatamente, Kunle e seus companheiros se precipitam para a frente, com folhas molhadas grudando nas botas e no uniforme, e também no quepe de Fidel Castro que Ekpeyong usa com o novo uniforme de tecido de camuflagem. Ele recebeu alta no hospital apenas dois dias antes e ainda coxeia levemente ao andar, mas insistiu em ser mandado de volta para o front, em vez de ir visitar a família em Calabar, agora sob o poder federal. Kunle e seus amigos se esforçam para ficar próximos de Ekpeyong durante esse combate, e Ndidi deu aos quatro — Bube-Orji, Felix, Ekpeyong e Kunle — um papel com o desenho de uma cruz, para protegê-los. Kunle está deitado na vegetação rasteira ao lado de Ekpeyong. Os dois fuzis estão em posição de atirar, voltados para o campo de selva por onde se espera que a infantaria inimiga emerja. Alguns metros à esquerda, posicionam-se uma metralhadora da Companhia A, montada num tripé, e o soldado metralhador com uma longa bandoleira.

Enquanto esperam, o mundo volta a retroceder, numa marcha tranquila, como algo sobre rodas, sendo lentamente empurrado para o fundo de um palco. Kunle arma outros quatro cartuchos e coloca o cano dentro do buraco de atirar. Ele sente nos braços a pressão das batidas do seu coração e no rosto dos companheiros vê um terror indescritível. Quando o capitão grita "Fogo!", os homens da infantaria inimiga já estão no mato, atirando para todos os lados. De súbito, a frente irrompe numa estrondosa saraivada de fogo de artilharia.

Ao ver sua munição esgotada, ele quer correr até a retaguarda para obter mais, mas o ar está cheio de balas e um coro de objetos metálicos voa em ambas as direções. Ele se deita com o fuzil na mão. Então o capitão Irunna grita:

— Retirada! Para trás! Retirada!

Ao seu lado, Ekpeyong, Ndidi e Bube-Orji se levantam. Kunle quer fazer o mesmo, mas seu corpo vacila. Ele tem um vislumbre de Ekpeyong, e quando olha novamente, o amigo está caído na vegetação rasteira, a uns poucos metros de distância, com os outros bem afastados. Kunle se ergue e corre como um louco na direção dele.

Ouve-se um grito, seguido de um estrondo de metralhadora vindo de trás. Kunle cai sobre a vegetação rasteira e fica ali quieto, com o coração batendo contra a terra. Anéis de fumaça sobem do capim e dos pés de inhame, enchendo o ar com o cheiro de queimado. De algum lugar próximo, Bube-Orji assobia e sua voz se eleva, chamando:

— De Young, De Young!

Kunle avança arrastando-se e vê Ekpeyong sentado com as costas apoiadas no tronco de uma árvore e a mão no peito, onde um furo de onde jorra sangue se alarga de repente, com uma hemorragia que escorre entre seus dedos parecendo uma massa frenética de vermes escuros. O rosto de Ekpeyong ficou subitamente cinzento. Chegam até ali gritos vindos da posição inimiga, e, no mato, ressoam novamente os passos de homens em fuga. Ndidi passa correndo. Bube-Orji cutuca apressadamente o braço de Ekpeyong e prossegue.

— De Young, temos de correr! — diz Kunle aproximando-se ainda rastejando. — Por favor.

Ekpeyong se ergue tremendo, esforça-se para dizer algumas palavras atrapalhadas, mas se deixa cair novamente, como se resolvesse no auge da sua fala permanecer prudente.

— De Young! — grita Kunle.

Erguendo a cabeça mais uma vez, ele vê surgirem capacetes verdes, alguns cobertos com folhas. Ele foge com metade do corpo prostrado, arremessando-se por trás de árvores enquanto tiros ressoam atrás dele. E, quando chega ao lugar onde o resto da companhia se refugiou — além das trincheiras controladas pelo 14º Batalhão, na metade da estrada entre Eha Amufu e outra cidade —, ele está chorando. Não consegue afastar a ideia de que, se Ekpeyong não tivesse se levantado exatamente no momento da chegada da bala, poderia ser Kunle a estar deitado ali numa terra de ninguém, com um tiro perfurando o pulmão — morto. À distância, enquanto a fumaça negra se ergue, pássaros se congregam no ar aquecido sobre as chamas, com seus vultos quase imperceptíveis na luz agonizante. Ele volta a sentir o estômago revirar violentamente e corre para a moita mais próxima.

12.

A NOVA DIVISA QUE OSTENTAVA NO OMBRO é o único ponto positivo nos dias que se seguem à segunda derrota em Eha Amufu. O sol brilha no seu rosto e no dos três amigos que o acompanham enquanto a multidão de soldados na praça de armas aplaude. Quem olhasse para Kunle poderia ver que ele está surpreso por se encontrar naquela situação. Quatro dias antes, após a retirada, ele estava deitado sobre uma larga folha de bananeira tentando dormir quando Ndidi, a quem eles tinham começado a chamar de "Padre", despertou os três e disse que queria trazer o corpo de Ekpeyong daquela terra de ninguém.

— Padre, mas como nós poderíamos ir até lá? — sussurrou Bube-Orji, bocejando.

— Não me importo; é preciso ir — disse Ndidi com a voz mais baixa que conseguiu emitir. — Ele não pode ficar deitado lá daquele jeito, *ifu*. Pense... pense no que ele fez por nós, por Biafra. *Mba...* não, a minha consciência não me deixa ficar sem fazer nada.

Durante um momento, ninguém se mexeu. Ndidi se levantou com um suspiro e carregou seu fuzil com os dois únicos cartuchos que lhe restavam na sacola de munição. Felix achou que ele havia enlouquecido. Ndidi hesitou, mas continuou decidido:

— Livro dos Provérbios, capítulo 3, versículo 27: "É pecado não fazer o bem quando estiver em seu poder fazê-lo."

Eles não deixariam Ndidi ir sozinho. Assim, embora Kunle estivesse cansado e sua cabeça doesse, ele, Felix e Bube-Orji o seguiram. Felix pediu emprestadas aos milicianos uma lanterna e uma maca, que Bube-Orji carregou. Com o medo fazendo seus ossos pesarem, Kunle se virava a cada passo, olhando descontroladamente enquanto a lanterna varria o campo com sua luz fraca e concentrada. Ele ficou surpreso ao ver que o local era muito próximo — apenas quatrocentos metros da posição defensiva de Biafra. Era, como Felix havia murmurado, uma terra de ninguém.

O cadáver que procuravam estava em algum lugar por ali, rodeado por uma massa imóvel: corpos dobrados sobre si mesmos, com a mancha escura do ferimento fatal no uniforme. Um soldado tinha o torso curvado sobre o galho quebrado de uma árvore como se o abraçasse, as costas encharcadas de sangue. Ao seu lado, jazia o corpo de um jovem de rosto bonito, com olhos abertos e a boca numa curva ascendente como se sorrindo. A lanterna pulou para um campo mais além, e asas negras bateram de algum lugar invisível na escuridão. Felix ofegou e durante algum tempo os três ficaram olhando um braço rompido do corpo cujos dedos estavam curvados num gesto de convite. Eles ouviram um grito desvairado, agudo, como o de um bebê. Felix movimentou a lanterna num óbvio terror e a luz pousou num animal do tamanho de um esquilo, com olhos enormes, empoleirado na perna de um cadáver. O animal gritou novamente, saltou para uma árvore gigantesca ali perto e desapareceu entre os galhos escuros. Aterrorizado pelo grito da criatura, Kunle havia tropeçado num corpo. Ndidi o ajudou a se levantar, dizendo baixinho:

— Não se preocupe… não se preocupe, é apenas uma criaturinha do mato.

Eles encontraram Ekpeyong sentado com as costas apoiadas no tronco de árvore, como o haviam deixado; com a cabeça curvada para baixo, ele tinha o fuzil pousado no colo. No bolso traseiro da calça, era visível a carta do vice-presidente de Biafra, general brigadeiro Philip Effiong, agradecendo-lhe a coragem (carta essa que havia contribuído para incitá-

-lo a voltar, apesar de não se sentir totalmente bem). Ao lado dele estava outro membro da companhia, Jonas Mmereghini, um homem bom que tinha uma cicatriz no queixo e cumprimentava todo mundo dizendo *"Olia"*. Jonas estava repousando no braço esquerdo de Ekpeyong, com o direito ainda segurando o fuzil. A não ser pelas pontas enegrecidas dos dedos, ambos tinham a terrível beleza de quem acabou de morrer. Os amigos puseram os dois corpos na maca e levaram a pesada carga com passo firme, apressando-se para chegar à segurança o mais rápido possível.

Kunle agora é tomado por uma emoção jamais sentida quando é chamado pelo homem que conhecera como major Amadi, agora tenente-coronel. Aquele que entregou a sua vida àquele inferno. No entanto, o homem aperta a sua mão e anuncia que agora ele é o "subalterno Peter Nwaigbo". Enquanto a multidão de soldados aplaude, o tenente-coronel Amadi, que agora enverga um quepe pontiagudo e tem nos ombros insígnias de uma águia e uma estrela, lhe sussurra:

— Agora você é realmente um de nós.

— Sim, senhor! — grita ele e o saúda.

O novo uniforme de Kunle tem nos ombros a divisa simples de cabo, sob o emblema do sol nascente e a marca da 51ª Brigada: LI. Ao voltar para onde estão os homens, ele recebe abraço atrás de abraço. Nas mãos de cada um deles sente alegria e um senso de pertencimento. A última ocasião em que comemorou daquele jeito, ele se lembra, foi um ano antes do acidente, quando venceu a competição de debate na escola primária. Seus pais foram à escola para vê-lo receber o prêmio e lá estava também Nkechi, com uma flor vermelha no cabelo, aplaudindo-o da primeira fila.

O tenente-coronel Amadi anuncia depois, com sua voz fina, que o descanso de cinco dias acabou. Eles lutarão na iminente e importantíssima batalha pela defesa de Enugu, a capital, a fim de impedir sua queda e o desmoronamento da nova república. Nos últimos dias o temor de que aquilo acontecesse insinuava-se em alguns homens e os inquietava. Dois dias após se instalarem naquele acampamento chegaram más notícias sobre o esforço de guerra de Biafra em outros setores: Nsukka havia caído e a Universidade Nacional se tornara uma guarnição do exército federal. Quando, no final da manhã do dia seguinte, alguém anunciou que Port

Harcourt fora capturado, um fuzileiro da Companhia B saiu para o campo de esportes ao ar livre e atirou na própria cabeça.

O inimigo, diz então o tenente-coronel Amadi, está a apenas vinte quilômetros de Enugu, confrontando um depauperado 14ª Batalhão, o outro batalhão da 51ª Brigada. O Primeiro Batalhão, que ele comanda, deve preparar uma nova linha defensiva perto das colinas Milliken, cujo terreno rochoso oferecerá vantagem defensiva.

Ao ouvir esse anúncio, Kunle desanima totalmente. No entanto, ao fim da fala de Amadi, seus companheiros o encorajam. Para melhorar o moral da turma, o tenente-coronel lhes dá gim de Fernando Pó. Kunle também bebe; é a sua primeira experiência com álcool. Ele se esforça para não fazer caretas, para não expressar o gosto azedo e amargo daquilo que desliza mornamente pela sua garganta. E mais tarde, quando está descansando naquela noite, sentindo uma irritação no estômago, ele sonha que está sozinho no campo de batalha em que encontraram Ekpeyong. Kunle não tem lanterna, mas a lua brilha com uma luz profunda, diabólica. Ele está procurando seu irmão. Verifica entre a multidão de mortos, passa por um homem que tem a barriga aberta, com um buraco escuro onde antes estava seu estômago, passa por um braço decepado cujos dedos estão curvos como se o chamasse. Ele grita "Tunde! Tunde!" quando vê uma mão se estender à distância e ouve uma voz muito parecida com a do irmão, que diz: *"Egbonmi! Egbonmi!".* Então acorda e ouve o toque do clarim.

Eles partem em comboio pela cidade e param diante de um lugar que, à luz da manhã, Kunle imediatamente reconhece como a residência do ex-primeiro-ministro. O tenente-coronel Amadi e seus auxiliares saltam e, cumprimentando os guardas que estão no gramado dianteiro, entram no prédio que agora é a sede do governo. Enquanto os soldados esperam, Kunle olha intensamente para a grande bandeira de Biafra acima do gramado, ensopada e enrolada no mastro enegrecido pela chuva. O tenente-coronel Amadi volta depois de alguns minutos com rolos de papéis e acompanhado de dois homens, que os soldados aplaudem. Guardas com uniforme azul, armados com fuzis automáticos, flanqueiam a primeira figura, que inequivocamente é o coronel Ojukwu. Ele tem uma barba cerrada que forma um semicírculo em torno do seu rosto e traja um uniforme muito parecido com o que eles usam, mas com um cinto verde bem ajustado. Usa um chapéu alto, que, ao lado de Amadi com seu habitual quepe de Fidel Castro e os óculos de aro de tartaruga, lhe confere um aspecto altamente digno.

O tenente-coronel Amadi, de pé e com o peito estufado, ergue uma das mãos em saudação. O coronel Ojukwu balança a cabeça, acena para o comboio e se afasta na direção do prédio, separando-se do outro oficial. O líder dá alguns passos sob a aba na varanda do segundo andar do prédio telhado e então para, acenando quando o comboio começa a entoar seu louvor.

— Então esse é o pessoal que nos lidera — diz Ndidi em voz baixa, mas escandindo as palavras para que Kunle o entenda apesar do canto alto e do ronco do motor dos veículos. — Os líderes, ou seja, Emeka Ojukwu e Philip Effiong. Não é de estranhar que Biafra esteja caindo. Na verdade estamos afundados na lama e logo tudo vai acabar, talvez até mesmo amanhã quando tomarem Enugu.

Felix meneia a cabeça. Ndidi vem criticando o esforço de guerra de Biafra desde a derrota em Eha Amufu, e a cada vez que ele o faz, Felix contesta com otimismo. Isso se tornou quase um jogo entre os dois, para levar ao limite a perspectiva do outro sobre a guerra.

— Padre, não concordo como você, nem um pouco… nem um pouco, *cha-cha*. — Felix estala a língua algumas vezes.

— Certo, vai acreditando…

— Apesar do que você diz, eu ainda acredito que vamos vencer. — Felix parece querer continuar a falar, pois sua boca não se fecha, mas parece também que agora há um hiato nos seus pensamentos, preenchido com a triste constatação de que Ndidi pode estar certo. Felix olha para o companheiro com uma expressão de embaraço, pois sabe que as coisas estão indo mal: cidade após cidade, lugarejos após lugarejos, estão caindo nas mãos do inimigo. E há sabotadores por toda parte e espiões no exército, minando Biafra a partir de dentro. Felix percebe que o inimigo tem muito mais potência de fogo, que nenhuma soma de empenho ou zelo dos biafrenses pode vencer. Assim, numa voz abatida ele diz: — Bom... veja, na verdade eu não gosto de desânimo. O que nós podemos fazer? Sentar e morrer?

— Ninguém disse isso! — protesta Ndidi com voz tensa.

— Não me desanime. Não se esqueça, eu sou poeta. Vivo uma vida esperançosa! — Felix faz uma pausa e então, numa voz forçada que muitas vezes denuncia que as palavras não são dele, mas de um livro, começa: — Aos infelizes resta um só remédio: a esperança.*

— Amém! — diz Bube-Orji de mãos postas e balançando a cabeça.

Eles ficam em silêncio enquanto a chuva começa a cair e os homens encharcados, sentados na carroceria dos caminhões, abraçam o próprio corpo. A tempestade encobre o sol, fazendo o dia parecer uma noite suave, de tal forma que quando as forças associadas da 50ª Brigada chegam ao sopé das colinas Milliken está quase escuro. A caminhada da colina acima é tortuosa e lenta, mas depois de quase uma hora eles chegam ao topo e se deixam cair no chão, esbaforidos. Kunle sente imediatamente uma inquietação desesperada, como se algo terrível que estava adormecido tivesse acordado e iria açoitá-lo. O miliciano que tem às costas a pipa com água os atende quando eles o cutucam, e Felix, Ndidi e Kunle enchem os cantis. Kunle bebe alguns goles e isso o faz voltar à vida. Uma ideia brilha entre as ruínas de outros pensamentos: talvez ele devesse escrever uma carta para o irmão e entregá-la ao tenente-coronel Amadi para ser entregue a Tunde. Amadi, que agora o estima pelo seu valor, o ajudaria? Kunle passa o cantil para Bube-Orji, que está de pé ali, frouxo e aflito como se quase todo o seu sangue tivesse sido retirado. Ele não tem mais nozes-de-cola para mascar e parece cada vez mais pensativo e pálido, como se as marcas de vitiligo houvessem aumentado e ocupado uma parte maior do seu rosto.

Kunle olha para a visão panorâmica da cidade de Enugu: mil bandeiras ondulam sobre ela. Da altura em que está, o mundo parece, por quilômetros sem fim, um arquipélago de casas e florestas. O céu se estende sobre a cidade, uma sombra de azul embranquecido, iluminada a partir de dentro por um sol invisível. Como se uma neblina tivesse se desfeito

---

* Trecho da comédia *Medida por medida*, de Shakespeare. (N. T.)

na sua mente, ele se lembra da última vez em que subiu uma montanha. Tinha sido em 1962, durante os dias tensos depois de vários diagnósticos médicos terem declarado que Tunde estava permanentemente paralisado devido a uma grave lesão na coluna. Seus pais procuraram um profeta cego inexperiente chamado Obadare, que tinha curado doentes desacreditados. Eles levaram Tunde até o topo da colina, onde se sentavam os doentes à espera da cura, mas, depois de uma cruzada de dois dias, Tunde continuava igual.

Como alguém pode dormir quando tem a mente toldada por um terrível medo de perder tudo o que ama? Kunle está atordoado, mas, limpando a sujeira do vidro do relógio vê que são cinco e vinte da manhã e o rádio do capitão Irunna está ligado transmitindo vozes frenéticas. Um posto de informação que fica dois quilômetros atrás das linhas inimigas avisou que veículos pesados e blindados do inimigo estão começando a se deslocar em três direções: estrada de Emene, 9th Mile e colinas Milliken.

O pânico se instaura. Ndidi reza com seu terço numa das mãos e uma pedra na outra; Felix escreve freneticamente no caderno sujo de lama, limpando constantemente na calça as mãos suadas; Bube-Orji, sem nozes-de-cola, masca um graveto. Kunle fica pensando na estranha experiência que teve na noite anterior. Ele havia dormido e, abrindo os olhos, pensou ter visto à distância um homem sentado no topo de uma colina envolto em roupas brancas e olhando para dentro de uma fonte de luz. Kunle olhou em torno e só viu seus companheiros no escuro. O que seria aquilo? Teria sido um sonho? O Vidente logo vem à sua mente. O garoto na igreja em Akure que conhecia a história do Vidente lhe disse que o homem frequentemente subia uma colina para ter as suas visões. No passado, disse o garoto, o Vidente havia tido sonhos recorrentes com sua mulher morrendo num acidente de carro, mas mesmo no dia em que isso aconteceu ele havia desconsiderado o sonho. Horas depois aconteceu. O Vidente quase enlouqueceu pela culpa de ter descartado as seguidas advertências da morte de sua mulher como um simples sonhos. Ele deixou o emprego numa companhia inglesa em Lagos, viajou para a Índia e se tornou vidente.

Eles esperaram por horas, suando sob o sol, e assim a primeira ex-

A ESTRADA PARA O PAÍS *141*

plosão é um choque. É atroador — tão alto que Kunle imediatamente sente uma pressão no estômago. O capitão Irunna retira os óculos escuros, esfrega a testa. E seu rádio diz novamente: *"Grupo de Moses um — dois — fogo! ok!"*… *"Mensageiro a caminho… Câmbio?… "ok!"*

Um mensageiro do tenente-coronel Amadi chega com a notícia de que a infantaria federal, à frente das baterias de artilharia, se aproxima do eixo setentrional das colinas Milliken. A Brigada S, que é a brigada especial de Ojukwu, recuou para defender a Escola Secundária Masculina Awkunanaw e o acesso a Enugu. Amadi acha que as tropas federais tentarão avançar pelas colinas e não tardarão a penetrar na mina de carvão do vale do Iva. Assim, todos os soldados que defendem a cidade devem estar na sua posição. O mensageiro está ofegante e suas gesticulações, como também sua fala atropelada, comunicam um medo que todos ali conhecem.

Um caminhão camuflado traz comida e água. Kunle não come. Seu estômago está ocupado por algo que não foi colocado lá por ele. Ouve o ronco do caminhão afastando-se e pensa no Vidente quando um dos homens grita:

— Eles estão chegando!

Durante algum tempo eles esperam, pois ninguém ergue a cabeça e é impossível ver qualquer coisa. Kunle rememora uma experiência da sua infância em que, como agora, lhe pareceu que o tempo tinha parado. Ele e Tunde estavam com seu pai num canto da rua para ver um grupo de encantadores de animais. Um dos encantadores disse que todos deviam se preparar e uma onda de excitação tomou conta da multidão. "Lembrem-se: não se mexam. Certo?", disse seu pai para Tunde e para ele. Os dois resmungaram: "Certo". Os encantadores tiraram a lona da van e o leão deu um rugido. Fugiu para o lado esquerdo, fazendo a multidão desaparecer dali, e foi trazido de volta com uma corrente no pescoço. Caiu de lado dando pontapés, o que fez subir um monte de poeira. A multidão do lado deles se dispersou, e um homem caiu num esgoto a céu aberto. Seu pai, mais calmo então, apontava enquanto Tunde começava a chorar, dizendo: "Vejam… leão!".

Kunle estremece ao ouvir a ordem do capitão Irunna para prepararem as armas, e agora, no alto da colina, a uns cinco quilômetros, veem se aproximar a coluna da infantaria federal, tendo à frente dois tanques de batalha, um jipe com uma metralhadora, quatro carretas que puxam fuzis sem recuo e vários veículos de infantaria. Kunle observa o efeito dessa quantidade de blindagem pesada sobre seus companheiros que só dispõem de armamento leve. É o tipo de medo — ele supõe — que vive nos olhos, visto por ele algumas vezes durante a batalha, quando o branco dos olhos de alguns homens desaparecia totalmente, como se voltado para trás, deixando apenas um oásis de negrume. E de repente, sem nenhuma indicação de como aquilo aconteceu, ele está ao lado do oficial de comando da Companhia A, um tenente. Como se falando para si mesmo, o tenente diz:

— Que Deus nos proteja.

Nessas palavras há algo, uma força obscura que ergue Kunle como o vento impulsiona uma pipa, enquanto o mundo se transforma numa nuvem de poeira alaranjada com cheiro de enxofre e carne queimada. Ele não vê nem respira. A cabeça dói insuportavelmente e ele sente uma terrível debilidade nervosa. Parece ver Felix e o tenente Okoye, mas as cores que rodopiam ao redor deles têm aparência de irreais. É como se estivessem se movendo na superfície enrugada de uma água oleosa. Ele pisca várias vezes.

Vendo mais claramente agora, ele percebe que está sendo levado embora num caminhão junto com outros feridos. Sente o vento no rosto, mas quando o veículo desce pela colina vê à distância homens despencando por uma dezena de metros, lá do alto, entre fragmentos de pedras e destroços. Olha à sua volta e grita:

— Felix! Ndidi! Bube! — Porém ali há apenas corpos feridos, curvados sobre si mesmos. Seus amigos não estão por perto. Ele continua a olhar para trás por muito tempo, até que as colinas saiam de vista e as explosões fiquem distantes. Então sente sede. — Você tem água? — pergunta ao homem sentado do seu lado.

— O quê? — diz o homem.

— Água. Você pode me dar água?

— Hã? — repete o homem, e então Kunle vê que onde estivera a orelha esquerda do homem há apenas um emaranhado sangrento de veias inchadas e matéria escura.

Kunle pula para trás. Percebe que está cercado de homens feridos e mortos à espera de serem evacuados. À sua esquerda, vê um morto sem uma das mãos, com um coto que tem carne ensanguentada — fonte das moscas que voam furiosamente por ali. Ele levanta a voz e começa a gritar:

— Me ajudem! Me tirem daqui! Por favor, me levem para casa!

Fica claro para Kunle no dia seguinte que ele não foi levado para casa, mas passam-se dois dias e ele fica sabendo onde estão e o que aconteceu: a artilharia inglesa devastou as defesas do Primeiro Batalhão e em um dia as colinas Milliken estavam perdidas, com o capitão Irunna partido ao meio pela primeira bomba e Kunle ferido na cabeça e no braço por estilhaços. A retirada foi rápida e caótica, com os soldados sentados no teto e agarrados na porta aberta do único ônibus mandado para levá-los de volta à guarnição de Enugu.

Mais cedo naquela manhã, Kunle havia perguntado a um homem ao seu lado onde eles estavam; o homem — que perdera a visão de um olho — explicou que estavam no Queen's College, uma escola secundária feminina que recebera a primeira turma de alunas apenas três semanas antes. Com um olhar malicioso, o homem havia lhe dito que as meninas tinham deixado sob as camas algumas relíquias importantes: saias, sutiãs e até calcinhas enroladas.

Ele está numa clínica ou num abrigo para feridos, longe dos companheiros. E tem se conservado fechado em si mesmo, olhando apenas para a lâmpada fluorescente sobre a cabeça, que, como uma porta aberta, o leva de volta ao passado. Enquanto rememora o dia de 1955 em que Tunde o desenhou como um dinossauro, subitamente ele ouve a voz de Bube-Orji num canto do quarto:

— Eu estou aqui, veja!

Kunle ergue o olhar: lá estão Bube-Orji, Ndidi e Felix parecendo homens resgatados de um poço lamacento, que rescendem a fumaça e sujeira. O quepe verde de Felix está marrom e seu rosto tem tantas espinhas que a pele é quase escura. Ndidi, vestindo a desbotada camiseta do papa, agora com um buraco nas costas, parece cinco anos mais velho do que alguns dias antes. Bube-Orji está com um aspecto doentio, emagreceu e tem o pomo de adão mais proeminente. Kunle quer rir dos companheiros, porém são eles que gargalham. Bube-Orji, instável como um bêbado, tenta falar, mas suas palavras são engolidas por um acesso de riso.

— Ku... k... hahaha.

— *Egwagieziokwu*, estou tentando saber quem ele está me lembrando — diz finalmente Felix.

— É fácil — afirma Ndidi enxugando os olhos com um lenço. — Um árabe!

Bube-Orji, ainda oscilando, começa a ofegar de cansaço.

— Tu — Bube-Orji tem dificuldade em falar. — Ele pare... parece um... tu... tuaregue!

Felix aplaude e eles riem mais alto.

— De agora em diante vamos chamá-lo de Tuaregue ou Dã Fodio Otomano — diz Felix.

Kunle leva a mão à cabeça e suspira. Não tinha notado, mas então sente a bandagem na cabeça como um turbante. Ele achava que seu único ferimento era no braço, onde há pontos. Mas agora conclui que as dores de cabeça que vem tendo são por causa de um ferimento.

Vendo isso, seus amigos tornam-se pensativos. Felix conta para Kunle o que aconteceu; fala da morte do capitão Irunna e de um outro homem que eles conheciam do campo de treinamento. Ficam calados por um breve momento e de repente começam a comentar a investida que estava ocorrendo em Enugu — a nova mina inventada em Biafra, que a Brigada S acionou para retardar o avanço federal. Kunle ouve, aborrecido por ver como ele e seus companheiros parecem esquecer rapidamente as coisas sérias. Nessa guerra há uma urgência em relação ao presente que consome tudo e não deixa nenhum espaço para reflexão. O próximo evento surge e logo os puxa com mãos invioláveis, até fazer com que o que até ontem era uma grande causa de dor seja hoje relegado ao silêncio. E mesmo quando posteriormente fala-se sobre um trágico acontecimento, uma multidão de coisas não ditas parece se desenhar por trás das palavras. Ninguém, por exemplo, comentou sobre a morte de Ekpeyong, com exceção de Ndidi, que num momento de moderada insanidade gritou: "A paz esteja com você, De Young!" e persignou-se. Ninguém se manifestou, como se fosse difícil saber se Ndidi estava ou não rezando. E as palavras dançaram no ar durante algum tempo para depois desaparecer, tal como o próprio Ekpeyong.

Como se para responder aos pensamentos de Kunle, Ndidi, fazendo o sinal da cruz, diz:

— Que as almas do capitão Irunna e de todos que partiram descansem em paz. Amém.

— Amém — diz Bube-Orji em voz mais alta que o usual. — Mas você, Padre, você...

As explosões que interromperam o que ele dizia são tão altas que Kunle fica atordoado. Por um bom tempo ninguém fala, pois todos sabem que aquilo não pode ser o som de uma carga explosiva despejada de um avião; é som de artilharia. Eles também veem naquilo um recado: que toda a infraestrutura de defesa de Biafra nas colinas Milliken e nos arredores da cidade — que inclui o exército de civis armados com facões e pedras — já desmoronou.

Kunle sai do salão às pressas e olha na direção das explosões. O ar está pesado e úmido, e mais além da cerca baixa em torno da escola eles veem que a cidade está sendo esvaziada. Um grande número de carros e caravanas de pessoas em fuga enche as ruas e as estradas, levando na cabeça bens, bacias de roupas, estrados de molas, cadeiras, panelas, todos indo na mesma direção. Os soldados se reúnem ao lado da cerca, gritando para os que se retiram. A polícia militar no portão não deixa ninguém sair sem autorização. Enquanto Kunle e seus amigos esperam, um lampejo de esperança, como uma estranha planta fecunda, começa a frutificar pelos campos em chamas de sua mente. Talvez, se aquilo for o fim, ele possa finalmente ir para casa. Mas mal esse pensamento lhe ocorre, um medo compartilhado entre os soldados desperta todos os nervos do

146 Chigozie Obioma

seu corpo. Se Biafra perder, um massacre está à espera deles: uma continuação do pogrom que levou aqueles homens a pegar em armas. E agora que é um deles e usa aquele uniforme, também ele será morto. A capital está sendo cercada por quase cinquenta mil homens da Primeira Divisão Federal, os homens contra quem eles vêm lutando há semanas e que os têm bombardeado com implacável brutalidade. Eles não pouparão ninguém.

Perto do meio-dia, o tenente-coronel Okoye, comandante da Companhia A, ordena a evacuação. Mas para onde? O tenente-coronel não diz. Em vez de fazê-lo, ele desaparece no seu jipe. Enquanto os soldados em tumulto se fazem essa pergunta, outra explosão rasga o ar. Kunle vai ao chão, ao lado de uma mangueira perto dos anexos e das latrinas. Um galho da árvore se quebra e cai ruidosamente no chão. O grupo se desfaz, espalhando-se pela pequena área de mato enquanto os bombardeiros cor de prata ainda pairam por perto, zunindo furiosamente pelo céu baixo. Um dos bombardeiros voa tão baixo que eles conseguem ver os olhos verdes pintados sob as asas da aeronave, a bandeira nigeriana na sua cauda e o rosto do homem branco que a pilota.

— Mercenário! Branco mercenário! — grita Felix.

A explosão seguinte enche o ar de um cheiro de poeira e Kunle tosse, sentindo na lateral da cabeça uma dor terrível. A alguma distância dali, um foguete antitanque assobia no céu, mas os bombardeiros o desviam. As pessoas estão gritando que um prédio da escola — aquele em que Kunle havia estado antes de seus amigos chegarem — foi atingido e que seis soldados, feridos em convalescência, foram mortos. O prédio está todo tomado pelo fogo, que os homens tentam apagar com mangueiras e baldes de água. O som crepitante mistura-se aos gritos frenéticos dos homens em pânico. Uma figura se projeta para fora do fogo, todo o seu corpo tomado por chamas. O cheiro de carne queimada enche o ar. Homens se aproximam, encharcam de água o infeliz e depois recuam quando ele tropeça. Ele cai, esperneando, com gritos que saem do âmago do seu ser.

Depois da morte do soldado, tudo fica em silêncio novamente. Kunle e seus amigos vão buscar alimento nas casas abandonadas do setor dos professores. Felix põe o braço direito de Kunle no seu ombro e o ajuda a se deslocar para as várias casas até encontrarem uma recém-evacuada. Ele espera na sala, sentado no chão, apertando os olhos por causa da dor na cabeça. Por fim, seus amigos voltam da busca na casa trazendo um par de botas de borracha, uma lata de aveia, a foto de uma mulher branca com seu filho mestiço que tem a inscrição "Rosina com Ezanwa, 1965" e um livro que Bube-Orji atira para ele como se soubesse que Kunle adorava aquela obra quando era criança: *The Queen Primer,* Então ele se lembra, numa rápida sequência de imagens, de Nkechi deitada ao lado dele na esteira perto da varanda semanas antes do acidente, pedindo-lhe que lesse uma das histórias sobre um homem que cortava lenha com uma serra. Ela adorava aquela história e ria muito da cacofonia das palavras ao ouvi-la.

Um clamor longínquo estremece o chão e eles deixam rapidamente a casa, correndo pelo portão aberto para se reunirem à grande multidão que carrega seus pertences rumo a Onitsha. Eles andam atrás de mulheres cansadas e claudicantes. Uma velha caminha com um bastão e aperta contra o peito um galo, e ao lado dela um velho é carregado nas costas de um rapaz. Alguns passos à esquerda, dois homens doentes que vestem camisolões hospitalares de tecido fino avançam, um deles arrasta um suporte de soro ligado às suas veias. Ao longo do acostamento, soldados feridos — enlameados, ensanguentados e com as roupas rasgadas — arrastam-se penosamente ao lado dos caminhões lotados, entre as massas de caminhantes aflitos. Kunle e seus amigos mastigam aveia crua. O que restou dela, Ndidi dá a um homem e sua filha adolescente. Enquanto o sol se põe e a estrada sobe pela colina, a pequena multidão se avoluma e insetos voam sobre ela. Atrás deles, a cidade está num plano mais baixo e agora se parece com o front: bombas caem sem cessar. Um bombardeiro passa duas vezes sobre suas cabeças, fazendo uma ameaça rápida sobre o êxodo, provocando um pandemônio entre as pessoas. Os soldados armados atiram nele com uma fúria ávida. Quando a noite cai, a aeronave desaparece.

Eles prosseguem na escuridão crescente, iluminados parcialmente por lampiões, lanternas e os faróis dianteiros de algum carro que abre caminho entre a multidão. Quem os observasse de cima acharia que se tra-

148 Chigozie Obioma

tava de um aglomerado de centenas de luzes que avançava entre milhares de silhuetas humanas, cujas vozes se elevam em uníssono com a força penetrante da dor quando cantam *"Dibe, dibe..."*. Felix traduz a letra da música para Kunle enquanto a multidão canta, e Kunle sente lágrimas escorrerem pelo nariz. Seu amigo, emocionado com a canção, continua traduzindo como se cada mergulho na melodia o afligisse mais. "Resista! Resista! Resista! É melhor, melhor ser paciente! Aquele a quem o mal aconteceu... Resista! Resista! Resista! É melhor, melhor ser paciente!"

Com o grande número de pessoas evacuadas da cidade, Kunle sente uma calma, como se algo que estava no alto de uma colina tivesse descido. Sua nuca dói por causa das horas que ficou observando o céu à procura de bombardeiros. Eles pararam de caminhar e agora o que se vê de Enugu é unicamente a fumaça escura subindo no horizonte. A cidade foi reduzida a um pontilhado de prédios intactos. Felix a observa, balançando a cabeça.

— Enugu caiu. — Ele aponta para a fumaça distante. Um sorriso surge em seus lábios e ele diz numa voz magoada: — Acabou.

A visão de tanta gente fugindo, inclusive mutilados e enfermos, é mais chocante para o Vidente do que qualquer coisa já testemunhada por ele até aquela noite, mas sua mente permanece fixa no sonho em que o homem não-nascido o viu. Esse fenômeno — de ser capaz de acessar um estado onírico numa visão — sempre o surpreendeu mais que qualquer coisa. A experiência da tigela de Ifá por si só é uma maravilha mística em que o passado se torna futuro, o futuro se torna presente e o presente se torna passado. Contudo, o estado onírico não é passado nem presente nem futuro. É uma expressão do subconsciente que transcende o tempo.

Exultante e esquecendo-se de que o homem não-nascido pode ouvir, o Vidente ergue as mãos para os céus e começa a cantar um *oriki* para Ifá e o panteão de divindades eternamente reunidas nos alojamentos das colinas de Ifá. Durante o que lhe parece muito tempo, ele fica perdido em encantamentos. Quando se dá conta de si mesmo é tarde demais. O homem não-nascido deve ter ouvido e se perguntado de onde teria vindo a voz que só ele ouviu. O Vidente se dá um tapa: ele não deve falar. É perigoso e pode levar a pessoa cujas visões lhe estão sendo reveladas a desenvolver uma doença mental por frequentemente ouvir vozes desconhecidas. Preocupado, o Vidente volta a si e olha dentro da tigela. A superfície que escurece marca a passagem ligeira do tempo enquanto as luzes cambiantes das cenas rápidas lançam no seu rosto brilhos de diferentes matizes.

Ele se levanta, resmungando baixinho. Vinha segurando a urina, mas começa a sentir dor na barriga. Afasta-se da tigela de Ifá, retira a folha presa entre seus dentes e afrouxa as cordas do *kembe*. A calça desliza e ele deixa a urina escorrer pela encosta da colina. A noite está muito silenciosa. A estrela está clara e imóvel. Seu mestre lhe disse várias vezes que a experiência da tigela de Ifá tem tanta importância espiritual e transcendente, que até as necessidades físicas são pagas pela alma e não pelo corpo do vidente.

Quando se senta novamente, ele capta as vozes familiares do homem não-nascido, Kunle, e dos amigos dele. Então o rosto de Kunle aparece na tigela, um pouco diferente daquele visto na última vez.

13.

Já se passaram dois meses sem nenhuma ação. Kunle e seus companheiros chegaram ali pensando que a guerra havia acabado, uma vez que Enugu fora perdida, mas alguns dias depois ficou claro que a resistência de Biafra prosseguiria. Minas produzidas localmente e barricadas anti-tanques resultaram em tantas mortes que a 1ª Divisão Federal, exaurida pela luta prolongada, não avançou mais depois da captura. A maior parte do 1º Batalhão de Biafra ficou estacionada ali. Eram oitocentos soldados naquela fábrica de cimento instalada num lugar chamado Nkalagu, a 35 quilômetros de Enugu. Com suas armas confiscadas e a brigada debandada, eles permaneceram ali durante dois meses, esperando. Duas vezes por dia havia comida, mas ninguém tinha permissão de sair. Diariamente recebiam notícias da captura dos quase três mil soldados que haviam desertado em Enugu e do massacre federal dos que tinham se rendido. Na segunda semana em que estavam ali, começaram a circular pelo acampamento boatos de que a 51ª Brigada poderia ser reorganizada para ajudar a impedir a iminente invasão de Onitsha; no entanto, nada aconteceu

Nessa ocasião James Odumodu, subalterno da Companhia C, passara a fazer parte do grupo de amigos. Odumodu tinha crescido nos Estados Unidos e fora trazido para a guerra quando estava em visita para o enterro de uma irmã, morta no Norte. De tempos em tempos, a polícia militar permitia visitas de familiares aos soldados, e a mãe de James ia vê-lo frequentemente. Certa vez ela levou frango frito e os homens romperam em aplausos e ficaram num grande frenesi, empurrando-se para pegar uma fatia da carne oleosa. De outra feita, ela lhe deu uma camiseta diferente, que ele usava quando não havia oficiais por perto. James era um rapaz forte e aspirava por jogar críquete, que ele chamava de beisebol, e rugby, que ele chamava de futebol. A camiseta era listrada, de decote em V e com "Senators" impresso na frente quando ele a abotoava, e nas costas estava estampado o número 35. Quem primeiro o acolheu foi Bube-Orji, por causa da comida, e quando, dias depois, o pai de Felix o visitou com um garrafão de vinho de palma, James se juntou ao grupo.

Depois de uma semana da estadia ali, Kunle perdeu o interesse pela conversa infindável entre seus amigos, e o desejo de voltar para casa, ou ir procurar Tunde, se reacendeu. Ele planejou, e na terceira semana, no meio da madrugada, escalou uma parte quebrada da cerca na tentativa de fugir. Imediatamente um holofote brilhou na sua direção e chegou até ele, que estava estatelado do outro lado da cerca. O policial militar correu, gritando *"Onye no ya?"* e agitando seu fuzil, mas de repente parara a poucos metros de Kunle, que se escondera no mato. Kunle empurrou o policial para o mato e pulou de volta a cerca. O policial o perseguiu aos berros de "Pare!", mas ele já havia chegado à varanda do salão onde eles estavam acampados e entrado por uma janela, no que fora visto apenas por Felix e Bube-Orji, entre os quais se deitou. O policial entrou, enfurecido, querendo saber quem tinha tentado fugir, mas ninguém disse nada, o que obrigou cada um a fazer cinquenta flexões, como punição. Por várias noites depois disso, Kunle não dormiu, temendo ser descoberto e triste pelo sacrifício imposto aos amigos. A partir de então ele sossegou. Passou a ler os livros que tinha roubado da livraria da escola perto da fábrica. Leu um deles, *Jane Eyre*, tantas vezes que algumas frases ficaram gravadas na sua mente.

Agora ele lê e está tão absorto no livro que não ouve a gritaria à sua volta. Por fim, olha pela janela e vê os soldados correndo para a praça de armas. Já estão na última semana de novembro, e até então ninguém, exceto pelos majores sargentos, havia se dirigido a eles. Mas o tenente-coronel Amadi, mais pálido e fungando sem parar, anuncia que o exército de Biafra — sob o comando do brigadeiro Alexander Madiebo — está sendo reorganizado para melhor enfrentar o inimigo no futuro e que nos próximos dias os homens serão redesignados para novas unidades. Os soldados cantam em júbilo. Amadi informa que alguns deles terão de ir para outras unidades. Ele chama pelo nome todos os dezessete sargentos e subalternos, inclusive uma mulher, e lhes pede para se porem ao seu lado.

Quando acaba o discurso, Kunle e seus amigos sobem na carroceria coberta do caminhão e ficam ali acotovelados. O veículo já está começando a se mover lentamente quando um dos ordenados de Amadi corre atrás dele. O rapaz agita um envelope, aos gritos:

— Cabo Peter Nwaigbo!

Trêmulo, Kunle estende a mão e pega o envelope. A carta está amarelada e manchada, parece ter sido enviada há muito tempo. As bordas estão desgastadas e a extremidade superior está rasgada. Na frente vê-se claramente a letra do seu pai: "Para o meu filho".

Ele a revira nas mãos com os amigos rodeando-o e fica imaginando quem a teria trazido. Não há selos. Teria sido a freira? Kunle diz que é do seu pai e a coloca no bolso da camisa, mas não consegue parar de pensar nela, em que tristeza ela pode conter. Fica tão fixado na carta, no pensamento da sua casa e da missão que o levara até ali que não interage com os amigos durante as três horas que dura a viagem.

Todos se surpreendem quando Felix anuncia que eles chegaram à unidade de Biafra em Agwu que iriam integrar. Felix dá um tapinha em Ndidi, que estava brincando com a figura de plástico de Jesus Cristo crucificado do seu terço.

— Padre, chegamos.

Ndidi abre um olho, olha para cima e suspira. Kunle ri e balança a cabeça para Felix, que está passando a mão suavemente no rosto de um homem adormecido.

— Deixe o sujeito em paz, Professor. Ele está na presença dos anjos, sacumé? — diz o homem, James, com sotaque americano, chamando o

A ESTRADA PARA O PAÍS *155*

outro pelo apelido que Bube-Orji cunhou por causa da obsessão de Felix por poesia. Felix havia protestado com "Sou poeta, e não professor", mas o nome pegou.

— *Egwagieziokwu*, ele está no sétimo céu! — diz Felix rindo.

Todos riem, com exceção da mulher, sentada ao lado do grupo de seis subalternos que integravam o 14º Batalhão. Kunle a tinha visto algumas semanas antes, perto do reservatório de água danificado da fábrica, com uma bandana vermelha no cabelo curto. Ele havia se pegado contemplando-a, perdido na beleza que saltava aos olhos apesar do uniforme sujo. Ela olhava para longe com uma concentração incomum. Kunle passara por ela com movimentos tensos. Depois, à noite, ouviu seus companheiros falarem dela com outros soldados no amplo salão onde estavam acampados; um deles, da Companhia A, garantiu que iria namorá-la. Agora ela é uma das pessoas que compõem o pequeno grupo deles — uma cabo. Parece mais austera, com a bandana enrolada no pulso. Tem ao lado uma bolsa de pele de bode que ela usa a tiracolo. Kunle tinha ouvido falar que havia duas mulheres no batalhão, mas uma delas tinha morrido em Ikem.

Desde a primeira vez que a viu, algo na aparência dela o cativou: seu modo de ficar olhando, como se, assim como ele, pudesse ver e ouvir o que ninguém mais podia. Agora seus olhos se encontram momentaneamente e de novo Kunle sente uma intensidade, como se ela estivesse buscando algo no rosto dele. Kunle tenta imaginar aquela mulher nas trincheiras, sob fogo de granadas de morteiro — durante o qual a alma da pessoa parece morrer uma morte temporária —, quando alguém lhe dá um tapinha no ombro. Felix levantou a cabeça para ele e diz:

— Olá... como vai você, cabo?

— Bem, Professor.

— Humm...

Kunle balança a cabeça e olha para baixo.

— Só estou com fome.

— Olha só pra esse neguinho — diz James. — Sorte dele a gente não estar na droga do front.

— Nossa, Peter! — Bube-Orji ri. — Até o James, o Sr. "Sacumé", está debochando de você.

— Tá falando sério, neguinho? *Sacumé?* — zomba James.

Kunle assente com a cabeça. Havia conhecido James nos dois meses que ficaram em Nkalagu e se acostumara com as suas palhaçadas. Ele dá uma olhada para o lado e seu olhar cruza com o da mulher. Virando rapidamente a cabeça, sente uma pulsação no peito. E então pensa no seu aspecto muito juvenil, no dente que está faltando no lado esquerdo da boca, no jeito nervoso como está agindo, como uma criança pega cometendo uma ação condenada. Sente-se aliviado quando o caminhão para na área do recreio de uma escola transformada em quartel militar, onde três oficiais, dois dos quais brancos, os esperam.

— Está vendo, dorminhoco? — Felix diz para Ndidi com uma ponta de alegria na voz. — Está vendo? Não acabou.

Ndidi dá de ombros.

— Professor, vamos ver primeiro. Eu só sei que nós, biafrenses… estamos correndo com pernas de pau. Com muletas.

— Veja, nós temos estrangeiros vindos de muitas partes para cá. Agora o mundo está prestando atenção. Estão nos vendo. — Felix tira do ombro a correia do seu fuzil descarregado e desce. Quando todos estão no chão, diz: — Vamos ganhar esta guerra, entendeu?

Ndidi ri e balança a cabeça. Seu rosto expressa um sentimento de alegria contida, como alguém que fora da guerra estaria feliz, mas agora tem quase permanentemente uma expressão de seriedade. Sua testa é larga, um traço marcante da maioria dos igbo, e ele fala pausadamente, sobretudo quando discute com Felix. Kunle ouve o bate-papo sentindo-se contrariado por achar que devia falar, senão a mulher concluirá que ele é tímido. Assim, antes que Ndidi possa responder, ele diz rapidamente:

— Eu acredito em você, Professor. Biafra vai ganhar esta guerra.

— Ah, não! — exclama Felix. — Está vendo? Até o Peter tem confiança! Ouça, Sua Excelência prometeu trazer mais combatentes experientes de vários lugares: da França, da Alemanha, da Itália e até dos Estados Unidos, pretos americanos, dois dos quais estão no 14º Batalhão.

Eles vêm lá dos Estados Unidos para nos ajudar. Um deles é amigo do Dick Tiger.* Até mesmo...

Um oficial grita "Atenção!". Eles silenciam e todos batem o pé, juntam os joelhos e estufam o peito.

— Continência! — grita o oficial, e eles curvam as mãos em continência.

Por fim, o oficial que gritou as ordens, um major, se aproxima e caminha pela linha, parando momentaneamente para olhar no rosto de cada cabo. Quando fica diante dele, Kunle o reconhece como sendo o oficial que, no momento em que eles viram pela primeira vez o comboio federal nas colinas Milliken, havia dito: "Que Deus nos proteja".

O oficial dá a ordem: "Descansar!", e se apresenta como o major Okoye, que agora comanda o 14º Batalhão. É alto e magro, e seu cassetete tem a extremidade amassada, como se tivesse golpeado repetidas vezes uma superfície dura. O oficial faz um discurso, que Kunle quase não ouve. Ele está faminto e sonolento.

O oficial gesticula para um dos homens brancos e diz:

— Agora eu entrego vocês ao seu novo comandante, o capitão Ruf Stana.

O capitão branco, fumando e apertando os olhos para o sol, caminha na direção dos soldados, que novamente ficam em posição de sentido. Ele aparenta ter uns quarenta anos, seu nariz é fino e pontudo e tem rugas fundas na testa, que mostram entradas recuadas prenunciadoras de calvície. É alto, de braços e pernas longos, ombros largos. Seu rosto tem rugas perto dos olhos. Sob a sombra de uma boina verde que tem a estranha insígnia de um dragão empunhando uma espada, parece muito zangado. Usa um uniforme militar diferente dos outros, com uma camuflagem distinta. Quando Okoye pronuncia o seu nome os olhos do capitão se iluminam e sua boca abre um sorriso. Ao passar pelos homens, atira o cigarro no chão e o esmaga na terra macia.

---

* Boxeador nigeriano que por duas vezes foi campeão mundial. Era igbo e serviu no exército de Biafra durante a guerra pela independência treinando os soldados para o combate corpo a corpo. (N. T.)

— Coco, Rolf Steiner — diz o capitão branco.

— Ok, certo, meu amigo Rolf. — O major Okoye ri.

— *Merci!* — agradece o capitão, batendo palmas.

O major Okoye se afasta e vai com um grupo de homens para a aldeia próxima. O capitão Steiner dá um passo à frente, depois para o lado e permanece em silêncio, como se procurando o que dizer. Então, subitamente, grita:

— *For... ma... çon!*

— Em formação! — grita o oficial igbo. — O comandante pediu para se alinharem!

Kunle se vira para ver onde está a moça e quase dá um pulo: quem está do lado esquerdo dele não é mais Felix, e sim a moça, que parece tensa. Ele nota pela primeira vez uma cicatriz leve no seu rosto, sob a orelha.

— *Merci* — diz Steiner. Ele apresenta os dois oficiais. O outro oficial branco é o sargento Wilson, da Inglaterra. Corpulento e com braços fortes, tem uma vestimenta parecida com a de Steiner, mas usa uma boina preta, como o oficial igbo barbudo ao seu lado. Steiner apresenta o oficial igbo, o sargento Agbam, seu intérprete.

O capitão Steiner os inspeciona, parando de soldado em soldado, olhando bem para o rosto de cada um a fim de registrá-lo na memória.

— Obrigado por voluntariarem seu serviço para Biafra, o nosso país — diz Steiner por meio de seu intérprete. Ele prossegue, fumando outro cigarro e apertando o alto do nariz enquanto espera suas palavras serem traduzidas. Depois diz que ouviu falar de Biafra no seu país, a França. Antes disso, ele lutava na Argélia. Deixou o exército francês por alguns anos, casou-se com uma mulher que ele amava, mas estava "entediado" e queria viver uma aventura "positiva", fazer algo bom para a humanidade. Um dia, conversando com seus velhos amigos legionários, foi apresentado a dois médicos igbo que o convenceram a vir para Biafra e juntar-se à causa.

A tradução é saudada com uma alegria renovada. O capitão Steiner prossegue: quer que eles sejam legionários. Quer que eles lutem não como as outras unidades biafrenses. Nada de trincheiras, apenas manobras tá-

A ESTRADA PARA O PAÍS *159*

ticas. "Ataque e surpresa." O próprio Steiner fala de um jeito quase cômico, parecendo uma criança que luta com sua primeira palavra:

— Eu diz: Ataca e surpresa!

Os soldados explodem em aplausos.

— Sim, essa é a nova 12ª Brigada de Biafra — grita o sargento Agbam. — Seremos força especial... Seremos verdadeiros legionários... Como na Europa, comandos... Vamos lutar até o último homem... sem medo... Enquanto eu for seu comandante... Vamos vencer esta guerra... Assim, bem-vindos, legionários de Biafra!

Do mesmo modo que seus amigos, Kunle se sente um tanto aliviado por fazer parte de uma unidade comandada por um soldado veterano que lutou em guerras europeias, porém não consegue entender a euforia dos seus companheiros, da qual somente Ndidi não participa. Depois que Steiner e os oficiais os levaram para uma sala de aula, Felix e James dançaram, e até a moça exibiu um riso silencioso. A todo momento após terem sido retirados do front infernal aqueles homens sempre queriam voltar. Depois de voltarem à frente, Ekpeyong, por exemplo, contava histórias dos feridos que tinha visto no hospital, entre elas a do oficial de cujo corpo tinham sido retirados mais de quarenta fragmentos de estilhaços, deixando-o costurado da cabeça aos pés. Entretanto, apesar de ter testemunhado esses traumas, Ekpeyong havia suplicado às enfermeiras que permitissem a sua volta ao front. Durante a longa espera de dois meses na fábrica de cimento, quase todos eles sofriam por estarem fora da luta e incapazes de deter o avanço federal. No dia anterior, antes da chegada do capitão Amadi, muitos deles ameaçaram invadir a unidade de armazenamento de armas. Cantavam músicas raivosas, implorando com tanta frequência a Ojukwu que lhes desse armas, que as frases em igbo tinham ficado grudadas na cabeça de Kunle: Ojukwu *nye* (dê) *anyi* (nos) *egbe* (armas). Ansiavam pelo front como se não se preocupassem com seus pais, esposas ou filhos. James, que tem duas crianças e esposa nos Estados Unidos, dava a impressão de se importar apenas com "Ferrar esses canalhas malditos!". Pior ainda, eles pareciam que não tinham pecados pelos quais deviam prestar contas e que estavam totalmente vazios de sonhos.

Eles estão sentados em bancos compridos e receberam novos fuzis e uniformes. Kunle observa a moça, sentada bem diante deles, segurar a arma. Ela levanta o fuzil lentamente e o dependura nas costas com a correia, fazendo a tira passar entre os seios. Ele se dá conta, como se numa epifania, do que ele gostava em Nkechi, quando criança: vê-la dar cambalhotas, fazer o que ele não conseguia. Achava atraente a sua manifestação de força corporal superior. Naqueles tempos, Nkechi muitas vezes zombou dele e até do irmão dela, Chinedu, por não conseguirem virar cambalhota. Ele havia sentido algo parecido quando viu a moça no caminhão de carroceria coberta em que iam para Agwu, ansiosa por voltar ao front. E ali estava ela deixando-o até mais reverente pelo modo como carregava o fuzil. Embora tenha disparado a arma muitas vezes e estado em batalhas, as mãos de Kunle ainda tremem ao tocar no fuzil. Aquela mulher, no entanto, parece segurar o dela com a maior desenvoltura. Ele quer falar com a moça, mas não sabe o que dizer. Fica agradecido a Ndidi, que a saúda:

— Irmã, boa tarde. — Ndidi se põe de pé diante dela.

— Boa tarde — responde a mulher.

— Eu sou Ndidi Agulefo. Sou de Aguleri. Esses trastes aqui me chamam de Padre.

Ndidi aperta a mão dela.

— Agnes… de Abiriba. — A voz é solene, quase como se falasse de algum lugar distante.

Os homens ficam em silêncio quando Ndidi começa a conversar com a mulher, depois se animam, parecendo todos — em todo o salão — concentrados nela. Alguém diz em igbo uma frase que contém a palavra "Abiriba", e o rosto da moça se ilumina. Ela assente com a cabeça e responde em igbo. Começa uma troca, com a voz suave da moça respondendo e sempre despertando uma grande animação. Como Kunle não entende o que estão dizendo, sua mente flutua e aterrissa rapidamente, com a agilidade de uma borboleta, sobre seu irmão, depois salta para a carta que ele tem no bolso. Como seus pais devem estar tristes agora. Sua mãe... como ela estará vivendo? Ele estremece. Sentindo a mão de Bube-Orji no seu ombro, ergue o olhar e vê os olhos da moça fixos nele, com uma leve expressão de aturdimento.

— Ah, por favor, vamos conversar em inglês — pede Bube-Orji. — Nosso amigo aqui não fala igbo. Ele cresceu em terra iorubá, em Akure. Só ouve *mgbati-mgbati*.

Os homens riem e Kunle fica envergonhado. Sem saber o que fazer, balança a cabeça e finge se divertir. Está preocupado com o que Agnes pode pensar, vendo-o ser zombado.

— Meu nome é Ebubechukwu Orji, eu sou de Ogbaku. — Bube-Orji traça um semicírculo. —Aqui me chamam de Bube-Oji porque eu sempre masco *ọjị* quando estou com fome. — Ele se vira para Kunle. — Ah, *"ọjị"* significa "noz-de-cola" em igbo.

Todos riem e Kunle percebe-se rindo também.

— Como é que você se chama? — pergunta a moça, olhando diretamente para Kunle.

— Hã... eu? Kun... Perdão, Peter. — Seu coração bate mais forte. — Meu nome é Peter Waingbo.

De novo todos eles riem, a moça inclusive.

— Está vendo, *abi*? — diz Bube-Orji. — Ele não consegue falar direito nem o próprio nome.

Kunle fica agradecido a Bube-Orji por ele ter interrompido a conversa e se sente também aliviado por ninguém ter notado que ele quase dissera seu nome verdadeiro. Ndidi está começando a falar quando Steiner e Agbam voltam para a sala de aula. Todos ficam atentos. Steiner explica que agora se espera que os comandos ataquem as linhas inimigas por trás. Para isso eles precisam formar uma unidade de forças especiais comandada pelo próprio Steiner, subordinado diretamente ao chefe de Estado.

— Senhora cabo — traduz Agbam. — Adiante-se e escolha oito homens nesta sala.

Kunle sente sua pulsação acelerar e, surpreendentemente, a moça dá um passo à frente e aponta para ele.

— Fora de forma! — grita Agbam, e Kunle, com pernas trêmulas, se põe ao lado de Agnes. Ela aponta para Felix, depois para James. Aponta para quatro cabos do antigo 14º Batalhão e então indica Bube-Orji.

Eles seguem Steiner até uma sala onde ele imediatamente se senta atrás de uma escrivaninha com um telefone verde e fuma durante um longo tempo, como se tivesse esquecido da presença dos nove soldados e do seu tradutor, batendo a cinza do cigarro aceso dentro de um copo meio vazio de café. Os olhos de Kunle percorrem a sala, chegando até o armário envidraçado ao lado da cadeira de Steiner, por todo o ambiente há folhetos antigos espalhados. Numa prateleira veem-se placas e troféus baratos, um deles com a inscrição 2º COLOCADO, ESCOLA DO PROTETORADO BRITÂNICO. COMPETIÇÃO DE DEBATES 1958. Uma máquina de escrever repousa numa mesinha. A figura de Steiner é emoldurada por um cartaz na parede atrás dele, com Joe Louis golpeando um homem que se esquiva, cujo rosto está virado. Sob a legenda, alguém riscou os nomes e os substituiu por BIAFRA X NIGÉRIA.

Novamente, Kunle se pergunta se seus companheiros, visivelmente felizes, ouviram Steiner falar do seu ataque militar. Eles tinham parado para pensar no perigo que os esperava? Kunle quer desesperadamente estar com seus pais, ver de novo o irmão, nem que seja apenas mais uma vez.

Steiner empurra as mãos para o ar com uma rapidez que inquieta Kunle. Ele grita algo em francês.

— O comandante diz… — começa Agbam, mas Steiner o interrompe e acrescenta mais algumas frases, com os dedos ondulando ao estranho ritmo das suas palavras. — Ele diz que esta unidade não se parecerá com nenhuma outra do exército de Biafra. Vocês vão implementar e ensinar a outros as suas filosofias de guerra e as leis sagradas de luta. Eu já tenho outros doze: Wilson, eu (Agbam) e dez oficiais da academia de cadetes do alto da colina. Agora saúdem o 1º Pelotão de Comando!

Duas mulheres mais velhas entram na sala com uma grande panela fumegante, seguidas por algumas crianças com saquinhos de nylon cheios de pratos plásticos e colheres. Os homens aplaudem mais uma vez e Bube--Orji, assobiando e esfregando as mãos, diz:

— Oh, glória a Deus! Comida!

Enquanto Kunle come, ocorre-lhe que a carta poderia ser a evidência de que a freira teria encontrado seus pais, e, como se acometido por uma súbita doença, não consegue mais resistir a abri-la. Ele vai até a varanda do prédio, onde há uma lâmpada amarela acesa, cercada de mariposas e cupins. Tenta abri-la, mas suas mãos tremem como se todos os males que cometeu contra os pais despencassem sobre ele vindos de uma altura invisível. Ele põe a carta de volta no bolso e segue um Land Rover sem teto que lentamente se dirige pelo campo rumo ao prédio administrativo da escola, onde fica o rancho dos oficiais. As luzes traseiras são fracas, mas iluminam o rosto dos seus amigos.

Fica claro desde o início que a nova brigada é diferente da 51ª Brigada. Na primeira semana, em vez de lutar, eles se põem a construir uma infraestrutura de guerra. Com quase todas as cidades e povoados da fronteira de Biafra derrotadas e o país efetivamente cercado, os engenheiros da Pesquisa e Produção de Biafra, assim como o próprio Steiner, elaboraram um novo plano para contornar as deficiências de Biafra por meio da construção de minas. Durante todo o dia, Kunle e seus companheiros trabalham nas minas, seguindo um protótipo que Steiner construiu, e usam madeira e pregos para fazer caixas quadradas em que os explosivos são armazenados. Pessoas dos arredores de Agwu levam o que podem: tocos, sacos de pregos, arame, metais e tudo o que possa ser obtido nas lojas ou fábricas das imediações. Então os soldados prendem pilhas de lanternas e detonadores em recipientes de barro cheios de explosivos nos quais foram abertos buracos e, por fim, os cobrem com cera de abelha. Kunle sente uma alegria estranha ao cumprir o novo desafio. O acampamento do 1º Pelotão de Comando, em vez de ser um acampamento de treinamentos e infindáveis planos de batalha, torna-se uma fábrica.

Ao final de cada dia de trabalho, eles voltam às salas com os músculos cansados e as mãos sujas, cheirando a pólvora, amônia e suor. O trabalho desvia sua ansiedade quanto às ações mortais que Steiner expôs no discurso feito quando chegou. Kunle está mais aliviado pela crescente aproximação com Agnes. Depois de uma semana ali juntos, ele a procura, tenta ficar tão perto dela quanto possível e sempre é atraído pelo que fala, como se a cada palavra ela o forçasse a interromper seus pensamentos. Além disso, fica claro que ela não é nada diferente dos demais soldados: usa o mesmo uniforme (tecido de camuflagem e no ombro uma divisa sob a insígnia do sol nascente) e deseja ter um grupinho exclusivo e camaradagem. Porém toda vez que diz algo parece à parte, frequentemente como se falasse atrás de um véu. Mesmo agora, na sexta noite que estão ali, sua voz hesita quando ela se refere a um ataque aéreo contra a unidade a que pertencia, em Eha Alumona, onde dois bombardeiros federais atacaram um soldado ferido que tentava chegar ao posto médico e o mataram. O inglês dela é precário e tem um forte sotaque igbo, mas se faz entender.

Chega o jantar — uma generosa refeição de *eba* e peixe curado no caldo de *ogbono* —, durante o qual conversam agora os homens. É a melhor refeição de Kunle desde aquela que fez na casa de Felix. Quando a comida vai descendo, ele se sente mais feliz e seguro naquele lugar, mas não consegue saber por que ao mesmo tempo tem uma forte sensação de desalento. O padrão mental dele em Biafra é esse. Antes de se juntar aos militares seus sentimentos eram mais bem delineados, mas ali as suas emoções penetram umas nas outras como videiras. Num momento ele está feliz, e então uma tristeza penetra em seu dia com rodas invisíveis e se detona. Ele percebe agora que o que o entristeceu foi a comida: se ele não estivesse ali procurando Tunde, estaria se deliciando com uma refeição feita pela sua mãe ou então, de volta à faculdade, comendo no restaurante perto do apartamento.

Seus companheiros falam durante muito tempo — todos, fora ele. Assim, quando Agnes se levanta do banco e lhe dá um tapinha no ombro, Kunle responde com um estremecimento.

— Venha me fazer companhia, *biko* — sussurra Agnes.

Ele a segue e os amigos ficam lhe fazendo caras engraçadas. Ela o escolheu em primeiro lugar para o pelotão especial de Steiner, e desde aquela noite é ele quem a escolta quando ela vai ao banheiro ou tomar banho. A escola tem anexos onde os alunos se banhavam, e em frente a esses banheiros há fossos com portas que vão até a cintura. Ele se acostumou com o odor do front e dos amigos, que estavam sempre sujos e com um cheiro forte. Mas ela tomava banho quase toda noite. Quando a maioria dos soldados já se recolhera à cama, ela o cutucava e ele a seguia até atrás da cabine do banho, onde sempre tinha um balde de água à espera. Durante o banho, ele segurava o cantil dela, a bolsa que ela usava a tiracolo e a sacola de munição. Ele já havia se perguntado várias vezes por que ela carregava a bolsa com tudo o que havia dentro, mas o que quase sempre lhe ocupava a mente era a ideia daquele corpo nu e da crescente proximidade entre eles.

Normalmente, ela não diz nada — talvez porque muitas vezes já seja tarde da noite —, só lhe agradece. Mas uma noite, à luz do luar, ela se interessa por conversar.

— Peter, onde fica o povoado da sua mãe?

Ela fala numa voz muito baixa, mas ele estremece, pois não tinha percebido que novamente estava de olhos fechados. Ele fala sem pensar:

— Como?

Agnes repete a pergunta.

— Ovim — responde ele.

— Ah... *Onye* Ovim?

Ele concorda e vira para trás. Os olhos dos dois se encontram. Ele sente medo: terá feito algo errado? Ela está nua. O balde guincha e jorra água. O cheiro de sabonete enche o ar. Ele luta contra a vontade de olhar novamente, mas fica aliviado por não o fazer. Imagina que ela esteja se enxugando. O coaxar de sapos e o cri-cri de grilos está agora mais forte.

— Quantos anos você tem, Peter? — pergunta ela subitamente.

Kunle hesita, sentindo de novo um nervoso devastador.

— Vinte e cinco.

Ela não diz nada. Temeroso, ele se volta e a vê de pé ali, vestida apenas com uma calcinha preta e observando-o. Ele pode distinguir a silhueta dos seios e a curva da cintura. Ela esmaga folhas com os pés quando vai pegar as coisas que ele segura. Com gestos lentos, larga uma a uma no chão, longe da água do banho que se espalhou sobre a terra. Ele a observa vestir-se sem pressa. Seu corpo se aquece e seu órgão enrijece. Ele nunca fez sexo, mas beijou Nkechi algumas vezes. O desejo de beijar Nkechi e a emoção que isso lhe dava eram avassaladores. Contudo, depois do acidente, o desejo tornou-se uma cobra tímida mas venenosa que ele sentia contrafeito se insinuar na sua alma e a cada vez golpeava até a morte. Assim, durante muito tempo o desejo sexual tinha vivido fora da província dos seus pensamentos, até no início daquele ano, quando ele encontrou uma revista americana na biblioteca da universidade. Ele arrancou as fotos deliciosamente chocantes de mulheres com seios nus e as pôs dentro de um caderno. Durante dois dias ele se tocou, gemendo. No terceiro dia, com os exames aproximando-se e constatando que sua cabeça só se ocupava de vaginas e seios, ele jogou as páginas no cesto de lixo do prédio. Agora ele vê Agnes cobrir os seios com o sutiã preto e sente uma intensa tristeza, tão aguda quanto uma dor.

Mais tarde, ao voltarem, ela diz com uma tranquilidade quase exagerada:

— Sua idade não é essa. Qual é…

— Vinte e cinco — ele se apressa a dizer. — Faço vinte e cinco neste ano.

Ela meneia a cabeça, para e olha para ele.

— Por favor, que essa seja a primeira e última vez que você mente para mim, certo?

Envergonhado, ele assente. O que acontece com o seu rosto, com o seu aspecto, que o faz parecer tão jovem para todo mundo? Ekpeyong às vezes o chamava de "Menino Peter", e entre seus companheiros existe uma certa consciência de que ele é muito mais jovem que os demais.

— Não sei por que — diz ela —, mas o meu espírito me faz confiar em você… Não sei por quê. É por isso que eu sempre lhe peço ajuda… Você está me entendendo?

— Estou.

— Boa noite.

A voz dela parece vir de um tempo muito recuado no passado, quando sua mãe ia até o quarto dele para ver se ele e o irmão haviam adormecido e, com sua voz doce e grave, sussurrava: *Boa noite, meus filhos.* O sussurro de sua mãe era calmante, como se as palavras dela encontrassem um caminho diferente no coração dele e no de Tunde. Por mais zangados ou tristes que estivessem — eles, que eram tão renitentes —, ou mesmo se tivessem sido punidos pouco antes da hora de ir para a cama, ela sempre os enfeitiçava. Ele segue Agnes de volta ao grande saguão que lhes designaram como dormitório, enquanto ela passa o fuzil do ombro para a mão.

14.

QUANDO ELES SE JUNTARAM — todos os cento e oitenta comandos — no campo de reunião, suas silhuetas se espalhavam pelo campo como um lago de cabeças escuras. O clarim os acordou muito cedo, mas Kunle não sabia dizer a que hora, porque tinha perdido seu relógio nas colinas Milliken. Ele está se esforçando para afastar da mente a imagem do corpo nu de Agnes enquanto ouve Steiner dirigindo-se aos seus subordinados. Steiner fala com voz mole num inglês engraçado. Ele acabou de ser promovido a major e agora tem uma águia nas mangas. Kunle quase não entende o que ele diz — não para de pensar no que teria acontecido se tivesse sido homem o suficiente para tocá-la. Teria resultado em algo mais profundo, mais efetivo? Ele imagina que sim, e isso atenua o medo nutrido em relação ao retorno ao front.

Seus pensamentos continuam fixos quando o 1º Pelotão de Comando segue em três Land Rovers para Obeagu na escuridão de antes do amanhecer, tão cerrada que o brilho amarelo dos faróis parece esculpir um novo caminho pela floresta. Os oficiais — Steiner, o sargento Wilson e o sargento Agbam — vão sentados com Agnes no primeiro Land Rover, que tem no capô uma bandeira de comando e outra de Biafra. Kunle e seus amigos — com exceção de James, que amanheceu febril e por isso ficou na cama — estão no último, o veículo repleto de minas, picaretas, esteiras, enxadas e caixas de munição. Raramente seus amigos ficam em silêncio, mas ali ninguém fala. Durante muito tempo eles seguem por uma subida que nos seus dois lados tem pedras e afloramentos. O vento bate intermitentemente nos Land Rovers criando um eco misterioso, algo como uma corrida de forças subterrâneas, durante todo o trajeto até o limite de Obeagu. Steiner anuncia que é ali que soldados de infantaria e artilheiros de uma unidade da 1ª Divisão federal vão passar a caminho de um contra-ataque.

Eles se põem a trabalhar imediatamente, cavando três buracos na estrada, com uma distância de setenta metros um do outro, e colocando neles três grandes caixas de minas. Seu trabalho é eficiente e logo antes das seis da manhã eles armam acampamento no mato espesso ao lado da estrada, forrando o solo com esteiras estendidas sobre o capim. Kunle, com os músculos cansados, senta-se olhando em torno de si para o vasto nada, com uma imaginação frenética produzindo na sua mente a figura de uma cobra atacando no escuro naquela terra de ninguém. Levaram um holofote, mas Agbam o usa com tanta parcimônia que ele não faz muita diferença. Fumando um cigarro atrás do outro, Steiner agora está sentado com as costas apoiadas numa árvore. Sob a luz amarela, seu rosto branco parece sombrio e misterioso, como se ele tivesse comido uma fruta estragada.

— Vocês aí me digam, *s'il vous plait*… — Ele solta mais um pouco de fumaça e esfrega o alto do nariz com as costas da mão. — *Oui*, me digam… por que você… todos… lutando?

Os homens murmuram. Um dos tenentes está ao lado de Kunle na esteira, espantando mariposas do seu rosto. Felix ergue a mão.

— *Oui, monsieur* — diz Steiner.

— Obrigado, senhor — começa Felix. Sua voz tem a energia e amargura que Kunle já notara quando ele contou no campo de treinamento aquela mesma história do trem numa terra de ninguém. Enquanto Felix relata novamente o fato, Kunle visualiza a cena aterradora dos passageiros mutilados e ouve os gritos desesperados. Então Bube-Orji conta a sua história, seguida pela de um dos tenentes e pela de Ndidi. Kunle presta atenção às histórias dos seus companheiros, mas ocorre-lhe que estão todos errados na sua compreensão da causa da guerra. Essa guerra não foi gerada simplesmente pelos desejos obscuros de homens maus que tinham se lançado sobre seus vizinhos igbo do norte, matando e infligindo a destruição. Em vez disso, parece que a guerra é algo que brotou do solo natural da sociedade e tem crescido há muitos milhares de anos no velho sangue da própria humanidade. Se não fosse o norte, talvez a guerra tivesse sido iniciada por alguma pessoa ou até mesmo seria um conflito entre a Nigéria e outros países. A guerra, ele acredita, é algo inerente à humanidade: atacar outro por uma causa, qualquer que seja ela.

Uma mariposa grande e feia, com um tipo de asa que a faz parecer coberta de olhos, se equilibra na calça de Kunle. Ele a espanta com um nervoso movimento da mão e o grupo explode numa gargalhada.

— *Monsieur* — diz Steiner apontando para Kunle.

— Eu, senhor? — pergunta ele, embora não tenha dúvida de que a pergunta de Steiner lhe fora dirigida, pois todos já haviam falado, com exceção dele e de Agnes. Quando o major assente com a cabeça, Kunle passa os olhos pelos sinais piscantes dos vagalumes sobre a vegetação rasteira, mas está compenetrado de que aquela era a ocasião para dizer tudo o que nunca havia dito até então. Ele conta emocionado a história que escreveu no dia em que seu tio ligou, e quando fala sobre o acidente há um burburinho entre os ouvintes. Erguendo o olhar ele vê os olhos de Agnes fixos nele. — Depois disso, eu e a menina nos tornamos inimigos, ao mesmo tempo em que ela se ligou ao meu irmão. Ela se entristecia com o que nós havíamos causado. Quando começou a guerra eu estava em Lagos, na universidade. Um dia meu tio ligou. Meu irmão havia desaparecido... Eles entraram em Biafra, ele e Nkechi, e todos os parentes dela. Todos. Eles fogem.

Bube-Orji assobia e balança a cabeça.

— Você veio para tentar encontrá-los? — pergunta Agbam.

Kunle balança a cabeça em assentimento.

— Eu acompanhei o pessoal da Cruz Vermelha para vir procurá-lo, e fugi quando entramos em Enugu. Segui à procura do endereço da aldeia de Nkechi, que fica perto da aldeia da minha mãe. Minha mãe é igbo. Mas não pude nem me aproximar do lugar, pois me pegaram. O pessoal da milícia de Biafra me pegou... Eles me levaram para a 51ª Brigada. Havia vários comandantes numa sala. Mas o comandante Amadi me convocou para me juntar a eles e me tornar um cidadão biafrense. Foi o que eu fiz. Somente assim eu não seria preso, e talvez encontrasse meu irmão. — Ele faz uma pausa, espantando os mosquitos das suas orelhas.

— *Chai, chai*, mas isso foi um acidente. O que aconteceu foi um acidente — diz Bube-Orji. — Você não devia se preocupar tanto. Não foi sua culpa.

Kunle balança a cabeça. Seu pai e até o irmão de Nkechi, Chinedu, já lhe haviam dito isso na época em que ele se afastou de todos. Kunle tinha rejeitado a ideia várias vezes, apegando-se à convicção férrea de que era tudo culpa dele. Acima de tudo, ele via como um exagero de uma verdade miúda aquilo que Bube-Orji acabara de afirmar. Havia ocasiões em que se compelia a acreditar nela. E às vezes ele acreditava. Mas a cada vez que havia um incidente envolvendo seu irmão — seja porque zombavam dele na escola por ser aleijado ou porque Tunde reclamava de ser incapaz de jogar futebol ou de se deslocar como qualquer um — Kunle novamente afundava na culpa.

— Mas qual é o seu nome verdadeiro? — indaga Felix.

Ele olha para o rosto dos seus companheiros; então, como se para conter dentro de si mesmo uma verdade que não deveria ser dita, sussurra:

— Kunle. Ade-kun-le Aro-mi-re.

Então os grilos pareceram gritar mais alto, quase ameaçadores.

— Você é um biafrense especial, irmão — diz Ndidi subitamente. — Não é a sua guerra, mas você está lutando nela como se fosse.

— É a guerra dele. — Essa é a primeira vez que Agnes diz alguma coisa desde que deixaram Agwu, embora Kunle constantemente sentisse que ela o olhava e no fundo da sua mente persistisse a imagem dela nua. — A mãe dele é igbo. Ele é nosso irmão.

— *Eziokwu* — grita Bube-Orji.

— Ele é... Ele é um irmão verdadeiro. — Ndidi dá um tapa na perna golpeando um pernilongo. — Nosso herói! Não sofreu nenhuma perda, como aconteceu com todos nós. Nenhum parente dele foi morto, e, no entanto, está lutando.

— Isso mesmo! — diz Bube-Orji. — Mas eu não gosto desse "Peter".

— *Kpomkwem!* Nem eu! — Ndidi estala os dedos várias vezes, em rápida sucessão, para enfatizar sua opinião. — Para mim, você agora é Kunis.

Kunle não esperava por aquilo. Durante meses, havia temido que o odiassem por pertencer ao povo que os estava combatendo, mas em vez disso o abraçavam. Steiner tosse e depois fala alguma coisa em francês. Agbam ri e diz:

— O comandante comentou que a sua história é a única que não envolve uma mulher grávida assassinada.

Todos riem, com exceção de Kunle e Agnes.

— Todos — diz Agbam — sempre falam das mulheres igbo grávidas que foram mortas e tiveram a barriga aberta pelos do norte como sendo o motivo que os levou a lutar. É verdade? O comandante quer saber.

Os homens se entreolham, perplexos com a pergunta e temerosos de terem acreditado num mito durante todo o tempo. Então um dos tenentes, coçando a cabeça, diz:

— É verdade. — E complementa afirmando que em 1966 o irmão assistiu a uma cena assim em Kaduna.

— Sim — diz Steiner com o rosto obscurecido por uma fumaça que sobe lentamente. — Cabo Azu... Azuki?

— Azuka, senhor — corrige Agnes.

— Por que você não nos diz... é... por que luta?

Durante algum tempo Agnes não fala, apenas olha para a grama entre suas pernas curvadas, enquanto Kunle se vê esperando a história como se se tratasse de um amor perdido há muito tempo.

Agnes era enfermeira num hospital em Makurdi e havia ficado próxima de outra enfermeira que era também cabeleireira. Uma tarde, ela foi cortar o cabelo no salão da amiga...

Nesse ponto da narrativa, ouve-se um farfalhar no mato próximo e ela para de falar. Agbam apaga o holofote e o lugar mergulha numa tal escuridão que Kunle não vê os olhos dos que estão mais próximos a ele. Apenas ouve o clique das armas pondo-se de prontidão e as batidas fortes do seu coração. Passam-se pelo menos dez minutos antes de Steiner dizer que provavelmente se tratava de um animal e fazer um sinal para Agbam voltar a acender a lâmpada.

Agnes prossegue. Ela havia ouvido falar de distúrbios em outras cidades do norte, mas em Makurdi a população se sentia segura. Eles tinham sido poupados dos distúrbios de 1966. Naquele dia, contudo, aconteceu algo diferente. Era dia 10 de julho e aviões de Biafra atacaram a base da força aérea nas imediações.

— Ah! — exclama Felix. — Zumbach, o piloto Zumbach.

Agnes assente com a cabeça. Enquanto estava na casa da amiga, ela começou a ouvir gritos. A família da amiga não era igbo, e sim idoma, que são vizinhos dos tiv. Quando a multidão furiosa, violenta, começou a gritar nas ruas "igbo tem de ir embora!", Agnes e sua amiga entraram em pânico. Ela queria voltar para casa, a dois quilômetros de caminhada, mas a amiga não a deixou fazer isso. Enquanto elas discutiam, a multidão chegou, armada com paus e fuzis. O marido da amiga escondeu Agnes atrás de um tambor de gasolina até o povo ir embora.

Agnes amarra a bandana na mão. Algo na sua voz parece ter mudado, como se a cada palavra ela fosse se transformando numa pessoa diferente. Ela ergue a mão, gesticulando de um modo que emociona Kunle a ponto de ele sentir um espasmo de desgosto percorrer todo o seu corpo.

— E então, depois da meia-noite, após a polícia ter varrido as ruas e dispersado a multidão, eu finalmente saí de onde estava escondida… O marido da minha amiga me acompanhou. Nós caminhamos… caminhamos… e, ah! Tudo estava mudado. Veículos e prédios queimados por toda parte. Na verdade, tinha se repetido o que havia acontecido em Idem ou aquele outro lugar, Eha…

— Eha Amufu — diz Kunle.

— Isso, isso. Depois chegamos a Wurukum, onde moram mais orientais. Quase todas as construções de lá estavam queimadas. Foi então que meu coração começou a dar pulos… todo o meu corpo, porque eu fiquei com medo.

A primeira coisa que ela se lembra da sua casa é de ter visto a janela da frente destruída, com a cortina ondulando. A porta dianteira estava aberta e em frente da casa, na terra, todos os seus pertences estavam espalhados. Ela viu no chão, parte fora e parte dentro da casa, os pés descalços de alguém e soube imediatamente que era o seu marido, Zobenna.

— Cortaram a cabeça dele. Eu vi sangue… sangue… sangue… sangue de uma pessoa. Uma pessoa! *Kedu ife omere*? Que crime ele cometeu? E os meus filhos, James e Chukwudifu. Cortaram a garganta deles como se faz com as aves.

Por algum tempo, parece que o próprio mundo ficou em silêncio, e aquela história permanece como uma explosão no meio deles. Agnes fica ali, seus lábios estão inchados, ela luta para não romper em pranto. Kunle vê que o que lhe aconteceu não é algo que ela possa superar no momento, se é que algum dia poderá. Aquilo sempre voltará à sua mente quando ela estiver sozinha e for arrebatada pelas águas da sua própria tristeza, como um rio migrante correndo pelo tempo.

Ela começa a falar algo em igbo com uma precipitação que o surpreende, apontando para a escuridão.

— O que é que ela está falando? — Kunle murmura no ouvido de Felix.

— Eu vou vingar a morte de vocês… Não importa quanto tempo isso levar, eu vou triturar os ossos dos que tiraram a vida de vocês… Todos eles vão pagar com sangue. — Felix balança a cabeça e estremece. — Ela está dizendo isso para os filhos.

Kunle acorda do sonho recorrente de Tunde entre os mortos, dessa vez sentado na cadeira de rodas. A floresta está no escuro e a maioria dos seus companheiros ainda dorme, com exceção de Steiner, que está sentado numa das caixas de munição e fuma. Kunle se levanta, procura a carta com um sentimento de urgência, como se ela pudesse explodir no seu bolso. Pega a lanterna e se surpreende ao ver que a mensagem tem apenas um parágrafo — um parágrafo longo — e é datada de 14 de setembro de 1967. *Volte para casa*, escreveu seu pai. Ele diz a Kunle que sua mãe está hipertensa e tem tido sonhos estranhos, e ele teme que ela possa se prejudicar. Sua tia Ifemia, esposa do tio Idowu, esteve com eles por três semanas porque o pai não podia deixá-la sozinha quando saía para trabalhar. Novamente a firmeza da voz de seu pai dispara nas palavras escritas: *Venha para casa, Kunle. Eu repito mais uma vez que você não é a causa da situação do seu irmão. Foi um acidente infeliz. Somente Deus sabe por que aconteceu.*

Não foi culpa sua. Eu só culpo o motorista idiota, não você. Kunle, volte para casa! Pare de pôr em risco a sua vida. Eu e sua mãe estamos esperando.

O pedido fica marcado com ferro na sua mente: *Venha para casa*. Na escuridão e em segredo, ele chora. Durante um longo tempo, desde as primeiras batalhas em Eha Amufu, a luta para ficar vivo o desviou da sua missão original de encontrar o irmão. Mas agora, num só golpe, ela voltou com uma força devastadora. Durante o resto da manhã, ele não dorme, e quando esperam a passagem do comboio federal seus olhos quase se fecham. A todo momento se ouvem as vozes dos dois sentinelas locais na estrada, redirecionando o tráfego e os pedestres. Ele está agachado em prontidão com os demais, pensando unicamente nas palavras do pai, na doença da mãe.

A explosão o abala. Chocalha as árvores e é imediatamente respondida pelo grito uniforme de um bando de pássaros invisíveis. Steiner, com a cara vermelha, corre adiante dos soldados gritando:

— Corre e atira! *Réveillez-vous!* Corre e atira!

Os comandos avançam atacando, disparando seus fuzis. Kunle inicialmente não entra na estrada, fica sob a proteção de uma árvore, com o pedido do pai martelando como um coraçãozinho na sua cabeça. Mas então ele vê Agnes arrastando-se para ficar fora da linha de tiro e algo o impele para a luta. Ele corre para ela, que está junto de uma bananeira, setenta metros adiante. Entre os débeis ramos da árvore meio murcha, ele tem um vislumbre de um soldado federal e o alveja. O homem rodopia com o impacto e depois cai num monte de capim alto. Kunle vai para a estrada, onde dois veículos blindados Panhard se dirigem para ele em zigue-zague. Um deles foi atingido por uma explosão e tem metade da torre de tiro pendendo do lado, em chamas. O outro quase não foi avariado, mas o capô da frente está quebrado e desprende uma leve fumaça. Um Land Rover foi lançado numa vala, crivado de buracos de bala e com o para-brisa estilhaçado. Um soldado federal está dependurado na janela, com sangue que sai de um buraco na cabeça derramando-se lentamente no seu capacete no chão. Outro Land Rover desvia-se para o mato e atropela um comando. Steiner, mirando na luneta do fuzil, faz voar a sua janela lateral. O veículo segue às tontas pela vegetação rasteira, pende para um lado e para, sacudindo-se como um porco velho alvejado no coração.

15.

ELES TIVERAM FOLGA POR TRÊS SEMANAS, e neste domingo, último dia antes de voltarem à ação, foram à igreja com Ndidi, todos menos James e Agnes, que recusaram o seu chamado: Agnes alegou não acreditar mais num Deus que permitiu acontecer-lhe tal calamidade e James disse que a ideia de Deus é uma "bobagem danada". Eles já estão na igreja há quase uma hora e agora o padre está salmodiando, mas Kunle se sente cercado por um terrível silêncio, como se estivesse sozinho. Afasta os olhos da grande vela branca no púlpito e os volta para o teto, como faz frequentemente quando tem a estranha impressão de que o observam de cima ou de que ouve perto de si uma voz inaudível para qualquer outra pessoa. Certa vez, quando garoto, ele contou para a mãe esse fenômeno, mas ela descartou seu relato como sendo apenas imaginação infantil. Nos anos que se seguiram, ele passou a acreditar que a voz e os olhos pertencem a Baba Igbala, o Vidente. Ele se junta aos que cantam a música familiar liderada pelo sacerdote, gritando os versos para afogar os pensamentos do Vidente. A música o faz lembrar da última vez que visitou uma igreja católica, no casamento da tia Lucy, a irmã caçula de sua mãe, em 1955. Parece que a guerra fez da sua mente um olho deficiente, capaz de ver as coisas apenas dentro de um espaço circunscrito: confinado ao presente.

Uma imagem de Tunde com uma camisa branca e uma enorme gravata borboleta no casamento da tia Lucy vem-lhe à cabeça e ele se vê rindo. Quando saem da igreja, Felix pergunta por que ele riu.

— Não foi nada — diz Kunle. — É que eu me lembrei de uma coisa.

Felix balança a cabeça, que brilha muito bem raspada. Vários deles fizeram isso em homenagem aos cento e vinte comandos que três semanas antes haviam morrido em Agbani, a cidade guarnecida. Cerca de cento e cinquenta homens, liderados pelo recém-promovido tenente Wilson, tinham sido emprestados para o comandante do 14º Batalhão para ajudar na defesa de Agbani quando tropas federais fizeram um ataque de surpresa, matando a maioria deles. Durante duas semanas, Steiner e os homens do batalhão ficaram desalentados, mas o coronel Ojukwu mandou mil e duzentos homens que tinham recebido treinamento esmerado, para que Steiner pudesse formar a 4ª Brigada de Comando de Biafra. Agora, uma semana depois da formação da brigada, eles rumam de volta para o front.

Param perto de uma fileira de comerciantes que levam na cabeça ou dependurados nos braços artigos para venda. Kunle compra um relógio de pulso com correia de couro com um homem vestindo terno velho e gravata puída. Felix compra uma penca de bananas e Bube-Orji um punhado de nozes-de-cola, que ele masca para afastar a fome constante e para ficar atento durante os bombardeios. Cada um deles pega uma banana da penca de Felix. Eles comem enquanto andam, observando as pessoas que passam de bicicleta ou caminham de volta da igreja. Entre uma mordida e outra, Bube-Orji, mostrando o Holden preto cheio de policiais militares, com uma bandeira de Biafra e uma flâmula vermelha ondulando no capô, faz um comentário que reitera a fama dos PMS como implacáveis caçadores de desertores.

Kunle e seus amigos entram numa rua aberta com cabanas de madeira, numa das quais duas mulheres sentadas diante de grandes panelas fritam *akara*. Toda vez que entra numa cidade, Kunle se surpreende ao ver que a guerra teve um impacto mínimo sobre a vida ali. Embora muitos lugares tenham sido destruídos em Biafra, o único sinal da guerra na cidadezinha de Etiti é a sede do comando da brigada e o aumento da população de refugiados, a maioria fugida de Enugu e de outros lugares que caíram em mãos federais. De modo geral, qualquer lugar, fora o front e os acampamentos militares, provoca um estranhamento nos soldados toda vez que eles chegam — como se tivessem se deparado com fotos antigas, desbotadas, de cujo momento se lembram vagamente. Por isso, eles ficam quase loucos sempre que vão a uma cidade: comem o que veem pela frente, correm atrás de qualquer mulher, bebem o máximo que podem.

Bube-Orji para de falar e aponta para um ajuntamento em torno de uma estátua antiga que representa um pássaro. Felix, como se tivesse combinado, corre para lá atirando a casca de banana no mato ao lado. O agrupamento se compõe sobretudo de trabalhadores da Defesa Civil de Biafra que agitam bastões e armas dinamarquesas. Eles cercam um homem que está deitado na terra e gritam:

— Sabotador! Sabotador! Sabotador!

Felix abre caminho até o meio do grupo e fala rápido em igbo, sem que Kunle entenda uma única palavra. Felix diz algo para o homem acusado e este tenta se levantar. Subitamente furioso, Felix dá-lhe um pontapé na coluna e o imobiliza colocando o pé nas suas costas. Um dos milicianos tira dinheiro de uma bolsa de pele de cabra aparentemente pertencente ao acusado. Felix e Bube-Orji examinam o maço de notas nigerianas e um exemplar do jornal nigeriano *Daily Times* datado da véspera: 1º de março de 1968. A princípio, o rosto de Felix não tem nenhuma expressão. Ele passa o jornal para Bube--Orji, agarra um fuzil do miliciano mais próximo, verifica o pente e então fica imóvel. Uma agitação percorre a aglomeração e o homem, sentando-se rapidamente, ergue as mãos atadas gritando:

— Moço, moço… por favor! Eu não sou sabotador…

— Afastem-se todos — grita Felix gesticulando para a multidão. — Afastem-se!

A multidão recua atabalhoadamente, uns caindo sobre os outros. O homem acusado ergue suplicante a mão suja de terra e começa a chorar.

— Bico calado! Bico calado e olhe para baixo! — grita Felix levantando o fuzil.

Seu braço pula para trás quando ele dá um tiro na nuca do homem. O sangue jorra em bolhas da cabeça do sujeito e se derrama no chão. A multidão se dispersa aos gritos enquanto mais sangue vermelho-escuro se esvai e começa lentamente a se expandir numa poça. O homem está imóvel, com o desenho da sola da bota de Felix estampado nas costas da camisa branca.

Eles voltam para o acampamento em silêncio, com exceção de Felix, que assobia uma das suas músicas patrióticas, que apresenta os do norte como cabras chorosas. Ele parece estar muito animado, como se redimido pelo singular ato de matar um inimigo de Biafra. Bube-Orji caminha de boca entreaberta, com as manchas do seu vitiligo mais vivas, mascando uma noz-de-cola. Ndidi movimenta seu rosário com um olhar distante no rosto. Até então não parecera possível que Kunle se zangasse com seus companheiros. Mas naquele momento ele sente repulsa por Felix, que matou o homem, e por Bube-Orji, que apoiou a ação. Algo no aparente desamparo do sujeito incomoda Kunle. Na batalha, o mundo muda quando o comando ordena disparar, e o soldado na linha de frente é levado por uma agitação emocional de tal intensidade que não há tempo para raciocinar. O inimigo que o alveja e em quem ele dispara não tem tempo de se explicar-se ou de defender-se de qualquer acusação. Uma associação avassaladora de medo e pânico simplesmente leva o soldado para um patamar inferior de existência em que domina o instinto, e não a racionalidade. Se na mente do soldado há uma única lei no campo de batalha, é a de evitar, tanto quanto possível, uma morte cruel. Mas fora do front não é assim. Felix havia tido tempo de conversar com o homem, mas dera livre curso ao mesmo nível de violência.

Eles caminham por uma estrada com palmeiras dos dois lados, onde uma vez tinham visto macacos. Kunle não consegue reprimir a pergunta por mais tempo.

— Por que você matou o homem? — diz com o coração acelerado. — Hein, Felix?

— O quê? — A expressão de Felix é algo que Kunle não tinha visto até então. — Por quê? Ora… você não sabe…

— Não! — ele grita. — Você não tinha certeza de que ele era…

— Cala a boca! — A voz de Felix soa violenta. — Cala a boca, seu iorubá! — Felix avança para ele, mas Ndidi dá-lhe um cutucão, e Felix cai sobre a vegetação rasteira.

Kunle, com um calor subindo pelo peito, precipita-se para a caserna, ignorando os gritos de Bube-Orji e de Ndidi pedindo-lhe que esperasse. Ele chega ofegante à biblioteca da Escola de Ensino Médio Madonna, onde ficam Agnes e a nova oficial. Agnes, com o cabelo molhado e cheirando a creme, está sentada na varanda. Ele lhe conta o que aconteceu. Ela balança a cabeça, sem encará-lo, e diz:

— Ele fez o que tinha de fazer... o Felix, sim.

Kunle pressiona os nós dos dedos da mão direita contra a palma da esquerda. Quer saber, entender por que ela diz aquilo. Agnes sorri e depois fica séria.

— Estamos numa guerra — diz ela. — Não é hora de... hã... de *obioma...* quer dizer, de bondades.

Ele se senta na varanda ao lado dela, perplexo com a dureza daquelas palavras. Há ocasiões em que ele se sente existindo num mundo acalorado, unicamente na sua cabeça, enquanto os outros parecem calmos, indiferentes. Aquela era uma dessas ocasiões. Agnes não se perturba com o assassinato de um homem que talvez fosse inocente do crime de que é acusado, que pode ter sido morto injustamente por Felix? Ele se acalma e olha para as mãos dela que lentamente escovam o cabelo.

—Ah, eu quero perguntar... você vai procurar o irmão, Tun... Tuli?

— Tunde — diz ele olhando para as próprias mãos, que têm os dedos escurecidos com fuligem e pólvora.

— Então?

— Sim... eu quero ir. Quero muito ir, mas o que posso fazer quando o encontrar? Não posso simplesmente levá-lo para casa.

Agnes abaixa a escova cheia de cabelos entre as cerdas e olha para ele.

— Aqui eu sou um soldado... Se... Não posso simplesmente ir embora. Se fizer isso me mandam para a corte marcial.

— Mas você não é daqui — diz ela. — *O bu ro agha gi...* Esta guerra não é sua.

A ESTRADA PARA O PAÍS *181*

— Não interessa! — protesta Kunle mais alto do que pretendia. — Isso não tem a menor importância. Eu sou um soldado biafrense. Fiz o juramento.

Ali perto o caminhão do intendente da sede do exército segue lentamente para o rancho dos oficiais. Logo mais todos os soldados serão convocados para o espaço de reunião a fim de receber seu pagamento mensal, e Kunle não sabe quando voltará a ficar sozinho com Agnes. Ele quer pegar sua mão e beijá-la, mas vendo que ela ainda está ocupada, diz apenas:

— Agi, e você? Onde é que estão os seus pais e seus parentes? Quer dizer, eles estão vivos?

Ela assente com a cabeça.

— O que eles disseram… Eles permitiram que você entrasse no exército?

Um sorriso desponta no rosto dela, mas logo desaparece. Quando isso acontece, o rosto dela mostra algo que se aproxima do desprezo.

— O meu pai… não gostou nem um pouco, nem um pouquinho. Ele ficou *muito* bravo. Por que eu e não os meus dois irmãos? — Ela tosse. — Mas… meu bem, eu vi coisas que só acontecem em pesadelos. Veja: quando… quando as pessoas me dizem "Agnes, não faz isso, não faz aquilo", eu só balanço a cabeça. — Ela sorri novamente. — Eu ouço, mas não ligo. Entende? É como se eles estivessem falando outra língua… uma língua que eu não conheço. — Ela levanta a escova até o seu cabelo, a abaixa e aponta com ela para si mesma. — Sei o que estou fazendo.

Kunle assente com a cabeça.

— Entendo.

Durante muito tempo, eles ficam em silêncio e ele observa uma borboleta voejar sobre um maço de flores secas. Não percebe que ela lhe estendeu a mão, mas sente a pressão no seu pulso.

— Meu bem — diz Agnes numa voz que é um sussurro —, você é um homem bom. De verdade. Mas… falando sério: esta guerra não é para você.

***

Ainda está um pouco escuro quando eles chegam. O front é um campo roçado que se estende ao lado de uma estrada de macadame nos arredores de Abagana. Bem defronte ao campo há um outdoor igual ao que existe perto da casa de Kunle em Akure, com a conhecida imagem de um bebê rechonchudo sentado ao lado de uma enorme lata de leite em pó e o slogan BEM-VINDO À NIGÉRIA, ONDE OS BEBÊS SÃO FELIZES E SAUDÁVEIS. Depois do outdoor vê-se uma nuvem de fumaça que se levanta ao longe. Os remanescentes do 18º Batalhão — homens desconsolados e esgotados, muitos deles com bandagens na cabeça ou nos membros — estão se retirando pela estrada. Por toda parte, as cicatrizes da luta são visíveis como as folhas no chão de uma floresta. Kunle agarra um exemplar do *Daily Times* com tanta força que seus dedos rasgam o papel. Ele é tomado pelo estranho estado em que fica quando luta no front: o estado de uma aguda consciência das vizinhanças. Vê libélulas voando sobre o mato e urubus ao longo da plataforma das árvores distantes. Ali o ar aceitou e moldou juntos o cheiro de homens, sangue, pólvora e coisas queimadas. É um ar diferente do de qualquer outro lugar que ele conheceu. O ar do front.

Steiner reúne toda a brigada de comando e lê os detalhes da missão, traduzidos por seu novo auxiliar de comando, o capitão Emeka. Steiner diz que, durante semanas, a 2ª Divisão federal tentou entrar na cidade de Onitsha. A nova brigada e o 57º Batalhão precisam bloquear qualquer ligação possível entre as forças inimigas em Abagana e Onitsha. Para fazer isso, o melhor das Forças Armadas de Biafra lhes foi dado diretamente pelo chefe de estado: dezesseis morteiros de 81mm, doze morteiros de 60mm, três mil bombas, dezesseis binóculos, uma bazuca e cento e vinte granadas de mão.

No entanto, esse suprimento parece não fazer diferença, pois logo fica claro que eles estão sendo bombardeados com o mesmo fogo de canhão das colinas Milliken, com estrondos tão ensurdecedores que a cada explosão Kunle sente uma pressão dolorida nos ouvidos. O front logo se enche de nuvens de fumaça negra e de um barulho arrasador, alternado com os gritos inquietantes dos moribundos. Kunle sucumbe à imensa apatia do corpo, ao estado de loucura que se repete nos momentos críticos da vida, à geada que se instala na alma após um tempo e não degela até o fim do dia.

A ESTRADA PARA O PAÍS *183*

Depois de cinco horas, o bombardeio parece ter cessado. O campo de batalha tem tanta fumaça que está meio escuro. Kunle quer muito sair da casamata para localizar Agnes ou seus companheiros, mas está deitado no meio de um monte de sacos de areia esvaziados, perto da madeira de um parapeito rachado e quebrado que caiu dentro da trincheira. Sem se dar conta disso, ele havia se deslocado para uma posição numa linha direta de tiro, longe dos companheiros. Ao seu lado, estão os homens do 57º Batalhão, quase todos com capacete de aço preto. Antes eles tinham uma metralhadora e, cem metros à esquerda, uma trincheira com um sistema e uma equipe de lançadores de foguete Ogbunigwe. Agora a trincheira está destruída e os homens ao seu lado sentam-se com a metralhadora entre eles como crianças adormecidas. Então ele vê, como se por uma porta subitamente aberta, dois soldados subindo, engatinhando pela superfície. Um terceiro homem tenta fazer o mesmo, mas ouve-se um som rápido e segue-se imediatamente o deslocamento de ar quente provocado por um estilhaço que passa voando. Por um momento o homem, decapitado, fica imóvel nos degraus da escada e do abrupto corte no seu pescoço esguicha sangue em várias direções. Então, lentamente, suas mãos se soltam do degrau mais alto e o corpo gira e cai. Os soldados começam a fugir daquele corpo, correndo desenfreadamente e tropeçando uns nos outros. O homem tomba morto sobre a parede da trincheira; é um curioso espectro de guerra.

O novo relógio de pulso se soltou das dobradiças e sua superfície espatifou-se. Kunle não tem como saber que horas são. Ele se senta, ainda com um leve zumbido na cabeça. Suas pálpebras estão pesadas, cobertas de lama. Ao ouvir a voz do capitão Emeka chamando os comandos para voltar à posição, empurra para fora, como um homem desenterrado, os destroços da trincheira avariada. Caminha entre os corpos até a escada de madeira coberta de lama. No degrau mais baixo, um homem tenta chegar até o alto do aterro. Ele se vira para olhá-lo e Kunle dá um grito e recua: o homem tem a barriga aberta. Uma grande massa sangrenta de vísceras, que faz um volume sob a sua camisa, força passagem entre os botões e mancha o chão com sangue escuro. Os olhos do homem estão repletos de sofrimento silencioso. Ele tomba para trás quando Kunle o toca e fica agachado contra a parede da trincheira.

184 Chigozie Obioma

Kunle deixa a sua posição, apressando-se pela multidão em busca dos amigos ou até mesmo de um comando. No entanto, os homens do 18º Batalhão estão ali amontoados, entorpecidos e extenuados, pelos quais é difícil passar. Um deles, em choque, sacode a cabeça e bate violentamente nas orelhas; dois homens tentam contê-lo. Num ponto a cento e cinquenta metros de onde Kunle começou, o caminho está bloqueado por um aterro desmoronado, do qual caíram sacos de areia que encheram a trincheira. Ele os transpõe e quase imediatamente se depara com homens que têm no ombro a insígnia de caveira dos comandos.

Ele encontra seu pelotão na borda de uma passagem estreita, o mesmo lugar onde eles haviam estado antes do início das bombas. Sem falar, Agnes lhe estende seu cantil. Ele bebe até a água lhe transbordar da boca para o peito e então solta um arroto inocente. De pé ao lado dela, sente o mundo se mover novamente, como uma vertigem. Pensamentos confusos e indistintos martelam sua mente. Ele pega a mão dela e grita:

— Me desculpe!

Ela se aproxima, e médicos que carregam os feridos passam correndo em direção ao posto de socorro na retaguarda.

— Jesus! — grita Agnes, afastando-se abruptamente.

Ele vê o corpo queimado de um morto cuja cabeça se metamorfoseou em algo sangrento, olhos e pele fundidos numa bolha plástica deformada. Kunle segura contra o peito o corpo trêmulo da companheira, repetindo sem parar que está tudo bem, quando sente uma dor aguda na panturrilha, contrai-se e rapidamente agarra o braço dela.

— Agi! Ndi! Bube! — Ele cerra os dentes. — Não consigo me mexer. Estiramento muscular!

— Ah, vem cá! — pede ela. — Padre, por favor, levanta o Kunle, ele está com estiramento de músculo!

Ndidi a ajuda a carregá-lo. Eles o levam para uma casinha escondida atrás das baterias da artilharia, perto da retaguarda. É uma construção colonial antiga que dá para um jardim, um varal e duas cabanas cobertas de velhos temas Uli. A casa parece quase inteiramente intacta, embora tenha apenas, num dos seus dois quartos, uma mesinha, um colchão muito gasto e um guarda-roupa arruinado. Eles o deitam na cama e ele sente espasmos na perna direita. Ndidi encontra no outro quarto, escondida atrás de uma tábua apoiada diagonalmente na parede, uma caixa de munições para o que provavelmente seria um fuzil Kalashnikov.

— Vou mostrar isso para o comando. — Ndidi põe a caixa embaixo de um dos braços. — Volto logo, certo?

— *Ngwanu* — diz ela.

— Eu vou com ele — anuncia Bube-Orji.

Kunle ouve a porta ser fechada e seu coração começa a bater mais forte. Com a visão turvada, os olhos semicerrados, percebe que Agnes se despe. Uma luz oblíqua incide sobre suas nádegas. Ela fica apenas com a camiseta verde e a calcinha. Seus pés estão descalços pela primeira vez, sem as botas de borracha. O esmalte vermelho é agora um borrão, amarronzado e enegrecido. Kunle sente o peso dela na beira da cama, perto dos pés malcheirosos dele.

— Como é que você está agora? — pergunta Agnes.

— Bem — diz ele com precipitação, o coração quase saltando, pois o desejo, como fogo, irrompeu na região normalmente tranquila do seu ser. — A distensão passou.

— Ótimo. Graças a Deus.

Kunle acha que ela está se levantando, mas o peso de Agnes repousa mais profundamente no colchão, o que faz a perna esquerda dele escorregar para a leve depressão que se criou.

— Eu quero te agradecer por…

— Não, Agnes, não… não precisa me agradecer.

Ele abre os olhos, mas quase não consegue vê-la. A escuridão desceu rapidamente, consumindo todos os vestígios de luz diurna.

— Preciso fazer isso. Você me faz lembrar dele.

— Quem?

Depois de um silêncio ela diz:

— Meu marido. Ele era um homem tranquilo. Mesmo quando todo mundo brigava, a maior discussão, ele ficava quieto… Você parece ele.

O rapaz sente no coração um movimento abrupto e uma compreensão: estava explicado o mistério da escolha dela ter recaído sobre ele, tão jovem e insuficiente. Kunle se surpreende ao constatar que sua peculiar reticência — um comportamento cultivado pelo desespero — tenha, no final, lhe trazido algo bom. Sente mais uma vez um desejo crescente pelo corpo dela e o enrijecimento do seu órgão. Fecha os olhos para que ela não veja isso estampado no seu rosto. Ouve o eco fantasma de pés no chão e sente então o peso do corpo dela acomodando-se na cama ao seu lado.

— Ele era um homem bom — diz Agnes no ouvido dele. — Como você.

Kunle se vira e, com um movimento brusco, a puxa para si. Quando a despe totalmente, ele se detém, como se aterrorizado com a imensidão do corpo dela. Ela o atrai para ainda mais perto e, ao penetrá-la, a sente tremer. Agnes envolve as costas dele com os dois braços e suas mãos o apertam, como se temesse perdê-lo a qualquer momento, por abandono, morte, decapitação, para nunca mais voltar.

Bube-Orji está batendo na porta, mas ela simplesmente continua prendendo-o, apertando-o com delicada violência. Bube-Orji assobia alto e pergunta se eles estão lá, depois contorna a casa batendo nas janelas. Quando a voz dele se afasta, Kunle cai contra ela arquejando, transpirando, sentindo a última porção de sêmen jorrar dele.

Eles ficam ali, nus, a cabeça dela aninhada no seu braço; ele olha para o teto, onde deveria estar uma lâmpada, mas o que vê é apenas a fiação, fios soltos. Ele quer falar, mas não encontra o que dizer. É em ocasiões assim que ele detesta ser a pessoa em que se transformou: silencioso, sem vontade de falar qualquer coisa quando não solicitado a isso. Uma característica que, para sua grande surpresa, levou Agnes a gostar dele. Ela se levanta e vai até a janela, como se tivesse sido chamada por uma presença invisível. A escuridão ressalta suas costas e ele vê, por uma luz fraca da sala, os dois achatamentos do ponto em que os ossos do quadril se encontram, a longa linha que corre pelas costas. Ela olha para fora, o rosto por algum tempo voltado para cima, falando tão tranquilamente consigo mesma que as palavras parecem estar caindo da sua alma. Ele a chama.

— O quê? — pergunta ela.

Kunle olha para a silhueta dos seios dela, para os mamilos ainda tesos pelas suas carícias.

— Eu... eu... eu sinto... sinto muito.

— Por quê? — Ela se vira.

— Pelo seu marido. Seus filhos.

Depois disso, Kunle a observa em seu sono e reflete que no tempo de paz ele ficou longe do sexo e agora, no intervalo de uma guerra cruel, fez sexo pela primeira vez na vida. No tempo de paz, ele havia fugido das amizades e do romance. A guerra, porém, o tornou receptivo à amizade, a estar constantemente na companhia alheia, a ponto de se ressentir da solidão quando está longe dos amigos. A guerra, parece-lhe, o levou de volta ao garoto que ele era antes do acidente. E foi mais além, criando com as ruínas da vida dos dois um romance inesperado. Agnes ocupa nele um lugar tão profundo e oculto que parece ter estado sempre ali, com sua presença manifestando-se só agora. Ele não quer apenas lutar ao seu lado, mas, se for capaz disso, livrá-la da própria guerra.

16.

É O SEXTO DIA DE COMBATE, e como acontece em todas as batalhas, a guerra cavou trilhas sinuosas na mente dos soldados. As imagens sangram juntas e momentos que antes eram cheios do vigor da vida existem agora apenas numa névoa vermelha, de tal modo que o soldado não pode distinguir uma batalha de outra. Parece que toda explosão é uma ameaça, que todo tiro é uma destruição. E durante a luta o soldado vive num mundo de ininterrupto barulho, de estrondos e estrépitos, de choros, gritos e cliques de gatilhos e ferrolhos — num terror. É por isso que, ao final de cada batalha, se instala um grande silêncio, uma quietude terrível, ameaçadora, que só existe no campo de batalha. É um mistério insondável o fato de o campo de batalha que gera o maior barulho abrigue também o mais completo silêncio.

À tarde, como aconteceu em todos os seis dias, as tropas federais bombardearam durante cinco horas sem cessar. Agnes sussurra no seu ouvido que precisa urinar. Ele lhe pergunta se não é possível segurar. Ela belisca a mão dele com tanta força que Kunle precisa sufocar um grito.

— Você sabe que eu não posso fazer isso aqui, eu sou mulher.

Ele balança a cabeça, os outros o olham com o rosto totalmente coberto de lama que os faz parecerem fantasmas.

— Vem comigo — diz ela com voz mais grave. — Senão eu vou sozinha.

Ele a retém com a mão aquecida pelo suor e os dois esperam, observando a direção de onde vêm as bombas. Quando ele se levanta com Agnes e ela começa a subir pela escada, os amigos protestam lá embaixo.

— Ela quer urinar! — ele grita, e rapidamente ambos correm na direção oposta ao saliente, sobre crateras incandescentes e árvores chamuscadas que ainda desprendem fumaça.

Quando chegam ao mato perto da retaguarda, Kunle quase não consegue respirar e tem a voz rouca de tanto gritar para cada oficial no caminho, cada PM, que ela precisa se aliviar. Ela se agacha e ele, com as duas mãos apoiadas numa árvore, ouve o lento fluir da urina sobre as folhas e vê o líquido correndo, afastando ligeiramente uma folha seca, inundando um grupo de percevejos da chuva. Kunle se vira para ela, e vendo suas nádegas bem torneadas é subitamente tomado por um desejo desesperado. Precipita-se sobre ela e suas bocas se chocam num beijo apressado, frenético. Ela está ofegante e trêmula. Ele vai com ela em direção a uma árvore grande e a penetra por trás. Ela olha em torno para ver se alguém os seguiu e de vez em quando dá uma olhada para o rosto dele, como se querendo ver se enlouqueceu. Quando chega ao pico do prazer, Kunle acha que a voz chorosa dela — modelada pelos sons dos choques distantes — parece algo violento. Depois que ele se deixa cair entre folhas secas, Agnes ri da pura loucura daquele ato.

— Nós estamos fazendo isso no fogo do inferno — diz ela.

Ele e Agnes voltam para a trincheira e veem que Ndidi sofreu um leve abalo. Ele ficou num estado de confusão mental depois de uma explosão, mas quando, sustentado nos dois braços por Felix e Bube-Orji, voltou ao seu juízo perfeito, ele primeiro apalpou o peito, buscando o terço; depois, buscou no bolso a folha de papel com a cruz e uma pedrinha que sempre levava consigo. Objetos que poderiam parecer inúteis, mas que para o soldado que estava no front tinham um caráter significativo — por vezes um significado profundamente espiritual. Ndidi tornou-se tão obcecado por preservar da chuva seu livro de orações que, para envolvê-lo, ele desenterrava sacos plásticos e rasgava embalagens de comida, ficando o livro tão protegido que eram necessários alguns minutos para abri-lo. Depois da morte de Ekpeyong, ele carregava uma pedra que estava no local onde o amigo foi morto. De vez em quando ele lavava a pedrinha, e para não ter o sono perturbado caso durante a noite rolasse sobre ela, dormia segurando-a na mão fechada.

Ndidi está sentado com a pedra na mão e tem na boca um pedaço da noz-de-cola salva-vidas de Bube-Orji, aspergindo partículas de sua noz para todos os que estão na casamata enquanto entoa o mantra: "*Oji bu ndu!*". Ele sempre insiste com os companheiros para mascarem nozes-de-cola, que mantêm a mente alerta e evita o desânimo. Kunle masca durante mais de uma hora, mas quando para, sua garganta está ressecada. Às três da tarde, uma vez cessado o bombardeio, instala-se no campo uma inquietação. Vinte e dois comandos já haviam sido mortos no bombardeio do dia. Um jipe escangalhado do comando se aproxima pelo front e nele um sargento avisa, aos gritos, com a mão em concha circundando a boca, que a infantaria federal se aproxima.

Segue-se uma grande correria. Steiner, o capitão Emeka e Agbam vão embora, deixando apenas a nova oficial feminina, Layla, para dar ordens. A tenente Layla, que apareceu apenas uma semana antes e se juntou ao 1º Pelotão de Comando, tornou-se uma boa amiga de Agnes, com quem divide um quarto na biblioteca compartilhado também com duas enfermeiras que trabalham na clínica da brigada. É uma mulher baixa e magra mas tem uma presença imponente. Seu capacete verde, frequentemente preso sob o queixo por uma tira, foi retirado de um dos soldados federais cuja unidade ela havia emboscado, ação que lhe valera uma promoção.

Kunle fica na casamata ao lado de Agnes e Ndidi, com os fuzis pousados sobre os sacos de areia. A tenente Layla, que está no final do perímetro observando com binóculos, é a primeira a ver o inimigo: pelo menos mil homens espalhados entre colunas de veículos. Inicialmente é difícil acreditar no que ela comunica. Há dias não se via uma infantaria, e agora aparece um enxame. Os comandos irrompem num grito angustiado e um homem, soltando sua arma, tenta fugir. Layla mira rapidamente com seu fuzil e atira, matando o homem. O campo silencia.

O inimigo chega como peregrinos austeros: esperados e ao mesmo tempo indesejados. E quando tudo acaba, grande parte do front está iluminado e enfumaçado. O ar repleto de cinzas tem cheiro de metal queimado e os homens agonizantes gemem demoradamente. Mais de duzentos comandos estão feridos ou mortos, e o tamanho do batalhão se reduziu para pouco mais de duas companhias. Havia caído uma chuva fina e os soldados estão molhados e ensanguentados. Pelos campos, a lama entra nas valas, nas crateras e nas trincheiras. Durante algum tempo Kunle ouve apenas o ronco dos veículos inimigos retirando-se à distância e uma voz que grita num megafone:

— Rendam-se, soldados de Ajukun! A rendição garantirá uma Nigéria unida! Rendam-se!

Lentamente, a voz vai sumindo, e quando o sol já está baixo, um sinaleiro levanta a bandeira de Biafra na estrada, a seiscentos metros dali, e os comandos irrompem em aplausos frenéticos.

É difícil determinar, até para quem observa de cima, quanto tempo Kunle dormiu. Quando acorda, está num quarto com seus amigos, inclusive Felix, com quem havia voltado a falar não muito tempo antes. Está escuro e eles recebem a luz de um belo luar. Ele vê Ndidi, que tem entre os dentes um cartucho e está carregando seu fuzil. Kunle ouve sons perto da porta e imediatamente agarra o fuzil e segue os oficiais e guardas que saem da casa avariada. Eles veem, apesar da escuridão, as esteiras de fumaça de um jato.

— Acho que eles têm alguma coisa em mente — diz o capitão Emeka.

— Alguma coisa suspeita, senhor — completa Kunle.

Eles seguem Steiner para o mato no flanco esquerdo, as árvores balançando graciosamente ao vento noturno. Dali, voltam para as linhas de trincheira, onde alguns homens estão dormindo. Três atiradores vigiam atrás de sacos de areia, olhando para a escuridão inexorável que é a terra de ninguém. Eles ouvem um som, e ali, na sua terrível glória, o jato de combate ruma decidido para o norte e solta algo branco iridescente.

— O *parraquedas* — grita Steiner.

O paraquedas flutua na distância, com a figura escura de um homem oscilando sob ele. Ndidi levanta o fuzil, mas Steiner o detém.

— Não, não, não, *monsieur*... não deve fazer nada... *comprrande? Oui, merci.*

Eles observam o paraquedas cair como uma pedra, a coisa branca esvoaçando acima do paraquedista. Ele dá uma guinada para um lado, mudando de forma como se subitamente tivesse ficado totalmente sem ar. O vento o impele de novo para cima e ele flutua livre, depois gira, fazendo o barulho de uma grande tenda que se desarma. Então se joga no meio do mato e ali fica, com a cúpula projetando-se sobre as árvores como uma estranha cabana.

Eles olham durante quase uma hora, esperando algum sinal do intruso, mas nada veem, apenas o paraquedas que zunindo se incha e murcha constantemente. De tempos em tempos Kunle olha para a casa danificada onde Agnes dorme na cama em que eles fizeram amor pela primeira vez, e seu coração se transporta para lá. Nem ela nem a tenente Layla saíram, provavelmente elas não ouviram o jato. Olhando para o capitão Emeka, Steiner diz algo em francês.

— O major quer saber quem pode ficar de sentinela até de manhã enquanto os outros vão dormir — diz o capitão Emeka.

— Eu, senhor! — grita Kunle. — Eu fico.

Mesmo no escuro, Kunle percebe que Steiner e seus amigos se surpreendem. Essa foi uma das raras vezes em que ele falou sem ser provocado a fazê-lo, e numa situação como aquela. Mais tarde, quando está sozinho, ele não entende por que se voluntariou para a vigília — talvez pelo fato de ter ficado subitamente aterrorizado ao olhar para a casa e ver a imagem de um intruso arrombando a porta e matando Agnes. Ele avalia agora que todos os seus antigos interesses, até mesmo o desejo de voltar para Akure e fugir da guerra, foram eclipsados pelo desejo de estar ao lado dela.

Quando os outros se vão, ele olha para a escuridão interminável e para a distante silhueta de árvores, como se o mundo tivesse se reduzido ao perímetro daquele campo. Durante mais de uma hora ele luta contra a sua resistência que vai se dissipando, contra a fraqueza que se insinua reduzindo a sua

A ESTRADA PARA O PAÍS *193*

visão e imprimindo nas árvores movimentos de vida. Ele está em Akure, com as costas apoiadas na cerca do quintal, vendo Nkechi que canta enquanto pega água no poço do terreno. Acordando com um arquejo, ele vê que escorregou da crista da pedra até a vegetação embaixo, e seu fuzil está tombado afastado dele.

— *Oluwa mi oh!* — grita.

Ainda está muito escuro, mas os delineamentos de luz começaram a mostrar os contornos do horizonte. Quanto tempo durou seu sono? Ele põe a mão no bolso à procura do relógio, mas se lembra que o deixou na casa, em sua bolsa de munição. À luz fraca do amanhecer Kunle vê que o paraquedas está mais próximo, com seu tecido ainda tremulando no vento sussurrante. Ele olha para todos os lados, até onde sua vista alcança, e para as árvores pintadas de branco com spray, marcando o início da terra de ninguém, mas não vê nada. Se o soldado inimigo saiu do mato, como pode ter acontecido de ele não ouvir pelo menos os seus passos? Mas e se o paraquedas simplesmente estiver pendurado ali, sem ninguém preso a ele?

Em algum ponto distante um galo canta, e como se aquilo fosse uma senha, ele desce o declive e se choca contra árvores caídas na terra de ninguém. Quando vai retomar sua marcha ouve um som sibilante, semelhante ao de uma corrente de ferro balançado. Ele vê primeiro o velame em forma de abóbada ondulando moderadamente sobre as árvores. As linhas de suspensão estão emaranhadas em torno dos galhos, dos quais pende um homem em uniforme militar com o corpo torcido em volta de uma gameleira ensanguentada. O capacete do morto está preso ao lado dele na bifurcação de um galho, e abaixo, a uma pequena distância de onde está Kunle, há uma concentração de sangue e uma perna decepada na altura do joelho.

Apertando o peito com a mão, Kunle espera sua respiração acalmar. Sacode a árvore, desemaranhando algumas linhas. O paraquedas se infla, arrasta o morto por um entrelaçamento de galhos até a copa de duas árvores. O corpo balança suavemente, espalhando mais sangue pelo chão da floresta. Ele pega o capacete, que tem três linhas marcadas na frente.

Kunle é recebido com punhos erguidos e, ao chegar ao saliente sob a clara luz da manhã, Ndidi e Felix correm ao seu encontro e o levantam. É a primeira vez que ele abraça Felix desde a morte do sabotador, mas está feliz demais para insistir no rancor. Embora cansado, ele se vê erguendo o capacete-troféu e rindo, exultante pela ação que ainda lhe parece algo feito por uma misteriosa parte de si mesmo.

O dia começa como ele havia temido: cedo, apenas uma hora depois de terminar o seu relato a Steiner sobre o capacete-troféu do paraquedista inimigo, por volta das dez horas da manhã, Ndidi é carregado para fora do campo, ferido nas costas por um estilhaço.

James xinga alto:

— Filhos da puta! Desgraçados!

A bala de morteiro que quase matou Ndidi destruiu a plataforma da trincheira, afundou alguns sacos de areia, levou a perna de um homem, arrancou uma parte do nariz de outro, deixando visível, pela fenda aberta, a faringe, e matou outros dois. Os comandos se espremem atrás das barreiras e das casamatas, muitas das quais se sacodem. Nas trincheiras os homens gemem e xingam. Nem mesmo com Steiner gritando por lá, cobrando aos berros: "*Réveillez-vous!*", os homens param de chorar.

Kunle está tonto e enxerga mal. Tenta dormir do outro lado da casamata, perto de Agnes. Tem dor de cabeça, e parece que contraiu uma estranha doença que o deixa cansado e intermitentemente febril. Ele pisca e esfrega os olhos. Levanta-se, corre para a escada do aterro, mas Agnes o traz de volta à força, arrastando-o pelo pescoço. Bube-Orji se aproxima e por algum tempo ambos lhe falam, mas ele não ouve nada do que é dito. Aponta o dedo num semicírculo, pois está cercado por criaturas sinistras que ele não vê, mas cuja respiração ouve. Com cada abalo, cada estrondo, cada início de precipitação de terra, o desejo de dormir se torna avassalador. Uma bomba cai tão perto que lança as vigas de madeira contra um homem que está a poucos metros de distância, e Bube-Orji mergulha bem mais, soltando Kunle. Parcialmente livre, Kunle morde a mão de Agnes — o que a faz afrouxar a pressão no braço dele — e com um movimento abrupto e uma guinada chega à escada.

A estrada para o país *195*

Agnes e Bube-Orji o chamam, mas Kunle prossegue. É uma saída perigosa: ele está cercado pela fumaça da explosão e pelo forte assobio de bombas que se aproximam. A terra treme quase sem parar e ele cai duas vezes. Arrasta-se, mas ao tocar algo quente recua, rangendo os dentes. Sacode a mão esfolada, cospe nas pontas avermelhadas. Uma explosão estremece o chão e o cobre de poeira. De algum lugar próximo, ele ouve o som nítido do farfalhar de capim, o ganido alto de algum animal estranho, talvez uma raposa. Sabe que esse curioso som chegou unicamente aos seus ouvidos, como já aconteceu com outras vozes estranhas. Ele cai. Não vê nenhuma raposa. Novamente a voz de Bube-Orji se eleva aflita, junto com a de Agnes, mas são ambas tragadas por uma voz conhecida, inconfundível, que parece vir do fim do mundo e além dos limites do tempo: *Volte!*

Kunle olha para trás, mas não há ninguém. Então se move para a frente, e depois de alguns passos vê as ruínas de uma casinha, dentro da qual está a tão ansiada cama. Dos destroços da construção sobe uma fumaça. Onde ele poderia dormir? Se não descansar, acabará enlouquecendo. Levanta o pé para se mexer e sente um forte enrijecimento do corpo, como se estivesse sendo eletrocutado e libertado. Ele cai.

Durante algum tempo fica ali deitado contorcendo-se, virando a cabeça de um lado para o outro, dando pontapés no ar. O golpe na sua cabeça estimulou um circuito de choques paralisantes, que levaram a um entorpecimento. Por um momento, ele não consegue se mexer ou falar, apenas fica deitado entre os escombros, consciente unicamente de estar vendo uma luz forte apontando para ele. A luz se torna um raio longo, persistente, dentro do qual formas distantes entram e desaparecem. Ele abre a boca, algo como uma massa enche seus pulmões e ele luta para respirar. Sente algo esfriando uma área do seu corpo, como se ela estivesse lentamente entrando num poço de água. Uma escuridão rápida, móvel, corre por ele, acompanhada de sons de explosões, gritos de homens angustiados e rosnados em staccato de uma metralhadora. Ele continua ali, imóvel, meio encoberto pelo entulho como uma coisa escondida do mundo, esquecida.

PARTE 3

A ESTRADA PARA O PAÍS

Esse é o momento com que o Vidente sonhou durante toda a vida, mas quando finalmente chega — como costuma ocorrer com os seres humanos —, ele quase o perde. No segundo em que Kunle deixa a trincheira, algo se mexe na vegetação do pé da colina. O Vidente se volta — e uma raposa marrom está olhando para ele com um brilho cintilante, avermelhado, nos olhos, como se surpresa por encontrar um ser humano sentado ali de madrugada. A raposa bate a pata na pedra produzindo um som e uiva. Para, olha para o Vidente. Ignorada, enrola o rabo para cima e se embrenha novamente no mato.

Quando o Vidente volta a atenção para a tigela, o homem não-nascido está olhando para cima buscando o som ouvido. É óbvio para o Vidente, que o olha de cima, que Kunle também ouviu a raposa. E, no milagre místico de Ifá, o Vidente está compartilhando exatamente a mesma experiência com um homem que virá vinte anos depois. O homem não-nascido continua caminhando como um insano pelo campo chamuscado. Dá chutes no ar e arqueja enquanto o som sibilante de uma bomba rasga o ar. O Vidente sabe que veio apenas para testemunhar, não para interferir, mas não consegue se conter. O grito sai de dentro dele como uma moeda num buraco interminável:

— Volte!

Fica logo claro que o homem não-nascido ouviu o grito do Vidente. Ele para, olha ao redor e então prossegue. Pouco depois da queda do homem a tigela de Ifá se cobre de escuridão sem forma. Isso é esperado. O Vidente aprendeu que no espaço intermediário entre a vida e o além há inicialmente um vazio. É desse nada que o cosmo externo se produz e assume uma forma imaterial cujos limites e traços estão ocultos do olhar. E agora, do corpo do homem que jaz entre os destroços, ergue-se uma figura mística, que sobe além da cidade ferida do seu ser. Ela tem muito de réplica do homem, mas com uma forma espectral. Detém-se por um momento uns trinta metros acima, olhando para si mesma e para o corpo abaixo. Depois, como se numa peregrinação silenciosa, passa rapidamente para a estrada escura cujas trilhas esotéricas estão ocultas para o olho humano. É uma estrada que só os discernentes conhecem. Assim, mesmo entre os mais instruídos místicos que conhecem a voz de Orunmilá e que levam dentro de si a antiga história do universo, a estrada é conhecida apenas por único, estranho e inexplicável nome: *a estrada para o país*.

O Vidente contempla com admiração essa figura. Reconhece que é uma duplicata, parecida com a que ele viu subir da sua amada, e não com o corpo destroçado que está deitado no meio dos escombros. Elas são muito semelhantes, mas diferem na flexibilidade de forma da alma — pois quando a alma do homem não-nascido subiu, ficou rodeada de fumaça, como um pedaço de organza ao vento. Agora, ao viajar pela estranha estrada, o Vidente sente a quietude, a tranquilidade, a ausência de dor: a catártica explosão do caos dentro da ordem.

O Vidente se lembra dessa estrada na noite inesquecível em que, em meio a uma grande dor, pediu ao seu mestre que o ajudasse a fazer algo incrivelmente raro. O mestre, aquiescendo, o conduziu numa sessão. E no momento mais inesquecível da sua vida, enquanto uma fumaça branca fazia vibrar o ar e o mundo humano empalidecia nas sombras do além, ele viu a figura austera de sua mulher, Tayo, elevar-se lentamente e metamorfosear-se numa expressão realista da sua aparência na manhã em que morreu. Essa foi a sua primeira mostra do mundo etéreo através da tigela de Ifá, e a breve reunião com sua amada tinha sido o motivo pelo qual ele resolvera nunca se afastar daquilo.

Agora o portento cresceu, enchendo o horizonte com uma iluminação onírica, como se a própria estrela tivesse se dividido. A luz verte dele em hastes grossas. Seus olhos se fixam tanto nessa transformação e ocultação do cosmo que por um momento ele não olha para a tigela. Quando o faz, o que vê é apenas o reflexo da luz do portento. Não há estrela — apenas a cicatriz de luz amarela que se curva para baixo em direção ao limiar da terra.

Embora a escuridão translúcida permaneça na superfície da tigela de Ifá, o Vidente ouve o som jovem de um mundo formando-se — como algo que bate no centro da própria terra. A forma do homem não-nascido volta a surgir. Parece ter uma percepção ampliada que força tudo o que ele ouve a se depositar dentro dele em fios infinitos. Está claro: Kunle já não é humano. Não tem corpo, nenhum órgão pelo qual possa sentir. Agora cada movimento consome a totalidade dele, como se ele fosse na sua totalidade um instrumento do som, da visão, do tato e do olfato.

O Vidente está à beira das lágrimas. Ifá, o invencível, diz ele, sou seu servo para sempre. Que o solo construa as suas próprias praias, e o mar, o que lhe é próprio. Que as pegadas do trovão se imprimam apenas no seu próprio caminho. Nesse caminho, que ninguém mais viaje. *Shopona gbe mi lodo ona. Eja ti o soro, fun mi l'ohun ti mo n wa . . . eshu alagbongbon, je ki n'simi.*

17.

Levou algum tempo, mas ocorre a Kunle que ele tem existido no significado da sua própria presença como algo sem âncora. E agora ele começa a ver coisas: uma luz refratada que se espalha por uma planície distante e cujo reflexo clareia a face desse mundo. Numa trilha que se estende até onde o olhar alcança, seres estão flutuando em diferentes direções. De algum lugar vem o dobre de um sino sobrenatural, tão alto e desalentador que ele parece estar se afogando no âmago do próprio som. Ele cobre as orelhas com as mãos e se afasta do lugar. Quando o sino já está inaudível, olha em torno e o horizonte que se estende tão longe quanto o olhar alcança está coberto de belas fileiras de luz azul-purpúreo, como se fosse um mundo imaginado, algo num livro com ilustrações. Novamente ele se pergunta: Que lugar é este? Ele busca algum sinal do que possa ser aquele lugar: Onde está Agnes, onde está o front, seus companheiros, a guerra?

Ele se vê coberto de sujeira, folhas, sangue e lama. Abaixo do zíper e nas pernas da sua calça há manchas de sêmen. Seu coração tem um sobressalto: será que os companheiros viram isso? As manchas devem ter acontecido numa das vezes em que nos últimos dias ele, de modo ousado, fez amor com Agnes apressadamente no meio de um bombardeio, parcialmente escondido pela vegetação. Toda vez que Kunle a tocava, ele sentia sua alma descer por uma escada secreta até um abrigo, escondida de todas as tormentas da guerra.

Agora ele nota a bota direita rasgada e vê a ponta do seu pé, com o resto oculto na lama. Sua calça está tão suja e respingada de lama que ele quer despi-la e lavá-la. Ouvindo um grito à distância, ele se vira e percorre, até onde sua vista alcança, o trecho ondulado de colinas. Nada, porém, se agita ou emite qualquer som. Quando ele se move, seus pés produzem um som que ecoa e rola num vazio vasto, interminável, disparando pequenas detonações de som abafado em torno dele. Está claro para o rapaz que esse lugar não é do mundo que conheceu durante toda a sua vida. Ali os passos ecoam e ocupam espaço, e o que a pessoa vê se torna algo irrevogavelmente visto e cuja forma logo muda. Entretanto, ele se sente inteiro, vivo de um modo místico. Torna-se consciente de alguma mudança, um crescimento da mente, tal como uma criança que reconhece coisas novas. A percepção o alarma: ele está morto.

No tempo decorrido até que o pensamento tomasse forma, ele percebe que o lugar mudou e de repente o mundo que um momento antes hesitava em ganhar existência tornou-se plenamente realizado. Figuras como ele estão espalhadas pela planície — todas olhando inicialmente para si mesmas e depois para o lugar. Entre elas estão dois biafrenses da infantaria num caminho ascendente ao lado de um vaso grande que contém uma planta colorida com um estranho caule que se curva em vários pontos. Ele faz menção de ir até um dos soldados, mas antes que possa mover seus pés o sino toca.

Os uniformes dos dois soldados estão surrados e rasgados. Um deles ainda tem no ombro a etiqueta LVII sob a insígnia do sol nascente. A princípio, os dois homens não o olham, imersos na discussão que travavam, e suas vozes penetram nele e se instalam dentro do seu ser.

— Eu culpo ele, eu culpo eles — diz o homem mais velho, de trinta e tantos anos.

— Eu também, eu também o culpo. Se ele não tivesse começado a atirar nos seus próprios homens, nós teríamos voltado e nos encheríamos de coragem novamente — diz o soldado mais novo com um gesto com uma das mãos que vai do peito até a cintura. — Olhe para mim. Só… só olhe para mim. O que qualquer um diria? Que eu fui morto pelo meu próprio comandante.

— *Chai*, ataque aéreo, *ewoh*, ataque aéreo!

— Irmão, é triste! *Chei!*

Kunle vê o ar vindo de onde ele acabou de sair, levando consigo pequenas transparências cintilantes. É uma visão tão brilhante e extraordinária que ele sente o coração vacilar. Os dois homens, como se acostumados com o fenômeno, continuam a discussão sem impedimentos.

— ... quando vi que ele estava atirando no seu pessoal — diz o soldado mais velho —, eu corri de volta para a frente. Eu preparei minha arma, corri e vi homens do Gwodogwodo do outro lado, perto da feira principal de Onitsha. Eu vi todos eles, eles são altos. Eu nem levantei a minha arma e já ouvi *gboh!* A bala entrou aqui no meu peito.

O buraco que o soldado mostrou é grande, parece ter sido feito por algo disparado com um cartucho de 7,62mm usado numa metralhadora Bren leve. Como um feixe, a luz se estende sobre ele até o lado oposto, formando um pequeno círculo no chão. Kunle rememora o próprio momento da morte: como ele caiu e como muito lentamente apareceram bordas escuras no seu campo de visão. Ele sentiu a cabeça doer e sua boca pronunciou palavras das quais ele agora não se lembra. Sentiu o corpo ceder a alguma coisa, como se todo o seu ser estivesse sendo arrastado para um terreno desconhecido. Em seguida, ele só se lembra de estar ali.

— Noutra trincheira eu vi dois soldados feridos, um no peito e outro na mão. De repente veio uma bomba e acabou... acabou com um deles como se fosse um brinquedinho!

— É verdade?

— Irmão, eu vejo eles — responde o soldado mais jovem. — As coisas que a gente vê nesta guerra, ah, só Deus sabe.

Os homens suspiram profundamente e depois ficam em silêncio. O soldado mais jovem, que ainda tem na cabeça um capacete de eletricista todo marcado e cheio de buracos de balas, se vira e, notando Kunle, dá um tapinha no soldado mais velho.

— Irmãos — diz Kunle. — Olá!

Ele está ciente do seu tranquilo anonimato, e assim sua voz assume uma nova cadência, mais convincente.

— *Ndewo!* — dizem ambos.

— Eu venho do país. Luto no batalhão de comando da 42ª Brigada em Abagana.

— Ah, você é do pessoal que chegou depois da gente? — quer saber o soldado mais velho.

— Isso, isso — diz Kunle.

— A gente também estava lá, na retaguarda. Vimos os homens de vocês, os brancos, lutando fora da trincheira. A gente viu o seu pessoal...

Kunle assente.

— É. Fui morto perto da retaguarda. Fui...

— Sua cabeça! — O soldado mais moço balança a dele. — Dá para ver... estilhaço. *Chei!*

Kunle apalpa a cabeça. A pele está solta e áspera, como se algo houvesse sido colado nela. Mais para o lado há um objeto com uma ponta aguda: o fragmento de algum material duro alojado no buraco que ele tem ali.

Ele lhes conta que mal tinha dormido na noite anterior e queria fechar os olhos um pouco. Ia para a casa que havia na retaguarda, mas, em vez disso, acabara ali.

Os homens balançam a cabeça.

— É assim que todo mundo morre... Todos nós antes do fim da guerra. — O soldado mais jovem suspira, balançando a cabeça. — *Chei!*

— Me digam: para onde vocês estão indo? O que é que vocês vão fazer... Quer dizer... agora que vocês estão aqui? — Kunle aponta. — As pessoas que estão indo embora, para onde... aquelas, como aquele homem que já está quase desaparecendo, naquele vale... para onde é que ele vai?

— Colinas dos ancestrais! — gritam os homens em uníssono, de um modo que não é característico dos vivos, como se algo externo e austero estivesse falando por intermédio deles.

Kunle olha na direção que os dois soldados indicaram, mas nada vê, além de pessoas aglomeradas em várias partes dos campos intermináveis. Os homens parecem diferentes: ambos adquiriram a limpa translucidez de sapos ainda muito jovens, tornando-se visíveis o interior do corpo e o contorno do que está além deles. Os homens se afastam e seguem o caminho tão rapidamente que, mesmo com o olhar fixo nos dois, ele os perde de vista.

Kunle continua ali, confuso. Vê que sua camisa foi rasgada e falta um botão. Um dos sapatos lhe foi tirado e, enquanto ele tenta entender o que aconteceu, o outro desaparece. Algo está ocorrendo nas suas costas; ele leva a mão atrás e percebe que sua camisa foi rasgada até a cintura. Ele tem uma sensação no ponto de sua cabeça onde encontrou o objeto alojado, mas já não encontra mais nada ali. Em vez do objeto, o que há é uma porção de pele extra ou algum emplastro colado à pele.

Por fim, quando parece que as mãos invisíveis o deixaram sozinho, ele se dirige a um riacho límpido, cintilante, com aves de cores estranhas e incomuns nadando perto da margem. Vê ali um grande número de pessoas sentadas em círculo e ouve frases pronunciadas em boa altura. Uma das pessoas, um homem cujo corpo inexiste da cintura para baixo, tem no rosto uma tristeza inominável ao falar. Ele está concluindo o discurso, sob aplausos, quando Kunle se aproxima do círculo. Uma senhora com o corpo inteiramente preservado vai para o centro e então se faz silêncio; ela começa a falar em igbo e, estranhamente, Kunle nota que entende tudo o que é dito.

— É verdade, algo cruel e imperdoável tomou conta do mundo. Algo que é o oposto do medo. Os soldados nigerianos entraram na nossa cidade de manhã bem cedo e arrastaram para fora os nossos homens, gritando: "Nigéria unida! Nigéria unida!". Meu marido e meu filho mais velho tinham sido mortos e eles estavam atrás do que ficara comigo. Mas para onde iríamos? Os tanques deles já haviam se espalhado como as pernas de uma aranha por todos os cantos da cidade, e seus atiradores estavam escondidos na nossa floresta. Na noite anterior, eles arrastaram para fora da casa a filha da Emenkwo, a ama de leite, e a estupraram durante toda a noite. O corpo dela, totalmente nu, estava na estrada que vai para a floresta de Ugwu. Como dizem os mais velhos: é melhor procurar a cabra preta antes de escurecer. E assim eu me levantei, levei meu filho para a cabaninha que era a cozinha da minha mãe, uma cabana antiga feita de barro, paus e pilares, coberta de palha. Eu o sentei sob uma mesa coberta com uma esteira e lhe deixei uns pedaços de inhame cozidos envolvidos em folha de bananeira, e também uma mamadeira com água. Então desmoronei a cabana com o meu filho lá dentro. Esperei a chegada deles sob o teto de zinco que se estendia para sombrear a varanda da minha casa.

A ESTRADA PARA O PAÍS 207

"*Ha, Chukwu-okike!* Quando eles chegaram pela longa estrada que vai para as colinas, a primeira coisa que vi foi o velho, Agbaso, com um tiro na barriga, tremendo e todo ensanguentado. Os homens, em uniformes verde-escuro, xingando, gritando 'Soldado de Ajukun', atiraram no filho cego de Nwqike, que estava sempre perto das três palmeiras. Mas como ele poderia ser um 'soldado de Ojukwu' se era cego? De lá, eles vieram para a minha casa e me perguntaram onde estavam os homens da casa. 'Vocês mataram todos eles', respondi. Um dos soldados tinha os olhos vermelhos como um espírito maligno e lábios rachados, e ainda havia sono nos cantos dos seus olhos. Ele levantou seu fuzil. 'Não, não, não!', disse um outro, contendo-o. 'Ordem de Oga, não matar mulheres *walahi*!' Furioso, o soldado baixou o fuzil e entrou como um raio na casa. Ouvi ele chutar nossas coisas e virar nossa cama. Ouvi o tilintar dos pratos, das panelas e da *tawa*. Ouvi uma das janelas de madeira bater contra a parede externa. Então, eles saíram correndo, ofegantes. Lançaram apenas um olhar rápido na direção da cabana onde meu último filho estava sentado e partiram. Mais tarde naquela noite, eu estava dormindo quando o soldado irritado voltou sozinho. Antes que eu pudesse vê-lo claramente, ele me deu um soco que me arrancou um dente e empurrou seu órgão sexual para dentro de mim — num lugar onde nada havia estado em mais de dez anos. Estuprar uma velha é um *nos-ani*, e para mim não dava para continuar viva. Assim, eu lhe implorei que me matasse. E ele enterrou uma faca no meu peito, acima do seio esquerdo; e outra vez, e outra vez e outra vez, até que tudo o que pude ver foi a luz gloriosa deste lugar."

As palavras da mulher enchem Kunle de uma dor profunda. Quando eles estavam em Enugu, Felix e outros haviam lhe falado sobre o massacre de Asaba cometido pelos homens da 2ª Divisão federal. O massacre havia ajudado a atrair recrutas, como alguns dos homens da sua companhia, para o exército de Biafra. Entretanto, agora estava ali uma sombria testemunha do crime.

— Meus filhos e eu não comíamos havia dias — começa outra voz no centro da multidão. — Ficamos presos numa casinha de uma aldeia que, quando acordamos na manhã seguinte, tinha se tornado um front. A leste, a algumas casas de distância, estavam soldados federais; na rua mais estreita, nossos homens. Eles gritavam. Nós os víamos pela única janela do quarto. O resto da casa tinha sido destruído; uma grande viga havia caído e impedia que se abrisse a porta de acesso à sala. Meu marido, que por sua teimosia não havia resolvido procurar um lugar mais seguro, estava preso na sala de estar. Na primeira noite nós o ouvimos gritar, rezar, chorar, desde a manhã até a noite. Havia bastante tumulto lá fora e parecia que ele estava sofrendo muito, mas eu não podia alcançá-lo. Não havia nada no quarto onde eu estava, fora um engradado de Coca-Cola para o casamento do meu irmão, que nós tínhamos comprado antes do início da guerra. Eu e os meus filhos, durante três dias, fizemos nossas necessidades no quarto e bebemos uma garrafa atrás da outra. Naqueles dois primeiros dias, ouvi a voz dele: Ofodili, destruidor do meu coração. O homem com quem me casei quando jovem, que bebeu a água da minha juventude. Um homem forte, *agbara nwoke*, um *iroko* sempre acompanhado dos seus amigos. Mas ali estava ele, desamparado, aprisionado pelas paredes da casa que construíra com suas próprias mãos. Eu o ouvi chorar durante todo o dia. Na segunda noite, com a voz abrandada pelo cansaço, ele perguntou: "Ije, eu fui bom para você?". "Sim, Dim. Você foi bom." Durante um longo tempo ele nada disse. "É verdade?" "Sim, meu marido. Se eu voltar para esta terra, vou me casar novamente com você até na minha sétima encarnação."

"Por outro longo intervalo ele não falou. Então eu o ouvi soluçar. Chamei seu nome muitas vezes, todos os nomes pelos quais o chamavam, e aqueles que eu sussurrava em seu ouvido nas noites abençoadas em que ele me deu, na nossa cama que guinchava, o que ninguém mais poderia me dar. Mas ele não respondeu. Gritei o seu nome até o meu *chi* me infligir o que foi a maior tristeza da minha vida. Na minha dor, eu esmurrava o chão, sob o olhar espantado dos meus filhos. Mas o meu Ofodili já não existia. Ele não se despediu de mim; partiu apenas com a certeza de que sempre seria o meu amor. Na manhã do quarto dia, vi pela janela que os nossos homens tinham sido derrotados; seus corpos jaziam nas ruas e no mato. Os soldados que circulavam eram os inimigos. Talvez eles ajudem os meus filhos, pensei. Eles eram crianças: meus gêmeos ainda não tinham feito seis anos. Assim, na janela, eu os passei para o lado de fora. 'Vão lá e digam para os homens que eu estou aqui.' Quando eles foram embora, eu arrombei a porta e os tijolos caíram sobre mim, reunindo-me ao meu Ofodili."

***

Kunle vê então que aquilo é um festival de testemunhos, de alívio do fardo da antiga vida, de avaliação dos mortos, de arquivamento dos momentos memoráveis da vida. Naquele lugar há por toda parte grupos dedicados a esse festival; um deles, uns mil metros à esquerda, está cheio de brancos, soldados de uma guerra num lugar chamado Vietnã, que chegam com o corpo despedaçado, e mais adiante há pessoas da Ásia Menor. No entanto, uma força o compele a ficar ali, entre os que vieram do mesmo lugar que ele. Impossível pensar em qualquer coisa fora permanecer ali, naquela multidão tão fervilhante como a anterior, enquanto começa a falar um soldado de uniforme federal verde, todo furado de balas, tal como um prédio de uma cidade da linha de frente. Depois desse homem vem uma menina de doze anos, morta durante um ataque aéreo em Oguta. Também fala uma escocesa branca, esposa de um arquiteto biafrense, morta pelos disparos de artilharia de uma unidade federal. E durante muito tempo as vozes se fundem num amálgama de histórias. Kunle está trespassado pela eloquência transcendente com que eles falam sobre os acontecimentos que culminaram com sua morte. Ocorre-lhe que a única coisa verdadeira sobre a humanidade pode ser encontrada nas histórias que ela conta, e algumas das mais verdadeiras dentre essas histórias não podem ser contadas pelos vivos. Somente os mortos as podem narrar.

Ele ouve durante algum tempo, mas uma vez que ali o tempo viaja com pés suavíssimos — o que impossibilita ouvir seus passos e medir a distância percorrida —, nem mesmo ele pode dizer quanto tempo se passou. E quando chega a vez do testemunho de um homem morto por um carro da polícia federal biafrense em velocidade excessiva, Kunle observa que está vestido com uma roupa branca de hospital e tem a impressão de que seu braço está sendo furado por uma agulha. Vê também que o campo mais além está agora cheio de transparências brilhantes, coloridas, como um mar de confetes.

Ao se virar, ele vê que está num vale cheio de balões translúcidos e de bandeirolas de formas estranhas que flutuam no ar em várias direções. Dos balões, ou de algum lugar que ele não vê, eleva-se uma música suave, tão encantadora que seus ouvidos parecem ter encontrado a melodia que eles conservam no maior segredo. Kunle quer chorar, ficar ali para sempre.

Por um momento se deixa balançar com a música, sentindo uma espécie de liberdade que jamais experimentara. Pois ali não há impressão de tempo. Nada parece exigente. Ele continua dançando enquanto o céu muda de cor: de branco para amarelo-claro, para púrpura, depois branco novamente, e azul-mar, depois vermelho. A certa altura ele para, com a visão obscurecida por uma nuvem de vapor. Agora está nu e mãos percorrem seu corpo. Parece que algo externo está se impondo sobre a integridade do seu ser. E durante um longo intervalo ele é incapaz de se acalmar. Fica ali por algum tempo, extenuado pelos seus próprios sentimentos. Se ele não vai voltar para Biafra, por que não pode ficar naquele lugar?

Então, novamente, a escuridão é sentida, não somente vista, como se alguém estivesse olhando através de uma névoa escura. Quando ele abre os olhos, o mundo não é o mesmo de momentos antes. De algum lugar oculto, uma luz mística se encolheu em todo o horizonte, e abaixo o lugar está entulhado, cheio de vozes, lamentos, gritos, discussões, como se ele estivesse num estacionamento em Akure ou em Biafra. *"Chai, o bu ka'm si je!"*… *"Anne ben ölüyorum!"*… "Tiro no peito e eu caí."… "Você não acordou mais, *abi?"*… *"Anh ta bắn tôi"*… "Me atingiram feio, homem, e agora eu não vou mais ver a minha mãe!"… "Jesus! Me ajude! Me ajude!"… "Eles são muito maus."

Querendo fugir da comoção, ele força passagem e vê que está se deslocando de novo, em meio a uma maré crescente de pessoas. Surge outra vez o desejo de voltar aos campos de batalha e encontrar Agnes e seus companheiros, ou seu irmão, ou a sua casa. Ele pergunta a duas mulheres, mas elas não sabem dessa estrada. Ambas usam saias manchadas de sangue, são magras, pálidas e têm o corpo todo perfurado de balas que parecem pedaços de pele estranhos. Deixando-as para trás, ele pergunta a um homem que fita seus pés descalços.

— Estrada? Onde? — diz o homem tirando os olhos apenas momentaneamente das suas pernas milagrosas.

— Etiti. Eu sou da unidade do 4º Comando. — Quando acaba de dizer isso, Kunle sabe que errou, mas o homem já está apontando para um lugar que ele não vê. — Não, senhor, me desculpe. Eu errei. Biafra. O senhor é de Biafra… terra de gente viva?

— Ah, por que você quer voltar? Você não está morto?

Ele olha novamente para si mesmo e resmunga que não sabe da estrada. Então se aproxima, fica na ponta dos pés e estica a cabeça até perto do rosto de Kunle antes de se retirar de novo, com os olhos arregalados de quem viu algo indizivelmente terrível.

— Meu Deus! Você… Você está vivo! — Ele dá mais um passo para trás. — Você está vivo! Como é que pode?

— Eu…

— Ora! — O homem olha para as pernas de Kunle, depois para o peito e então para o rosto. — Se você não está morto, então precisa ir embora. Vá lá.

— Sim, senhor — diz Kunle olhando para onde o homem aponta.

— Quando você começar, não se vire. Não se vire de jeito nenhum, está ouvindo? Uma vez que você se vira, a estrada desaparece.

— Está certo, senhor!

O homem indicou um caminho brilhante e purpúreo que volteia e se perde de vista por um mato verdejante onde turbilhões de pétalas flutuam com leveza pelo ar. Kunle caminha na direção da luz. Uma orquestra de cores e vento flui para ele, e mais além há arquipélagos de casas e plantas estranhas, imponentes. Ele se aproxima de um campo conhecido onde pessoas levam sacolas e estão vestidas com as mesmas cores, suas roupas brilhando sob a luz. Elas se levantam ao vê-lo se aproximar, como se ele fosse da realeza. Entre aquelas pessoas, ele reconhece uma jovem: Funmilayo, uma moça que vivia na mesma rua dele e caiu num poço em 1959, causando muita tristeza em Akure. Sua aparência não mudou nada, em seu rosto ela tem a mesma expressão de aturdimento.

Se ele está encontrando os que morreram há muito tempo, então será que verá Mamocha, sua avó? Verá Ekpeyong, o seu bom amigo, ou mesmo o capitão Irunna? Ele olha em torno de si e grita: "De Yong!" algumas vezes. Espera, olhando por ali, mas nada se mexe. Em vez disso parece que seu esforço para invocar os mortos alterou algo no lugar, mergulhando o mundo em total quietude.

212 *Chigozie Obioma*

18.

Ele passa pela forma fugidia das coisas — estruturas que devem ser prédios daquele lugar — como um ser espectral que circula por buracos, sai vagarosamente por baixo das portas. Durante grande parte das últimas horas, ele pensou nos pais e no irmão, e no fato de que está numa cidade de mortos. Se não pode encontrar essa estrada, ele pode não conseguir resgatar seu irmão no meio da guerra. Kunle pensa com tristeza que Agnes pode morrer sem ele ao seu lado. Angustiado, resolve novamente encontrar o caminho da saída. Anda um pouco, embora pareça que está passando pelo mesmo lugar várias vezes. O mundo do qual veio parece mais distante a cada momento, e ele ouve o rumor das suas rodas afastando-se ainda mais. Quando, por fim, chega de novo no festival de histórias dos mortos de Biafra, sente-se aliviado. Ali, o silêncio é como era antes, como se os lábios de todos, com exceção de quem fala, tivessem sido hermeticamente fechados.

Um tenente biafrense, comandante de uma companhia do setor de Calabar, está agora falando numa voz ao mesmo tempo sóbria e alta. Ele foi morto quando sua unidade sofreu um ataque de surpresa que explodiu sua trincheira e o deixou preso sob os escombros.

— A noite era mais escura do que se pode imaginar — diz o tenente num inglês impecável. — Uma chuva leve tinha caído, despachando clarões de raios. Meus rapazes gritavam: "Sem balas! As balas acabaram!". Os gritos vinham da minha esquerda, da direita e até do centro! Alguns deles começaram então a gritar: "Eles estão chegando!". À minha esquerda, meu auxiliar lamentava em igbo: *"Arh, Chinek'm, o bu ka'm siri je!"*. Antes que eu pudesse abrir a boca, outro rapaz dos meus disse: "Por favor, senhor, por favor não dá pra fazer nada…".

O tenente silencia, balançando a cabeça. Quando volta a narrar, diz que depois ouviu uma rajada de metralhadora atingindo carne humana e de algum lugar uma voz gritou: "Fogo em todos eles! Vamos acabar com os soldados de Ajukun!". Não havia luz, e o tenente estava lá, vendo os soldados federais que se aproximavam do parapeito para verificar se alguém estava vivo e atiravam nos mortos. No bolso da calça do oficial, o rádio começou subitamente a emitir o som de estática e uma voz se sobrepôs ao ruído como se viesse dos confins de um mundo perdido: *Tenente Umeh… Câmbio? Comando do Quartel-General ordena retirada tática… um-dois, um-dois, está me ouvindo?* Ele tentou desesperadamente mexer o braço para alcançar e atirar longe a coisa, mas não conseguiu. Os soldados inimigos começaram a procurar e ele ouviu os seus movimentos. Uma lanterna o iluminou e atrás da sua luz ele viu o rosto de quatro soldados inimigos com folhas cobrindo seus capacetes. Ele rezou quando um deles mirou nele seu fuzil. Depois disso, o homem acordou ali, naquele lugar de cores claras e música sobrenatural.

A história é penosa demais para suportar — que calamidade, quantas vidas desperdiçadas! Kunle se afasta para continuar procurando o caminho que o homem o orientou a seguir, mas de repente se detém. Ouviu uma voz conhecida. Ofegante, ele corre de volta para a multidão. Investe com a cabeça nos ombros das pessoas, grita com todas as suas forças, mas nem mesmo a mulher que está bem diante dele o ouve. Ninguém o ouve, e o sujeito continua a sua narrativa. Kunle não tem escolha senão ouvir a voz lamentosa do seu amigo e camarada Bube-Orji.

— *But-tu*, é para a gente seguir o comandante Wilson e ir apoiar o povo do 54º Batalhão. O comandante deles é o tenente-coronel Nsudoh, de Calabar. Então nós todos fomos lá lutar no mercado de Afor-Igwe, perto da cidade de Onitsha. Uns dias antes os vândalos tinham atirado bomba ali, um morteiro que matou muitos comandantes de Biafra, até o comandante da força aérea, coronel Chude-Sokei, morreu lá, e muitos outros. Muitos feridos... Então a gente lutou, usando um mundo de armas: artilharia, bazuca, Bren, Mausa, até Ogbunigwe. A gente despejou fogo neles! A gente despejou fogo neles desde de manhã, antes de o sol nascer, até o fim da tarde. Mas *tu, chai-chai*, a munição acabou. Dentro da caixa de munição não havia mais nada; o que tinha lá pegou fogo. Está vendo como o azar acabou com a gente?

Durante algum tempo Bube-Orji nada diz, apenas balança a cabeça, e o silêncio é tão completo que o próprio mundo parece estar morto.

— Assim que as nossas balas acabaram, começou a dificuldade. Imagina: os vândalos ficaram sabendo que a gente estava sem balas. Na véspera, de noite, depois que tudo ficou calmo, eles mandaram alguém que falou por um megafone, escondido em algum lugar na terra de ninguém: "Vamos matar todos vocês, soldados de Ajukun, que nem mosquitos! Suas balas vão acabar logo e nós vamos matar todos vocês. *Wallahi*, nós vamos casar com as suas irmãs e as suas mães; com bala, à força!". E agora que a gente parou de atirar, os vândalos sabem que a gente está sem balas. Eles começam a perseguir a gente e acabam dominando a nossa posição. Eles encheram o flanco esquerdo , só tinha eles. A gente ouviu: Fogo, fogo. Nós corremos, eu e quatro outros comandos. Erramos a estrada e então ficamos separados da companhia, e corremos para outra direção; entramos na terra de ninguém sem saber disso, tudo porque tinha fumaça para todo lado e a gente não via nada. Eles estavam atirando em nós pela esquerda, pela direita e pelo centro. Eu passei por um depósito e uma bala despedaçou o vidro com um barulho tão forte que a minha cabeça doeu. Mas, *chai*, nada de munição. Eu virei e entrei numa igreja: estava cheia de gente morta e de mosquitos, com um cheiro muito ruim. Tinha corpo sendo comido por urubus, e quando eles me viram, todos os que estavam no forro voaram dentro da igreja. Eu corri para fora, com muito medo.

Bube-Orji volta a ficar em silêncio, balançando a cabeça. Olha para o céu, que se espessara num alaranjado brilhante, como se este mundo tivesse sido iluminado por um sol estranho, desconhecido.

— Eu olhei para o meu H&K G3 sem munição, só fazendo *clic, clic*. Segurei firme, correndo, e já ia virar e apontar, como se tivesse algo dentro. Mas nada! Por que a gente está lutando na guerra sem ter arma? Por quê? Eu te pergunto: por quê? — indaga ele com uma expressão sombria.

Naquela manhã, eles tinham apenas algumas centenas de balas para seus fuzis, umas noventa granadas de morteiro, uma bazuca com menos de quarenta balas, vinte e duas granadas de mão e somente seis metralhadoras para toda a companhia. Desse total, cada soldado pegou quinze balas. Enquanto eles tentavam fugir, a infantaria inimiga acertou dois homens, atingindo um deles no olho. Agitando sua arma como um porrete, Bube-Orji escondeu-se dentro de uma casa quase intacta, apenas com as venezianas destruídas. Ele sabia que ia morrer, e ali naquela casa vazia, com o cano de sua arma voltado para o chão, rezou e chorou. Quando os passos dos soldados federais se aproximaram, ele sentiu o corpo inflamar num protesto violento contra o que pressentia como iminente. A porta foi arrombada e a última coisa que ele viu foi o vento ondulando os galhos de uma mangueira, e seus olhos se concentraram numa manga madura que um pássaro bicava. Ele abriu os olhos e se viu neste lugar.

— Foi assim que eles me mataram — diz Bube-Orji com uma amarga contenção. — Os vândalos.

Kunle se abala profundamente ao ver Bube-Orji ali. Ele era um dos companheiros com quem ele mais tinha prazer em estar. Bube-Orji havia passado aqueles meses numa jornada pelo cerne da própria alma do mal, mas ao contrário de Felix, que era ferozmente otimista, e de Ndidi, que se tornara cético e pessimista desde a perda de Eha Amufu, Bube-Orji mantinha uma atitude neutra. Kunle quer gritar com seu amigo quando Bube-Orji sai da plataforma, prestes a se comunicar fora do círculo. Kunle o chama e Bube-Orji corre ao seu encontro. Eles se abraçam e depois dão um passo para trás para se examinarem.

— Kunis, sou eu.

— *Oluwa mi oh!*

— Estava procurando você por toda parte... Sabia que você estaria aqui.

Eles se abraçam novamente. Uma sombra obscurece o rosto de Bube-Orji, como se lutasse para encontrar uma expressão adequada.

— *Nwanne*, eles me mataram. Eles... — Bube-Orji balança a cabeça e Kunle vê que o amigo está chorando, mas não há lágrimas, apenas gemidos de tristeza. — Me separaram da minha mulher... Eu nunca havia passado por isso. Mas você pode ver agora, eles me mataram.

Kunle afasta-se do amigo para observar a paisagem e, embora eles tenham permanecido no mesmo lugar, nota uma mudança. Vê montanhas brilhantes, estranhamente coloridas, irradiando como um coral exposto a ferozes chamas amarelas. Ocorre-lhe que o próprio lugar é a razão pela qual ele não sente emoções. Pois antes que possa sentir algo, ele é distraído por outra coisa. E então vê, com um foco incalculável, quase microscópico, um campo de árvores brilhantes. Ele se dá conta, admirado, de que está olhando através do buraco na cabeça de Bube-Orji: um buraco aberto na testa, penetrando caprichosamente em seu cérebro e crânio, depois saindo pelas costas. O buraco, acredita Kunle, deve ter 7,62 milímetros de diâmetro, o tamanho de uma bala de AK-47. No torso de Bube-Orji há outros três buracos: um no lado esquerdo do peito, abaixo do coração, um na coluna e o último logo abaixo da omoplata do lado direito.

— Há quanto tempo está aqui? — pergunta Bube-Orji com um sorriso soturno. — Na verdade, você veio direto para cá, não é?

— Sim.

— Ah, certo.

— Mas... — Kunle tem a atenção presa novamente no buraco da testa de Bube-Orji e estremece ligeiramente. — Mas há quanto tempo eu estou aqui?

— Você? Seis dias. Quase uma semana.

— Mesmo?

Bube-Orji olha fixamente para ele.

— Você não morreu... Ainda está vivo.

A ESTRADA PARA O PAÍS *217*

Kunle quer falar, para perguntar como Bube-Orji sabe disso, mas os olhos do amigo seguem um estranho objeto que naquele momento voa pelo campo.

— Sim, você não morreu. Você ficou aqui durante seis dias, quase uma semana. O dia em que nós não vimos mais você no campo de batalha foi o mesmo dia em que o major retirou a gente. Os vândalos...

Bube-Orji dirige um rápido olhar para a criatura que voa, com as palavras dissipando-se na sua boca, depois se volta novamente para Kunle. O comandante da 2ª Divisão federal, Murtala Muhammed, tinha pedido aos seus soldados que se retirassem por dois quilômetros e usassem estratégia. Não vendo necessidade de persegui-los ainda mais, Steiner declarou encerrada a missão e passou o comando de volta para o major Achuzia, o novo comandante do 54º Batalhão. Os comandos estavam prestes a voltar ao Madonna 1, QG da brigada, mas Ndidi insistiu para que encontrassem o corpo de Kunle, auxiliados por Agnes. Ela os dirigiu na busca no saliente anterior do comando, que tinha se tornado uma terra de ninguém, com os soldados tendo se deslocado para quinhentos metros de distância dali. No meio da madrugada, encontraram Kunle perto da casa arruinada, da qual ainda escapava uma fumaça rala. Ao tocar a mão dele, Agnes sentiu vida, talvez um pulso fraco. Bube-Orji e os outros olharam para ela aturdidos, reconhecendo o milagre do momento, o testemunho do vínculo que se formara entre ela e Kunle. "Ele está vivo!", sussurrou Agnes várias vezes. Então, como uma louca, ela o puxou para tirá-lo dos destroços. Os demais vieram e a ajudaram, uma dezena de homens.

Kunle agora se lembra claramente desse momento: foi quando abriram bruscamente sua camisa. Bube-Orji prossegue: Kunle foi então levado em coma para o hospital de Iyienu. Estava vivo, mas tinha sofrido traumatismo craniano quando a explosão desmoronou o que restava da casa, e um estilhaço o atingiu na cabeça. Isso havia sido cinco dias antes, e na véspera, quando Bube-Orji, Felix, Ndidi, James e Agnes foram visitar Kunle, os médicos disseram estar pensando em retirar o oxigênio para liberar o leito e tratar feridos que tinham mais chance de sobreviver.

— Você precisa voltar, *nwanne*… por causa da Agnes — pede Bube-Orji com impaciência. — Se não fosse ela, a gente já tinha enterrado você.

Aparentemente eles ficaram ali durante muito tempo, porque o espaço estava mais tomado de gente e ali perto surgira um riacho com águas que cintilavam. Animaizinhos flutuavam nelas, transparentes e delicados, com suas entranhas visíveis.

— Kunis, por favor, vai. Vai, agora! Entra na… na… estrada para o país! Não fica aqui! — Bube-Orji diz isso atropeladamente e, erguendo o olhar para o riacho que acabou de nascer, Kunle vê que o amigo ficou nu e que o corpo dele está lentamente sendo enterrado. Uma faixa de terra aparece no rosto, depois no peito, nos braços, e por fim praticamente cobre as pernas.

— Shhhh — diz Bube-Orji cuspindo uma bolha sapícada de terra.

A terra cobriu tão rapidamente o rosto de Bube-Orji que Kunle não via nada fora os resquícios de um dos olhos e a boca.

É algo difícil demais para a mente contemplar: um corpo sendo enterrado enquanto sua alma está inalterada. É difícil olhar, e assim Kunle se afasta ouvindo as palavras do amigo, que vão ficando cada vez mais abafadas. Cuspindo mais terra, a figura grotesca grita:

— Vai embora, Kunis, vai embora… vai embora! Vai…!

Kunle observa durante muito tempo o lugar onde seu amigo estava um momento antes e que agora é um lugar vazio, tendo apenas uma pegada na terra colorida. Pelo campo há muita gente, e as pessoas não param de chegar. Kunle segue em frente como se fosse comandado, dizendo o nome da estrada. Por fim, ele chega a um caminho isolado que se divide em três direções. Ele fica na encruzilhada, ponderando sobre a sua decisão como um júri em cujas mãos repousa o destino de toda a humanidade. Com um grito corajoso, ele se arrasta até a estrada mais escura.

O Vidente vê o homem não-nascido entrar na estrada escura. A princípio, ela é tranquila, como o silêncio do front, mas logo ele ouve as vozes da multidão. Nas águas de Ifá, o homem recua — para mais longe, mais longe, mais longe, até ser engolido numa luz fúcsia. A luz diminui lentamente e o Vidente vê o momento do qual seu mestre lhe falou tantas vezes: o momento em que a alma se funde com o corpo. O Vidente treme ao ver essa fusão, ao ver a expressão vivaz, surpresa, que ilumina o rosto do morto quando a alma volta ao seu corpo na cama do hospital. Ao se completar a fusão, o corpo comatoso estremece e o homem imediatamente abre os olhos e suspira.

O homem não-nascido, Kunle, vislumbra primeiro um teto branco com remendos de plástico grosso. Em algum lugar nas proximidades, um galo canta, e pela janela aberta uiva um vento persistente. Ao lado da cama, um lampião de querosene, com o vidro parcialmente coberto de fuligem, lança no ar uma fumaça enegrecida. Kunle pisca, faz menção de falar, mas em vez disso tosse, fazendo a cama chiar. Então ele percebe o soro balançando ao seu lado e o paciente que está na cama à sua esquerda observando-o. Ele ouve uma voz falando num rádio entre intervalos de estática:

"...assim senhoras e senhores, vamos agora da Assembleia Legislativa Estadual para Londres, onde está o embaixador da República de Biafra na Grã-Bretanha, Ignatius Kogbara. Senhor, seja bem-vindo ao programa."

"Obrigado, é um prazer."

"... mesmo se ... não é verdade, e tudo ... esforços estão sendo feitos?"

"Bem, como eu venho dizendo, estamos tendo muito apoio. O seu ... hoje de manhã, mesmo ... que ... nós temos de incentivar o nosso povo a ter fé. Antes dessa guerra nós éramos catorze milhões de pessoa na nossa república. Agora somos..."

Kunle deve ter tossido quando a estática voltou, pois o jovem soldado na outra cama se mexe, estende a mão para pegar o copo de água que está ao lado da sua cabeça e o levanta.

— Água, senhor? — diz ele, depois repete a pergunta em igbo.

A voz no rádio declara com voz enérgica:

"... *nós não podemos ser conquistados. Não. Estou lhe dizendo isso...*"

"*Mas, mas, embaixador...*"

— *Biko*, desligue o rádio — diz o jovem soldado, e o rádio é desligado.

Mais além do soldado, Kunle vê um vale de luz, alguma coisa se mexendo, como um veículo lento numa pista. Sente algo tomando forma na sua mente, estranhos cálculos, e sem grande esforço, escapa de sua boca um som:

— Iad.

— Como, senhor? Quer que eu chame a enfermeira?

Kunle volta-se para o jovem soldado. Novamente vê luz, refrações fracas, desordenadas, vindas de uma fonte desconhecida. Uma pergunta vai lentamente formando-se dentro dele: onde estão as pessoas, as vozes penetrantes, os reservatórios fumegantes, o festival de histórias?

O jovem soldado volta a falar, gesticulando em meio à fumaça de luz para os outros que estão nas muitas camas, em esteiras, no chão.

— Iad — grita Kunle novamente.

Seu braço direito está livre, e ele o balança. Gesticula ao repetir a palavra outras duas vezes, apontando para a nesga de luz que agora está apagando lentamente. Um paciente no chão, que tem as pernas engessadas, sugere que chamem uma enfermeira. Outro, levantando-se, começa a sair da sala mancando.

— Mas o que é que ele está falando? — pergunta o jovem soldado.

Outro soldado ferido, alto e magrelo, tendo no lugar do braço esquerdo apenas um coto enfaixado perto do ombro, diz:

— Shhh.

Como se aquilo fosse uma deixa, Kunle grita ainda mais alto:

— Iad! Iad... ah ouhun!

— Viagem — diz o jovem soldado.

— Não, ele está dizendo "virado". Ele quer ser virado — contesta o do braço amputado.

Kunle olha para os três homens e faz um sinal negativo. Deixa a cabeça cair para trás lentamente, tomado pela angústia e confusão.

— Estrada — diz em êxtase o homem sem braço, e a cabeça de Kunle se ergue novamente, com os olhos bem abertos. — Iad ah ouhun.

— A estrada — repete o homem —, é isso. Ele está dizendo "estrada". A estrada para *ohun*.

Os homens olham quando Kunle volta a falar, mexendo com as mãos como se lutando contra algo invisível. Duas enfermeiras entram apressadas — uma delas é uma mulher branca, com a pele manchada, e a outra, uma bela mulher igbo que lhe parece conhecida. A enfermeira igbo o segura enquanto a branca retira algo que estava colado ao seu rosto e à boca, obscurecendo a sua visão.

As mulheres parecem animadas, juntando os tubos que tinham desligado, ajudando-o a se sentar na cama.

— Está enxergando? — pergunta uma delas.

A outra diz:

— Ele está vivo! Não dá para acreditar! Deus é grande!

Kunle olha para elas com uma incredulidade disfarçada.

Então as águas mudam e o Vidente percebe que uma lembrança viva surgiu dentro de Kunle. O Vidente está olhando para o terreno em Akure que aparecera no início da visão. Kunle, um garoto, está ali de novo com seu irmão, Tunde. Eles estão procurando por todo o quintal um pássaro ferido e Kunle recomenda ao irmão: "Não deixe que ele voe! Pegue ele!".

O Vidente volta ao quarto do hospital e agora vê que uma lembrança agitou o homem não-nascido, que subitamente se enfurece, batendo a mão no anteparo da cama. As enfermeiras seguram firmemente as mãos dele. Ele luta e grita:

— *Iad ah ouhun! Iad ah ouhun!*

— Morfina! — pede uma das enfermeiras, e rapidamente elas o deitam e a enfermeira branca mergulha a agulha de uma seringa no braço de Kunle.

Ele treme e fecha os punhos. Lentamente, seus olhos se movimentam, como se estivessem revirando dentro das órbitas, e ele volta a ver nuvens de cores indescritíveis e ouve vozes distantes que resmungam alto, falando dentro de um tubo. Sente a vista embaçar enquanto começa a murchar como uma planta cujas raízes são lentamente arrancadas, e é arrastado para um mundo que está além.

***

O Vidente se rejubila com o que acabou de testemunhar. O portento foi desvendado; a faixa de nuvem escura desapareceu. No entanto, sua mente agora está cheia. Ele testemunhou o que deve ser a cobiça de toda a humanidade. Durante séculos, os homens se perguntaram: a humanidade se perguntou: O que existe lá? O que há além dos muros desta vida, na escuridão externa? O Vidente está abalado, comovido. Recebeu um sinal do indizível, foi atraído pelo passado. Viu o vivo-morto falar e se mover. Testemunhou a multidão nos espaços do mundo dourado, ouviu relatos. Viu a transcendência do tempo, o esplendor do além, onde está sua mulher. Agora ele sabe por que ela não parecia triste quando a viu durante a sessão, enquanto ele se desesperava, com o estômago cheio dos frutos escuros daquele estado.

— *Ololufe mi*, estou descansando num lugar tranquilo cuja luz se transporta para mim e me enche diariamente — ela havia dito. — Não se desespere... não se desespere. — A voz tinha continuado a ecoar, diminuindo à medida que seu vulto se apagava até ela já não estar mais ali.

Enquanto o homem não-nascido perambulava entre a multidão, ouvindo as histórias, o Vidente havia procurado rostos em busca da sua amada. As palavras do mestre lhe chegaram como uma presença no vazio: "Ifá se importa. A visão que ele lhe dá não é jamais para a sua diversão, e sim no intuito de consertar a fenda no mundo — e na maioria das vezes essa fenda está em você, servo dele". É verdade: Ifá lhe deu uma visão da vida do homem não-nascido como um modo de curá-lo.

O Vidente está ansioso por ver o que o homem não-nascido fará em seguida. Deseja que Ifá o leve rapidamente para o âmbito mais remoto do futuro, salte muitos dias, para que enquanto o portento permanece ele possa testemunhar o que o fim da guerra será para o homem e seu mundo ensombrecido.

19.

Nos dias que se seguiram, Kunle ficou se perguntando quanto tempo teria se passado desde que ele recuperara a consciência, mas ninguém estava disposto a lhe dizer. O sol apareceu depois de dias de nuvens cinza para iluminar a face de Agnes. Ele lhe pergunta novamente e ela sorri. Seu rosto está brilhante de creme. Ela tem um novo penteado e está com um batom vermelho intenso. Fazendo uma concha em volta da boca, ela fala no seu ouvido:

— Quase duas semanas.

Há dias ela vem dormindo no chão sobre uma tira de tecido ao lado da sua cama, sendo olhada com malícia pelos pacientes. Ela lhe contou histórias das coisas que eles fizeram juntos, da casa dele. Ajudou-o na loucura dos primeiros dias de consciência, quando tudo o que ele fazia era falar, agitar-se e ter alucinações. Agora, no décimo terceiro dia, ele tinha retornado ao seu eu anterior.

— Chegou a hora de voltar para casa. Agora você está bem.

— Casa?

Ela assente com a cabeça.

— O comando disse que agora você pode voltar para casa. Para Akure.

Eles se sentaram nos fundos do hospital, num banco velho. À direita havia uma bananeira, com a maioria das folhas rasgadas e vergando-se como se tivesse pernas imprestáveis. Um varal que se estende ali perto tem roupas hospitalares dependuradas agitando-se ligeiramente ao vento suave. Ele olha para Agnes, sentindo-se pesado demais para falar.

— Amanhã vão usar o carro do hospital para levar você até Enugu e lá entregar você... — Ela hesita, olhando para a distância. — Quer dizer, liberar você.

Agnes lhe dirige olhos marejados de lágrimas.

— O comandante disse isso. Você entendeu?

Agnes assente com a cabeça. Um veículo dá partida em algum lugar que ele não vê, mas logo aparece acima dos arbustos baixos um caminhão Bedford, rodando pela estrada de terra vermelha, seguido por uma nuvem de poeira que sobe devagar.

Ele rememora a primeira noite em que fizeram amor, na casinha perto do campo de batalha, com seus corpos enlaçados, envoltos pela escuridão como uma barreira precária. A imagem lhe surge em cores vívidas, como se fosse puxada até aquele momento por uma corda através da janela do tempo: ele está olhando para os olhos dela, para o suor que se acumula nas têmporas e para a cicatriz que ela tem no rosto. Bube-Orji está batendo na porta da casa, e rapidamente, com as batidas intensificando-se, ele atinge o pico do prazer.

Kunle toma a mão dela, que imediatamente diz:

— Todo mundo estava falando que você tinha morrido, mas...

— Eu sei — diz ele, e com um estranho entusiasmo, conta o que viu no além.

Ele vê que o relato a deixa perplexa, pois ela está com a boca ligeiramente aberta, observando uma galinha e seus pintinhos amarelos que ciscam perto de uma pilha de material médico usado: mangueiras de soro, caixas, seringas, gesso quebrado, embalagens vazias de iodo e de violeta de genciana, além das molas de uma cama quebrada. Eles ouvem o sino de uma igreja das proximidades.

— Eu morri — diz Kunle outra vez. — Qualquer um pode morrer aqui e de rep... rependente...

— De repente — corrige ela, olhando-o atentamente.

226 *Chigozie Obioma*

— É por isso que eu estou feliz com a nossa partida. — Ele aperta a mão dela com uma súbita inundação de alegria. Começa a falar, mas a galinha bate as asas e arremete para a frente com uma minhoca no bico. Ele observa Agnes e vê que agora seu rosto está sem expressão. — Podemos viver em Lagos. E vamos nos casar e... nós... Querida? — Notando que o rosto dela tem uma expressão soturna, Kunle baixa o olhar. — Agi... Querida, por favor, qual é o problema?

Kunle sente o coração começar a bater forte outra vez. Assim que começou a readquirir a memória, a primeira coisa que disse a ela foi que deveria ir com ele para Akure. Kunle havia entrado naquela guerra para reparar um erro que cometera com seu irmão. Agora quer fazer o bem que mais lhe importa: salvar a vida dela, do mesmo modo que ela fizera com ele. Entretanto, Agnes só havia lhe dito que pensaria no assunto. E durante dois dias, toda vez que ela lhe contava o que havia acontecido na ausência dele — o penoso serviço em Madonna 1 em memória de Bube-Orji, o ferimento do sargento Agbam e a volta dele à luta, as visitas da mãe de James, que numa delas havia lhe levado dois sutiãs e algumas meias-calças —, ele a interrompia e tentava convencê-la.

— *Chai*, veja, Kunis; você sabe. Ela coça a cabeça. — Eu amo você, mas sou soldado. Não posso deixar os meus companheiros.

— Não, Agnes, não. Você é... Você é uma mulher, pelo amor de Deus! Você nem devia estar lutando! — Kunle não pretendia que a voz subisse tanto de volume, mas em seu cérebro há uma pulsação que ele ainda não consegue controlar. Durante todo o tempo algo o está agitando e levando-o a falar raivosamente.

— Eu prometi aos meus filhos, Zobenna, meu... povo.

Ele vê uma lágrima deslizar pelo rosto de Agnes, onde um leve contorno de pelos faciais se tornou visível.

— Eu nunca poderei abandonar Biafra; nunca. *Ya bulu onwu, ka'm nwuo!*

Ela se levanta, limpa a calça e começa a andar. Inicialmente, Kunle teme que ela esteja indo embora, mas ao vê-la voltar-se na porta do hospital, ele toca o peito aliviado. Ocorre-lhe que uma vez que é impossível dissuadi-la, não tem sentido pressioná-la.

Ele volta para a sala das enfermeiras e lhes diz que quer voltar para o acampamento. As três mulheres não acreditam no que ouvem. Ele está livre, liberado da luta; tem permissão para deixar Biafra ou para procurar o irmão. Entretanto, ele está decidido. A diretora está na ala da maternidade, mas por fim a encontram. Enquanto espera, ele olha para os cartazes espalhados pela sala — um deles anuncia a erradicação do sarampo em Biafra e louva a eficácia da vacina, outro alerta para o kwashiorkor, com seu horror exibido na crua imagem de crianças com enormes barrigas e braços finíssimos. O sol que brilha através das vidraças sujas da sala incide sobre seu corpo, dividindo-o em dois: uma metade na sombra a outra no fulgor do sol, o que o faz se lembrar de Bube-Orji, semicoberto pela terra. Ele põe a mão no rosto para protegê-lo da claridade.

— Você está bem? — pergunta a enfermeira branca, ofegante e retirando as luvas manchadas de sangue ao entrar na sala com outras colegas enfileiradas atrás dela.

— Sim. — Kunle dá um passo atrás. — Sim... eu só me lembrei de uma coisa.

— Preste atenção — diz a enfermeira Nkechi. — Você ainda não está totalmente bem, cabo.

— Meu lugar é aqui. Eu não posso deixar Biafra.

A diretora, com os lábios quase púrpura por causa do chá Lipton quente, pede mais uma vez que ele reconsidere sua decisão.

— Cabo... Isso... Quer dizer, é uma questão grave.

— Eu estou bem, senhora — diz ele.

— O quê? Você está...

— Eu quero ficar aqui.

— Cabo, pode ser que você esteja com uma lesão cerebral, sabe?

Por um momento uma rajada de medo sopra na sua mente, fazendo ondular galhos do seu pensamento e desestabilizando-o. É a sua chance: agora ele poderia ir para casa, responder ao pedido do seu pai; poderia encontrar Tunde. Ele olha pela janela para um grupo de soldados feridos que conversa perto de uma fonte seca no centro do pátio. Como se com a intenção de adverti-lo, um caminhão branco para ao lado deles, com uma grande cruz vermelha pintada no alto e na lateral a inscrição HOSPITAL DA MISSÃO IYIENU. Suas portas se abrem antes que o veículo pare e dois soldados com uma maca carregam um homem para o hospital. O homem está em convulsão, com movimentos que são uma dança extravagante, e grita com uma voz fina. A cena abala Kunle, e por algum tempo ele olha nervoso para os olhos indagadores da enfermeira. Então, movendo a cabeça afirmativamente e como se alguma presença o tivesse assegurado, ele diz:

— Eu estou bem, enfermeira... Quero voltar para os meus companheiros.

Quando ele sai, andando compassadamente, Agnes o espera fora da ala. Veste uma camuflagem de comando nova, com a bandana vermelha envolvendo seu pescoço e um capacete verde — que lhe parece familiar. Ele lhe faz um cumprimento com a cabeça. Ela retira o capacete e ele então o reconhece: é o capacete do paraquedista federal, que ela pintou inteiramente de verde. Agora ele está se lembrando melhor das coisas, mas as lembranças mais recentes andam com pés preguiçosos.

— Você... por favor, meu bem... vá para casa.

Ele a enlaça pela cintura; ela silencia e enterra o rosto no peito dele.

— Eu fico aqui — diz ele respirando pesado. — Com você.

Ela não fala, embora ele veja lágrimas se acumulando nos cantos dos olhos dela.

Quando eles se acomodam no banco traseiro do Volvo que Steiner mandou para pegá-los, ela diz com uma voz prestes a se extinguir:

— Você é um homem bom, Kunle.

Eles viajam por uma longa distância na luz fraca e nublada do dia, entre muitos estrondos de trovão. Começa a chover. O cheiro da terra macia desperta nele uma saudade. Ele e Agnes estão sentados separados, como se temerosos de ficarem próximos. Ele repousa a cabeça nas costas do assento e semicerra os olhos. Toda vez que olha para cima, a vê atenta a ele, com um leve sorriso nos olhos.

— Meu bem — diz ela subitamente, pousando sua mão na dele. — Tem uma coisa que perturba a minha mente desde o dia em que você me falou sobre aquele lugar... hã... que parece o céu.

— Hein? O quê?

— O que aconteceu, o que você viu... Não comente com ninguém. Principalmente no acampamento, por favor.

Ele endireita o corpo.

— Por quê?

Ela o olha fixamente por alguns segundos e então balança a cabeça.

— Não sei. O meu espírito me diz que você deve manter isso em segredo enquanto tem guerra. Até ela acabar. Só fale que você estava em coma e não soube de nada até acordar. Eu conheço os seus amigos: Felix, Ndidi, James e até o finado Bube... eles gostam muito de você. Muitas vezes eles vieram aqui diretamente do front, sem comer nem dormir. Deitavam-se na grama em frente ao hospital e dormiam ali em vez de voltar para o acampamento. Eles amam você, de verdade. É como se você tivesse vindo a Biafra para encontrar seu irmão, mas tivesse encontrado muitos.

— Sei — murmura ele, emocionado com o que ela disse.

— Eu não tenho dúvida de que eles amam você, mas não conta para ninguém até o fim da guerra. *I nu go?*

Ele balança a cabeça algumas vezes em concordância, põe a mão na testa e balança mais uma vez a cabeça. Mesmo sem saber por que ela pensou naquilo, pareceu-lhe sensato guardar essa experiência só para si.

Quando começa a dormir, vendo cores fundindo-se com a chuva que cai no clarão amarelado das luzes altas, ela volta a tomar a mão dele e diz no seu ouvido:

— Por favor, não me deixe nunca mais. Você está me ouvindo?

Na escuridão, Kunle vê os olhos de Agnes nublados com lágrimas.

— Sim, estou.

— Isso não pode acontecer comigo outra vez. *Ozo emela*. Que Deus não permita! — Ele a ouve bater a mão na cabeça. — Se você tiver de morrer outra vez, nós temos de morrer juntos... Você está me ouvindo?

Ele assente e então, abrindo os olhos, diz:

— Estou, sim.

***

Durante toda a semana seguinte Kunle pensa diariamente nessa advertência e no porquê de Agnes lhe ter dito aquelas coisas. Ele está refletindo sobre elas sentado na varanda do refeitório, olhando para o animador da caserna, um velho flautista. Quando estava no reino dos mortos-vivos ele constatou que a diferença mais notável daquele lugar era a presença ubíqua da música. E desde a sua volta ele se tornou mais afeito à música, que o ajudou na recuperação. Agnes havia pedido que levassem o flautista para tocar nas manhãs, e é por causa dele que esse homem faz visitas regulares ao acampamento.

Kunle nada diz quando o homem termina, não aplaude. Em vez disso, começa a palitar os dentes com seu graveto de mascar. Ele cospe na terra o último pedaço de graveto no momento em que um dos homens brancos que chegaram ao acampamento durante sua ausência para diante do flautista e começa a falar-lhe. O homem está vestido com uma camisa estampada e um short marrom, e tem no bolso da camisa — que mostra os contornos de um maço de cigarros — duas canetas Parker. No seu peito está dependurada uma máquina fotográfica. Kunle olha para ele com uma curiosidade resignada, querendo saber se o homem seria um padre ou um dos missionários irlandeses ou suecos que estão cada vez mais presentes em Biafra.

— Oga, por favor, quem é esse homem? — pergunta Kunle para um dos soldados feridos.

— É Freddie — diz o homem enxugando a testa com as costas da mão. — Freddie Forsyth. Jornalista da BBC. Vem aqui o tempo todo. Às vezes ele vai para o front com o comandante Steiner e outros homens.

Kunle agradece e volta para o dormitório que serve como clínica dos comandos. Suas dores de cabeça voltaram. Na véspera, pela manhã, Agnes havia posto as costas da mão na testa dele e dito: "Você está com febre, talvez seja malária". E agora ele está se sentindo do mesmo modo. Fica deitado na cama, perguntando-se o que aconteceu nas quatro semanas em que estava afastado dali. Algo no jornalista branco o faz lembrar-se de casa, dos seus pais. Nos dias que se seguiram à recuperação da sua consciência, ele lutava para se lembrar das coisas, com a mão angustiada da memória rapidamente fechando as portas antes que chegasse nelas. Porém agora que tem a mente restaurada, seus pais começaram a frequentar seus pensamentos. Na noite anterior, inquieto, Kunle desenterrou a carta suja do pai e voltou a lê-la. Naquela manhã ele pensa na saúde declinante dos pais. Pergunta-se com um leve temor o que lhes teria acontecido se ele tivesse morrido.

Ao anoitecer, convencido de ter cometido um erro ao optar por permanecer em Biafra, fica atormentado. Come pouco na manhã seguinte, sentando-se apenas pelo tempo suficiente para responder às perguntas do teste cognitivo feitas pelo médico que registra seu progresso dia a dia. Naquela manhã, ele responde às perguntas insatisfatoriamente, equivocando--se duas vezes na imagem de uma girafa. O médico, um jovem igbo que se apresentou como dr. Okey, parece espantar-se. Levanta os óculos e anota algo no seu caderno azul e sussurra no ouvido da enfermeira. Ela dá uma pancadinha no termômetro e o mercúrio sobe. Kunle sente a ponta fria sob a axila.

— Boa — diz a enfermeira baixinho enquanto anota no seu caderno o número registrado pelo termômetro. Limpando o braço dele com algodão, ela injeta algo numa seringa. — Isso vai ajudar você a descansar e se recuperar.

Mais tarde ele está sentado sozinho, olhando pela janela o sol vermelho descer, quando irrompem gritos nas dependências da escola. Do quarto ao lado vem o som de um rádio e a voz familiar de Okokon Ndem.

— *Shon*, senhor! — diz-lhe um cabo que está em recuperação. — Ah, uma notícia quente para o campo de batalha hoje, sobre o setor de Onitsha. Os vândalos entraram pelo cano lá!

Kunle se preocupa, achando que houve outro enfrentamento com a 2ª Divisão federal.

— Não, senhor — responde o homem. — O 39º arrasou.

O comandante do 39º Batalhão tinha sido alertado de que quase metade da 2ª Divisão federal rumava para Abagana com toda a sua artilharia, inclusive muitos veículos blindados Panhard, Ferrets, Alvis Saladins, caminhões carregados com alimentos, uniformes e combustível, e trailers

232 *Chigozie Obioma*

que levavam munição. O major Uchendu e suas tropas os emboscaram e disparam dois foguetes contra eles.

— Mataram todos... todos os vândalos. O ogbunigwe lançou uma bomba no tanque deles e *boom*! O locutor Okokon Ndem disse que quase seis mil homens deles já eram. Seis mil! Muito, muito veículo. Tanque blindado... ah, trailer... ah, caminhão... ah, até Ferret. Total de 96 veículos, é o que o Okokon falou.

Incapaz de explicar a estranha paz que sente com a notícia, Kunle olha a lâmpada amarela no teto apagar depois acender, em seguida apagar novamente, fazendo um ruído como o da lâmpada fluorescente do Centro de Saúde de Opi. Ele se surpreende com o fato de as tropas biafrenses poderem infligir tanto dano ao exército federal. Eles estão lutando há quase um ano, uma guerra defensiva desigual. Além de o lado federal ter equipamento superior, eles empregam centenas de mercenários da União Soviética e da Nigéria, que marcham na frente da sua infantaria e espalham o terror no coração dos soldados biafrenses. No entanto, agora parece que se Biafra for capaz de empreender mais emboscadas bem-sucedidas, o país é capaz vencer a guerra. Se isso acontece e ele e Agnes sobrevivem, Kunle pode ganhar as duas coisas de uma vez: Agnes, a quem ele deve a vida, e a sua família, a quem tanto deve.

Durante grande parte dos dias seguintes ele pondera esses pensamentos, oscilando entre os dois polos, dormindo pouco, olhando para as luzes durante tanto tempo que sente aumentar novamente a pressão atrás dos olhos. Por fim, resolve que mesmo permanecendo em Biafra ele precisa primeiro encontrar o irmão e certificar-se de que Tunde está em segurança.

20.

ELE SÓ PRETENDIA DIZER AO DR. OKEY que queria visitar o irmão, mas o médico — comovido pela experiência de quase morte do paciente — insiste que ele deve deixar Biafra. Para convencê-lo, o dr. Okey lhe confidencia uma informação secreta que recebeu de um contato da sede do governo em Umuahia segundo a qual o país está em dificuldade: a diplomacia tem fracassado e os fundos do Estado para comprar armas estrangeiras estão cada vez mais escassos; ou seja, Biafra praticamente não tem chance de vencer a guerra. Além disso, raciocina Kunle, Agnes está fora por muitos dias em uma missão do 1º Comando e é mais fácil tomar essas decisões quando não está olhando para o rosto dela. Assim, ele concorda com o plano do dr. Okey de telefonar para a equipe do Hospital da Missão Iyienu — quase toda ela conhecida do médico — e informá-la de que Kunle havia mudado de ideia e queria deixar Biafra.

Agora, dois dias depois, o dr. Okey voltou e lhe diz, quando é certo que ninguém pode ouvi-los, que a diretora está feliz em ajudá-lo a sair do país.

— Porém — adverte o médico —, Biafra está sob forte bloqueio… mar… terra. Será difícil, mas eles dizem… eles dizem que você pode ir com seu irmão. Eles vão levar você e o seu irmão para Calabar e entregá-los lá para o Comitê Internacional da Cruz Vermelha. Talvez eles consigam que vocês viajem de trem até Onitsha, depois Asaba... e aí vocês entram na Nigéria.

Por algum tempo, depois que o médico se afasta na sua bicicleta, Kunle reprime a vontade de chorar. Ele havia tentado regressar durante quase um ano, e agora, a poucos dias de retornar ao serviço ativo, aceitou um plano para voltar para casa. Ele vai andando até o trailer que é o refeitório dos oficiais para lhes apresentar a recomendação médica de que ele visite o hospital de Iyienu. O novo oficial que assina o passe, Taffy Williams, é uma das mudanças na unidade de comando. Alto e magro, com um rosto feio marcado por muitas rugas, frequentemente está fumando um charuto e olhando para mapas e planos de batalha. Embora seja branco, ele fala inglês com um estranho sotaque devido à sua origem sul-africana.

O major Williams entrega-lhe o passe e diz:

— Só dois dias, certo?

— Certo, senhor — Kunle grita e se despede.

Ele toma um banho nos fundos do alojamento, lavando-se com uma barrinha de sabão Imperial Leather que Agnes lhe havia dado. Nos seus primeiros meses no front, banho era algo raro, mas no hospital ele era lavado todas as manhãs, às vezes por Agnes, que lhe passava o sabonete como se estivesse cuidando de um bebê. Ele havia voltado a ter uma sensibilidade aguda ao cheiro que sentia nos amigos quando estes iam visitá-lo — frequentemente um cheiro de terra, fumaça, pólvora, urina e sujeira.

Ele vestiu seu novo uniforme — que tem nas mangas, sob o emblema do sol nascente, a nova insígnia dos comandos: crânios e ossos cruzados contra um fundo negro — e rumou para o portão da caserna, mas, a meio caminho, ouviu um assobio seguido por um grito de "Kunis", que era como Bube-Orji quase sempre o chamava. Virando-se, encontra Felix, que voltou do front para se recuperar da malária. Seu uniforme está acinzentado por causa do suor, e tem a pele gordurosa e malcheirosa. Está ansioso e falante. Andou ouvindo rádio o tempo todo, e as notícias são desanimadoras: os ataques aéreos aumentaram com tanta rapidez que a cada dia mais de quinhentos biafrenses estavam sendo mortos ou feridos. Estão bombardeando mercados, centros de refugiados e até hospitais! Sua irmã, diz ele reprimindo a raiva, escapou por um triz num desses ataques. Kunle tenta dizer-lhe que precisa correr, mas não consegue interromper a fala torrencial do amigo, e assim ele anda e Felix o segue. Quando chegam no ponto de controle da caserna, Felix põe a mão no ombro de Kunle e diz:

— Olha, Kunis, você sabe que…você sabe que é o meu melhor amigo não sabe?

— Sim — diz Kunle.

— *Egwagieziokwu*, tem uma coisa na minha cabeça… sabe… sobre Agnes. Olha… não é bom nesta situação ter esse tipo de relacionamento. — Felix meneia a cabeça. — A guerra continua, Kunis.

Kunle se vê assentindo repetidamente com a cabeça, incapaz de olhar no olho do amigo.

— Eu gosto dela, Kunis… ela é como se fosse minha irmã. E eu sei… e você também sabe… que ela gosta de você. Ah, ela gosta muito de você.

— Mas por que ela gosta de mim? — diz Kunle, ansioso por ouvir o que Felix tem a dizer.

— Você não sabe? — Felix arregala os olhos. — Acorda, Kunis! É simples: porque você é misterioso. Você não fala. Presta atenção: o ser humano gosta de mistério. Não tem prazer com algo que ele já sabe. Verdade. Até mesmo poemas. O que você acha que é um grande poema ou mesmo arte? É aquele que nós não podemos interpretar facilmente. É… é ao mesmo tempo claro e misterioso, entendeu? Nós gostamos disso.

Um soldado raso passa andando com uma mesa quebrada na cabeça e grita um cumprimento, que eles respondem.

— Olha para mim, olha para o Sacumé, o Padre e até mesmo o finado Bube: ela nos viu por inteiro. Mas você… você ela está descobrindo.

Kunle assente.

— De qualquer forma, eu só estou dizendo é que tem uma guerra acontecendo. Esse relacionamento pode causar para você um problema grave. Não estou dizendo que você deva deixar a Agnes, embora isso talvez fosse o melhor. Nosso povo diz: uma pessoa pode estar chorando e mesmo assim conseguir ver. Você pode continuar, mas com muito, muito cuidado para não tomar nenhuma decisão tola, *inu go*?

Kunle concorda e aperta a mão do amigo. Segue na garupa da bicicleta de um dos voluntários civis que está a serviço dos comandos, e ao deixar a caserna sente que seus pensamentos estão se tornando mais sombrios com a fumaça das palavras de Felix. É verdade que o relacionamento deles é precário em virtude da situação, mas eles foram longe demais e plantaram suas raízes muito profundamente na alma um do outro para se separarem agora. No entanto, desde a sua volta, ele e Agnes só fizeram sexo uma vez, na noite em que chegaram ao acampamento. Depois disso ela ficou cada vez mais ausente, ocupada no front. Nas poucas vezes em que se encontraram, ele ocultou dela os seus planos. Entretanto, na véspera da sua última partida, quatro dias antes, Kunle receou que ela estivesse desconfiada. Depois do jantar com os companheiros e de ouvir o rádio de Felix, ele foi furtivamente até a biblioteca e, encontrando-a sozinha e nua da cintura para cima, tentou beijá-la. Ela se afastou e disse estar ciente de que ele queria ir embora.

— Por que você diz isso? — indagou ele, golpeado pelo que acabara de ouvir.

— O meu espírito… Eu sinto isso.

Kunle olhou para ela, pressionando os nós dos dedos de uma das mãos contra os da outra.

— Mas — ela veste um dos sutiãs que lhe foram dados pela mãe de James —, meu bem, não fique por causa de mim. Se o seu coração não quer ficar, não fique.

Ele queria falar, negar sua intenção, mas ela estava olhando diretamente para ele do mesmo modo que fazia quando desconfiava de uma mentira, com os olhos fixos por um tempo prolongado, que pareciam ameaçadores com a cicatriz em forma de unha de um dos lados da cabeça.

— Bom — disse ele com a voz mais fraca. — Eu não vou embora, só vou procurar o meu irmão. Eu… quero vê-lo e ter certeza de que nada de ruim aconteceu com ele. É isso… não estou deixando você.

Ela não disse mais nada.

O rapaz da bicicleta o deixa perto de uma cidadezinha distante há alguns poucos quilômetros da caserna do comando. Ele entra num micro-

-ônibus com uma inscrição — já vista em outros veículos — pintada em ambos os lados com letras grandes: BIAFRA LIVRE. Quando se senta num banco no fundo continua pensando no olhar de Agnes, um olhar de suspeita e traição. Ele fez alguma coisa errada? Está — ao querer se redimir aos olhos dos pais e do irmão — cometendo um ato imoral maior quebrando a promessa feita a ela? Como se numa resposta, ele se lembra do momento, no lugar dourado, em que Bube-Orji admitiu: *"Se não fosse ela, a gente já tinha enterrado você"*.

Ele olha fixamente para uma mulher que está sentada no outro lado do ônibus. Ela veste uma camiseta que tem a imagem de um homem e a inscrição CHAMADO PARA A GLÓRIA. A mulher está com um balde de ferro sujo repleto de lesmas enormes que formam uma multidão lustrosa e enche o ônibus com o seu cheiro. Ele está sentado ao lado de dois homens com bonés da Cruz Vermelha e calças boca de sino, e um deles lê um exemplar da *Drum*. O último número da revista que ele tinha visto era um que o dr. Okey lia, com o rosto do ativista negro americano Martin Luther King na capa, e acima da foto, a manchete: ASSASSINADO. O crime havia acontecido no início da manhã do dia 04 de abril, e uma visita de King a Biafra estava programada para uma semana depois, no dia 12, explicou o médico. Ele daria visibilidade internacional à luta de um povo cuja bandeira era a do pan-africanista Marcus Garvey.* Reconhecendo o crânio e os ossos na manga da camisa de Kunle, os dois homens o cumprimentam dizendo:

— Bom dia, comando.

Durante algum tempo, sua mente ficou entregue ao encantamento da música tocada no rádio, e ele estava em transe quando uma violenta guinada do ônibus o sacudiu. O barulho é tão alto que a princípio ele pensa estar morto. Porém, quando abre os olhos, vê um bombardeiro afastando--se em voo baixo entre as árvores distantes e ouve gritos e o som prolon-

---

* Marcus Garvey foi um ativista negro que pregava a volta de todos os afrodescendentes à África. Ajudou a criar a bandeira dos pan-africanistas, cujo desenho superpunha uma lista preta a uma verde, encimando-as com uma vermelha. A bandeira de Biafra apenas acrescentou o sol nascente inscrito na faixa preta. (N. T.)

gado de metal contra superfícies duras. O ônibus desvia de árvores e bate num monte de terra e mato. As pessoas sacodem nos bancos e levantam as mãos. Suas cabeças balançam e elas gritam: "Motorista! Motorista! Pare! *Chineke!*". Em meio à velocidade, há um caos de objetos que voam: vidro, capim, ramos de árvores, bagagem, gente.

Inicialmente, Kunle sente uma dor aguda na cabeça, a mesma sensação que ele se lembra de ter tido quando entrou em coma. Nas suas coxas vê folhas verdes e pequenos ramos, e ao lado da perna há um galho de árvore cortado. O homem que estava na extremidade da fileira dele está agora deitado contra a porta amassada, com sangue escorrendo pelo seu braço. O outro homem sofreu um corte no rosto e chama num gemido: "Alfred, Alfred". Em todo o ônibus, as pessoas estão sentadas ou reclinadas em diferentes posições de dor e morte. Um homem tem metade do corpo pendurado para fora da janela, com a barriga atravessada por um vidro pontiagudo coroado por uma guirlanda de sangue e carne, e suas pernas ainda balançam em espasmos de morte. O motorista debruça-se sobre o volante, como se num sono pesaroso. Dois passageiros inclinam-se sobre ele enquanto o motor continua fazendo barulho, interrompido de vez em quando pela voz baixa e ondulante de algum músico estrangeiro no rádio.

Kunle luta por alguns momentos, e quando finalmente consegue sair do ônibus já são quase onze horas — passou-se então quase uma hora desde o acidente. Sua perna esquerda sangra. Eles viajaram apenas 25 minutos. Oito passageiros e o motorista estão mortos, outros cinco se feriram. Os que sobreviveram saíram do veículo pulando as janelas. Um homem ferido está deitado com metade do rosto sombreado por uma goiabeira e tem o pescoço envolvido por sangue como um lenço vermelho. Ele chora e fala para si mesmo:

— É crime ser igbo? Por que, meu Deus, por que estão matando a gente assim?

Durante muito tempo o homem lamenta e sangra, e toda vez que Kunle ergue os olhos para vê-lo, a poça de sangue sobre a qual está deitado aumentava. Kunle rasga uma tira da sua camiseta, senta-se na terra e delicadamente toca com o pano a perna ferida e ouve as queixas do homem.

Quando parece que o ferimento parou de sangrar, ele joga no chão o pano empapado. Então põe a mão no peito. Logo depois da sua volta à consciência, ele pensava que a breve incursão na morte o inocularia contra o terror de morrer que ele sentia no campo de batalha, mas agora se vê mais temeroso que antes. Preocupa-se mais com o destino daqueles cujo corpo não pode ser encontrado e enterrado e assim vagueiam no além em vez de ir para o local de repouso dos ancestrais. Seria trágico se ele tivesse morrido uma segunda vez ali na floresta. Um som chama a sua atenção e, olhando na direção do homem ferido, ele vê que uma lesma sobe pelo seu corpo inerte, mas ele não se perturba. Só então Kunle se dá conta de não ter notado que ele havia silenciado.

Ele se levanta contorcendo-se, soprando ar pela boca como se quisesse com isso remediar a dor do seu corpo. Através da estranha divisão criada no mato pela passagem violenta do ônibus ele vê a distância a cratera, ainda fumegante, tão grande e profunda que é um milagre o motorista ter sido capaz de se desviar a tempo e evitá-la. O exército biafrense não é tão forte quanto o federal, contando apenas com a vontade primordial de sobreviver. Assim, por que as tropas federais começaram a atacar civis?

Ele esmaga uma porção de folhas de tomilho silvestre e espreme seu suco sobre o ferimento. Isso o faz ranger os dentes:

— *Oluwa mi oh!*

A perna para de sangrar e ele volta para o ônibus, remexe no assento do motorista, tentando encontrar água. Os destroços do ônibus são uma visão terrível: moscas por todo lado, roupas, pertences dos passageiros, bacias, um chapéu com uma pluma vermelha, jornais ensanguentados, pedaços de vidro, corpos mutilados. Por todo o ônibus há lesmas arrastando-se, algumas com a concha quebrada. Uma multidão aplaude quando no rádio uma voz se eleva: "*...estrelando Dean Martin! Kim Novak! Cliff Osmond! Ray Walston...*". Kunle arromba a porta do ônibus e dá um passo atrás; o motorista cai e então se vê a sua cabeça quase partida ao meio.

"*... uma história inesquecível!*", grita o rádio. "*Uma história muito atual. Vá até um cinema ou um drive-in e divirta-se...*".

Ele se encaminha para a estrada sorvendo as últimas gotas de água que havia na garrafa plástica do motorista e depois arremessando-a no mato. Caminha um pouco e, pensando que a estrada pode levar de volta para o acampamento de comando de Etiti, faz um desvio para ficar parcialmente oculto pelas folhas. Sua camisa está rasgada nas costas de alto a baixo e o vento entra por essa abertura. Depois de caminhar por quase uma hora ele vê um comboio de soldados de Biafra viajando atrás de um feixe de capim-elefante alto e trepadeiras silvestres. A princípio parece uma unidade federal, porque ele vê um Saladin, com seu canhão quase totalmente escondido por uma roupagem de folhas. Atrás dele, há um caminhão carregado de soldados, seguido por homens que levam nas mãos enxadas, machados, fuzis amarrados uns nos outros com corda de cânhamo, bazucas, engradados com munição, um sistema de armas Ojukwu e barragens de artilharia Ogbunigwe; um deles está com um rádio transístor em alto volume. Quase todos caminham em silêncio e descalços. São seguidos por um homem barbudo, magricela, que veste um terno preto e ostenta acima da cabeça uma Bíblia surrada, e que faz uma pregação sobre vencer os inimigos.

Kunle caminha o mais rápido possível na direção oposta. Está suando, com a cabeça zunindo, quando vê uma barreira na estrada, com um Volkswagen parado diante dela. Faz meia-volta, sentindo voltar a dor nas costas e na perna, mas ouve uma ordem de parar.

— Você aí, mãos ao alto! Mãos ao alto! — Seguem-se os sons de passos e de um fuzil sendo engatilhado. — Não se mexa, senão eu atiro!

Kunle se vira, trêmulo, e eles se aproximam. São policiais vestidos com uniforme azul-escuro e envergando capacetes verdes que brilham ao sol. Atrás deles estão dois outros com uniforme militar verde e boinas vermelhas, com a insígnia do sol nascente no ombro e acima dela, no colarinho, a insígnia dos PMs.

A apenas quarenta metros de Kunle, o primeiro homem grita:

— Soldado, tem armas?

— Não — responde Kunle.

O homem aproxima-se, ainda apontando o fuzil para ele, enquanto o outro PM o apalpa, correndo as mãos pelas costas dele, depois pelas coxas.

— Soldado, desculpe! — diz o primeiro PM. Temos obrigação de fazer isso.

Kunle assente com a cabeça.

— Eu entendo.

— O passe, por favor.

Kunle apalpa os bolsos da camisa, em seguida os da calça. Onde está o passe? Ele se vira para a estrada, depois olha para o policial. O papel deve ter caído quando ele pulou pela janela do ônibus.

— Senhor guarda, eu tive um acidente... vindo do QG da divisão de comando. Estava indo para o Hospital Iyienu. — Ele arregaça a perna esquerda da calça para mostrar o ferimento, que deixou incrustações de sangue ao longo da canela até o pé. — Ataque aéreo... quase nos matou.

O guarda assente com a cabeça: ele entende. Mas não pode permitir que ele prossiga sem um passe. Será preciso voltar para Etiti, providenciar outro passe. Eles estão sob ordens estritas por causa das deserções.

Kunle caminha pela estrada direta sugerida pelos guardas, colado ao mato, até chegar a uma curva que se abre numa rua com celeiros velhos e cabanas com pinturas uli. A cidadezinha abandonada está cheia de moscas verdes e tem um cheiro horrível. Desde que voltou, ele notou que por toda parte Biafra cheira mal, não apenas no front. Enquanto caminha entre os prédios, começa a ver corpos em estágios diversos de decomposição, torsos rasgados até os ossos e vísceras desentranhadas. De repente se dá conta de que pisou no cadáver do que parece ser um homem, coberto por trapos como um desenho na terra. O maxilar fino como papel está achatado no chão como se tivesse sido pego num sorriso obtuso; as mãos dobradas para trás, unidas. Da cintura para baixo o corpo está obscurecido nos restos negros da sua calça em decomposição, e no final das pernas, onde estariam os pés, um cordão cinza parcialmente fundido ao chão está amarrado nos tornozelos. Kunle, ofegante, afasta-se do corpo, olha ao redor lutando para acalmar as batidas furiosas do seu coração. Avança com dificuldade entre coqueiros chamuscados. Pega no chão um coco meio apodrecido, cheio de água azeda, mas que mata a sede. Quebra a casca contra uma pedra e devora a carne meio deteriorada até não restar nada além da casca dura.

A ESTRADA PARA O PAÍS 243

Arrotando, com o estômago revirando, ele passa por uma granada de morteiro usada que está dependurada entre os galhos de um cajueiro. Uma mulher de meia-idade, com um longo pescoço e a pele suja de gordura, está sentada num banco atrás da árvore. Encontra-se nua até a cintura e seus seios pendem no peito. Ela se levanta como se pretendesse correr ao vê-lo, mas ele para, ergue as mãos e grita: *"Agbana oso!"*. Aparentemente ela faz parte de um grupo de cerca de vinte refugiados que está por ali, a maioria constituída por mulheres de cabeça raspada e crianças, sentados sob uma tenda de tecido camuflado instalada com pilares de galhos e coberta com palha. O grupo observa enquanto ele passa, com o medo estampado nos olhos, embora possam ver que um soldado manco de Biafra não lhes faria nenhum mal.

As casas de tijolos se alinham nos poucos quarteirões a seguir e logo Kunle vê à beira de uma longa estrada de argila vermelha um hotelzinho com uma placa onde se lê: HOTEL NOVA BIAFRA. Na parede pintada de azul há uma imagem grafitada do coronel Ojukwu. Na encosta de uma pequena colina ele vê um grupo de pessoas reunidas sob uma lona encerada coberta com uma abundância de folhas. Está ali uma trupe de músicos que tem o corpo tatuado com símbolos uli. Um homem e uma mulher que vestem roupas igbo dançam diante das outras pessoas, a maioria delas sentada. Inicialmente Kunle assiste incrédulo ao desenrolar da cena. O que ele está testemunhando é um casamento tradicional em meio a uma guerra brutal.

Seguindo em frente, ele chega a uma rotatória com a estátua de um pássaro. Ele se lembra que Felix havia executado o sabotador naquele lugar, e se surpreende por constatar que está perto da caserna do comando.

21.

Kunle está decepcionado por não ter saído de Biafra, mas sabe que não terá outra chance antes de voltar para o front. Assim, quando os soldados do 1º Comando retornam no dia seguinte ele corre até a antiga biblioteca, sabendo que Agnes estará lá. Ele se senta diante dela sem nada dizer, sem responder às muitas perguntas que ela lhe faz: Sua cabeça está doendo? Continua tendo sonhos com o além? Começou a tomar os medicamentos prescritos pelo dr. Okey? Em vez de responder-lhe, Kunle fixa o olhar nas coisas que ela dispôs na cama, entre as quais os pagamentos recebidos do intendente, que ela vai mandar para os pais. Formigas circulam pelo maço de notas de dez libras biafrenses com a imagem de uma palmeira circundada pelo sol nascente visível na cédula que está por cima das demais. O que pode ser mais insuportável do que algo para o qual não há redenção? O que é mais violento para a alma do que a impossibilidade de consertar o que se quebrou?

Agnes vê que Kunle está perturbado, e quando põe a mão nas suas costas ele desmorona e lhe fala a mentira que inventou: ele havia tentado voltar ao hospital em Iyienu para ver a diretora e descansar por uns dias, mas tinha quase morrido nesse processo.

Ela não diz nada a princípio, mas olha para ele firmemente, como se sondasse com os olhos a sua intenção. Fecha as cortinas e a sala escurece, recebendo unicamente a luz que passa por baixo da porta. Ele vê apenas a sua silhueta. Por que ela não diz nada? Será que duvida dele?

— Agi — pede Kunle com voz instável.

Agnes dá um passo para trás ao ver que ele vai tocá-la. Abre de novo a cortina e a sala se enche de luz. Senta-se numa cadeira do outro lado da sala, com livros em estantes atrás dela. Ele tenta segui-la.

— Não... não... não. Não vem até aqui, ok? Não vem. — Ela move a cabeça em desaprovação. — Kunle, fala a verdade. Você quer ir embora, certo? O acidente atrapalhou você... fala a verdade.

Ele percebe o tremor nas palavras dela, abaixa os olhos para o gesso que envolve sua perna. Ofegante, ajoelha-se, volta a ficar de pé e então diz:

— Sim.

Ela balança a cabeça.

— Você nunca vai conhecer o seu filho.

Um riso tranquilo lhe escapa da boca e, como um espírito, entra em Kunle, vai até o seu coração e cai nas suas entranhas como uma granada.

— O que... você disse?

Ela sorri novamente.

— Você está grávi...? — Ele tenta continuar.

— Shhh. — Ela se aproxima rapidamente e dá um tapinha no seu braço. — Ninguém... mas ninguém mesmo pode saber. Você está me ouvindo?

— Eu... foi... é que...

— Responde, Kunle, me responde. Ninguém pode saber, ok?

Ele assente com a cabeça.

— Dois meses, deve ser — murmura ela levantando-se. Chega quase a dizer algo, mas em vez disso estreita os olhos enquanto tenta reprimir um espirro. — Desculpa... desculpa — diz ela enquanto esfrega o braço dele, onde o espirro se espalhou.

— Tudo bem — diz ele.

Ela assoa o nariz em um lenço.

Naquele dia ele não volta a vê-la. Passa o tempo com os amigos, que se revezam contando histórias das suas missões, da dificuldade crescente da guerra e das suas incursões recentes nas áreas civis. Mas a mente dele permanece fixada no que Agnes revelou a ele. Kunle está surpreso com o efeito que a notícia teve sobre ele, apagando os pensamentos de tristeza sobre a sua tentativa frustrada de voltar para casa. Em silêncio, ele tenta lidar com a incompreensível imensidão do fato: que ele possa, na sua idade e nessas circunstâncias, ter gerado um filho. Ele foi até ali procurando seu irmão, buscando uma restituição, e agora a guerra lhe trouxe algo pelo qual ele não esperava. Mas o que vai fazer com essa notícia? Como pode Agnes, um cabo em serviço no front, ter um filho?

De manhã, ainda meio zonzo por ter acordado muito cedo, antes de ir ver os comandos que ainda não encontrara, ele volta à biblioteca. Depois de bater algumas vezes ele espera, inquieto, até que a tenente Layla vem lhe dizer que Agnes não quer vê-lo. Kunle se despede, para na varanda: o que foi que ele fez? Ele se inclina, pega um graveto, solta-o. Ela não percebe que ele não teria pensado em ir embora se soubesse que estava grávida?

Kunle não é ele mesmo, mas momentos depois está batendo continência, tentando concentrar-se, à espera da chegada do major Steiner. O major desce do trailer fumando, vestido apenas com uma calça e uma corrente com a medalha que lhe foi dada pelo coronel Ojukwu. É a primeira vez que Kunle vê o comandante sem camisa. A tatuagem de uma serpente se enrosca no seu braço esquerdo. Steiner o examina da cabeça aos pés.

— *Mon corporel* Kunis?

— Sim, senhor.

— Eu entende que você pronto.

— Sim, major!

— Certo. Ok, vou dar missão primeiro... primeiro antes de você participar de novo, certo?

— Sim, senhor!

A van do Comando que transporta os suprimentos está esperando, mas Kunle sente novamente uma vontade irrefreável de bater na porta da biblioteca. Corre até lá e fica alguns segundos atento para algum sinal de Agnes, mas ouve apenas o tique-taque de um relógio.

Ele entra na van e senta-se no banco traseiro, ao lado do atirador que faz a escolta. No assento da frente estão um policial militar e o motorista. Ele tinha visto a van algumas vezes e já havia inclusive ajudado a descarregá-la numa ocasião, mas, nesse dia, ele está responsável por chefiar a missão que vai ao aeroporto Annabelle, em Uli, a fim de pegar suprimentos para a divisão. A tarefa deve prepará-lo para um retorno ao serviço ativo, mas ele preferiria ir diretamente para o front em vez de viajar de carro pelas perigosas estradas de Biafra, especialmente a que leva a um dos maiores alvos da guerra, a perigosa pista de Uli. Desde o acidente de dois dias antes, ele acreditava no que Felix sempre dizia, que as habitações de Biafra são mais perigosas que as frentes. E se fosse atacado novamente? O que aconteceria a Agnes, ao seu filho? Como poderiam sobreviver se ele morresse? De novo ele tem a sensação de estar preso num lugar de onde não consegue escapar.

Fica acordado durante a viagem, com seu novo fuzil semiautomático apontado fora da janela. Por causa do policial eles passam pela fiscalização sem dificuldade, mas às vezes ele precisa mostrar o passe que Steiner lhe deu e dizer: "Cabo Nwaigbo, Brigada do 4º Comando. Até Annabelle", antes de os policiais militares ou os milicianos Combatentes pela Liberdade de Biafra levantarem a barreira, normalmente um tronco equilibrado sobre tambores de óleo. Eles já haviam passado pela terceira quando viram um grupo de mulheres caminhando pela estrada, algumas com crianças amarradas nas costas, cestas e bacias na cabeça, o que instigou em Kunle a dor latente de saber mais sobre o que Agnes lhe contou.

Ele acaba de ver a placa velha que diz ULI: 15 KM quando uma sirene começa a gritar. Ouve um estrondo alto e a van é sacudida. O bombardeiro inimigo está sobre o ponto mais alto do horizonte, com fumaça negra subindo do lugar onde ele ergueu suas garras ensanguentadas. O motorista força a van por um denso tapete de mato e estaciona. Eles ouvem gritos vindos das habitações próximas, uma das quais é uma extinta escola transformada em prisão, com uma série de construções de teto baixo. Vê diante do prédio uma grande placa verde em que se lê: PRISÃO CENTRAL DE BIAFRA, ACHINA. Quem olhasse de fora veria que ele está com um medo avassalador.

Suspeitando que os bombardeiros ainda estejam na área, eles esperam protegidos pelo mato até o sol se pôr totalmente, e só então prosseguem. Com o braço estendido sobre o espaldar do banco, o motorista dá marcha ré e tira o veículo do mato, voltando para a estrada. Eles passam por uma aldeia quase vazia onde Kunle se surpreende por ver luzinhas amarelas de velas, lanternas, fogões. Em algum lugar por perto, um botão de luz vermelha está dependurado numa torre de alta tensão como um olho sangrento vigiando o terreno. Um cachorro segue a van latindo, mas desaparece quando eles ziguezagueiam num caminho em declive cheio de buracos, com a van seguindo tão perto do mato que as trepadeiras e o capim avançam contra ela e enchem o ar com um cheiro de grama cortada.

Momentos depois, eles se veem diante de homens que balançam bandeiras brancas, com o rosto obscurecido pela escuridão: é ali o novo campo de aviação, cuja construção ainda não está concluída. Eles estacionam a van num abrigo. Lá dentro esperam dois caminhões, um caminhão de carroceria coberta, um jipe militar, ambos ocupados por motoristas, soldados, mulheres e até algumas crianças — que na luz escassa lembram as imagens dos cartazes do hospital. A pista é uma longa faixa de macadame com blocos de sinalização branca que se estendem até onde a escuridão lhe permite ver. A alguma distância à esquerda, em um lugar quase tomado pela vegetação, está o que parece ser as asas de um avião em ruínas. À esquerda e à direita da pista veem-se tambores de óleo, talvez uns vinte ao todo, com homens ao lado.

Kunle vê aproximar-se do campo de aviação uma luzinha vermelha presa na frente de algo que está no ar. Ressoa um apito e chamas amarelas tremulantes revelam os tambores e as mãos e rostos dos homens que as acenderam. Em meio ao súbito coro de luz surge um aeroplano, com as hélices rodando sob as asas e dois estrangeiros com fones de ouvido na cabine iluminada. Tudo acontece muito rapidamente: o avião aterrissa com sinalizadores ondulando no ar perto dele e que vão explodir mais além num fogo amarelo. As luzes se apagam em rápida sucessão e o avião avança rapidamente no asfalto permeável em direção ao abrigo.

Irrompem aplausos e de toda parte há gritos: "Carregadores! Carregadores!". Kunle e os homens do abrigo correm para a porta do avião, mas um guarda grita para que eles voltem.

— Abram caminho, o ministro do Exterior, chefe Jaja Wachuku, vai passar! Rápido! Mexam-se!

Três homens muito suados, um deles com uma *dashiki* e os outros dois de camiseta e calça boca de sino, saem e correm para o abrigo. Sacos e caixotes são retirados da aeronave. O homem do apito pede mais ajudantes. Kunle se vê arrastado para o calor ameno do avião, ao lado de um homem branco suado e de dois biafrenses. O ar está espesso com o cheiro de peixe curado, sal, leite e suor. Enquanto trabalham, eles ouvem o barulho distante do MiG inimigo que se aproxima, indiferente ao fogo antiaéreo que do mato o ameaça. O clarão dos projéteis ilumina o interior do avião com ansiosos respingos de cor e ele vê sucessivamente mãos prateadas ou amareladas ou rostos embranquecidos que depois se reduzem a silhuetas. Pela janela, ele vislumbra traçantes vermelhos cruzando o céu escuro e se apagando como uma multidão de pequenos olhos piscando.

Mais tarde, ele se senta exausto, não pelo peso do trabalho que realizou, mas pela velocidade com que o fez e pela terrível ansiedade de que foi tomado durante todo o tempo. Está bebendo de um cantil na van quando os apitos retornam. Outro avião aparece e o drama violento no céu noturno se repete: as explosões iluminando o céu, criando versões em miniatura e fugazes do firmamento do além. Num dado momento parece — até para um olhar que observa de cima — que o avião será atingido. Nesse momento, seguro precariamente como algo na palma da mão de uma criança, o coração de Kunle bate acelerado, mas aquele avião e outros dois aterrissam no mesmo pânico perigoso. Ele ajuda a carregar crianças vindas do hospital especializado em pacientes com kwashiorkor, em Ihiala; tem as mãos trêmulas quando carrega até a aeronave que vai para o Gabão aqueles corpos esqueléticos, desnutridos. Uma das crianças, nua e com no máximo seis anos, tem uma barriga tão estufada e riscada de veias que parece a ponto de estourar. À meia-noite, eles evacuaram muitas crianças e encheram a van com doze caixotes de munição, uma quantidade de fuzis automáticos tchecos e submetralhadoras, duas bazucas alemãs e uma caixa de explosivos, uma caixa de joias para Taffy Williams, com que ele presenteará sua namorada, maços de cigarros, caixas de ampicilina e violeta de genciana, dois walkie-talkies, pilhas BEREC para rádio, rolos de papel higiênico: quase tudo o que estava na lista de Kunle. Depois de viajar de volta por algum tempo, eles param para dormir sob a proteção de uma árvore perto de uma aldeia.

Eles já rodaram por uma hora, com os faróis dianteiros apagados na escuridão que precede o amanhecer. Mas agora a primeira luz começa a surgir. Kunle acordou de um sonho com o além ao ouvir um grito agudo e vê a porta lateral da van aberta e o policial e o soldado raso pulando dentro do mato. Ouve um disparo e um grito e sai correndo da van. Um homem magro vestindo uma camiseta larga e calça está morto no capim. Ao lado dele, ajoelhado e gemendo, um garoto que não tem mais de dez ou onze anos está soluçando e fala em igbo com voz entrecortada, balançando a sacolinha de tecido que tem na mão.

— O que... o que foi que houve? — diz Kunle arquejante.

O policial, com fumaça ainda saindo do cano de seu fuzil, parece atordoado.

— A gente achou que ele era sabotador — diz apontando para o morto. — Eu atirei nele, moço... Por causa do sal. Eu não sabia como é que ele tinha arranjado o sal.

O garoto chora muito e bate o pé; perturbado, puxa o braço do pai inerte. Corre para Kunle e grita:

— Salva ele, ele pode... por favor, soldado. — Então volta numa precipitação louca para ouvir o peito do morto, pedindo: — Papai! Papai, *biko, biko tee ta! Tee ta!*

Como seu pai não se mexe, o garoto se lança aos joelhos de Kunle, puxando sua calça.

A ESTRADA PARA O PAÍS *251*

— Meu pai, meu paizinho, comandante... Eles mataram... meu paizinho.

O menino continua soluçando, balançando o tempo todo a roupa ensanguentada da qual se desprendem grãozinhos de sal, como se para dizer novamente àquele júri invisível de toda a humanidade que por causa daquele saco de sal seu pai tinha sido morto. Kunle e os homens sentam-se apáticos como homens algemados, falando de vez em quando apenas para aconselhar o menino. Quando estava no hospital, ele havia ouvido falar da escassez no país diminuto causada pelo bloqueio de terra imposto pelo governo nigeriano e pela perda de terras agricultáveis decorrente da expansão dos campos de batalha. Biafra está passando fome, e um dos bens primários mais escassos é agora o sal. Kunle não tinha prestado muita atenção àquilo, uma vez que o suprimento de alimentos no quartel do comando não havia diminuído.

No entroncamento logo adiante, uma van da Caritas com a parte traseira coberta de lama estaciona lentamente. No seu interior, revestido de lona encerada branca, viajam freiras estrangeiras e africanas vestidas com hábitos brancos. O garoto se acalma um pouco olhando para as freiras, mas depois recomeça, engasgando em meio ao choro. A palavra "paizinho" cresce na mente de Kunle com uma força inquietante, como se a criança o estivesse advertindo sobre a sua própria paternidade iminente. O sofrimento do menino deixa-o tão triste que ele sente uma lenta pressão surgir atrás dos olhos.

22.

KUNLE PASSOU GRANDE PARTE DA MANHÃ COM O GAROTO ÓRFÃO, e ficou tão cansado que dormiu durante quase todo o dia. Acorda desorientado e inicialmente não sabe ao certo onde está ou que horas são, tendo ainda na mente o lamento agudo do menino. Suas mãos e as faces estão marcadas com as palavras em relevo da capa encadernada da *Encyclopædia Britannica* usada como travesseiro. Ele adormeceu no chão de uma sala da biblioteca vizinha daquela em que Agnes e Layla dormem numa cama de bambu. Com os olhos sombreados, ele pisca, e ali está Agnes, já completamente paramentada, com galochas novas e envergando o capacete verde e com a bandana vermelha enrolada no pulso esquerdo.

— Que horas são? — pergunta Kunle.

Agnes estava amuada, mas agora um sorriso se abre em seu rosto.

— Você tem relógio.

Kunle apalpa os bolsos da camisa procurando o relógio. São quase quatro da tarde. Ele faz menção de se levantar, mas recua por causa da ferida na perna esquerda.

Com o silêncio de Agnes, ele se pergunta se a animosidade perdura. Na guerra as vidas são frequentemente tão frágeis, frequentemente no limiar da morte, que os rancores e todas as mesquinharias têm dificuldade em se fixar. O importante para ele no momento é evitar que Agnes vá na próxima missão especial do comando, que segundo Felix será extremamente perigosa. Ele ouve a voz suave da tenente Layla e por isso sussurra que seria melhor conversarem lá fora. Eles caminham para a biblioteca, abaixando-se sob o varal em que ela dependurou suas camisetas, e continuam em direção à base do afloramento rochoso vizinho. Ofegante, Kunle tenta andar no mesmo ritmo que ela.

— Shiii — faz Agnes apontando para cima a fim de dirigir os olhos dele, e Kunle vê um pálido arco-íris espalhar-se pelo céu, desaparecendo a distância nos afloramentos. — O mundo — diz ela rapidamente — pode ser bonito se a gente deixa ele ser.

Kunle concorda e por algum tempo nada diz, pois se lembra de um momento de reflexão semelhante em que ela lhe falou sobre outras nuances da vida. Isso tinha ocorrido alguns dias depois de ele voltar à consciência, quando ela o levou até o campo perto das enfermarias e disse que a guerra os tinha mudado tanto que eles agora apreciavam mais a vida. Agnes apontou para o ar e lhe perguntou o que ele via, e Kunle comentou que quem olhasse muito atentamente via que sempre há insetos no ar.

Agora ele se volta para Agnes, enlaça a sua cintura e diz:

— Querida.

— Hã?

— Por favor, não vá para o front de novo... por favor. Você está grávida; dois meses de gravidez.

— Que bobagem é essa? — Ela dá um passo para trás. — O que você está dizendo...

— Você vai...

— Espera... espera, deixa eu acabar.

— Não, Agi, não é...

— Kunle... Kunle...

— Não... Eu...

Kunle acha que ela continuará falando, que as palavras deles vão continuar brigando como lagartos, caindo umas sobre as outras, mas ela fica em silêncio. Uma ideia lhe ocorre: uma vez que ela é enfermeira, por que não persuadi-la a voltar para o Lyienu ou outro hospital qualquer, contribuindo para o esforço de guerra ao auxiliar os soldados feridos?

— Você será mais útil no hospital — diz ele. — Escute, você vai ajudar os nossos homens feridos, vai ajudar a salvá-los. Vai trazê-los de volta! Você...

Ele se dá conta de que começa a elevar a voz, então para, esmorece. Agnes balançava a cabeça enquanto ele falava, e agora tem lágrimas rolam pelo seu rosto.

— Espere... espere.

— Não!

— Meu bem, escute...

— Eu vou ficar! — A voz dela oscila, como se tentasse se afastar do precipício. — Eu vou ficar, você está me ouvindo?

Antes que Kunle possa pegar a sua mão, ela já está voltando para a biblioteca.

Kunle veste a camisa branca que Agnes lavou para ele naquela manhã e que ainda tem o cheiro do sol. Sai para a sala principal da biblioteca, onde os homens estão sentados em cadeiras e esteiras, conversando em voz alta com o capitão Emeka. O garoto órfão, que ele havia deixado ali antes de ir dormir naquela manhã, não está lá. Onde foi parar?

— Uma confusão — diz Felix. — O pessoal gosta dele. O major Goosens, aquele gordão belga, disse que vai adotar o menino.

— Isso mesmo — completa o capitão Emeka. — Ele até já deu nome para o garoto, um nome do povo dele: Ador, ou qualquer coisa assim.

— Hein? — espanta-se Ndidi.

— É isso, irmão! Algum nome engraçado como esse, sacumé? — diz James. Ele olha de viés e acrescenta: — Brancos filhos da puta.

— Há! Lá vem o Sacumé de novo — reclama Felix. — O que foi que eles fizeram? Ele ajuda uma criança órfã de Biafra e você...

— Porra nenhuma, Professor! — James balança a cabeça para Felix. — Eu acho isso uma merda de uma tapeação, irmão. Eles sempre procuram um jeito de prejudicar a gente, os neguinho, tô te dizendo. Abre o olho, irmão. Nós que somos neguinhos, irmão, sacumé?

Batendo palma, Ndidi aquiesce:

— Diga a ele! Diga a ele. Você é um verdadeiro filho de Deus, meu irmão. Eu sei, essas pessoas estão ajudando a gente, mas os irmãos delas estão nos matando. Ou não é por causa do Wilson e da Inglaterra que nós estamos perdendo esta guerra? Não é?

— Verdade. — A voz de Felix falha. — Mas olhe para todos os lados. Nós só estamos vivos e ainda lutamos graças ao povo branco. Veja os padres: Cáritas, Conselho Irlandês de Padres, Padres do Espírito Santo e todas as pessoas que vêm nos dar comida. Quantos pilotos estrangeiros morreram tentando ajudar o nosso povo? Hein? Mais de cinquenta! Pelo menos cinquenta. E quem é que está matando a gente? O nosso próprio povo, os nossos irmãos.

James faz um sinal com a mão.

— Professor… Professor, nós somos neguinhos, irmão… é isso.

Kunle nada diz, apenas fica ali encostado na parede até o capitão Emeka ir embora. Desde que voltou ao quartel, ele se ligou mais a Agnes, distanciando-se dos companheiros, e o capitão Emeka se aproximou para ocupar o vazio. Kunle senta-se na cadeira de ráfia trançada, ainda quente do peso do traseiro do capitão, e murmura que quer falar uma coisa.

— Ohô! Bem-vindo de volta do… do paraíso! — brinca Felix, piscando.

— Paraíso de xoxota! — acrescenta James.

Kunle se percebe rindo também.

— Mas, olha… é sério — diz. — Eu não pretendia falar, mas não sei o que fazer… então preciso da ajuda de vocês.

— *Ngwanu*, conte para nós — pede Felix semicerrando os olhos.

Kunle engole em seco.

— Professor, as paredes têm ouvidos.

— *Okwu!* — diz Ndidi, e fica sério. — Vamos para fora, ok?

Eles saem, todos eles, passam pelo ajuntamento de soldados, pelo bem camuflado suprimento de artilharia que um dia foi uma sala de aula e ainda tem nas paredes imagens de várias figuras históricas. Soldados estão reunidos em grupos por toda parte e conversam ou jogam ludo ou baralho. Na área de reunião, metade dela coberta por uniformes e outras roupas que secam na companhia de gafanhotos grudados nelas, Kunle para, limpa a garganta e despeja:

— Agnes está grávida.

— Hein? — gritam todos simultaneamente. Por algum tempo, uma série de expressões passa pelos rostos daqueles homens.

Felix diz:

— Mas... mas, escute, você tem certeza?

Kunle assente com a cabeça.

— Merda, irmão! — dispara James.

— Não é uma brincadeira — diz Kunle, tentando fazer sua voz soar mais séria. — É sério...

— Claro! É uma coisa séria, mas primeiro a gente fica feliz — aparteia Felix. — Não dá para acreditar... apesar de que a gente desconfiava que você tinha transado com ela... que isso tenha mesmo acontecido. Na situação dela ninguém podia acreditar que ela... quer dizer... que isso podia acontecer.

— Podia e aconteceu, irmão. Para mim pode acontecer sempre, em qualquer lugar! — brinca James rindo e batendo os pés. — Ah, que saudade das minhas gatas!

— Mas quando você quase morreu, todo mundo viu que ela gosta de você — declara Ndidi. Seu rosto se ensombrece e ele olha para Kunle. — Ela gosta muito de você, de verdade.

As palavras de Ndidi percorrem a espinha de Kunle, aquecendo-o. No começo, ele próprio havia visto. Todos os seus companheiros queriam Agnes, mas nenhum deles foi capaz de se aproximar do portão preto do coração dela e pedir para entrar, pois viam que ele estava muito fechado para o mundo, com uma grande barreira. Mas sem que Kunle pedisse, ela o deixou entrar.

— É permitido, *mon corporel* — diz James. — Até nós, pode ser que a gente tenha culpa das duas vezes que saímos.

Todos eles riram, com exceção de Ndidi, que não acompanhara Felix, James e outros soldados do 1º Pelotão de Comando quando foram a um bar moderno de Etiti decorado com bolas de espelhos. Eles ficaram com garotas que estavam ansiosas por se aproximar dos comandos para terem dinheiro e comida melhor. Os dois homens levaram as garotas para

A ESTRADA PARA O PAÍS 257

uma casa abandonada que ficava a meio quilômetro da Escola Secundária Madonna e fizeram sexo com elas.

— Sabe — diz Felix com uma expressão da maior seriedade. — Bube-Orji mencionou isso... ele mencionou isso. Antes de morrer, ele falou que esperava que Agnes não estivesse grávida, por causa do que ele estava vendo no rosto dela. *Chai, ebube nwannem*, que saudade eu tenho dele!

Sem querer, Kunle se vê olhando para o céu, onde às vezes imagina que fica o além.

— É por isso que eu chamei todos vocês para virem aqui — explica Kunle. — Eu não quero que ela continue a lutar grávida.

— *Mbanu! Tufia.* — Ndidi bate na cabeça com os nós dos dedos e pega o seu rosário. — Ela não pode, de jeito nenhum.

— Pois é, isso mesmo. — Kunle tosse. Ele vê Agnes a distância, conversando com Layla.

— Sabe, na lei militar inglesa, que é a que a gente segue, não é permitido dormir com uma mulher soldado ou oficial. — Felix olha ao redor. — É proibido, sobretudo agora que você engravidou ela.

— Merda! — murmura James.

— O que é que eu faço? Eu não... — Kunle se detém, pois ouve asas batendo, como se algum pássaro estivesse sobre a sua cabeça. Ele olha para cima do mesmo modo que havia feito meses antes, quando ouviu um som parecido, de uma raposa invisível, ou os estranhos resmungos de uma voz comedida, mas familiar, que dizia coisas estranhas e rezava para "Ifá".

— O que aconteceu? — quer saber Felix. — O que você está olhando?

— Nada — responde ele rapidamente. — Então: o que eu faço agora?

Todos suspiram e balançam a cabeça. O assunto exige reflexão, e assim eles refletem e Felix esfrega a barba enquanto pensa. Se Kunle falar para Steiner e ele punir o casal, então seus amigos se sentirão responsáveis. Se Steiner for generoso — como acham que será — e se eles puderem convencê-lo de que Agnes continuará contribuindo para os esforços de guerra como enfermeira militar, então ele permitirá que a jovem vá embora. No entanto, Agnes pode se zangar com ele pela traição. Como será possível conciliar as coisas? Potencialmente salvar a vida dela valeria o risco de sua fúria? Foi a voz de Ndidi que prevaleceu: valia a pena salvá-la porque eles estariam salvando Agnes e também a criança, se ela decidir tê-la, o que parece ser o caso. Se não fosse assim, ela não teria contado para Kunle que estava grávida. Eles dão tapinhas nas costas de Kunle e decidem imediatamente informar Steiner.

Encontraram-no sentado no trailer na companhia de outros mercenários, com seu novo binóculo belga dependurado no pescoço e as pernas das calças camufladas arregaçadas até logo abaixo dos joelhos. Depois que Felix, com a mão em concha ao lado da cabeça e o corpo enrijecido ao sentar, diz que eles querem lhe transmitir uma informação confidencial, Steiner pega um cigarro e sorri para os amigos.

— *C'est confidentiel, mes frères!*

Todos riem, com exceção de outro oficial branco, o capitão Armand, que usa uma tipoia presa no pescoço para proteger seu pulso esquerdo. O capitão Agbam quer traduzir, mas Steiner ergue a mão.

— Não, eles entendem. Eles entendem, *oui?*

— *Mon* major — começa Felix, batendo continência novamente quando os homens já se afastaram. — É pelo cabo Kunis.

Kunle bate continência e tosse. Olha para os amigos e é tomado por uma súbita convicção, ali na presença do coronel, de que tomaram uma iniciativa ruim.

— Cabo?

— Comandante, senhor! Agnes e eu…

— *Oui…* Sim, cabo Azuki? — diz Steiner e faz um gesto que alude à relação sexual. Eles não esperavam essa reação, e todos riem.

— Mas o problema, senhor… Ela está grávida.

A boca de Steiner se abre para falar e depois se fecha sobre o cigarro quase acabado. Ele o atira no chão e cobre-o com seu sapato branco, fazendo caprichados círculos concêntricos na terra com grama ressecada e morta.

— Problema, cabo. Problema.

— Sim, senhor!

O semblante de Steiner se torna sombrio.

— Quando fez isso?

— Perdão, senhor?

— Quando... — Steiner faz com as duas mãos um gesto que representa duas pessoas transando, e os outros riem.

— Ah senhor, pelo menos três vezes. Durante Abagana, quando eu fui com ela para dentro do mato, aconteceu.

Steiner mantém o olhar fixo nele, depois observa os outros. Dizia-se que havia uma relação secreta entre Steiner e Layla, que eles tinham dormido juntos, mas eram boatos. Steiner não parece se preocupar muito com frivolidades, desejando apenas que tudo esteja bem ordenado e que eles ganhem as batalhas. E é essa seriedade de foco que faz Kunle ficar mais temeroso.

Steiner, falando lentamente, comenta com eles sobre um certo Obumneme, um oficial a que ele se afeiçoara, que havia saído do acampamento sem permissão e fora encontrado pela polícia militar.

— Agora *mon* general Madighabe... Ele diz corte marcial. *Et* vocês veem?

— Sim, senhor! — eles gritam.

— Problema. Mas ok, você bom soldado. Você ferido... voltou e lutando para *mon légionnaires*. E você não igbo... não devia ser soldado de Biafra. — Ele põe a mão no ombro de Kunle. — Eu vou ajudar você. Nós liberamos ela, ok... mas depois de missão nova. *Oui?*

Kunle sente um súbito calor no peito e diz num grito involuntário:

— Sim, senhor! Obrigado, senhor!

— *Et tu... et tu.* Precisa vir nova missão, cabo Azuki precisa vir.

Steiner tira um gafanhoto verde-folha agarrado à sua camisa e se afasta na direção do sol que já avermelha.

— *Réveillez-vou!* — diz ele de longe, voltando-se. — Precisa ir cedo!

Todos ficam atentos à saída de Steiner e quando ele já não pode ouvi-los eles se abraçam e parabenizam Kunle. Ele aperta as mãos dos companheiros, abraça-os, mas com metade de si aliviado e a outra metade temerosa.

Ndidi esfrega as suíças.

— *Biko nu, onye ka* comandante *na-appo* Madighabe?

— Fala inglês, ô! — retruca James.

— Tudo bem: Quem é que o comandante chama de Madighabe?

— É óbvio. — Felix sorri. — É o general Madiebo, que está no comando.

Eles riem e Kunle se admira ao ver como às vezes, subitamente, pequenas coisas pulam dentro da sua escuridão e a iluminam com um fogo cintilante. De todos aqueles anos, o último tem sido o mais difícil, com cada dia cheio da sua própria soma de horrores, mas, de modos que constantemente o surpreendiam, era também o ano em que ele mais tinha rido.

— Comandante o quê? Como é que ele pode terminar o nome daquele jeito? Como é que Ma-di-e-bo vira Man-di-gha-be? — Ndidi balança a cabeça.

Quando chegam à biblioteca, eles veem que um terceiro Land Rover com a capota abaixada entrou em marcha lenta no terreno da escola. O veículo tem um artefato que remete à morte — um crânio e dois fêmures — preso à grade do radiador. No capô está pendurada uma flâmula com uma caveira, que balança ao vento. Pelo modo como Kunle olha para a flâmula, quem o observasse veria que ele está aborrecido com esse ritual de desenterrar os mortos. Entretanto, não encontra um jeito de dizer isso aos amigos, que nunca estiveram onde ele esteve e com quem não quer compartilhar a sua experiência por causa da promessa que fez a Agnes. Assim, Kunle apenas lhes faz uma pergunta: de quem foi a ideia de pôr esse símbolo em tudo?

— Você não gosta dele, Kunis?

— Não — responde ele para Felix.

— Obrigado, Kunis, obrigado! — Eles estão de volta, sentados na varanda da biblioteca porque lá dentro está muito quente e abafado. Ndidi aponta para cima. — Eu sempre falo: de repente Deus está punindo a gente por tudo isso. Kunis, é o Stana que manda eles cavarem sepulturas. Um cemitério próximo a Etiti. Eles levam os ossos e os crânios… de gente morta.

— Não é verdade, Padre. Quer dizer…

— Eles não desenterram os corpos? É ou não é? Nosso comandante europeu não desenterrou os esqueletos das sepulturas para pôr nos carros?

— É, mas… — diz Felix relutante.

— Toda a mortandade que estamos sofrendo, quem sabe o que foi que provocou isso? E talvez seja também por causa dessas pessoas que nós

A ESTRADA PARA O PAÍS *261*

não sabemos de onde são os que estão lutando por nós.

— *Egwagieziokwu*, todo exército usa isso. Até os ingleses, se você olhar bem, usaram isso. É simples. Até os vândalos: o que é o 3º Comando da Marinha deles? Até o comandante, o general Adekunle, o nome dele não é "Escorpião Preto"? O que eu quero dizer é que Rolf Staina é um homem bom. Olha para ele: é o único mercenário que luta de graça. Por quê? Ele ama tanto Biafra que até virou cidadão biafrense! — Felix olha à sua volta, principalmente para Ndidi, que está lambendo os lábios. — Só o Staina, só ele! Então, *biko nu*, se ele quer lutar por nós e morrer, a gente devia agradecer. Devia…

Dois recrutas vestindo camisetas verdes com manchas brancas em alturas diferentes, ostentando clarins, se aproximam e param momentaneamente para cumprimentar.

— *Ndewo* — respondem todos, acenando.

— Precisamos agradecer a eles — diz Felix novamente. — Pense nessa próxima missão: por que o comandante está fazendo isso? O Onwuatuegwu ou o Achuzia está correndo esse tipo de risco? Até mesmo se o major estiver tirando dinheiro da gente: esse dinheiro pode comprar a vida?

— Ele tem razão — Kunle diz irrefletidamente, e os outros, como se surpresos por aquela vocalização partindo de quem quase nunca falava, olham para ele.

— Obrigado, Kunis! — Felix, levantando-se, limpa a areia das mãos e depois se agacha novamente. — O Norbiato, por exemplo. O modo como ele morreu… como galinha. O país deles é próspero. Eles não precisam vir para cá… Até os padres da Caritas, o pessoal da Joint Church Aid, eles são todos estrangeiros. Sem eles, a maioria dos biafrenses já estaria morta agora.

***

No acampamento, a ansiedade com relação ao próximo enfrentamento é tão grande que de manhã Kunle decide: se vai morrer nessa missão, que segundo o major Steiner acontecerá "logo", então é preciso pelo menos enviar uma carta e uma foto para seus pais. Ele corre até o refeitório a fim de pedir permissão para Steiner, mas o comandante foi para Umuahia, a capital de Biafra, a fim de se encontrar com o chefe do Estado. O capitão Emeka emite o passe, que vale por apenas umas poucas horas, mas permite a Kunle fazer as fotos com Agnes em Etiti e enviar uma carta para os pais, para o caso de algo acontecer com ele. Com o passe no bolso, ele espera impacientemente Agnes pôr creme no rosto olhando-se num pedaço de espelho. Pela primeira vez ela põe brincos nas orelhas e sua expressão é tão radiante que ele se surpreende por poder levar alegria para uma pessoa como ela.

Pela primeira vez desde muito tempo os dois estão sozinhos enquanto caminham pela estrada saindo do acampamento em direção à aldeia que fica a dois quilômetros de distância. Ela está com a sua camiseta verde e tem um lenço vermelho no cabelo solto. Não lhe pergunta para que são as fotos. Durante grande parte do trajeto, com a palma da sua mão suada entrelaçada à dela, ele gostaria de poder lhe dizer o que planejou: que roubem uma casa do caminho, consigam roupas novas, saiam da área controlada por Biafra e sigam até encontrarem uma guarnição federal, dizendo que são marido e mulher. Então eles iriam para a casa dele em Akure e ela poderia voltar para a sua família depois da guerra. Essa ideia foi se articulando enquanto ele a esperava, mas lá fora ao ar livre, com caminhões militares passando a todo momento, ele se dá conta de que ela é inexequível. Eles caminham por um longo trecho, com passarinhos piando e animais invisíveis emitindo sons.

— Kunis — diz Agnes quando eles se aproximam de um grupo que está do lado de um pequeno Volkswagem entulhado de bagagens, com objetos até o teto.

— Sim, querida.

Ela olha para ele e Kunle tem a impressão de que a cicatriz do lado do rosto dela está maior, o que aumenta, misteriosamente, a sua beleza.

—Agora que isso aconteceu, você precisa ir conhecer a minha família.

— Sim — ele responde apressadamente. — Sim, talvez depois que a gente for para casa. Depois da missão... eu vou trazer o meu irmão e nós vamos vê-los.

Ela assente com a cabeça, olha para cima com o sol incidindo em seus olhos.

— É a tradição, e...

— Guarda! Guardas, por favor ajudem a gente!

Uns oitenta metros adiante três homens cobertos de lama estão tentando tirar um Fusca de uma valeta enlameada. Um dos homens, com um chapéu de ráfia e calça presa por uma cordinha, aproxima-se deles.

— Estamos indo para Umunede e o nosso carro morreu — diz o homem.

Kunle entrega a Agnes sua sacola e o cantil. Posiciona-se na traseira do veículo, entre quatro homens, todos eles abatidos, sendo que um deles é um adolescente de quinze anos de idade e tem um olho inchado. Eles empurram, os pneus rodam, cavando na terra e lançando lama neles. Kunle sente os seus braços prestes a se quebrar, mas subitamente o carro corre pelo declive com o motor funcionando. O motorista acelera e os homens são envolvidos por fumaça branca. Eles agradecem apressados e logo já se foram.

No estúdio fotográfico, ele e Agnes permanecem lado a lado, de mãos dadas. O fotógrafo se movimenta sem parar e os orienta sobre como posar contra o fundo branco, para finalmente disparar algumas vezes a sua câmera Polaroid. Depois os dois olham para a única foto, já que eles só podem pagar por uma. Eles esperavam despender não mais de cinco libras biafrenses, mas o fotógrafo cobrou dez libras. Ali está Kunle, com seu rosto diferente de tudo o que ele possa imaginar de si mesmo. Ele tem uma ferida sob o lado direito do maxilar, como um arranhão profundo, e sua pele está mais escura do que nunca. O rosto dele parece mais magro do que o rosto carnudo que tinha em Lagos, tem espinhas e uma leve depressão no lado da sua cabeça onde o estilhaço o atingiu. O rosto de Agnes está clareado pelo pó que o fotógrafo lhe aplicou e comunica muita paz. Há uma cintilação em seus olhos.

Ela põe a foto no bolso e ele fica pensando que seria bom se eles tivessem várias cópias. Durante a viagem de volta ele experimenta, mais que em qualquer ocasião de sua vida, um sentimento de júbilo. Conta para ela

264 *Chigozie Obioma*

a história que Ofodili lhe narrara no além. Quando termina, há lágrimas nos olhos dela. Ele beija as lágrimas, sentindo na boca o sal morno.

— Agi, eu sempre vou amar você — diz ele de pé diante dela, com o sol atrás da sua cabeça.

Ela quer falar, mas em vez disso se afasta. Um grupo de homens vestindo macacão branco com o emblema da Cruz Vermelha na manga passa por eles, levando de bicicleta sacos de leite em pó e suprimentos para um campo de refugiados. Eles saúdam os homens com um "*Nnoo!*" e quando já não podem ser ouvidos, ela diz:

— Se você me ama... então não me deixe. Não vá embora. Não morra outra vez... você me ouviu?

Kunle assente com a cabeça. O matiz dourado do sol em declínio pousa no rosto dela e ele a acha mais atraente que nunca. Quando vê uma casa abandonada à margem da estrada, ele a puxa para lá. A casa deve ter sido atingida por uma bomba. O piso está cheio de cacos de vidro, roupas manchadas de sangue, penas e cocô de pássaros, e há pegadas no chão de concreto empoeirado. Ela ri da urgência do desejo de Kunle e de como ele é capaz de despertar o dela. Com as mãos contra a parede, ele desliza dentro dela com suavidade apressada. O som das suas arremetidas — molhado e vagaroso — lhe chega como passadas na lama. Quando terminam, seu ânimo é rapidamente substituído pela percepção de que Kunle providenciou para que Agnes parta e que será ele a causa da separação dos dois naquele país triste e arruinado.

23.

ELE JÁ ESTÁ LONGE DO FRONT HÁ MUITO TEMPO e agora, quando o comboio de três Land Rovers estaciona num posto avançado da brigada de comando, que fica numa aldeia cheia de árvores, Kunle sente um peso cair sobre ele. O dia já está para romper, homens sem uniforme reforçam o contingente, e sob uma chuva ruidosa, torrencial, eles partem, cobrindo os fuzis e granadas com lona encerada para protegê-los. A chuva embaça a visão de tudo, assobiando e trazendo consigo pensamentos esfarrapados sobre as últimas semanas — o acidente fatal quando Kunle tentava ir para o hospital de Iyienu, a sessão de fotos com Agnes. Depois de algum tempo, os veículos param na praia de um rio marrom.

A sentinela explica que a ponte foi explodida meses antes por soldados biafrenses em retirada. O que sobrou dela submergiu parcialmente, o tabuleiro espichado em anéis de hastes de ferro revestidas de concreto e os parapeitos dependurando-se sobre a água. Será preciso atravessar o rio com os suprimentos e depois continuar a viagem a pé pela floresta. Eles entram na água, com Steiner ao lado da tenente Layla, xingando em francês e tremendo sob a capa impermeável. Primeiro, eles seguem por um caminho de terra avermelhada dentro da floresta fechada, com as botas prendendo-se no emaranhado de raízes e folhas que se mistura à lama. Então avançam por uma densa savana, com talos longos de capim-elefante fustigando a pele. Felix e outro cabo sofrem cortes no rosto e um filete de sangue aquoso corre pela barba de Felix. Kunle sente um aperto no coração ao ver o ferimento, preocupado com Felix, até Agnes estancar o sangue e limpar o olho ferido com líquido antisséptico e algodão.

Durante cinco horas, eles avançam com dificuldade por um território de vegetação abundante, quase sem descansar. Às quatro da tarde o tempo abriu, mas as árvores escurecidas pela chuva continuam a pingar sobre eles e um ruído de água persiste sob o solo, como um veículo grande andando por um túnel sob o chão da floresta. Chegam a lugares onde pareceu ter havido combate, com corpos semeados pelas moitas, como plantas estranhas. Na extremidade de uma pequena clareira um jipe quebrado tem mato em seu interior e está coberto com musgo. Perto dele uma forma côncava de uma granada de morteiro abriga cogumelos. Ferro retorcido e enferrujado pende das árvores. Depois de mais alguns passos, encontram um campo coberto de ossos e esqueletos inteiros, todos em poses que lembram os vivos: joelhos dobrados para cima, braços cruzados sobre o peito, um deles sentado ao pé de uma árvore, com o uniforme esfarrapado, cobrindo o que sobrou dele e a dentadura completa expondo um riso. Outro está deitado num tronco escuro tombado, com água gotejando das órbitas sem olhos como se estivesse chorando. Um vento forte sopra curvando a vegetação e enchendo o cenário de morte com súbitas e breves aparições de vida. A visão é dura demais para suportar, e querendo saber como Agnes está processando aquilo, ele dirige o olhar para ela no exato momento em que o sinaleiro anuncia a entrada em território inimigo.

Por duas vezes, quando a noite vai caindo, eles ouvem jatos voando a distância, de volta para a pista, e então todos os comandos se agacham e ficam imóveis. Já é quase meia-noite quando, examinando um mapa, Steiner diz que podem completar a jornada na manhã seguinte: agora o aeroporto está apenas a catorze quilômetros dali. Eles param na borda da selva e dois soldados rasos se disfarçam em civis idosos e vão para uma aldeia abandonada.

Passado algum tempo os soldados não voltam e o resto da tropa fica à espera, a maioria acomodada nas raízes de uma árvore imensa ao passo que Agnes e Layla se sentam sobre a caixa de munições. É noite de lua cheia, mas a copa das árvores a esconde, deixando-os na completa escuridão. Tudo nesse compasso de espera assume um aspecto de terror. Kunle sente-se inquieto, pois é como se o destino de todo o grupo dependesse daqueles dois homens. Ninguém sabe o que pode acontecer: é possível que eles tenham sido atacados, bombardeados. A imprevisibilidade das coisas — é isso que mais ameaça o soldado numa guerra e o que ele mais teme. Seus amigos exibem a mesma apreensão. Ndidi mexe no terço e Felix lê no caderno à luz colorida da lua, com um lápis entre os dentes. Agbam e Steiner estão de cócoras sobre a raiz de uma árvore mais distante no mato, e o brilho vermelho dos seus cigarros, bem próximos um do outro, parece os olhos de uma fera.

Agnes aparenta mau humor e alheamento. Na véspera, quando fizeram amor na casa abandonada, a alegria e o prazer de Kunle eram tão profundos e febris que ele sentiu uma ruptura dentro de si. Ela sussurrou depois que havia se apaixonado por ele. Seguiu-se um silêncio profundo, que o fez estremecer quando ela murmurou:

— Mas se... se a gente morrer, tem de ser juntos, certo?

— Por favor, pare de falar assim — pediu ele suspirando. — Nós não vamos morrer.

— *Chukwu ga zoba anyi* — disse ela depois de uma longa pausa. — Mas se a gente morrer, tem de ser juntos.

Agora ele pensa que podia tentar enviá-la à procura de Tunde e os dois deixariam Biafra juntos. Mas ela concordaria em ir? O único modo viável de conseguir que ela deixasse os combates seria por meio de uma ordem oficial de Steiner, mas Agnes se zangaria com essa opção e acharia que ele havia traído os seus desejos dela e exposto a sua gravidez.

Algo se move a uns quatro metros de distância. Logo se distinguem as silhuetas dos dois soldados que correm à escassa luz da lua. Eles encontraram a aldeia deserta, e os restos de uma igreja parcialmente atingida parecem ser o lugar mais seguro para descansar nesta noite.

***

Eles partem antes do raiar do dia, apressando-se em meio à escuridão, e logo Steiner aponta para o mastro do aeroporto, agora à vista. Eles viajaram desde as quatro e meia por uma selva densa, úmida, mas agora veem três quilômetros de vegetação alta, queimada, escurecida, e hastes de bambu mortas despontando entre pilhas de destroços escuros de cinza e carvão. As tropas federais, para melhor proteger o aeroporto, queimaram o mato a fim de ter a visão ampliada para o mais longe possível.

Voltando-se para Steiner, o sargento Agbam anuncia que, de acordo com a inteligência biafrense, quatrocentos homens guardam dois aviões Ilyushin e quatro bombardeiros MiG a jato no aeroporto. Há ali também Ferrets e uma arma de artilharia. A equipe de trinta comandos está preparada.

Novamente, Kunle sente um frio dentro de si. Observa Agnes carregar seu fuzil. Ele não sabe praticamente nada sobre gravidez ou qual seria a segurança da criança naquela situação, e teme pela sobrevivência do bebê num futuro tão incerto. Quem o olhasse de fora perceberia no seu rosto que intimamente ele sofre. Aproximando-se dela, Kunle sussurra:

— Vou ficar ao seu lado. Por favor, Agi... por favor. — Ele a toca no pescoço e sente o calor. — Eu amo você, Agi.

Steiner, ao terminar sua fala, começa a entoar:

— *Réveillez-vous!*

Os soldados e oficiais aplaudem vivamente. Esfregam fuligem nos capacetes, nos chapéus de expedicionário, no rosto, e ficam todos parecendo um bando de saqueadores. Rastejam pelo resto do caminho — por brotos queimados reduzidos a capim quebradiço — com as mãos feridas; estão ofegantes, tossindo e suando. Eles parecem animais: olhos vermelhos, rosto pintado de fuligem, cinza nos lábios. O coração de Kunle bate acelerado quando o major lhes faz sinal para parar. Eles rastejaram por quase dois quilômetros e agora podem ver o aeroporto. Mais além da planície chamuscada, a torre, a pista e os contornos de um prédio estão à vista.

Eles ficam ali, com o mundo numa pausa. Um urubu quer pousar nas costas de Agnes, mas ela sacode a cabeça e a ave voa na direção do aeroporto.

— Balança a cabeça quando vê um! — diz Steiner. — Balança a cabeça. Eles acham que a gente está morta.

Durante quase uma hora, eles lutam com os pássaros famintos, mexendo constantemente a cabeça, mas tentando não se agitar demais. Um urubu caminha por algum tempo sobre o corpo imóvel de um dos segundos-tenentes e caminha para cima e para baixo nas suas costas. O homem lhe dá uma pancada com o fuzil e a ave cai nas cinzas. Logo depois, homens de macacão verde com ferramentas aparecem ao longe. Eles retiram a lona que esconde os aviões, abrem as cabines e começam a abastecê-los de combustível e a colocar foguetes sob as asas dos bombardeiros. É aquilo que vem matando os biafrenses, que está decidindo a guerra e que uma vez quase matou Kunle. Pelo rádio, um observador estrangeiro fixou o número dos mortos em quatrocentos mil, sendo setenta por cento deles população civil. Kunle sente um desejo incontrolável de destruir todos os aviões. Recarrega às pressas o pente da sua metralhadora.

O clarim soa novamente e centenas de soldados federais com uniforme verde se alinham diante da grande bandeira nigeriana. Nesse momento, planejado há meses, Kunle se vê possuído por um espírito estranho, selvagem. Ele não sabe quando se levanta ou dá o primeiro tiro, só sabe que subitamente está disparando contra a horda de homens confusos perto da torre. Imediatamente os vê caindo. Bombas explodem atrás deles, à distância. Quando suas balas acabam, ele corre para pegar mais munição. Ouve atrás de si uma grande explosão. Um dos jatos Ilyushin está pegando fogo, com uma asa perdida no ar.

Kunle sente o baque de balas no capim a poucos metros. Alguém grita "Layla!", e ao se virar ele vê a tenente ajoelhar-se com a mão na barriga. Seu corpo oscila, ela balança a cabeça, curvando-se para baixo e depois endireitando-se novamente, como se estivesse fazendo alguma prece estranha. Ele não teve muito contato com ela além de vê-la sentada ao lado de Agnes ou de Steiner, sempre sorridente, com a boca pintada de

A ESTRADA PARA O PAÍS *271*

vermelho. Ela se esforça para falar agora, com sangue escorrendo da boca. Kunle olha para cima e vê o franco-atirador numa pequena colina a uns quarenta metros de distância. Nesse momento o capim ao lado se agita e seus olhos enchem-se de poeira. Ele cai para trás, com o som de tiros que atingem o chão ao seu lado. Volta a ficar de pé, mas o franco-atirador já não está na colina.

Perturbada pelo vento, a cinza do mato queimado e do capim morto sobe e chega à sua garganta. Ele volta à linha e vê um grupo de comandos mais adiante, próximos da pista do aeroporto. Agnes está lá. Ela dispara o fuzil com dois comandos ao seu lado. Mais além dela, no hangar, o segundo Ilyushin explode, com estrépitos e altas chamas vermelhas e alaranjadas que alcançam as nuvens. Kunle se precipita para chegar até ela e vê, à distância, perto da extremidade esquerda, três soldados federais correndo em direção à torre. Ele mira e os três caem em pilhas trêmulas, com fumaça subido das suas costas. Prestes a atirar em mais um, ele ouve alguém gritar: "Ferret!" e, em seguida, "Recuar!" Ele se cola ao chão, puxa Agnes para baixo ao seu lado, depois a levanta e os dois voltam correndo.

Mais tarde, ele sente que a noite é inalteravelmente escura e o mundo, vazio — como algo cujo centro se desinstalou. Os soldados estão quase todos em silêncio, e apesar de se encontrarem agora em território biafrense parece que o perigo ainda está presente. No entanto, ele não pode pensar em nada mais que Agnes, cujo rosto repousa em seu peito; ela chora e as lágrimas molham seu uniforme. Tem a voz trêmula ao proferir repetidos xingamentos e chamar pelo nome seus mortos.

Parte 4

A ERUPÇÃO DA ESTRELA

Até então não havia ocorrido ao Vidente que ele testemunhava não apenas a vida não vivida de um homem que nasceria dentro de pouco tempo em Akure, mas também as vidas dos outros que caíram na rede da visão: Agnes, Felix e os outros soldados. Talvez Agnes seja, nesse momento, um bebê que dorme ao lado da mãe, mas ele pode ver seu corpo completamente formado, sua intimidade em plena evidência.

Algo berra no aglomerado de árvores a leste. O Vidente olha para a direção de onde veio o som e vê apenas duas asas brancas baterem no escuro. Será que ele fez uma escolha errada ao vir para essa colina? Houve interrupções duas vezes: primeiro uma raposa e agora essa coruja branca. Ele tinha de ficar longe de habitações humanas, a fim de evitar essas interrupções. Foi por essa razão que escolheu fazer isso à meia-noite, quando a maioria das pessoas está dormindo. Porém, é impossível evitar que alguma raposa siga para a colina ou essa coruja maldosa, que bate as asas com tanto alarde que Kunle, o homem não-nascido, pode ouvi-las duas décadas para dentro do tempo ainda não criado.

O Vidente ergue as mãos.

— Ifá, por favor proteja a sua tigela. Afaste dela pessoas *osho, awon aje* e todos os tipos de maus espíritos nesta noite. Que absolutamente nada impeça essa visão. Ifá e Orunmilá: o fruto que surge das pedras, o raio que golpeia a água, ouçam-me. *Mo juba re!*

A estrela está sendo lentamente coberta, com a escuridão se adensando nas bordas da sua luz colorida. A visão, ele percebe, está começando a chegar ao fim. Ele precisa ser sagaz e persistente o bastante para seguir em frente pela escuridão no único caminho de luz até o fim. Ele é o mensageiro de Ifá e precisa suportar tudo o que Ifá deseja dele, pois se trata de coisas que, uma vez enfrentadas, são irrevogavelmente vistas.

24.

Quem o olhasse de fora diria que Kunle mudou. Ele tem agora um corte no lado esquerdo do lábio inferior, uma cicatriz que se volta para dentro, no lugar onde uma bala pegou de raspão sua boca. Tem também uma dureza no rosto inscrita pela guerra: rugas na testa e nas faces. Não é a idade, e sim as incrustações de todas as emoções imoderadas que seu rosto registra num único dia ou até mesmo num momento. Na última semana, seu rosto experimentou mais mudanças que a maioria das pessoas registra ao longo de uma vida inteira. Cerca de dois meses depois do ataque ao aeroporto de Enugu, Steiner transformou toda a brigada de comando em forças especiais que promoviam emboscadas perigosas e missões de reconhecimento suicidas. Ele criou novos grupos, liderados pelos seis outros comandantes europeus que continuavam fazendo expedições nos territórios inimigos a um custo alto, com um deles voltando ferido a cada missão. Durante quase dois meses, Steiner deu descanso ao seu 1º Pelotão de Comando, a que chamava de "os guardas". Então, nove dias depois, ele voltou de uma visita ao abrigo do coronel Ojukwu em Umuahia com garrafas de gim francês, uma caixa de cigarros St. Moritz e uma promessa feita ao coronel Ojukwu de que os seus homens tomariam de assalto posições inimigas em Calabar, cidade que estava nas mãos federais desde 1967, e destruiriam a blindagem inimiga que vinha sendo preparada para ataque em Aba. Apesar de ter sido advertido pela Unidade de Intercepção de Biafra de que há por toda parte postos federais de informação e franco-atiradores treinados pelos soviéticos, Steiner seguiu em frente.

Kunle e os outros estão na floresta há sete dias, emboscando formações inimigas, posicionando-se atrás das linhas inimigas. Um certo cansaço se abateu sobre ele, um total fechamento do seu ser, como se a sua própria alma estivesse doente. Na noite anterior eles saltaram com porretes e facas sobre uma trincheira inimiga e ao subirem estavam cegos pelo sangue de soldados federais mortos. Kunle tinha uma faixa de entranhas escuras grudada na frente da camisa e uma pátina de carne ensanguentada na ponta do seu cassetete. Ele chorou em seguida: envergonhado, amedrontado e chocado com o que tinha feito e testemunhado, com aquilo em que havia se tornado e com o modo como havia sobrevivido a tudo.

Eles caminham pela trilha da floresta protegidos pela escuridão quando a chuva começa a cair. A princípio se movimentam rapidamente em meio ao uivo do vento entre as árvores. Explode um trovão e um relâmpago ilumina os rostos como o flash de uma câmera invisível. Subitamente eles estão sob o fogo de um atirador. A mochila de Agbam é alvejada e arrancada do seu ombro, caindo no mato molhado. James dispara sua submetralhadora — mas mira o quê? A floresta está impenetravelmente escura e é impossível saber de onde o atirador dispara. Um galho quebra, em algum lugar atrás dele alguém dá um grito desesperado e depois, apenas poucos metros à sua esquerda, Kunle ouve um som como o de uma pedra batendo numa sacola acolchoada e Ndidi cai de costas com um grito. Kunle se esquiva atrás da árvore mais próxima e grita:

— Padre!

Segue-se uma saraivada de balas. Faíscas amarelo-alaranjadas pousam na escuridão por toda parte: nas árvores, no fuzil caído de Ndidi, no corpo de um companheiro morto, na vegetação rasteira. Durante algum tempo, a floresta desperta com o grito incessante de aço, como uma criatura sinistra viva. Então os disparos cessam, tão rapidamente quanto começaram, e por alguns minutos ninguém se mexe. A vegetação cheira a madeira queimada e capim chamuscado, e na escuridão a fumaça é azul. É Kunle quem se

278 *Chigozie Obioma*

levanta primeiro, antes de Steiner, e corre na direção do terrível som. Ali encontra Ndidi sentado com metade das costas apoiadas na raiz de uma árvore, olhando espantado para as mãos e a camisa. Seu uniforme está ensopado de sangue escuro e o rosto assumiu um tom arroxeado.

— Ndidi? Padre?

Ndidi apenas pisca, balançando a cabeça com os dentes cerrados. Kunle o levanta e o carrega para junto dos outros comandos. Homens os cercam. Eles se debruçam sobre o corpo no escuro, pois não podem acender uma luz. Ndidi, nos braços de Kunle, sangra muito. A coxa de Kunle é puro sangue, suas mãos estão grudentas e até o ar cheira a sangue.

— A... a... água! — pede Ndidi, e Felix despeja em sua boca o conteúdo de um cantil ensanguentado. A água escorre, parece engasgar o homem, e o lava.

Ndidi tem um ataque: suas mãos gesticulam muito, depois prendem-se com força, então tentam alcançar algo no ar e em seguida enlaçam o pescoço. Mesmo no escuro, Kunle vê os olhos de Ndidi mudando enquanto ele chuta e treme. Quando Ndidi se aquieta, ouve-se apenas o som dos seus intestinos, algo sendo digerido ou saindo.

Durante longos minutos, Kunle não é capaz de tirar os olhos do corpo inerte de Ndidi. Algo nele prende seu olhar. Serão os seus olhos semicerrados fixos em Felix? Ou a cruz ensanguentada que está no seu pescoço? Ou a camisa com o rosto do papa, onde agora o sangue arterial escurece? Kunle só pode pensar naquela tarde, dias depois de Agnes ter partido e ele começar a viver a tristeza natural do amor. Seus companheiros, com o propósito de animá-lo, começaram a falar de suas aventuras com mulheres, mas Ndidi se manteve em total silêncio.

James, querendo provocar Ndidi, perguntou por que ele nunca falava de mulheres; seria porque ele queria ser padre? Todos riram, mas Ndidi limpou a garganta e disse apenas:

— É porque eu sou impotente. — Essas palavras forçaram um silêncio no grupo, e Ndidi prosseguiu: — Eu nasci em 1935, em Lomara, que é a cidade da minha mãe. Ela foi visitar os pais e quis o destino que enquanto estava lá um raio atingiu a casa. De repente, com apenas sete meses de gravidez, ela deu à luz. Eu era tão pequeno, do tamanho de um rato, que podiam me carregar na mão. Naquela época, na nossa aldeia, não havia hospital, e diziam que eu não sobreviveria. Mas de algum modo estou aqui.

Ndidi descobriria que teve um caso grave de testículos retidos. Não produzia sêmen e não podia engravidar uma mulher.

Ele só ficara sabendo disso no ano anterior, quando questionou seus pais sobre a insistência deles para que se tornasse padre católico e celibatário, sendo que ele não queria isso. Chorando, sua mãe lhe contou.

Kunle se afasta do corpo, reprimindo a vontade de chorar. Olha para o major Steiner, que visivelmente está furioso. Perdeu três homens da sua força especial em apenas dez minutos. Ele xinga em alemão e em francês e dá ordens em inglês.

— O comandante diz que não podemos dormir nesta selva — explica o sargento Agbam. — Ele deu ordem para que a gente saia agora!

Unidos pela dor, os homens não se mexem. Felix diz:

— Não podemos deixar Ndidi…

— Bobagem! — grita Steiner. — *Réveillez-vous, monsieur!* Então vocês carregam ele! Carregam!

Estão ali apenas seis homens, mas é suficiente. Eles carregam o corpo e abrem caminho na floresta o mais rápido que podem.

Kunle foi ao velório de Ndidi com uma impaciência reprimida, e agora que os ritos estão concluídos eles vão para o local do enterro. Ele se junta ao cortejo que leva o caixão debaixo do sol. Depois, o major Steiner e o capitão Emeka fazem discursos exaltando a coragem de Ndidi. Felix lê um trecho de Shakespeare: *Doces são os usos da adversidade, que, como o sapo, feio e venenoso, tem na cabeça uma joia preciosa; e essa nossa vida, sem a frequentação pública, encontra línguas nas árvores, livros nos riachos que correm, sermões nas pedras e em tudo o bom* — versos que Kunle já o ouvira citar, mas não pode se lembrar em que ocasião. No entanto ali, no funeral, as palavras adquirem a força de um punho cerrado. Kunle ainda sente uma tristeza profunda. No campo de treinamento eles eram muitos, inclusive Ekpeyong, Bube-Orji e, claro, Ndidi. Ele experimentou a morte e Agnes — pensar nisso quase lhe dói — teria sido morta se não estivesse usando o capacete do soldado federal durante um dos ataques aéreos, quando um estilhaço se alojou na parte de trás do capacete, que o deteve. Parece haver um destino para todos o que vêm para essa triste fraternidade: a morte. Não importa em que hora do dia ou quanto tempo demore, ela está sempre esperando. Se fora da guerra um jovem olha constantemente para o futuro, aqui o futuro é um ser temível de olhos negros e em cujo rosto ninguém pode olhar.

As mãos de Kunle tremem quando ele atira a terra na cova. Essa é a primeira vez em sua vida que participa de um enterro. Ndidi teve sorte: o dele foi o único enterro decente para um soldado que Kunle viu na guerra, e isso se deve em parte ao fato de Agulu, a nova base da Brigada do 4º Comando, ficar a apenas trinta e cinco quilômetros da cidade natal dele. Kunle se vira rapidamente e cumprimenta Steiner e os outros oficiais, que começaram a caminhar diretamente para o Land Rover de capota abaixada e flâmula preta ondulando ao vento. Kunle reflete que ele também deveria estar a caminho — idealmente para encontrar Agnes —, mas ele está com o terço e o livrinho de orações que Ndidi sempre levava no bolso da calça.

Acabada a cerimônia, Kunle vai encontrar o homem que veste uma camiseta preta grande demais para seu corpo, com a imagem de uma montanha dos Estados Unidos e a inscrição ASPEN. O homem tem numa das mãos seu bastão e, na outra, uma foto em preto e branco emoldurada de Ndidi com terno e gravata borboleta, o cabelo bem penteado e partido ao meio. Kunle se apresenta e lamenta ter sido o escolhido para cumprir aquela missão. Estende para o homem a sacolinha com os pertences de Ndidi e diz:

— As coisas do seu filho, senhor.

Os olhos do velho se iluminam.

— Ah... ah, você é companheiro dele?

— Isso, senhor. Ele era um bom amigo meu.

— *Eoow! Chai, looku-at, eh...* só *looku-at.* — O velho pega a sacola e a mão de Kunle e o abraça com força. — Obrigado, meu filho. Obrigado.

— Tudo bem, senhor.

A semelhança entre pai e filho é muito grande. O modo como o homem dobra as mãos no ar, gesticulando, o modo como balança a cabeça e faz beiço — tudo isso é também de Ndidi. O velho agradece a Kunle, reza por ele e se afasta abraçado com o terço e o livrinho, gritando:

— *Eoow! Eoow!*

Finalmente chega o momento para o qual, como se num caminho antigo, perdido, ele vem abrindo espaço nas últimas semanas: a hora de encontrar Agnes e seu irmão. Kunle passa correndo por uma agência do Banco de Biafra e por uma agência do correio, em frente da qual uma longa fila de refugiados espera com tigelas e xícaras a sua ração diária fornecida pela organização da Caritas. Aquela pressa não se justificava, porque Steiner — talvez por estar bêbado ou maluco, ou talvez por causa da morte de Ndidi — deu-lhe um raro passe de três dias. Mas ele não consegue proceder de outro modo. Passa pelo tribunal onde, semanas antes, o caso da execução extrajudicial do sabotador por Felix em Etiti foi considerada correta, realizada por um representante da lei e da ordem. Kunle chega ao estacionamento meia hora depois e entra num carro velho e arruinado. Seu motorista, também velho, vestido com uma camisa surrada e calçando chinelos, dirige gritando:

— Viva Biafra! *Lohum, Umuahia, Uzuakoli.*

O carro é uma estrutura de metal deteriorada quase sem revestimento de couro e seu piso é tão enferrujado que dá para ver a rua embaixo. Kunle está com dor de cabeça — elas voltavam com frequência desde a manhã, duas semanas depois da partida de Agnes, após ele bater a cabeça num galho durante um passeio com o major Marc Goosens, um dos comandantes europeus e o garoto órfão que ele adotou. Sua velha ferida na cabeça tinha sido arranhada e sangrara. Um mês depois, ele adoeceu com malária, febril, tendo alucinações brandas que o faziam ver as paredes da biblioteca cheias de mortos. A clínica do Madonna estava sem cloroquina e Largactil havia dias. Um avião em voo humanitário transportando suprimentos médicos e alimentos tinha sido derrubado pelas forças federais em Uli no dia 1º de julho, matando todos os ocupantes, e isso amedrontou os outros pilotos de missão de ajuda. Kunle havia pensado que estava morrendo, até que, dias depois, outro avião trazendo medicamentos finalmente chegou.

Ele pega no bolso da camisa cáqui o plástico com o Largactil, cheio de pó branco de comprimidos quebrados. O carro pula, entrando e saindo de buracos e crateras de bombas, e de pontões de madeira instáveis sobre crateras de granadas. Não tendo levado água, ele põe na boca dois comprimidos que se desmancham rapidamente sobre a língua e deixam um gosto amargo.

Kunle não dorme bem há dias — precisa se esforçar para manter os olhos abertos quando o carro atravessa uma aldeia e um grupo de pessoas vindas da floresta se aproxima correndo e pede comida. Ele lhes dá duas unidades de "pacote seco" biafrense: bolinhas de mandioca frita temperada com sal e pimenta e embaladas em grupos de três ou quatro em saquinhos de nylon. Desde que os comandos foram para Agulu, as mulheres do lugar lhes levam esses saquinhos, e isso se tornou cada vez mais uma prática nos territórios da nação onde as forças ainda dominam. Kunle os empurra para as mãos que consegue alcançar e depois se afasta.

Ao ver, finalmente, o hospital, ele começa a chorar. Ansiava por essa oportunidade havia dois meses. Com o passar das semanas sem receber uma única palavra de Agnes, a dor e o desconforto se arrastavam por todo o seu corpo como gorgulhos tropicais cavando em sua garganta, em algum osso da lombar e na lateral da cabeça onde o estilhaço o feriu. Às vezes, ele caminhava sentindo que seu corpo tinha enfraquecido, como uma roupa velha e puída, incapaz de resolver dentro de si a decisão de levá-la a deixar o front. Refletiu sobre o dia após o ataque ao aeroporto de Enugu, quando, ao voltarem para o quartel de Madonna, Steiner mandou o próprio oficial do comando geral do exército de Biafra levar a ela a carta de dispensa do serviço para poder trabalhar no Hospital Rainha Elizabeth como enfermeira do exército. A noite anterior tinha sido a mais feliz da guerra — a notícia do ataque foi anunciada em todo o país, e assim eles encontraram uma multidão ao voltarem para Etiti. No escuro, sob a iluminação de tochas, lanternas e faróis de veículos, os residentes comemoravam, agitando cartazes, ramos de palmeiras, folhas de taro e bandeiras de Biafra, cantando *"Odogwu Steiner, Beke Biafra"*. Agnes irrompeu em lágrimas ao falar ao telefone com o coronel Ojukwu, que anunciara naquela noite a promoção de Steiner a coronel e de todos os cabos do Pelotão de Comando Especial — Agnes, Felix, Ndidi, James e Kunle — a sargentos. No dia seguinte, ela recebeu a ordem, surpresa por ir a algum lugar sem eles. Kunle viu nos olhos de Agnes uma sombra de suspeita quando ela entrou no carro com Agbam, que tinha no bolso a carta de Kunle para ela, a lhe ser entregue quando já estivesse no hospital. Na carta, ele expôs seu coração: providenciara para que ela partisse a fim de evitar que ela ou a criança em seu útero sofressem algum mal.

No teto do hospital foi pintada uma grande cruz vermelha, assim como no chão diante do prédio e também no seu portão. A construção é colonial, com colunas nas paredes e revestimento de tijolos caprichosamente assentados, com flores de ixora e alecrim-do-campo na borda do caminho de cascalho que leva à entrada em arco, na qual está inscrito HOSPITAL RAINHA ELIZABETH. Por toda parte há pessoas sentadas: sob tendas ou sem qualquer cobertura, e também sob o pavilhão da ala principal. Uma ambulância branca, com os faróis e a sirene ligados, está deixando o prédio quando Kunle entra. A poucos metros da porta principal, em torno dos brotos de ixora, grupos de soldados feridos estão deitados ou sentados em esteiras.

Kunle fica na longa fila que se estende atravessando a porta aberta. Sobre a cabeça das pessoas, ele vê os ventiladores de teto girando, e em algum lugar lá dentro alguém está gemendo numa angústia terrível. O ar está saturado do cheiro antisséptico de Izal. Quando chega a sua vez, ele apresenta o passe.

Ten Cel no Com, 4ª Div Comando Biafra, Agulu
Ten K. P. Nwaigbo para visitar Ten Agnes Azuka
no hospital da rainha Umuahia. Visita oficial &
pessoal apoiada. Favor conceder acesso.

— Espere aqui, senhor — diz, depois de examinar o papel, uma senhora que veste um avental azul. Ela deixa o cubículo e vai lá para dentro.

Algo neste lugar — talvez o cheiro, as cortinas e os cubículos — fazem-no lembrar-se da clínica de Opi. Ele está imaginando como teria sido a sua vida se ele não tivesse deixado Opi, quando a senhora reaparece e diz:

— Oficial, o senhor está procurando a enfermeira Agnes?

— Sim, irmã.

— Ah, ela está em licença voluntária. Deve voltar, mas não sabemos quando.

— Certo... — Ele não encontra o que acrescentar. Coça o rosto e dobra o passe, colocando-o no bolso. Olha para o cartaz atrás da enfermeira, onde há uma imagem de uma mulher grávida, de um frasco de remédio e de uma enorme cruz vermelha, com uma inscrição que exorta: MÃES DE BIAFRA, PROTEJAM SEUS FILHOS! O FUTURO DE BIAFRA ESTÁ EM SUAS MÃOS!

— Há quanto tempo e para onde ela foi?

— Ah, já faz muito tempo. Talvez um mês. — Ela se volta para uma mulher que organiza moedas numa bandeja. — Julie, tem um mês? — A outra mulher balança a cabeça assentindo. — Um mês — a enfermeira confirma. — Faz um mês.

— Certo, obrigado — diz ele e vai embora.

Em Biafra, como um mundo tirado do mundo conhecido, descobrem-se novos panoramas de emoções, novas capacidades antes insuspeitadas. O sentimento de estar sendo esvaziado e abandonado, que acomete Kunle com rapidez e invade por completo seus sentidos, é uma dessas experiências. Quando já está fora dos prédios ele se pergunta o que fazer em seguida. Nada o preparou para a possiblidade de não encontrar Agnes ali. Não somente ele não ouvira falar dela desde a sua partida como também ela não lhe tinha respondido no início de julho quando ele lhe escreveu falando que estava doente. E quando Kunle ligou para o hospital, a enfermeira disse apenas que ela "não podia atender". Ela ainda estaria zangada com ele? O que ele havia feito de errado? Deveria lhe ter permitido continuar lutando, mesmo com a criança em seu ventre? Correndo pelo mato, atirando-se no chão, dormindo acocorada em trincheiras? Por que ela não queria falar com ele?

Kunle caminha um pouco e o peso sombrio da sua angústia é tão penoso que ele para, põe a mão no peito e exala. Defronte a um laguinho vazio na outra entrada do hospital, uma mulher está chorando enquanto duas outras se ajoelham ao seu lado para lhe dar conforto. Ele balança a cabeça à saudação dos guardas no portão — "Tenente, *nnoo*!" "Comando, *shun*, senhor!" — e ruma para a cidade. Vira num cruzamento movimentado onde há velhos galpões vazios e prédios de escritório. Espera ao lado da rua enquanto a guarda de trânsito acena para os motoristas da faixa direita do trânsito prosseguirem e depois lhe faz sinal para atravessar. Ali um posto de gasolina da Texaco abandonado, com uma das bombas arrebentada, parece uma relíquia de uma era passada. Ele atravessa a rua de terra entre os prédios danificados, caminhando por uma ponte de madeira para o outro lado da rua, onde ainda há uma loja da Kingsway em funcionamento, com o teto coberto com tanta vegetação que apenas uma parte do nome é visível. Um homem com uma camiseta enfiada dentro da calça está parado com um megafone perto de um poste de luz e fala aos gritos sobre o reino de Deus e a salvação em Cristo. O homem segura uma Bíblia velha cuja capa preta está cheia de pontos brancos, como se padecesse de alguma doença estranha. No poste há um aviso que Kunle já viu em outros lugares da cidade, às vezes pintado na lateral dos prédios: ESTACIONE SOB ÁRVORES, LONGE DOS PRÉDIOS. O aviso e as fileiras de carros cobertos com vegetação no estacionamento são uma triste evidência de que apesar da destruição de muitos dos bombardeiros da frota nigeriana, os bombardeios aéreos sobre a população civil de Biafra se intensificaram.

Kunle sai da loja com uma caixinha de chocolates, uma caneta azul, uma folha de papel almaço e um envelope, tendo pagado duas libras e seis xelins por tudo. Ele sobe a rua até um lugar com pequenas onde um prédio foi destruído, senta-se numa pilha de tijolos comendo os chocolates e escreve uma carta para Agnes na qual detalha a morte de Ndidi e o crescente desapontamento que ele sente com as palhaçadas dos comandantes estrangeiros, particularmente o major Taffy Williams, que deixou Biafra e voltou, e até com a grande vaidade de Steiner. *Quer saber como vai a gravidez. De quantos meses ela está? Tem tido enjoos?*

Kunle olha o relógio, que está quebrado em muitos lugares; é quase impossível ver as horas. Parece que são quinze para as quatro. Ele precisa descobrir antes de voltar — portanto, nos próximos dois dias — como pode encontrar Agnes.

Apressando-se de volta, ele descobre que um caminhão militar de alguma frente de batalha está estacionado diante da entrada do hospital que fica perto da ala de emergência; estão tirando dele homens feridos e levando-os em macas. Um homem branco com jaleco de médico e um estetoscópio dependurado no pescoço está ali orientando a operação. Kunle só tem sua entrada no hospital permitida depois que o último ferido — um homem que perdeu a perna — foi levado para dentro.

— Olá, oficial, o senhor de volta? — a enfermeira o cumprimenta ao vê-lo no balcão.

— Sim, enfermeira — diz ele. Agora há três atendentes no cubículo, sendo uma delas uma mulher de meia-idade comum jaleco branco. — Eu só quero saber se a enfermeira Agnes comentou com alguém para onde ela estava indo.

— Abiriba — diz a mulher. — A cidade natal dela. A família mora lá.

— Certo. Caso ela volte, *biko...* dê-lhe isto por favor.

A enfermeira pega a carta e ele se volta e sai, caminha alguns poucos passos e para. A princípio seu coração se agita com o temor de que ele tenha novamente ouvido a estranha voz que somente ele ouve — austera, mas conhecida. Ele se vira e pisca quando um dos soldados feridos avança coxeando. O sujeito está sujo, vestido com um uniforme marrom rasgado que deixa seus ombros e o peito à vista. Está descalço e tem os dedos dos pés escuros de sujeira. Há uma camada de lama na parte de trás da sua cabeça porque ele ficou deitado no chão, e o cheiro dele é o cheiro do front: lama, urina, sangue, pólvora e suor. O homem anda com a ajuda de uma bengala de cabo recurvado. Tem um band-aid no rosto e sua barba está tão crescida que ele aparenta o dobro da idade. Mas ainda assim Kunle distingue a pele clara pela qual os vizinhos certa vez tinham se referido a ele e aos parentes como "amarelos". É Chinedu, irmão de Nkechi.

A estrada para o país 287

— *Oluwa mi oh!* Nedu?

— Em carne e osso — diz Chinedu, fazendo rir os outros soldados sentados numa esteira de ráfia no jardim diante do hospital.

Eles se abraçam. Kunle tem a respiração acelerada e seu peito ferve com as palavras que ele quer dizer. Está sorrindo, radiante, e até para quem o observa é evidente a sua alegria. Ele foi desviado da missão original de resgatar o irmão, mas desde então a guerra lhe deu outras coisas que não tinha pedido. E agora, depois de passado um ano doloroso e exatamente quando havia parado de procurar, eles tinham voltado.

25.

Inicialmente, eles não falam. Kunle e Chinedu olham um para o outro, se afastam e voltam a se olhar várias vezes. É demais para acreditar, para entender, essa grande transformação da vida. Não há muito tempo aquele homem que falava iorubá sem sotaque se sentava frequentemente na varanda da casa de Kunle cantando as músicas de Haruna Ishola. Agora está aqui o mesmo Chinedu, veterano de guerra, sargento, vestindo um uniforme esfarrapado. O uniforme de treinamento biafrense usado por Chinedu está tão surrado que Kunle pode ver através dele, e há buracos nos joelhos da calça. Até o riso de Chinedu, que exibe o mesmo intervalo entre os dentes que as irmãs — Nkechi, Helen e Ngozika — e a mãe mostravam, mudou um pouco. Chinedu une os dedos rachados e diz entre suspiros profundos:

— As maravilhas nunca vão acabar!

— Como é possível que a gente esteja aqui?

— É por isso que eu digo que as maravilhas nunca vão acabar. — Chinedu balança a cabeça. — Até parece que estou sonhando. Vamos procurar um lugar para me sentar.

Eles se instalam sob uma tenda camuflada na área do hospital perto de onde o gerador está oculto sob um tecido escuro.

— Deus meu! — Chinedu imita o pai. — Que aventura, Kunle!

Kunle faz com a cabeça um gesto afirmativo.

— Eu sofri, Nedu. Estou te dizendo. Você me conhece, eu não sou de ficar me queixando. Mas... e o meu irmão? Como...

— Ah, sim. É sofrido... olhe para mim. — A mão de Chinedu desliza sobre o seu corpo, do peito até os pés. Como se não tivesse ouvido a pergunta que Kunle lhe fez, Chinedu começa a contar como havia entrado para o exército de Biafra. Ele estava relutante a princípio porque o irmão, Nnamdi, tinha entrado. Porém tem lutado na 52ª Brigada, sob o comando do coronel Ugokwe, sem interrupção desde março. Foi em casa apenas uma semana atrás. Sua brigada havia estacionado na estrada de Owoerri, bloqueando as tentativas federais de avançar a partir de Port Harcourt. Cada vez mais frustradas em face das incontornáveis táticas defensivas da 52ª de Biafra, as tropas federais plantaram atiradores por toda parte. Um franco-atirador acertou uma bala na coxa esquerda de Chinedu no dia em que ele voltava.

Chinedu fala do seu ferimento com muita amargura, porque anseia por voltar à luta. Ele está no meio de seu relato quando um homem uniformizado liga o gerador e imediatamente uma lâmpada amarela os ilumina. Kunle vê que a boca de Chinedu continua se mexendo.

— Não estou ouvindo. Não ouço você! — grita Kunle.

Eles vão se sentar a poucos metros dos amigos feridos de Chinedu, onde o barulho do gerador é menor. Os homens estão numa conversa animada com uma enfermeira que segura uma chapa de raio X e a examina com a luz concentrada de uma lanterna. Ela diz algo em igbo para um homem cuja perna esquerda está engessada até o joelho. Kunle não precisa que Chinedu lhe traduza, pois agora entende quase tudo o que os homens dizem, mas Chinedu, balançando a cabeça para o amigo, diz:

— Que felizardo! Estavam achando que teriam de amputar a perna dele.

Kunle assente. Novamente tenta conter a grande curiosidade sobre seu irmão. Ele não quer interromper Chinedu, que tem muito a dizer: sobre as batalhas difíceis, os ataques aéreos, a fome em Biafra, o silêncio dos Estados Unidos e o apoio dado pela Inglaterra e outros países à Nigéria. Kunle se assusta com a dureza da voz de Chinedu, com seus gestos violentos, que não existia nele antes.

— Para esta guerra acabar — diz Chinedu — nós precisamos vencer. Precisamos que aceitem que a gente tenha o nosso país.

Chinedu havia elevado a voz, assim Kunle concorda rapidamente para diminuir sua agitação. Por que ele não havia mencionado Tunde ou respondido à sua pergunta? Tunde está morto? Ah... meu Deus! O que acontecerá com os pais dele se isso efetivamente aconteceu? As palavras dançam com pés nervosos na cabeça de Kunle e ele quer deixar que elas saiam, mas receia as coisas que ainda estão escondidas.

— Você sabia — diz subitamente Chinedu — do Vidente da Estrada Ijoka lá em Akure?

— Sim, Baba Igbala — diz Kunle apressadamente. — Ele foi na nossa casa no dia em que eu nasci.

— Isso... humm... a sua mãe contou para a minha. Escute: esse homem, se lhe tivessem permitido, talvez nada disso teria acontecido. Eu ouvi falar que ele teve visões da guerra, que viu tudo. Tudo mesmo. Nem sei quem foi que me falou, mas dizem que ele sabia tudo.

Kunle balança a cabeça, concordando.

— Meu pai me disse que o Vidente viu e contou para os jornalistas, mas ninguém acreditou nele.

Enquanto ele estava ali, enfermeiras e outras pessoas do hospital chegaram até os feridos para lhes levar coisas ou acompanhá-los até o hospital a fim de trocar seus curativos. Agora o jovem médico inglês que ele tinha visto supervisionando a chegada dos feridos no caminhão militar faz com que um dos homens com a barriga toda enfaixada fique de pé para que ele possa lhe aplicar uma injeção na nádega. Quando o médico descarta a seringa, um dos homens diz a ele em igbo:

— Doutor Phillips, pode ter certeza de que vou arranjar uma esposa igbo para o senhor quando a guerra acabar!

Kunle ri com os homens, menos Chinedu, cujo rosto permanece inexpressivo.

— O seu irmão — diz Chinedu, rápido —, ele está na nossa casa.

Kunle se curva para a frente e depois se endireita novamente, como

A estrada para o país *291*

se lutasse contra uma força que o empurra por trás. Era o que ele queria ouvir durante toda a tarde, e agora parecia não estar preparado para aquilo. O gerador silencia e de algum lugar gritam: "Não tem combustível! Não tem combustível!". No escuro, o mundo parecia voltar para o que havia caracterizado Biafra até então: noites de trevas.

— Hoje ele fala igbo — diz Chinedu. — Quase fluentemente.

Chinedu ri. Quando ele era criança, a sua risada suave e agradável atraíra para si a simpatia de muitos adultos do bairro. Nos meses depois do acidente, ele havia sido um dos poucos que tentaram continuar a amizade com Kunle. Depois, aos doze anos, Chinedu foi estudar num internado masculino em Lagos. Não ia para casa com frequência, e, quando ia, ficava lendo.

— Estão cuidando dele. Tentam, mas você sabe a situação dele.

— Sim — diz Kunle, como se compelido. Sente a respiração se acalmar.

— As coisas são difíceis. Lagos está nos espremendo de todos os lados. Esta guerra é de genocídio. O que foi que nós fizemos para merecermos tudo isso, hein? O quê? Você e eu, nós crescemos juntos, na mesma rua... Na verdade, a sua mãe é igbo. — Chinedu volta a se contorcer para reposicionar a perna ferida mais perto do corpo. — Por quê? Ah, por que tudo isso?

Kunle não tem outra resposta senão assentir com a cabeça.

— E a sua irmã?

Chinedu reage à pergunta com silêncio e os olhos postos no chão. Quando começa a falar novamente, sua voz está mais baixa, comedida: no início do ano, Nkechi entrou para um grupo do exército que levava comida para os soldados no front. Esse grupo ia frequentemente à zona de ataque de Ofia, viajando dentro do território federal para obter a comida que era escassa ou indisponível em Biafra. A líder era uma mulher de 76 anos que havia participado da Guerra das Mulheres de 1929. Todos tinham implorado a Nkechi que não entrasse naquilo, mas ela foi em frente. Elas fizeram viagens arriscadas, e em março, quando estavam em Akwete abastecendo de comida — peixe curado, arroz, leite e feijão —, a 58ª Brigada de Biafra, umas seis mulheres, se depararam com dois jipes de soldados inimigos. Os soldados federais atiraram nas mulheres mais velhas e tentavam capturar as quatro mais jovens quando um atirador biafrense isolado em missão de reconhecimento disparou de uma posição bem escondida contra eles e matou três. Com pavor do soldado biafrense, o comandante federal ordenou que alguns dos homens fossem embora levando as mulheres capturadas, e ao ouvir isso Nkechi fugiu embrenhando-se na mata com o cabo biafrense, que tinha sido ferido no ombro. Durante um dia inteiro, quatro soldados nigerianos os perseguiram. Nkechi e o atirador se esconderam no mato fechado e ficaram em silêncio, comendo biscoitos e pedacinhos de peixe. Impossibilitados de avançar mais rapidamente por causa do ferimento do soldado, passaram dois dias no mato. Numa dessas noites, delirando de dor e falta de sono, eles fizeram sexo, e então ele dormiu pela primeira vez. No dia seguinte, chegaram a uma aldeia no território de Biafra: Nkechi, faminta e exausta; o cabo, quase morto.

Chinedu se calou, juntando as mãos e estalando os dedos, com a respiração pesada como se tivesse corrido. Kunle sente a dor por trás daquelas palavras passar através do ar e penetrar nele. Fica surpreso quando Chinedu continua, com voz mais dura:

— Na semana passada, quando fui em casa, ninguém me falou antes, ninguém. Eu fiquei surpreso ao ver a barriga de Nkechi tão grande. Ninguém, ninguém me contou que tinham levado ele para conhecer nossos pais. No mês passado, junho, quando ela descobriu, ele pagou o dote dela.

É a última coisa que eles podem falar. O que mais pode ser dito depois daquilo? Um único ato, como um tiro de estilingue, perpassou a vida deles, durante muitos anos, e agora levou tudo para longe. Esse ato havia forçado Nkechi, por quem ele sofrera quando menino, a se ligar ao seu irmão, e forçado seu irmão, por sua vez, a vir para cá. Esse único ato o havia levado a ir seguir seu irmão no lugar mais perigoso do mundo. E para quê? Por quê? Nkechi se casou com outro homem e está esperando um filho desse homem. E qual é o destino do seu irmão aleijado? Confinado numa cadeira de rodas num país dilacerado pela guerra, com pessoas que não são a sua família, tendo a vida condenada ao destino de um exército heterogêneo cuja derrota nas mãos de um inimigo superior é apenas questão de tempo. Novamente: por quê? A resposta, Kunle sabe que é ele: ele é a causa de tudo isso. Durante toda a noite, ele chora no chão onde havia permanecido juntamente com Chinedu. Ele se abraça e fica olhando sua sombra na parede do hospital, sua sombra que chora.

Ele não acorda Chinedu quando vai embora pela manhã. Apesar de ter dormido tarde, quase à meia-noite, aquele sono foi o mais repousante que teve desde muito tempo. Seu corpo acostumara-se tanto a um sono breve, a pedacinhos de repouso, que ele já não se sente atordoado depois de duas horas de sono. Seu corpo acostumou-se à dor, a ser ferido por toda parte — cabeça, costas, mãos, pernas — ou a ser queimado. Agora, por exemplo, suas costas e pernas estão doendo por terem sido tensionadas na viagem. Mas ele tem marcas de dor por todo o corpo. O estilhaço que o deixou em coma mudou a forma da sua cabeça e sua mão também tem uma cicatriz. A guerra força as pessoas a se acostumarem com ferimentos, e ele pode dizer que o seu corpo teve sorte.

Kunle quebra um ramo de um longo galho de goiabeira, limpa os dentes com ele e parte. A lua brilha redonda no canto mais longínquo do céu e o orvalho torna espesso o ar da manhã. Ele já está andando há mais de três horas quando vê uma tabuleta na estrada, mas um ajuntamento de gente o impede de lê-la.

— *E be ka anyi no?* — pergunta ele a um senhor ao seu lado que cheira a violeta de genciana.

Inicialmente o homem não entende o seu igbo deficiente, mas quando repete a pergunta em inglês, o homem balança a cabeça e diz:

— Estamos em Lohum. Tudo aqui é Lohum.

É o nome do lugar que Chinedu havia escrito num pedaço de papel. Ficava antes de Nkpa, a cidade dos Agbani.

Alguém toca com a mão a sua camisa e, ao olhar para baixo, ele vê uma jovem levando no ombro uma criança. O estado de inanição da moça é tal que seus ossos do peito são visíveis. Ele lhe dá o último biscoito que tem no bolso. Imediatamente, está diante de si uma multidão de mãos. Uma jovem empurra na sua direção a filha, que tem uns quatro ou cinco anos de idade, usa tranças e tem a carne do rosto meio comida por alguma doença, o que deixa seus dentes descobertos. Ao vê-la, a maioria das pessoas se afasta. Kunle busca no bolso, mas já não há mais nada ali.

Ele não sabe por que — talvez por ter visto tanta gente sofrendo —, mas as palavras de Chinedu voltam correndo à sua mente: "Estou preocupado com o nosso exército, com o bloqueio. Na verdade, com o tempo que está levando para acabar com isso. Escute Kunle, a tragédia não é estarmos numa guerra; é que ela não tem fim. Se um povo que enfrenta uma grande adversidade sabe que ela vai passar, é possível suportá-la. Na verdade, ele pode suportar qualquer coisa! Ele vai acreditar que a fome que assola este país já terá acabado no final da estação. A doença? Quando a estação seca chegar, o tempo quente vai levar a doença para longe. Mas o fim desta guerra ninguém consegue ver. Diziam que ela nem começaria, mas veja agora: é o maior conflito armado da história da África. Diziam que ela duraria muito pouco tempo, mas ela já completou mais de um ano. Todo mês, as tropas federais ameaçam uma "ofensiva final" que nunca tem êxito. Se um dia cair uma cidade estratégica, no anoitecer Biafra recaptura outra. O ciclo continua sem nunca acabar. Essa é a tragédia!".

Do outro lado da rua, ele vê numa bicicleta velha de dois assentos um homem que tem certeza de conhecer o endereço e pode levá-lo até lá por cinco xelins biafrenses. O homem mostra para Kunle a cicatriz de um tiro na sua mão esquerda e diz que lutou com a Brigada da Força Tarefa Especial. Eles vão por estradas cheias de gente, passando por cidadezinhas intocadas pela guerra. Perto de um entroncamento, garotos se postam na estrada vendendo carne do mato — pangolins, lebres selvagens, coelhos, macacos, cobras — e, atrás deles, um prédio de dois pavimentos tem o nome HOTEL GANHE A GUERRA pintado na fachada. No alto do prédio seguinte há uma bateria antiaérea camuflada com vegetação, com seu cano apontado para o céu vazio. Em cada barreira, Kunle apresenta seu passe, até o papel rasgar na dobra do meio — um lembrete de que ele já está quase na metade do segundo dia de licença e precisa se apressar para encontrar o irmão.

O sol está forte, queimando no ar quente. Por algum tempo, eles viajam em silêncio, passando por crianças jogando futebol num campinho sem grama, por uma igreja camuflada de onde lhes chega o som de uma bateria e de vozes cantando. Então, apontando, o ciclista se dirige para uma descida sinuosa de terra vermelha e ladeada por bananeiras. E, como se num sonho corajoso, Kunle vê, mais além da mata baixa, uma mulher grávida conversando com um homem sentado diante dela. No mesmo momento ela se mexe e o rosto do homem aparece: é a imagem dos seus pais moldada numa única pessoa. Ele paga o ciclista e se apressa pelo caminho como um prisioneiro que está ausente há muito tempo e que, ao chegar à porta de sua casa, torna-se subitamente acachapado pela imagem maltratada de si mesmo. Ele junta as mãos no peito e grita:

— *Oluwa mi oh! Oluwa mi oh!*

É Nkechi que o vê primeiro. Ela fica estática, com a bacia derramando água nas suas mãos. Ngozika, a caçula da família, grita seu nome junto de uma árvore e corre para ele. Kunle a espera, com uma onda de sangue percorrendo o corpo, depois caminha alguns passos e ergue Ngozika, abraçando-a. Mais de um ano atrás ele partiu na viagem para Biafra achando que seria uma estrada curta até o irmão, mas a estrada foi longa, lamacenta e áspera. E agora, depois de muitos desvios e barreiras, através de mil colisões da vida, ele está olhando para Tunde.

26.

O AR ESTÁ PARADO — céu cinzento e nuvens escuras ocupam grande parte do horizonte. Logo depois da chegada de Kunle, soou um trovão e uma rajada violenta de vento trouxe algumas gotas de chuva, trazendo o cheiro de terra molhada. Nkechi e sua irmã correram para recolher as roupas penduradas no varal. A chuva os havia confinado na salinha de estar, e Kunle vê que não consegue olhar nos olhos do irmão. Há algo no seu rosto que ele não pode apreender totalmente: sua genuína nudez e inocência; como aquele rosto traz a marca de familiaridade e ao mesmo tempo de distância. O rosto de uma pessoa nunca é o mesmo em todos os instantes, especialmente um rosto que ele não vê há muito tempo e agora está diante dele. Além disso, é difícil demais olhar para a corrente contínua de lágrimas no rosto do irmão. Em vez disso, ele olha para Ngozika. Sem ter interagido com a garota há anos, Kunle nota seu corpo bem mais maduro, o que fica evidente pelos seios despontando sob a blusa.

Nkechi mantém uma presença constante — entrando e saindo, num andar frequentemente rápido, mas discreto, como se estivesse ciente de alguma nudez invisível que lhe retira a coragem de estar na presença daquele visitante. Ela traz uma jarra de água, e depois uma sopa rala de *oha* com pedaços de peixe curtido. Ele come rapidamente, desajeitadamente, ouvindo Ngozika falar sobre ataques aéreos, o abrigo perto da praça da aldeia e o treino de *ficar quieto, ficar quieto*. Dos outros terrenos chegam vozes, e dos fundos, onde há uma cabana com um longo refeitório, ouvem-se o tempo todo vozes de crianças e mulheres.

— São órfãos e viúvas — diz Nkechi como se estivesse respondendo à curiosidade no olhar de Kunle. — Mmhãã. Tia Helen as trouxe da Church Aid; você sabe o que é a Church Aid?

Ele assente com a cabeça. Esta é Nkechi, sempre encerrando suas frases com uma pergunta, como se receasse que alguém não estivesse entendendo o raciocínio dela. Ela se senta, finalmente, ao lado da mãe num sofá velho com o revestimento rasgado na lateral que deixa aparente a estrutura interna de madeira.

— Mmhãã, elas sempre estão ajudando. Ah, elas ajudam mesmo! Se não fossem elas, se não fosse o transporte aéreo para Annabelle em Uli e também em Uga, todos nós estaríamos mortos agora.

— *Eziokwu, Nnem* — diz sua mãe. De todas elas, a mãe é a que menos mudou. Apesar da intensa devastação causada pelo sofrimento extremo, ela permaneceu, mesmo assim, vestida como em outros tempos: com um pano de algodão. — *Agha a joka. O joka.*

— Muitas vêm do abrigo de Mbaitoli — diz Nkechi com uma estranha voz infantil. — Recuperaram-se da doença de kwashiorkor. Se você visse essas crianças antes, ah, mmhãã *Oburo zi akuko;* espere a tia Helen vir e lhe contar tudo. Ela às vezes visita essas crianças depois que elas têm kwashiorkor e ficam com a barriga grande como uma mulher grávida, quase estourando. A cabeça delas diminui…

— Fica como um *atu* de barro — diz Ngozika empertigando-se ao lado dele.

— *Ehen, nne*, como um palito ou um cabo de vassoura. Às vezes ela diz que vê a morte chegando, e ela sabe. Ela lhes dá glicose, uma colher depois da outra, caso não tenha suprimentos. Sabe, quando estavam atirando em todos os aviões, bombardeando, e bombardeando eles, e todos os *oyinbo* tinham medo de vir ajudar?

— Sei. — Erguendo os olhos, Kunle a encara. — Eu estive em Uli.

— Mmhãã? Ah, *chai*. A gente chama de Annabelle… a tia Helen vai cuidar das crianças quando elas estão quase morrendo, a maioria não consegue nem chorar mais, só faz um som como se estivesse tossindo lá dentro, dentro da garganta…

— *Eoow!* — A mãe começa a soluçar.

Ele volta a sentir um arrepio gélido, penetrante, de tristeza. Olha para o irmão, mas a cabeça de Tunde está voltada para cima, repousando no espaldar da cadeira de rodas, e suas mãos se entrelaçam como se numa prece silenciosa, do mesmo modo como Ndidi tantas vezes cruzava as mãos.

— Por favor, não repare na mamãe, mas ouça — diz Nkechi com voz trêmula. — A tia e as outras enfermeiras dizem para as crianças ficarem despertas, e para evitar que elas durmam, fazem com que cantem muitas músicas.

— É, eu vi isso. Como a música que as crianças órfãs cantam o tempo inteiro — diz Ngozika.

— Mmhãã. — Nkechi balança a cabeça para a irmã.

— *Obi kerenke* — canta Ngozika, tendo ainda no rosto a expressão de dor, mas sua voz, uma versão moderada do tom da irmã, não se altera com a tristeza. — *Gowan-Gowan* — começa Ngozika, escolhendo outra canção —, *onye eze rere ere, onye ausa otaa granot.*

E quando ela acaba, todos desviam o olhar: para a janela, para o teto, para o chão, como se algo tivesse sumido do meio deles, invisível.

— *Egbonmi* — diz Tunde de repente, como alguém em transe. — Significa: Gowan, homem que tem os dentes podres. Homem hauçá que só come amendoim.

— Eu… é… que… — Kunle não consegue articular as palavras, e então se vira e balança a cabeça olhando através da janela para a cerca baixa na qual um lagarto amarelo repousa.

— Talvez ele entenda igbo agora — diz Nkechi juntando as mãos com um ruído. — Kunis, você entende igbo?

Ele assente.

— Um pouco.

— *Chai…* mmhãã, vou terminar a história. Assim, a tia não deve deixar as crianças pararem de cantar, para que não durmam antes da ração chegar... proteína, sabe? Então ela diz para elas cantarem, cantarem, cantarem... com as últimas energias que estão no seu corpo. Mas ainda de noite... toda noite, quando acorda... ela vê os olhos das crianças meio abertos, manchados de vermelho. — Nkechi está olhando diretamente para Kunle. — Elas morreram.

Finalmente eles estão sozinhos — ele e seu irmão. O ar no jardim está ainda mais fresco, porque caiu outra chuva rápida, molhando tudo e deixando escuras manchas de nuvens no céu. Isso faz Kunle se lembrar do dia em que Ndidi morreu, do relâmpago no mato. A presença de Tunde o consome: é como um raio de luz do qual ele não pode desviar ou ocultar a sua vergonha. Ele joga sobre o irmão uma saia de Nkechi e senta-se num banco diante dele. É ali, sob uma árvore *ogbono* solitária, que Tunde quer falar; longe da família com quem ele passou o último ano. Essa necessidade de um lugar com privacidade faz Kunle se lembrar de uma época, depois do acidente, em que eles frequentemente se sentavam juntos contando histórias ou descascando paredes. Às vezes a sessão terminava quando Tunde, esquecendo que estava aleijado, tentava se levantar e, furioso, irrompia em lágrimas. Depois de algum tempo, Kunle, temeroso dessas mudanças de humor de Tunde, se afastou, e lentamente Nkechi ocupou o espaço deixado por ele.

Foi difícil levar Tunde na cadeira de rodas até aquele local. As rodas recusavam-se a girar. Uma vez lá, Tunde disse em voz baixa:

— *Egbonmi*, você parece diferente.

Kunle assente com a cabeça.

— Você também, *aburo*.

— Bom — Tunde suspira. — Esta guerra muda a gente tanto quanto permanecemos os mesmos. Ela muda a gente, *egbonmi*.

Tunde enxuga os olhos com as costas da mão.

— *Jowo ma su ekun* — diz Kunle. As palavras embaralham-se na sua boca, porque é a primeira vez que ele fala iorubá há pelo menos um ano, e ele vê que com seu irmão deve acontecer o mesmo, pois uma sombra passa pelo rosto dele.

Tunde olha em torno rapidamente, baixa a cabeça e diz:

— *Egbonmi*, não. Não fale a nossa língua aqui.

— Por quê? — Kunle se incomoda com o olhar que o irmão lhe dirige.

— Ah, *egbonmi*. Nós estamos matando eles. Você não vê isso por toda parte? O que o resto da Nigéria está fazendo é péssimo. *Kai. Kai.* Você viu os ataques aéreos? Todo dia, todo santo dia, eles bombardeiam por toda parte. Nenhum lugar é seguro: nem igreja, nem escola, nem mercado, nem mesmo hospital. Ninguém está em segurança. Até os europeus, o exército nigeriano atira neles de qualquer jeito e mata. Não importa se são da Cruz Vermelha ou da Church Aid, ou se usam roupas de religiosos. Acabam com eles. E muitos dos que estão matando são do nosso povo, são do povo iorubá!

Ele percebe que Tunde mudou em todos os aspectos mensuráveis. Com quase dezoito anos, tem vestígios de barba no rosto e bigode. Parece um tanto maior, bem mais alto, como se tivesse ultrapassado a sua cadeira de rodas, e enquanto é empurrado precisa erguer as pernas até o apoio para pés ou suspendê-las no ar. O assento de couro está gasto, remendado com fio e acolchoado com camadas de roupas velhas, e as rodas rangem ruidosamente. No entanto, são as mudanças na sua personalidade que mais chamam atenção: ele está impaciente, ansioso como alguém preso num lugar do qual não pode sair.

Embora Tunde fale com muita energia espiritual, frequentemente ele tem a voz agitada e suas palavras são tolhidas pelo medo. Ele olha em volta constantemente, até mesmo ali sob a árvore que fica perto da casa, desconfiado de tudo, temeroso de ser acusado de sabotador. Nem entre aquela família, de pessoas que ele conhece desde que era criança, Tunde consegue relaxar. O pai de Nkechi, que tem uma fé inabalável no projeto de Biafra, forçou os dois filhos, Nnamdi e Chinedu, a entrarem para o exército. Havia ocasiões em que o pai, furioso com a má sorte de Biafra no campo de batalha, insultava Tunde, tendo mesmo chegado a dizer dele que era "um inimigo entre nós". Embora tivesse se desculpado posteriormente e chamado Tunde de seu filho, persiste uma tensão e Tunde vive temendo o sr. Agbani tanto quanto os ataques aéreos e a guerra. Preocupa-se com os boatos de que as tropas federais planejam uma ofensiva final para tomar Umuahia quando a ofensiva em Aba tiver acabado. Tunde se agita enquanto fala sobre essas coisas, e então, aproximando-se, sussurra:

— Irmão Kunle, não sei por que, mas estou com muito medo. Me ajude... me leve para casa.

Kunle fica sentado em silêncio, segurando a mão do irmão e sentindo nele algo que nunca havia sentido. O mundo que ele andara procurando já não parece escondido, apenas tem agora uma forma desconhecida. Nkechi chega da casa com uma porção de pera africana numa bandeja de metal. Ele observa que ela está magra e que suas nádegas, que eram tão bem torneadas, uma das características que a definiam, estão agora quase murchas. No lugar delas está uma barriga grávida, que estufa a saia. Ela está tão mudada que ele se pergunta o que teria acontecido se o acidente não tivesse se interposto entre eles. O que teria acontecido se ela não tivesse se afastado dele e se aproximado do seu irmão.

Nkechi empurra a bandeja para perto dele, ajoelhando-se para pegar dois pedaços da fruta, e Tunde, com um sorriso, pega em seguida um pedaço, põe na boca e mastiga rapidamente.

— Você conhece *ube?* — pergunta ela a Kunle.

— Sim, sim, *shebi...* quer dizer, agora a gente tem *ube* em Akure.

Ela sorri e balança a cabeça.

— Mmhãã. Você é sempre bem-vindo. Quanto tempo vai ficar aqui?

— Até amanhã... bem cedo — diz Kunle quase resignado. Ele havia esperado encontrar Agnes, mas sabe que não poderia ter viajado na véspera. Precisa passar mais que umas poucas horas com seu irmão. — Tenho de me apresentar no quartel.

Ela assente rapidamente com a cabeça e então olha para Tunde como se fosse falar, mas em vez disso leva a mão à boca e novamente balança afirmativamente a cabeça. Tem os olhos nublados por lágrimas ao voltar para a casa. Kunle refreia o impulso de se virar para observá-la, preocupado com o irmão.

— De quantos meses ela está?

Kunle vê que os olhos de Tunde estão úmidos e se pergunta se fez mal em tocar no assunto. É a guerra, o ferreiro brutal, que moldou seu irmão com a bigorna do destino cruel.

— Quatro meses… ou talvez quase cinco. Não é meu filho.

— Eu sei — diz Kunle, e seu coração afunda subitamente com o pensamento que lhe passa pela cabeça: a gravidez de Agnes deve estar no mesmo estágio. — Nedu me contou.

Tunde balança a cabeça levando a mão ao peito e cospe uma semente da pera selvagem.

— O marido… *egbonmi*, ele não gosta de mim. Se ela era para… Se ela era para mim antes, agora ela tem outro homem! — Tunde parece arrancar-se de si mesmo, elevar a voz como se aquela raiva nunca tivesse sido descarregada, estando tão contida que flui com uma espécie de elã sombrio. — Então, me diz… por que eu estou aqui agora?

— Eles estão tomando conta de você? Você está se alimentando bem?

Depois de certa hesitação, Tunde diz:

— Sim, estou. — Ele volta a olhar para o céu. — O pai delas está trabalhando no governo e Helen é enfermeira. Então eles trazem comida para casa. É por isso que nós temos essas crianças e mulheres, como Nkechi lhe contou. Mas, *egbonmi*, ainda assim o sofrimento é demais. Tem dias que a gente só come uma vez. Até mesmo uma coisa tão barata quanto o sal… não tem sal em nenhum lugar de Biafra. Imagine só: sal comum! *Egbonmi*, o sofrimento é demais!

O choro das crianças na cabana dos fundos soa mais alto no ar que resfria. Kunle fica desconfortável em seu assento, e se pergunta o que pode estar fazendo as crianças chorarem, então Tunde volta a falar, numa voz mais baixa e com uma sombra no rosto:

— *Egbonmi*, me diga: foi a mamãe que lhe pediu para vir aqui?

— Não — diz ele contendo-se antes de responder em iorubá. Então ele conta para Tunde toda a história, começando pela noite em que o tio Idowu foi encontrá-lo em Lagos.

Tunde fica em silêncio depois disso. O que quer que esteja pensando parece profundo, e fica claro para Kunle que aquilo o perturba. Kunle se vira e segue uma borboleta que voeja alegremente no ar. Ali a vegetação é densa, típica da floresta tropical exuberante que cerca a parte oriental da cidade em infindáveis terrenos com *udara*, palmeiras e acácias que devem se estender por muitos quilômetros. Aparentemente estão na extremidade da aldeia, perto do antigo tambor de Ikoro abrigado sob uma tenda coberta por chapas de ferro corrugado.

Quando Tunde fala, sua voz, lamentosa, parece uma arma que golpeia o ar:

— Veja o que eu fiz para você, para todo mundo, só por causa de um acidente, um acidente comum! Por quê…

— Não, não — Kunle o interrompe com uma voz que vai além do seu objetivo.

— Eu não… eu posso…

— *Lai-lai* — diz Kunle agitado, querendo recorrer ao dialeto da familiaridade, com o qual está acostumado a conversar com o irmão, para encontrar conforto na língua comum.

— *Egbonmi*, não foi culpa sua… foi…

— Não, Tunde, não! Não é…

— Eu sinto muito, *egbonmi*.

De novo Kunle não consegue falar no momento em que é mais importante. Ele é incapaz de conter o irmão que se levanta da cadeira e cai no chão, ajoelhando-se.

— Por favor, me perdoe…. Por minha causa, porque eu fiquei com raiva, você arriscou a vida…

— Não, *aburo*, não.

— Você precisa me perdoar para…

— Está tudo certo… não…

— Por favor, vamos para casa, *egbonmi*. Eu quero ir para casa; por favor, me ajude.

— Nós vamos.

— Por favor. Você disse que Paami te mandou uma carta em setembro, mas eu não tenho notícias dos nossos pais desde setembro, quando liguei para o pastor e Maami foi lá e retornou a ligação. Ela ficou tão feliz quando soube que estou em segurança… mas a ideia de que você podia ter morrido estava acabando com a saúde dela. Foi então que eu fiquei sabendo que você tinha vindo para cá. Mamãe tentou se matar muitas vezes e até disse que eles iriam ver Igbala se não houvesse outro jeito, para saber o que tinha acontecido com você. Mas desde então, eu não consegui saber deles. É impossível mandar carta para qualquer lugar fora de Biafra. O correio agora não existe mais. Todo dia eu sei que o que fiz está errado. Por f…

— Não! Não, Tun…

— Por favor, me leve para casa. Não volte para lutar outra vez, meu irmão. É muito perigoso. Por favor. Vamos para casa ou então fique aqui… por favor, se esconda aqui.

Kunle olha para os lados, para as árvores, para a casa dos Agbani, para o céu. Está admirado por ter finalmente atingido o ponto de chegada, depois de uma corrida que durou eras. Ele poderia parar ali, porque Tunde era para ser o destino final. Poderia ficar ali e levar o irmão para casa se as coisas ainda estivessem iguais. Mas as coisas tinham começado a mudar, pelo que ele avalia, muito tempo atrás. O tempo e a guerra, como forças geológicas discretas, haviam ampliado a sua geografia interna. Agora existe Agnes e a criança não-nascida. Mas se ele ficar ali terá de se esconder da polícia militar de Biafra e dos recrutadores até o fim da guerra. E há também os comandos; sendo um oficial subalterno de categoria elevada, não levaria muito tempo para o encontrarem. Assim, como seria possível encontrar Agnes? O que aconteceria com ela e a criança?

Mesmo não sendo algo que goste de fazer, ele pega o maço de cigarros e o isqueiro que Steiner lhe deu, acende um e dá uma tragada. Então lhe ocorre uma coisa: homens desertam todos os dias. Um tenente da 70ª Brigada que foi visitar o quartel lhe contou que sua companhia inteira tinha desertado. Ele havia ido com seu assistente ao local de suprimento de artilharia na sede tática do batalhão e voltara debaixo de bombardeio para encontrar vazias todas as trincheiras, inclusive a do seu sargento-mor.

Kunle apaga o cigarro com a ponta de sua bota gasta e contempla o escuro, olhando para uma árvore distante onde morcegos estão fazendo ninhos. Então, ele se vira para seu irmão, cujo rosto agora está coberto por uma sombra pesada.

— Não se preocupe, Aburo — diz ele. — Nós vamos para casa.

Ele assegura a Tunde que eles irão para casa, mas complementa dizendo que primeiro precisa voltar para a base pois não pode desertar agora. De lá, ele tentará contatar a enfermeira de Iyienu que havia prometido ajudar e, assim que tiver um plano, voltará para buscá-lo.

Kunle ainda está falando quando Ngozika chega correndo para avisar que o pai, o sr. Agbani, já voltou do trabalho. Kunle se levanta para levar o irmão de volta para a casa, mas Tunde o puxa até a altura da boca, e murmura no seu ouvido com urgência:

— Eu me mato se você morrer aqui por minha causa. Ouviu bem? Então, por favor, volte para casa!

27.

No LOCAL DE REUNIÃO, o coronel Steiner, com a cabeça raspada e um curativo abaixo do olho direito injetado de sangue, anuncia que o quartel--general ordenou aos comandos que defendessem a cidade de Aba a todo custo. Assim, a divisão, que em abril ele havia fragmentado em quatro brigadas, precisa se constituir numa única força. Steiner se dirige a eles no inglês hesitante que fala agora, com voz mais pesada e frequentemente raivosa. Ele fuma; metade do seu rosto está sombreado pela nova boina verde, que tem a insígnia de um dragão empunhando uma espada.

Kunle ouve a fala de Steiner com uma estranha indiferença. Sente que desde a sua volta de Nkpa, há duas semanas, até mesmo ver Felix e os outros companheiros é um peso. Ele não quer mais estar ali. Resolveu que, a menos que Umuahia caia, Tunde e Agnes estarão em segurança. O hospital onde ela trabalha — caso tenha retornado — é financiado pelas Nações Unidas, funciona com uma equipe constituída principalmente por ingleses e tem o nome da rainha, ou seja, não será atacado.

Steiner, tendo acabado de falar, faz um sinal para a sua nova banda especial começar a tocar a "Marcha da Legião Estrangeira". Kunle, pondo dramaticamente a mão na barriga, finge que precisar se aliviar. Ele se esgueira para fora, vai para a sede da Brigada de Comando da Marinha e se acomoda na poltrona que passou a considerar a mais confortável de toda Biafra. Logo está sonhando com a volta ao outro mundo; tudo fica brilhante. Ele ouve "Kunis" e, piscando, vê o rosto de Felix o observando.

— Professor, o que aconteceu?

— Venha, venha. Eu estou… — diz Felix.

Eles vão para os fundos de uma sala de aula abandonada onde há uma pilha de lixo disputada por moscas. Felix bate o pé e diz quase gritando:

— Kunis, acabou! Acabou!

— O quê?

— Tudo, Kunis, tudo! Para mim acabou, chega desses palermas! — Ofegante, seu velho amigo faz com as mãos um gesto que ilustra sua decisão. — Para mim é isto: fim!

— Hein? — diz Kunle. Ele sente o mau hálito do amigo. Essa é uma das coisas que a guerra fez com eles. Mesmo permanecendo no acampamento nos últimos dias, eles se acostumaram a ficar sem lavar a boca ou o corpo. Ninguém dá importância para o uso da pasta dental deixada à disposição nas tendas de banho.

— Você não ouviu? Exatamente agora, o general comandante, o próprio general comandante, o general Madiebo, se ajoelhou e implorou a Staina e seus desordeiros!

Os dois olham em volta novamente e, não vendo ninguém por perto, Kunle abaixa a voz:

— Por quê?

— Eles querem que a gente comece agora. Os vândalos estão vindo atacar Aba com equipamento pesado. A Divisão Tartaruga acabou com a gente, e agora é a vez do general Adekunle e o bando dele: a 3ª Divisão da Marinha. O quartel-general do exército quer que a gente defenda hoje imediatamente, mas Taffy se recusou a lutar. Ele se recusou! Você imagina isso? *Egwagieziokwu*, Staina é um mentiroso! — Felix enxuga a testa com as costas da mão e o suor escorre também do seu braço peludo.

Kunle passa a língua pelos lábios. Está tentando entender qual é a queixa do amigo. Steiner e os mercenários desobedeceram a uma ordem de contra-atacar dada pelo quartel-general. Agora Felix está convencido de que eles estão sabotando o esforço de guerra. Desde a morte de Ndidi e a lesão na bexiga sofrida por James — que o levou para um leito de hospital em Orlu —, Felix tem se mostrado instável e triste, e a cicatriz sob o olho esquerdo — resultado de um ferimento recebido no ataque aéreo de Enugu — dá ao seu rosto um permanente aspecto de zanga. Agora ele ouve seu novo radinho com uma devoção religiosa. Duas semanas depois da volta de Kunle de Nkpa, Felix se colou ao rádio. Queria ouvir as notícias sobre as negociações de paz, que dessa vez tinham como anfitrião o imperador Hailé Selassié em Addis Abeba. Com o fracasso das conversações, todos notaram a horrível inflexão da voz de Okokon Ndem quando ele tentou embelezar a notícia catastrófica dando vantagem a Biafra:

"De acordo com o honorável Pius Okgbo, os vândalos, temendo agora o fogo e o enxofre que as nossas forças hábeis — sem paralelo na história da guerra — irão desencadear..."

Mas os homens na sala murmuraram furiosos. Depois de catorze meses de luta, a cantilena elogiosa de Ndem estava desgastada. Todos sabem que a notícia significa uma volta ao campo de batalha cada vez mais mortal para defender Owerri.

Em algum momento, aqueles homens haviam gostado da guerra. Tinham se apaixonado pela princesa de rosto velado apenas para descobrir, decorrido um ano, que não há beleza nela. Nada que mereça poesia ou consolo; apenas fome, perigo, tristeza e morte violenta. E agora não querem mais nada com ela. Mas precisam lutar. Um soldado não pode fugir da batalha, pois o oficial mais próximo dele é obrigado a disparar contra ele, como Kunle viu a tenente Layla fazer. Até quando alguém está ferido, ele é rapidamente tratado e devolvido ao front. E se um soldado se fere e os médicos militares do quartel-general de Agbogwugwu decidem que o ferimento foi proposital, ele vai a uma corte marcial. Quatro soldados rasos que, antes da batalha final na ponte Ezillo, haviam se esfaqueado mutuamente na barriga foram executados na terra de ninguém.

Felix era um dos poucos soldados que ainda mantinha o espírito imperecível da resistência biafrense, para o qual a rendição significa o genocídio dos orientais. Agora ele discute com qualquer um que mostre menos entusiasmo pela causa, até mesmo seus amigos. Agora ninguém o contesta, por temer ser considerado um sabotador. Ganhar todas as discussões parece reforçar a confiança de Felix, fazer recuar o inimigo que ameaça derrubar o muro da sua própria psiquê. Os sucessos inflam ainda mais essa confiança — quer sejam sucessos da unidade do comando ou de qualquer unidade de Biafra, ou até mesmo diplomáticos. Mas os fracassos o ferem profundamente. Ao ouvir falar que o cardeal Rex Lawson, cuja música "Viva Biafra" a Rádio Biafra tocava diariamente, havia se bandeado para a Nigéria, ele sofreu um grande abalo. E agora começou a se queixar dos mercenários pelo que vê como o esgarçamento da sua lealdade à causa de Biafra.

— Olhe — diz ele apontando para o comandante italiano dos fuzileiros, capitão Armand, que, junto com o jornalista estrangeiro Freddie e a namorada alemã do major Taffy, está examinando um canhão de artilharia capturado das tropas federais. — Nós não estamos fazendo nada. Dê uma olhada, olhe: estão chegando os vândalos, eles estão perto, quase dentro de Aba, mas veja o que os nossos comandantes estão fazendo.

O calor é sufocante e Felix tira a camisa. Seu torso parece menor e mais magro. Ele balança a cabeça.

— *Egwagieziokwu*, eu não posso ficar aqui brincando quando meu país está em chamas. Olhe… pense bem: onde está o Bube? E o De Young? Onde é que estão o Padre e o Sacumé…? E até mesmo a Agi?

Kunle sente um aperto no coração.

— Quem sabe o que aconteceu com ela? Olhe, Kunis, a gente não pode ficar brincando quando nossos amigos estão mortos. Por isso eu estou indo para a 12ª Divisão.

— Ah, Professor, não faça isso — diz Kunle aflito, pois acredita que Felix pode estar falando sério e é capaz de realmente fazer isso. — Não, não, Professor.

— Eu vou para outra unidade, para um exército verdadeiramente biafrense… Ndi estava com a razão. Staina não é um de nós, e nem os mercenários dele. Eles tentaram, mas são estrangeiros.

Em algum ponto ao longe, uma explosão faz o solo tremer levemente. Eles se escondem debaixo de uma árvore próxima e olham para cima entre os ramos, mas nada veem. Houve muitos ataques aéreos nos oito dias desde que voltaram da tentativa inicial fracassada de deter o avanço inimigo em Owerri, deixando para a 12ª Divisão a tarefa de completar o serviço. Uma folha se solta da palmeira bem perto deles e cai.

— Sim, Staina nos ajudou — diz Felix com os olhos na folha. — Ele é... O coração dele está com Biafra. O major George da Itália... Ok, ele morreu por nós. Lutou de graça. Mas e os outros? Veja o Marc, o Amand, o Taffy. Até o Roy. O que eles fazem é só conversar com os jornalistas: *Daily Sketch, Daily Mirror* e por aí vai! Até o Steiner, durante quantos dias ele não ficava para baixo e para cima com o exemplar do *New York Times* que falava da nossa última emboscada? Para ele é mais importante aparecer tomando chá num jornal estrangeiro que vencer esta guerra!

Kunle não sabe o que dizer, mas precisa falar algo:

— Eu entendo o que você está dizendo, *nwanne*. Mas... você não pode abandonar o seu posto assim. O QG vai questionar você. Converse com o Emeka... Por favor, faça isso, *biko*... e aí ele conversa com o coronel.

O rosto de Felix parece renascer. Ele fecha os olhos por um instante e, abrindo-os novamente, diz:

— Vou fazer isso. Você vai comigo ou não?

Kunle sente na garganta alguma coisa pequena e pontiaguda e vacila. Quem pudesse acessar seus pensamentos veria que a vontade dele é dizer para Felix que ele quer deixar não somente uma unidade, mas a própria guerra. Além disso, outras unidades não são tão bem equipadas e apenas o afundariam mais profundamente na guerra. Mas ele não fala. Em vez disso fixa o olhar numa página de jornal amassada e suja de óleo que está aderida ao capim e ouve o vento enfunando-a. A barriga de Felix ronca. Ele quebra uma noz-de-cola e põe um pedaço na boca.

— Então, você não vem?

Kunle ergue novamente o olhar.

— Eu... Felix... tem o...

— Ah, já sei. — Felix se vira e seus olhos têm uma expressão amarga. — Já sei; agora eu estou sozinho.

Felix não fala mais nada. Não responde aos pedidos de Kunle para que ele espere, não lhe dá atenção. O que fica depois são as marcas profundas

das suas galochas na terra macia e as minhocas vermelhas que se contorcem nelas. Durante um bom tempo, Kunle fica ali de pé tendo dentro de si as palavras que não pôde dizer: que ele também tem procurado um jeito de ir embora, de resgatar o irmão, de encontrar sua mulher e o filho que está crescendo nela, de voltar para casa. Acontece outro estrondo e ele estremece, como se algo alado tivesse saído dele com um salto e fugido. Quando se aquieta, Kunle se sente novamente sozinho, privado do mundo.

O sentimento é tão forte que permanece com ele durante todo o dia. Na guerra, todo soldado passa a entender que defrontado com a possibilidade da morte cruel e súbita, o que ele mais teme é ficar sozinho. Ninguém veio a este mundo sem depender de ninguém. O indivíduo pertence a outras pessoas e busca companhia até na mais tenra idade, em face dos perigos mais graves.

Ele não arriscou pensar que Felix iria embora de fato, mas quando a 4ª Divisão de Comando se reúne, o amigo não está presente. Kunle está atordoado quando se senta com o garoto órfão Adot e seu pai mercenário belga Marc Goosens num Land Rover com uma bandeira vermelha e verde da Legião Estrangeira francesa presa no capô. Fixados na grade estão uma caveira e dois fêmures cruzados. Ao avançarem noite adentro num comboio de três veículos, dois caminhões e uma van que leva a tenda do hospital de campo e a equipe médica, a câmera de um fotógrafo inglês dispara no escuro um flash que parte do teto baixado do Land Rover. Um alto-falante ligado a um dos caminhões retumba a "Marcha da Legião Estrangeira", com as vozes orquestrais estrangeiras se misturando à música dos insetos noturnos. Quando o desfile entra em Aba, a cidade parece uma longa fila de luzes vermelhas na escuridão ocre. As pessoas estão alinhadas nos acostamentos da estrada, batendo palmas e cantando. Todos os comandos as saúdam com buzinadas e vivas, com exceção de Kunle. Ele está tomado pela percepção de que pela primeira vez nessa guerra está sozinho, com homens que não conhece.

De manhã, ele chega à nova sede tática da divisão de comando no prédio do Ministério da Justiça em Aba e se dirige ao lado norte do complexo, onde seus homens estão reunidos em torno de uma fonte seca com uma estátua de uma figura que tem uma venda nos olhos e segura uma balança. Ao ver a estátua, Kunle se dobra como se tivesse sido golpeado. *Agnes*, ele sussurra, *venha para mim*. A distância, uma fumaça está subindo no céu e uma multidão de pássaros gira acima dela. Ele se pergunta o que Agnes estaria fazendo naquele momento: dormindo? Ela voltou para o hospital? Estará bem?

Kunle ouve vozes e, virando-se, vê os homens sob seu comando reunindo-se em torno dele, perguntando se está tudo bem. Ele assente com a cabeça, cospe na terra vermelha e grita:

— Sentido!

Os homens batem o pé. Ele os observa: a maioria é bem jovem. Como Chinedu havia comentado, desde o início do ano o QG do exército tinha começado a recrutar quem quer que se apresentasse desejando entrar para o exército, até mesmo garotos adolescentes e homens de idade avançada. Esses soldados recém-recrutados usam a nova camuflagem do caçador de patos, que agora é a preferida do coronel Steiner, e os os que ainda usam as camuflagens simples verde-oliva são os soldados mais experientes.

— *Bia*, soldado raso — diz Kunle apontando para um recruta que tem sono nos olhos e uma mancha branca no canto da boca. O soldado parece um menino, não tem mais de catorze anos. Seu fuzil Mark IV, com a coronha de madeira numerada, é maior que ele.

— Sim, senhor! — O garoto fica imóvel, braços esticados nos lados do corpo, peito estufado, piscando rapidamente.

— Quantos anos você tem?

— Hein, senhor?

— Não fala inglês?

— Desculpa, senhor. Falo pequeno, pequeno.

— Eu disse: *afa ole kak'ibu?*

— Ah, vinte, senhor.

Kunle olha para o garoto e, por uma razão que desconhece, algo se inflama nele. Ele dá um tapa no menino, que cai, levanta-se rapidamente e volta a ficar em posição de sentido.

— Agora eu pergunto de novo: soldado, quantos anos você tem?

— Desculpa, eu sinto muito, comandante. Quinze anos. Nasci em 1953, senhor.

O menino tem os dentes vermelhos de sangue, que goteja do seu queixo. Ele luta para não chorar, o que faz seu rosto tremer e se contrair.

— Dispensado, soldado — diz Kunle. — Vá lavar o rosto.

— Sim, senhor! Obrigado, senhor!

Agora o resto dos homens está com medo — dele, da sua raiva. Ele pega o maço de cigarros e acende um.

— Descansar! — grita ele e então lhes faz a pergunta que queria fazer: — Quem aqui é de Abiriba?

Ninguém, exceto um dos comandos conhece outro comando numa das quatro companhias de Taffy — estacionada a muitos quilômetros de distância na direção de Port Harcourt — que era de lá. Kunle volta envergonhado para a tenda camuflada do comando: por que ele havia feito aquilo? Foi por fúria, choque, solidão, medo? Teria relação com a sua promessa de tirar o irmão daquele país arruinado? Teria relação com Agnes e a falta de contato com ela? Teria a ver com a sua curiosidade quanto à criança, o *seu filho*, sobre quem ele nada sabia? Impossível dizer. Ele só sabia que uma presença havia coberto a sua vida atual e o envolvera num tecido grosso que ele não conseguia rasgar e se libertar.

Ele vai ao mercado principal, onde se reunira uma multidão para ver o desfile de Steiner. Muitos desses assistentes estão abatidos e vestem roupas esfarrapadas. As mulheres têm a cabeça raspada e frequentemente levam nas costas uma criança e na cabeça, um volume. Mais cedo, enquanto fazia o reconhecimento da área com seu pelotão, Kunle soube que o exército federal queria, desesperadamente, tomar a cidade, pois a bombardearam tanto com ataques aéreos que ela agora estava reduzida a ruínas. Eles passaram por prédios destroçados, árvores queimadas, estradas bloqueadas por crateras e entulho — numa delas, metade de um caminhão estava mergulhada no chão. Ao lado da cratera estavam as ruínas de uma igreja que ainda conservava a torre do sino, com pássaros enfileirados sobre o seu teto. Em algum ponto da nave permanece na vertical uma escultura de mármore branco representando Nossa Senhora sentada com o filho sem uma das pernas no colo. Ele imaginava que muita gente havia morrido na igreja, pois o céu estava cheio de urubus, que voavam como pipas negras no ar corrompido com os gases dos cadáveres que apodreciam.

Kunle permanece ali um pouco, esperando que todo o pelotão se juntasse, e fica claro que Felix não tinha vindo para Aba com os comandos. Provavelmente, imagina então, tenha sido isso que o incomodara durante todo o dia. Não tendo podido se salvar da guerra ou salvar o irmão, ele ficou lá por causa dos companheiros e de Agnes. Agora seus companheiros não estavam ali, tampouco Agnes. O sol girou na sua centrífuga demasiadamente rápido e virou seu lado escuro, e assim, à luz do dia, na véspera da batalha que possivelmente seria a maior daquela guerra mortífera, Kunle está sozinho.

Quem olhasse de fora veria que a mente de Kunle está atordoada enquanto Steiner fala ao megafone com aquele inglês hesitante. Soa o clarim e a sua banda de vinte recrutas, vestindo a nova camuflagem de caçador de patos e com boina verde, pisa forte tocando clarins, flautas e tambores; à frente vão dois porta-bandeiras, um deles com a bandeira negra da 4ª Divisão de Comando e o outro com a bandeira de Biafra. Steiner dá um tiro de pistola e a banda começa a tocar a "Marcha da Legião Estrangeira" sob uma salva de palmas da multidão.

Kunle ouve o estrondo distante de artilharia e tiros de canhão que se sobrepõe aos vivas da plateia. Desde que chegaram em Aba, na véspera, eles estão ouvindo ação de artilharia — evidência de que as unidades de Biafra em sua luta para conter o avanço federal na cidade vão lentamente murchando. Agora a artilharia está mais próxima — talvez a não mais de vinte quilômetros de distância —, pois ele sente as reverberações sob seus pés. Vendo aquela multidão tão numerosa, Kunle sente medo. E se houver um bombardeio ali? Uma única arma antiaérea será capaz de protegê-los? E se um informante alerta os bombardeiros federais sobre a presença da multidão? Por que, pergunta-se ele, esse desfile está sendo realizado em plena luz do dia? Kunle tosse e seu novo ordenado, o rapazinho que ele estapeou, aproxima-se e diz:

— Sim, senhor.

— Eu não falei nada — grita ele.

Nos olhos do garoto, Kunle vê uma imagem fugaz de seu irmão: um olhar indefeso abrigado numa íris fria, como um veneno oculto. Ele verificou a data no sinal da operação: 22 de agosto. O encontro com Tunde ocorrera há mais de três semanas, mas ele ainda vê os olhos vermelhos do irmão como se tivesse sido na véspera, e na sua mente a voz persistente continuava pedindo: *Por favor, volte para casa!*

Outra explosão faz tremer o chão. Arde dentro dele uma sensação ruim. É como se seu coração tivesse bebido a água de um riacho escuro. Ele se vira com súbita energia e empurra o fuzil e a cartucheira para as mãos do menino.

— Segure para mim, eu já volto.

Vai primeiro na direção do galpão onde os comandantes igbo estão. Depois, como se empurrado por trás, dirige-se para um caminho estreito bloqueado em parte por entulho despejado do que provavelmente tinha sido um barranco. Dá outra vez ao redor para verificar se ninguém o viu, pois policiais militares com boinas vermelhas se postam no perímetro das cidades e aldeias onde qualquer unidade de Biafra está estabelecida. Com uma das mãos no peito e a outra contra a parede, ele pula para dentro do prédio; está ofegante e seu coração bate forte.

Durante muito tempo, ele fica ali, zonzo. Sente a garganta seca, e, quando cospe, há sangue na saliva, que deixa uma forma cinza no chão de terra. Algo levanta a cabeça no entulho e sobe correndo um lance de escada cheio de cascalho, cacos de vidro, espuma de estofamento e pedaços quebrados de cadeiras, tudo coberto de terra. O lagarto anda pomposamente por um monte de tijolos e madeira quebrados e sobe na ruína de uma parede que tem quase a forma do mapa de uma nação incipiente. No fragmento maior, com o vidro em pedaços, está dependurado o retrato emoldurado do coronel Ojukwu.

Ele corre, pensando que se pudesse se lembrar do caminho para o riacho onde o 1º Comando atacou poucas semanas antes estaria tudo bem, mas como chegaria lá? À sua esquerda, há um pequeno cômodo — um banheiro semidestruído, que cheira mal, com a privada repleta de tijolos,

316 *Chigozie Obioma*

roupas e pedaços de telhas. Um espelho quebrado está dependurado na parede azul e ele se vê ali pela primeira vez desde a foto que tirou com Agnes: mais escuro do que se lembra de ser, com o rosto cheio de cicatrizes, a lateral da cabeça com a marca do estilhaço quase desprovida de cabelo, uma falha nos dentes resultante do golpe dado pelo miliciano, o cabelo despenteado, embaraçado, cortado pela última vez por James semanas antes. Como se no espelho a imagem de um louco o tivesse espantado, ele entra na sala e sobe por um buraco de granada na parede.

Acaba saindo pelos fundos do mercado, andando com dificuldade entre barracões vazios e mesas empilhadas escurecidas. As moscas fazem barulho ali, reunidas em torno de fragmentos de carne estragada, legumes podres e deformados. O cheiro é como uma força que o faz avançar, e ele desvia para uma rua onde há prédios quase intactos. Ouve o som de passos e risos juvenis, e ao se voltar vê três garotos vestidos em frangalhos que correm para ele gritando:

— Comando! Comando!

— *Unu gaba!* — grita Kunle para eles, apontando para o mercado. Os meninos riem mais alto. Um deles tem na cabeça um capacete quebrado e outro segura a casca de uma bomba de dispersão. Ele pega um bastão, vacila, cai, e logo os garotos desaparecem.

Kunle corre em direção a uma casa diante da qual está estacionado um carro sendo carregado. No banco do passageiro uma mulher amamenta uma criança. Ele para a alguma distância dela e pergunta qual estrada vai dar em Umuahia. Segue a orientação dela, caminhando rapidamente para pegar uma estrada de terra estreitada por uma vala funda de onde despontam os restos de vários veículos. Corre para dentro do mato, rasga a camisa do uniforme e tira as galochas. A cruz de papel de Ndidi cai no chão.

Quando volta à estrada, com a camiseta verde desbotada grudada nas costas molhadas, ele quase não ouve a música do mercado. Finalmente encontra um grupo de refugiados, cerca de dez pessoas e algumas crianças, com apenas uma bicicleta entre eles. Durante alguns metros, anda com cautela atrás do grupo. Começava a se sentir à vontade quando vê uma bandeira de Biafra e depois um caminhão grande bloqueando a estrada. Pula de volta no mato. Levantando-se, vai para a direção oposta, com uma voz zangada e resoluta soando na sua mente: aconteça o que acontecer, não vai voltar. Se o pegarem, dirá que foi capturado por forças federais e estava tentando voltar para os seus homens.

Ele atravessa uma ferrovia abandonada cujos dormentes de madeira foram retirados. Um solitário vagão fechado com a inscrição ROYAL NIGER COMPANY e coberto de ervas está virado sobre os trilhos. A estrada no outro lado da ferrovia está tomada por estojos de cartuchos, granadas de morteiro e carcaças de veículos chamuscadas. Um deles, uma van prata chamuscada e virada para baixo, tem na lateral uma conhecida legenda escrita com tinta preta: ⅄AᴙᖷƎ ᗺIⱯꟻᴙⱯ. Por todo o mato espalham-se corpos putrefatos de soldados, despidos ou com pedaços de tecidos camuflados; brotam flores dos cadáveres e entre os ossos crescem cogumelos. Veem-se trincheiras destruídas, quase — ao que parece — recentes, onde mortos escurecidos e em decomposição estão sentados ou escarrapachados. Um cadáver se prostra contra o parapeito com vermes contorcendo-se no buraco de bala que ele tem nas costas. E ali mesmo, do lado desses vermes, está grudado um panfleto, igual aos que se espalham por toda parte no mato. A peça de propaganda federal anuncia uma "ofensiva final" e pede aos soldados de Biafra que se rendam e aos civis que se dirijam à cidade mais próxima que esteja sob controle federal. Kunle viu um panfleto desses no caminho de volta de Nkpa: o bombardeiro, em vez de despejar uma carga de explosivos, encheu o céu de papéis, que caíram sobre telhados e árvores, e espalharam-se pela estrada. Ele pegou um e leu. No outro lado do que parece uma trincheira para quatro homens, ele vê cordas compridas e escuras que ora se enrolam, ora se esticam. Ele vai até a extremidade e se dá conta de que aquilo são rabos de ratos que comem numa cesta o que outrora havia sido alimento. Precipita-se para trás e, quando para, vê ao seu lado uma atadura suja de sangue presa a uma moita numa extremidade e com a outra ondulando como uma bandeirola. Uma explosão de moscas verdes voa da folhagem, e ele foge.

Ele para quando fica claro que está novamente em terra ocupada, diante de um conjunto de cabanas de pau a pique cercadas com palha e que inclui um celeiro cheio de tubérculos podres. Uma das cabanas está danificada, com as paredes avermelhadas reduzidas a escombros. No quintal esparramam-se pedaços de coisas: uma panela de cabeça para baixo, um banco apoiado lateralmente numa árvore de akoko escura, pedaços de bastõezinhos de mascar e fragmentos de estilhaços, granadas de morteiro e cartuchos, trapos ensanguentados e gazes com sangue escurecido e antigo. Ele empurra lentamente a porta e estica o pescoço para dentro do cômodo úmido. Não há nada ali, salvo alguns livros no chão, molhados e enrugados, com as páginas grudadas umas nas outras. Quando entra no cômodo, ele aperta o torso através da camiseta e imediatamente senta no chão. Está aliviado. É arriscado, claro, mas se ele não enfrentar o risco morrerá ali, num lugar arruinado, por uma guerra que não é sua. Até mesmo Felix assumiu o risco, indo embora sem um documento de dispensa. Sem passe.

As palavras lhe soam tão alto na cabeça que ele olha em torno de si. Algo se mexeu no outro lado da casa. Quando ele olha, torna-se óbvio que o movimento foi de uma porta cuidadosamente rebocada de barro, como se fizesse parte da parede. Antes que ele possa se mover surge um velho que aponta para ele uma espingarda dinamarquesa. Kunle levanta as mãos.

— Exército de Biafra. Exército de Biafra, senhor! Por favor, senhor, não me mate.

Kunle geme, pois sabe que naquele momento ele não pode correr, não tem vontade de fazer nada, e que se aquele homem assim resolver, ele morrerá: morto por um velho numa casa semidestruída, longe do campo de batalha.

O Vidente passou a se dedicar à história do homem não-nascido, e agora, com o coração suspenso, observa o velho engatilhar a arma. Tenso e agitado, Kunle levanta as mãos, rendendo-se. Ele chora e suplica até o velho abaixar o fuzil. Depois de observá-lo por algum tempo, o homem, gesticulando, o leva para o outro cômodo e fecha a porta disfarçada. O quarto está cheio de madeira e sacos de areia. Um varal de roupas estende-se de uma parede a outra. O chão é de barro e tem um trecho escurecido pela água derramada da panela de cerâmica que está perto da parede. No canto, uma cama de bambu equilibra-se sobre um suporte improvisado com tijolos e tocos de madeira. Na cama de bambu está deitada a mulher do velho, com queimaduras escuras e a boca estriada e contornada por uma feia cicatriz. Numa banqueta ao lado da cama há uma garrafa com calamina, que está quase vazia e com muito líquido escorrido do lado de fora. O quarto é abafado e tem um cheiro desagradável de comida estragada. No entanto, o Vidente nota que o homem não-nascido começa a relaxar, pois pergunta ao velho onde fica aquele lugar.

— Owerrinta — informa o velho, ainda empunhando a arma. — Aldeia de Owerrinta.

Olhando para a luminária, Kunle calcula que a aldeia não deve ficar longe de Aba. Se ele puder ir para o sul talvez consiga chegar a Ikot Ekpene, ou pelo menos até a autoestrada de Port Harcourt. Ele se levanta e começa a sair, mas a mulher grita:

— Não ir! Não ir!

Kunle fica olhando para a porta, mas lentamente recua e senta-se na única cadeira do quarto. Está cansado, pois dormiu pouco nos últimos dias. Vai descansar durante um ou dois dias e depois voltará a procurar o irmão.

O Vidente suspira aliviado quando o homem não-nascido senta-se em segurança. Fecha os olhos e decide parar um pouco. Já viu muita coisa e ainda há muito por ver. Reflete que parte do que viu até o momento — o encontro do homem não-nascido com o irmão, as feridas deixadas pelas muitas lutas do passado — guarda semelhança com a sua própria história. Quando ele estava no internato, o pai quase matou sua mãe durante uma bebedeira. E o desentendimento entre o casal — que culminou com a mãe indo embora, sem ele e a irmã, para nunca mais voltar — moldou a sua vida. Mesmo depois de tantos anos, o Vidente ainda espera um reencontro com a mãe. Certa vez, como um bêbado, ele tomou um ônibus para Ijebu Ode, a cidade onde ela morava, mas desceu na metade do caminho ao perceber que não tinha o endereço dela.

Ele havia começado a se perguntar que impacto essa visão terá na sua vida. Será capaz de viver, sabendo que um dia no futuro haverá aquela guerra e aquele grande sofrimento para milhões de pessoas? Essas coisas só terão peso se ele for incapaz de apresentar sua visão àqueles para quem Ifá a destina. Ele sofrerá a dor de levar isso dentro de si pelo resto da vida?

O Vidente pondera que não deve pensar nisso. Seu mestre lhe disse muitas vezes que não cabe a um vidente preocupar-se com as escolhas de Ifá em relação à visão, para que ele não assuma a direção das coisas, e, ao fazer isso, entre em discordância com Ifá.

Ele começa a cantar louvores a Ifá, mas se refreia para que o homem não-nascido não o ouça. Olha para cima enquanto amarra na cintura o cordão da calça. A estrela está oculta por uma nuvem que passa — uma flutuante massa cinza. Quando a nuvem se vai, a estrela cria a ilusão de presença expandida, como se tentasse atrair outras e ser circundada por elas. O Vidente entende esse momento: o nascimento da criança é iminente. Ele se precipita em direção à tigela e, ao se sentar no tapete de ráfia, ouve a voz do homem não-nascido.

28.

KUNLE ESTÁ HÁ MUITO TEMPO olhando para o lampião, e quem o observasse poderia ver que ele se sente contrafeito. Ele pressente que algo está por vir — algo cujos passos ele ouve, mas cujo rosto não vê. Esse sentimento começou a se manifestar três dias antes, quando ele saiu de casa pela segunda vez em mais de dois meses desde que começou a viver com o casal de velhos. Ele gastou grande parte do tempo planejando a partida, mas estava temeroso demais para dar esse passo. Por toda parte há policiais militares nas cidades vizinhas, e em algum ponto a leste há uma posição defensiva de Biafra. Em vez disso, ele passa o tempo cuidando da mulher quando o velho sai para buscar suprimentos e lendo — sobretudo revista *A sentinela,* das testemunhas de Jeová, que de vez em quando o velho lhe leva. A mulher ficou ferida durante um ataque aéreo num mercado, que matou a única filha do casal. Tinha nas costas cicatrizes de queimadura e frequentemente ficava nua, com loção de calamina no corpo escurecido.

Três noites antes, Kunle havia saído da casa e percorrido uma rua vazia. Tinha medo de ser localizado, mas ansiava por ver o mundo além da casa semidestruída. A lua clareava a noite. Tendo na cabeça o que Agnes havia dito sobre observar as pequenas coisas, ele ficou olhando para os vagalumes que brilhavam no meio da vegetação em meio à serenata da lamúria ensurdecedora dos grilos e do coaxar dos sapos. Erguendo o olhar, viu à distância, sentado num monte, um homem envolto numa capa branca. Seus olhos se fixaram naquele espetáculo, que tinha grande semelhança com uma visão que sua mente não conseguia localizar, mas então algo se mexeu no capim atrás dele. Quando ele dirigiu os olhos para a visão, não havia nada além da silhueta escura das árvores. Kunle fechou os olhos e os abriu novamente, mas continuava não havendo monte e tampouco um homem com capa branca.

Agora já faz três dias que Kunle está pensando sobre a semelhança existente entre essa visão e a que ele teve nas colinas Milliken, e o velho e sua mulher lhe perguntam o que há de errado. No entanto, ele se aferra ao conselho de Agnes, de conservar a experiência só para si mesmo. E, nessa noite, depois de comer o mingau de inhame insosso, o velho volta a perguntar se ele está bem. Kunle balança a cabeça, mantendo os olhos fixos na chama amarela que tremula no lampião. Eles já haviam consumido quase todo o combustível e agora a luz está escassa. O velho resmunga e reprime um arroto.

— Eu espero que você não saia de novo.

Kunle olha para o velho, que tem a mulher do lado.

— Não, senhor.

Eles comem em silêncio, como eremitas encerrados fora do mundo. Depois Kunle ajuda o homem a pôr a mulher na cama, limpa as feridas dela e aplica mais loção. O corpo dela está manchado: amarelado em alguns pontos, púrpura em outros, mas, sobretudo, escurecido. Cada palmo é uma fonte de dor. Em pouco tempo, ela está roncando, e o velho, esfregando a cabeça calva, lhe conta que há um boato sobre a aproximação do inimigo, razão pela qual ele não saiu para buscar mais querosene. Kunle ouve ansioso, pois nos últimos dois meses o velho se tornou sua única conexão com o mundo. Poucas semanas depois da sua chegada, o homem lhe contou que, de fato, Aba havia caído. Naquela noite Kunle chorou: pelos comandos, por Steiner, por Biafra. Em outras ocasiões, por meio das notícias trazidas pelo velho, ele soube do estado da fome, da escassez de sal e comida, e da falta de combustível por causa da captura do campo de Egbema pelos federais.

Ele está pensando no homem da colina enquanto presta atenção ao velho, quando ouvem batidas na porta do cômodo, do lado oposto à parede disfarçada. O velho apaga o lampião, pega a espingarda dinamarquesa e fica atrás da porta, trêmulo. Eles ouvem homens falando em igbo no outro cômodo, afirmando que ali era onde "o homem" tinha sido visto. O velho olha para ele e Kunle percebe que agiu mal. Alguém na aldeia o viu e desconfiou que ele seria um jovem que se escondia dos recrutadores ou um desertor. O velho e ele sabem que os homens do outro lado ouvirão o menor som que fizerem. Assim, durante algum tempo eles se olham. Então a mulher, acordando, diz alguma coisa, e o homem, apontando para a parede com os sacos de areia, grita:

— Corre!

Kunle pega os sapatos e de repente parece não haver barreiras: nem porta nem sacos de areia. Ele se levanta dos destroços da janela disfarçada sentindo dor nas costas, nas panturrilhas e na cabeça, e com o sangue de algum corte escorrendo pelas costas e pela camisa. Já está na rua vazia com sua sombra à frente dele, fundindo-se aos contornos imóveis das árvores. Ganha a floresta fechada, com o sangue ensopando as costas, a visão obscurecendo e as pernas perdendo força. Depois de algum tempo, ele diminui o ritmo e passa a andar, com a lua cheia pairando sobre a plantação. O luar emoldura-lhe a imagem, levando seu destino como uma corcova nas costas curvadas. Os pensamentos flutuam na sua cabeça como coisas alheias: ele devia pegar a direção de Ikot Ekpene, onde está uma guarnição federal; devia procurar Agnes; devia encontrar Tunde. Por fim, ele cai entre duas elevações do solo, com os olhos toldados e o coração batendo forte.

Quando acorda, o sol brilha e faz calor. Ele conclui que já está pelo menos em meio à tarde. Senta-se apressadamente, olha para ver se há alguém por perto, mas nada vê além de um espantalho e pássaros sobrevoando-o. Ele está numa fazenda, entre plantações de inhame e mandioca, com as palmeiras crescendo em fileiras longas nas duas direções. Um louva-a-deus pousa na sua perna e a poucos metros dali formigas-soldados andam enfileiradas. Ele rememora o incidente de Bube-Orji e, sem saber

A ESTRADA PARA O PAÍS 325

por que, sorri. Cava com um galho à procura de alimento, mas encontra, monte após monte, apenas cabecinhas de inhame com longas gavinhas. Ele morde as mudas de inhame cru, mastiga e cospe.

Durante meia hora, ele caminha pela floresta densa, faminto e com sede, cuspindo uma saliva verde ainda grossa por causa do gosto forte do inhame verdoengo. Às vezes uma onda de angústia o toma de assalto na forma de temores quanto ao destino do velho e da mulher ou quanto ao paradeiro de Agnes. Por ter se perdido nas duas vezes que tentou deixar Biafra, ele resolve que agora, apesar dos perigos, ficará o mais próximo possível das estradas. Embora não tivesse um mapa, nem senso de direção, com o sol coberto pela copa das árvores, ele acha que a estrada já não é visível e que está perdido na floresta. Pega uma lesma numa árvore, mas o animal seco se esfacela na sua mão e não há nada que ele possa comer. Depara-se com uma palmeira, sob a qual há uma abundância de frutos. Empanturra-se com eles até não suportar mais o sabor forte de óleo cru e ter os dedos vermelhos.

Já está escuro quando chega a uma estrada deserta ao lado de uma aldeia. A via está deteriorada e entulhada com o que deve ser o resultado de um ataque aéreo. O ar tem um forte cheiro de material queimado e está repleto de cinzas. Entre as roupas, pneus de carros,a porta de alguma casa, baldes plásticos quebrados, vê-se um Renault, parado logo antes de uma fenda profunda no macadame. Pelas portas abertas, vê-se um homem sentado com uma perna pendurada para fora. Alguma coisa vaza do porta-malas e o som rápido do líquido caindo enche a noite. Uma rajada de vento vinda do leste varre na sua passagem a cinza que está no macadame.

Kunle dorme na cabine de uma caminhonete estacionada mais adiante, perto do mato. O veículo está sem os pneus e os bancos dianteiros, restando apenas o desgastado banco traseiro, e as janelas estão quebradas. Ele sente um cheiro estranho de algo que se deteriorou ali dentro, mas esse mau cheiro é filtrado pelo ar que entra pelos vazios das janelas. Sob o volante há pertences: saias, uma pilha de livros, bastões, maços de cigarros vazios. Ele descansa sob a luz azul da lua. Quando abre os olhos novamente, vagalumes piscam sobre o teto do carro. Ele os contempla,

326 *Chigozie Obioma*

vendo Agnes segurá-los com as mãos em concha naquela noite no pátio do hospital.

Quando a manhã clareia, Kunle vê que há sangue em todo o piso da caminhonete, misturado com penas, trapos, terra e o que aparentemente são dentes humanos. Ele pega um comunicado de operação que está sob o banco. As extremidades do papel estão manchadas de sangue e terra, mas a mensagem ainda está legível:

OP IMM. 1/7/1968
PARA: 2/Ten. Moses Nwanya
DE: Comte 69 Btl, Bda. S
ASSUNTO: Solicitação Reforço Urgente

Em cima da hora. Inim bombardeia estrada de Osu. Tropas precisando muito de reforço. Alta mortandade. Nenhum inimigo morto. Favor tratar como urgência.

Ass: I. N Ebbe
Comdt 69º Batalhão, Bda. S

Ele põe o papel no bolso. O que aconteceu com aquele sinaleiro? Por que o homem estaria naquele lugar? Kunle olha para as perfurações de bala na lateral do veículo. Por todo o seu interior, há marcas de palmas de mão ensanguentadas, assim como na única árvore próxima. Ele pega na pilha perto do volante um boletim *Leopard* e caminha pela floresta densa durante horas. A neblina poeirenta da estação do harmatã domina tudo, dificultando a visibilidade a mais de poucos metros. E, enquanto o sol se levanta, começa em alguma estrada o ruído de carros transitando. Como um demente, ofegante, Kunle chega à estrada. Depara-se imediatamente com um campo de grama e uma velha agência de correio. Homens nus até a cintura, com as mãos amarradas nas costas, estão sendo levados para a agência do correio, em cuja fachada está pintada a insígnia do sol nascente de Biafra. Outros dois homens fazem o exercício do pulo do sapo próximos ao muro, com o saco balançando entre as pernas. Ele ouve um som à sua esquerda e se vira: é um comboio de dois policiais militares em motos. Ele pula de volta para a floresta, largando o boletim.

Chega a uma ponte sob a qual um rio cor de lama ondula num declive acentuado, serpeando pela floresta. Depois de ter bebido bastante água e ficar ensopado, ele vê que a ponte leva a uma estrada, tão tranquila que só se ouve o som dos pássaros. A inquietação que sente inflama seu sangue. Somente na semana passada, pela primeira vez depois de mais de dois meses, o velho lhe perguntou sobre a guerra. Kunle ficava com medo durante a batalhaas batalhas? E ele disse que sim, mas que quando estava lutando tentava não pensar nesse medo. Não se pode temer algo sobre o qual não se pensa. Você pensa em se separar da sua família, do seu corpo, dos seus sonhos — é isso que aterroriza a pessoa. Se, em vez disso, pensamos no inimigo, no seu movimento e na sua blindagem, então o medo torna-se apenas uma sombra, em vez de algo concreto.

Kunle para num campo recém-incendiado, com cinzas subindo das árvores e plantas chamuscadas, e se pergunta o que pode vir de uma ou outra direção. Ele estará no caminho de tropas que avançam ou se retiram? Com o máximo cuidado para não ser percebido, refaz seus passos, dirigindo-se para a outra margem do rio. Talvez fosse mais seguro atravessar que pegar a estrada. Vê que nessa margem há uma profusão de cartuchos usados e também bombas de morteiro vazias, e o invólucro enferrujado de um lançador de foguete. Mais além, há soldados biafrenses mortos, com o corpo semicoberto pela areia da margem. Um deles tem o rosto virado para baixo e o corpo oculto a partir da cintura pela areia.

O cheiro dos cadáveres revolta seu estômago, e ele cospe várias vezes. Caminha olhando para cima, pois descobriu que precisa evitar olhar para o rosto dos mortos. Se vir apenas os corpos, estes continuam sendo apenas cadáveres e carne em decomposição, mas se olhar para os rostos, eles se tornam pessoas — pessoas *mortas*. Ele caminha entre os corpos destroçados e informes que jazem no pavimento destruído como pilhas de roupas velhas. Para e vê, circundada por sangue escuro, uma mão com apenas um ombro ligado a ela e ainda com a manga da camisa. Olha para baixo: ao lado está uma perna isolada, calçada com uma bota. Ele grita *"Oluwa mi oh!"* e se apressa. No rio há árvores partidas, um tanque federal que flutua, uniformes, galhos de árvores, armas e corpos na superfície, com os braços abertos.

Kunle para, aperta o peito para conter o tremor do coração, pois então fica claro para ele que aqueles são mortos de alguma batalha recente e que ele entrou numa área ativa de guerra. Recuando alguns passos, corre agachado sobre a ponte, em direção à estrada.

Algo passa voando por ele e cai na água. Ele desvia, joga-se no chão, trêmulo, pois uma bala quase o atingiu — se estivesse apenas três centímetros mais para a esquerda poderia ter morrido. Fica deitado com o rosto coberto de lama, com as mãos erguidas, e gritando:

— Sem arma! Sem arma!

Há um vozerio. Da floresta, surgem homens cobertos de folhas, com o rosto coberto de folhas verdes, descalços e com uniformes rasgados. Ele vê, pela insígnia do sol brilhante na manga da camisa de um deles, que são soldados de Biafra.

— Brigada do 4º Comando! — grita Kunle. — Tenente!

— Levante-se e venha, de mãos para cima! — ordena um deles. Ele se levanta cambaleante, com as pernas cansadas.

— Não! Não, venha por ali. Não se mexa… Vire para a esquerda e venha. — Quando ele se vira, percebe que a terra vermelha está desnivelada onde quase pisou. Seu coração acelera: ele estava a poucos centímetros de uma mina. — Sim… sim, por aí, rápido. — O oficial corre para ajudá-lo. — Eles estão vindo!

29.

A HISTÓRIA É TÃO VELHA quanto o próprio tempo, contada em várias culturas e por todos os povos: um homem é empurrado para algo que está além dele e que não é dele, de algum modo, por um golpe de sorte, tem sucesso na missão. Nesse caso, Kunle — prestes a ser condecorado — está diante do tenente-coronel Joseph Okeke, comandante da sua brigada nos últimos seis meses. Okeke, um homem alto e de ombros largos que lembra Ekpeyong, é mais velho que ele pelo menos vinte anos e tem uma presença tão imponente que faz jus ao nome dado por seus soldados: "Papai Joe". Eles estão no centro de uma sala que já havia sido uma fábrica de calçados, e têm, do outro lado de uma mesa, comandantes de outras unidades do exército de Biafra e o Madiebo.

Durante quase três meses, começa o tenente-coronel Okeke, a 61ª Brigada manteve a sua posição de linha de frente perto da estrada de Awka-Onitsha, em trincheiras fortificadas nos dois lados da estrada. Durante meses, as tropas federais tentaram desalojá-los com artilharia, e o front de vinte quilômetros tornou-se um terreno baldio cheio de carcaças de granadas e mortos não enterrados. Todas as tentativas de ataque terrestre foram repelidas por esses homens valentes que usaram minas Ogbunigwe biafrenses, feitas com serragem. Determinadas a superar o impasse, as tropas federais puseram a certa distância dali um atirador de elite com fuzil dotado de mira telescópica.

O atirador, disparando em qualquer coisa que se mexesse, impossibilitou a mobilidade até mesmo à noite.

O tenente Peter Nwaigbo, que está aqui, diz o tenente-coronel Okeke apontando para Kunle — que agora é o seu assistente de comando —, era o responsável por essa área. Nwaigbo estava com seus soldados numa trincheira de comando quando o atirador matou seu assistente e acertou o olho esquerdo de outro oficial. Durante todo o dia eles ouviam o espocar violento das balas pela superfície, perfurando os mortos, atingindo invólucros de granadas explodidas, cutucando sacos de areia e levantando uma nuvem contínua de poeira. Durante dois dias, Nwaigbo e seus oficiais ficaram ali na trincheira de comando, famintos e insones, com os mortos e os agonizantes acotovelando-se ao redor deles. Então, por volta de duas da madrugada do terceiro dia, Nwaigbo levantou um guarda-chuva. Como nada aconteceu durante cerca de dez minutos, ele e seu ordenado pegaram seus fuzis e granadas de fragmentação e se arrastaram entre os destroços no campo, evitando os caminhos das suas próprias minas, rastejando em meio aos corpos já meio podres dos companheiros mortos. Depois de adentrar uns duzentos metros na terra de ninguém, eles viram três pessoas: dois soldados federais com uma lanterna e um homem branco. O homem branco subiu por uma escada até o topo de uma palmeira alta e Nwaigbo arremessou na direção dele uma granada. A explosão rachou a palmeira e matou o atirador. Nwaigbo ouviu uma voz gritando: "Eles não matam Ifanofish! Eles não matam Ifanofish!".

Enquanto os oficiais vestem Kunle como capitão, com as três estrelas na dragona, e dão vivas ao capitão Peter Nwaigbo, ele tem uma sensação de vertigem, como se estivesse novamente passando por uma experiência de externalidade do corpo. Poucas noites antes, Ojukwu entregara-lhe uma medalha no abrigo secreto do dirigente biafrense em Amorka. Tudo isso deveria deixá-lo feliz, despertar nele algum orgulho. No entanto, ele sente apenas um vazio que não o abandona. Senta-se ao lado do seu comandante e tenta se concentrar no discurso importante sobre o plano do exército de Biafra para retomar à cidade de Aba, com a mente vagando por pensamentos em Agnes e em Tunde, nos seus pais, no Vidente, em Felix. Agoa,

332 *Chigozie Obioma*

porém, ele precisa examinar com atenção o mapa aberto sobre a mesa instável e fazer anotações enquanto o general Madiebo dá ordens diretas para a brigada.

O general Madiebo se levanta com sua equipe.

— Vamos terminar, já são quase cinco horas.

Sem o elegante chapéu comprido com a lista vermelha e o emblema também da mesma cor, com o brasão de Biafra, o general parece diferente do homem que Kunle viu algumas vezes no setor de Enugu cerca de dois anos antes, quando Madiebo era o brigadeiro que comandava a 51ª Brigada. Seu rosto está curtido de sol e uma cicatriz atravessa-lhe a testa.

— Então, senhores, fase número um: 61ª Brigada.

Os outros comandantes assentem com a cabeça.

— Vocês têm de cortar todas as ligações entre Aba e o Sul — prossegue o general Madiebo. — Mandem o 1o Batalhão, eles devem se mexer rapidamente, certo? Enviem a infantaria de Obokwe para Ala Orji, depois liguem com a antiga estrada para Port Harcourt. Quando estiverem instalados lá, mandem um sinal operacional. Entendido?

Kunle e o tenente-coronel Okeke gritam:

— Entendido, senhor!

— Assim que estiverem instalados, imediatamente. Repito: imediatamente, mandem a 2ª Brigada para a área norte, façam a limpa em Ohabiam. O inimigo não tem veículo blindado ali; apenas atiradores…

Kunle volta a sentir sua mente se dispersar, dessa vez presa ao rosto de Agnes quando ela posa diante da câmera.

—… então a fase dois começa imediatamente — prossegue o general. — Passem seus homens para perto da cabeça da ponte sobre o rio Aba o mais rapidamente possível, depois mandem mais homens para liberá-los para seguir até Azumini.

— Entendido, senhor! — gritam todos, e então eles se levantam rapidamente e se despedem. O general Madiebo passa no pescoço um lenço branco manchado, olha para o ventilador de teto que gira lentamente porque muitas usinas de Biafra foram explodidas e a eletricidade opera com meia capacidade. Depois olha para as paredes, com camuflagem e muitos sacos de areia do lado externo, pega seu chapéu pontiagudo e todos batem o pé em despedida.

A ESTRADA PARA O PAÍS 333

Kunle segue seu comandante na saída da sala, carregando as anotações feitas por ele. Está quente, o sol brilha na sua temperatura mais feroz. Desabotoando o alto da camisa, o comandante emite um som sibilante e balança a cabeça. O carro do comando que eles usam, um Peugeot 404 velho, amassado, com duas perfurações de bala na porta direita traseira, está sendo reabastecido pelo ordenado e pelo motorista do tenente-coronel. O motorista extrai gasolina TEL — a gasolina com o aditivo chumbo tetraetila — de um galão, sugando com a boca e em seguida introduzindo o tubo no tanque do carro. À luz do sol, a tinta prateada do carro passou a ser marrom-enferrujado. Os faróis dianteiros estão reduzidos a vidros quebrados e uma lâmpada dependurada na ponta de fios descascados. Há muita terra seca no interior, que entrou por buracos feitos pela chuva no assoalho do carro. Desde que se integrou à 61ª Brigada, 12ª Divisão, Kunle se surpreendeu com a grande diferença entre esses soldados e os comandos de Steiner. Os homens se vestem com uniformes surrados, frequentemente retirados de soldados inimigos capturados ou dos cadáveres de soldados de Biafra. Quase todos estão descalços. Sua roupa tem lama, urina, sangue, suor e todos os tipos de sujeira que há nas trincheiras, e com isso o cheiro desses homens é terrível. Uma vez esse cheiro fez Kunle retardar uma marcha ofensiva com sua companhia; aconteceu de eles passarem por um rio, e então ele forçou todos os homens a se lavarem antes de continuarem. Seus homens receberam apenas cinco rodadas de munição para cada batalha, esperando capturar mais dos soldados inimigos. Mas eles lutaram, naqueles meses de confrontos implacáveis, com uma coragem e determinação que igualava e por vezes superava a dos comandos.

Enquanto rodam, o tenente-coronel Okeke fica falando sozinho, balançando a cabeça. Sua respiração fede, num misto de catarro e comida. Ele diz algo e faz o sinal da cruz. Kunle vê que está com medo.

— Ah, antes que eu me esqueça, capitão Nwaigbo — diz o tenente-coronel Okeke virando-se para ele.

— Sim, senhor!

— Você pode ir ver sua mulher e a criança antes do começo da ofensiva.

— Ah, obrigado, senhor! *Daalu* — diz Kunle junta as mãos e curva-se

O tenente-coronel Okeke sorri.

— Não demore. Nós temos 48 horas antes da hora H. Vá.

Eles estão de volta em Ala-Orji, a quinze quilômetros de Aba, que está ocupada por tropas federais. Kunle precisa ser cuidadoso ao decidir seu trajeto na massa encolhida de terra que agora constitui Biafra. Rapidamente ele encontra o homem de meia-idade que serve de ligação para a brigada. O homem o leva na sua moto por uma estrada que parece secreta, entre terras densamente cultivadas. Durante um longo trecho, eles são retardados por um homem muito magro e encharcado de suor que empurra um carrinho de mão estridente, com pneus quase vazios. O carrinho transporta o corpo de uma mulher que teve arrancado um grande naco de sua barriga; o lençol que a cobria fora comprimido dentro do buraco. A cabeça vira de um lado para o outro, como se estivesse desacordada, enquanto o homem desloca o cadáver por buracos e pelo asfalto arrebentado. Talvez a alma da morta esteja do além pedindo a esse ser que a amava para que a enterre e a deixe descansar. Finalmente eles ultrapassam o homem, que tem no rosto uma raiva amarga, horrorizada, e logo chegam a um lugar no mato onde estão estacionados carros e caminhões estranhos,em situação mais do que precária.

Ao se sentar num dos carros, Kunle se pergunta o que poderá acontecer dessa vez — sua última tentativa de sair de Biafra o aterrorizou tanto que ele afastou da mente todos os pensamentos de fuga. Os homens que o pegaram perguntaram-lhe seu nome, e ele disse "Peter Nwaigbo" com um sotaque que os deixou desconfiados. Eles lhe pediram para falar em igbo "Estamos na estação do harmatã", e como ele não foi capaz disso, tomaram-no por um espião ou sabotador. Começaram a prender suas mãos, mas então ele alegou que era um soldado de Biafra. Mostrou-lhes suas cicatrizes e descreveu em detalhes a batalha de Enugu. Eles o levaram para o tenente-coronel Okeke, que, com uma expressão sombria, disse: "Você é mesmo um soldado, então confesse para mim o que aconteceu". Temeroso, ele disse apenas que havia acordado numa aldeia controlada pelo exército federal, longe de seus homens, e fora abrigado por uma família leal a Biafra atrás das linhas inimigas enquanto esperava poder se reunir com eles. O comandante telefonou para a 4ª Divisão de Comando e falou com Emeka — que fora promovido a major. Kunle ouviu, com o coração travando uma batalha lenta e meditada, quando a voz de Emeka voltou: "Ele era um oficial muito respeitado na guarda de elite de Steiner. Acreditamos que seu relato seja verdadeiro". Salvo da corte marcial, Kunle ficou ali, quase incapaz de conter o choro. Pois ele não tinha tido proximidade com Emeka e desconfiava que teria sido Felix, de volta aos comandos, que havia levado Emeka a salvar sua vida. Posteriormente, depois de o tenente-coronel ter pedido que ele ingressasse na 61ª Brigada com a patente de tenente, Kunle perguntou por que não telefonaram para Steiner, em vez de Emeka. O tenente-coronel e seu ordenado dirigiram-lhe um olhar surpreso. Ele não tinha ouvido que Steiner e a maioria dos mercenários dele haviam sido deportados de Biafra algemados?

Outras razões contribuíram para que ele desistisse de desertar, e uma delas foi a brutalidade das tropas nigerianas. Em Emekuku, quando entraram na cidade, atiraram em todos: mulheres, crianças, soldados, enfermeiras, médicos. Ainda mais sinistro foi o que fizeram com os estrangeiros: padres e freiras irlandeses, voluntários da Cruz Vermelha. As tropas federais tinham começado a tratar qualquer estrangeiro que encontrassem em Biafra como mercenário e simplesmente o executava.

O carro entrou em Owerri, a nova capital de Biafra desde a queda de Umuahia. Ele pensa imediatamente que Agnes não pode estar ali. Não há nenhuma casa em pé, apenas as ruínas das residências antigas, destruídas em muitos meses de luta e ocupação pelas forças federais, e construções novas recém-concluídas. Por toda parte há grupos de homens com uniforme do exército de Biafra. Não há sinal de hospital. Kunle se afasta da janela. Nas últimas semanas, ele tem pensado que ela já deve ter dado à luz, que as suas responsabilidades mudaram: já não são com seu irmão ou seus pais, mas com a sua mulher e o filho inocente que eles têm. Se ela não estiver ali, poderá estar em qualquer lugar do pequeno trecho de terra que é Biafra agora, composta apenas por duas cidades: Owerri e Orlu, algumas vilas e muitas aldeias e campos de refugiados. Bem a propósito, um homem chega de carro e convoca passageiros para Orlu, para onde Kunle ouviu dizer que o Hospital Rainha Elizabeth se mudou depois da queda de Umuahia.

No carro avariado que o leva para Orlu, Kunle está espremido entre duas mulheres, uma delas amamenta uma criança. O filho e a mãe parecem saudáveis, embora um pouco magros. Ele não se lembra quem foi que falou, mas

336 *Chigozie Obioma*

já ouviu alguém dizer que Biafra é o único país do mundo em que não há gente gorda. Semanas antes de sair da casa do velho, ele viu pela segunda vez uma criança com kwashiorkor. O velho havia encontrado a mãe da criança na rua, perto da casa. A menina era espantosamente magra e com a barriga tão grande e distendida que Kunle via a pele nos lados começando a se abrir. Seus olhos eram amarelo-claros e secretavam um pus aquoso que fazia as pálpebras grudarem. O cabelo era avermelhado e eriçado como o de uma idosa muito doente. O velho torrou sementes de melancia para a criança comer. Mais tarde, naquele mesmo dia, eles a alimentaram com um rato selvagem que o velho havia tirado de uma ratoeira. No dia seguinte Kunle cuidou da menininha, que caiu num sono profundo. Quando acordou estava tão revitalizada que foi capaz de se movimentar e estender os braços escuros e enrugados. Seus olhos tinham agora alguma vida e pareciam muito diferentes de quando ela chegara na véspera, fraca demais para chorar, com um gemido terrível escapando do seu peito ossudo enquanto ela murmurava sem parar: *"Aguu, aguu, aguu..."*.

Kunle encontra em Orlu o hospital, uma instalação improvisada no que antes havia sido um seminário, agora com o conhecido emblema da Cruz Vermelha no telhado e nas paredes. Em frente ao prédio, ele vê uma multidão de soldados feridos e civis mutilados por ataques aéreos. Sobre esteiras estão deitadas pálidas crianças nuas, vestidas apenas com sua pele fina, como se fossem criaturas do além. Kunle quase pode enxergar suas vísceras. Entre as pernas de uma das crianças está caída a ponta de um tecido mole e desgastado — que provavelmente já havia sido uma calça —, enrolado na sua cintura. Em torno da multidão, quatro homens seguram longos bastões com velas de casca de palmeira na extremidade, balançando-os intermitentemente para o exército de urubus empoleirado nas árvores, nos telhados e no capô dos veículos estacionados.

Ele se reúne à multidão que tenta entrar no hospital, mas um guarda com uma longa vara não lhes permite avançar.

— Ocupado! Ocupado! — o homem repete com a cara fechada.

Kunle espera do lado de fora sob uma árvore, perto de uma mulher cujo nariz está tão inchado com um bócio debilitante que ele se pergunta como é possível ainda estar viva. Seus gemidos intermitentes o atingem como chicotes enquanto ele olha para a porta, desesperado para ver surgir algum membro da equipe para quem ele possa perguntar sobre Agnes. Ele está suando, abanando-se com o passe, quando o médico branco que viu em Umuahia sai, descalçando um par de luvas ensanguentadas. As pessoas imediatamente o cercam. Kunle se une a elas, seguindo o homem, que se dirige rapidamente para um carro estacionado numa extremidade do terreno.

— Doutor, eu só quero saber onde está a enfermeira Agnes! — grita ele no último momento.

O médico para, esticando o pescoço acima da massa de corpos em torno dele.

— Enfermeira Agnes Ezka? — indaga o médico branco.

— Sim, senhor! Sou o marido dela.

O médico faz sinal à multidão para que deixem Kunle se aproximar.

— Sou capitão… 61ª Brigada no setor de Aba, senhor. Onde é que ela está?

— Acho que ela não está aqui, senhor… Ela deu à luz a filha, como o senhor sabe… em dezembro. — O médico coça o rosto, depois o braço abaixo da camisa, que tem as mangas dobradas até o cotovelo. — A criança é sua filha?

— Sim, é sim. — Ele hesita. — Minha filha.

— Ah, parabéns, senhor. Ela está bem. A enfermeira Ezka devia voltar para cá depois de dar à luz, em maio, creio eu. Mas o senhor sabe como estão as coisas… fomos evacuados em fevereiro, como o senhor vê. Ela não apareceu desde então. Provavelmente não sabe que continuamos nosso atendimento aqui. Imagino que a razão seja essa.

— Eu…

— Me desculpe, oficial, mas eu preciso ir. Muita coisa por aqui, está vendo?

Kunle assente com a cabeça.

— Obrigado, doutor!

— Boa sorte e até mais.

***

Os homens da 61ª Brigada não são pagos, e por isso ele não tem dinheiro. O que quer que o Banco de Biafra pagasse à brigada era doado a uma agência local do "Exército Terrestre" de Biafra — um grupo criado por uma proclamação de Ojukwu no início do ano que reúne fazendeiros dedicados exclusivamente ao cultivo de todos os campos e a evitar a fome em massa no enclave biafrense sitiado —, que produzia alimentos para a brigada. Assim, Kunle fez esta viagem para Orlu requisitando passagens ou recebendo-as graças ao respeito ou ao medo da pistola dependurada em seu cinto e das três estrelas em cada ombro. Agora, com o sol se pondo, não sabe onde dormirá. Ele passa por um armazém convertido em posto de abastecimento da Cruz Vermelha. Dois caminhões com cruzes vermelhas pintadas estão estacionados do lado de fora, descarregando rações de leite em pó e peixe curado para os aldeões doentes e famintos que estão numa longa fila.

Ele se sente subitamente tomado por um desejo tão forte que dá um passo atrás, colidindo com uma senhora ajudada por outra a chegar até a fila. Desculpando-se, ele se afasta rapidamente, determinado a fazer algo a qualquer custo. Há uma criança que ele precisa viver para conhecer. Há seus pais, de quem nem mesmo Tunde ouve falar há muito tempo. Por que há uma tampa tão bem encaixada na vida, nesse mundo, em tudo? Ele chuta uma vasilha de plástico quebrada que está na rua e a água lamacenta nela contida respinga na sua calça.

Dobrando uma esquina, ele para num pequeno abrigo onde há homens paramentados como magistrados fazendo a defesa de um rapaz algemado diante de um banco isolado. Kunle e os outros haviam se surpreendido com o julgamento de Felix por matar o sabotador, feito pela corte de justiça de Etiti apesar da guerra. A poucos metros da corte um homem sem pernas sentado num carrinho de mão levanta uma tabuleta com inscrições e grita:

— Me ajude! Por favor, me ajude, em nome de Ahiara! Ahiara diz que todos os biafrenses devem tomar conta de seus irmãos. Me ajude!

À margem do mato está a carcaça avermelhada, enferrujada, de um veículo blindado.

Kunle para sob um coqueiro e diz, batendo no peito:

— Olhe para mim, sujo como um porco. Que vida é esta? Eu preciso fazer alguma coisa. Morrer… que seja!

Ele tropeça, com a visão toldada pelas lágrimas, e se levanta com o coração subitamente acelerado. Não vai lutar na ofensiva de Aba. Não. Já não há nenhum propósito nessa guerra, nenhuma chance de que o inimigo desista ou seja conquistado. Os biafrenses, profundamente lesados, vão continuar lutando sem armas contra um inimigo que se torna a cada dia mais feroz e mortal. O mais terrível de tudo, porém, é a ofensiva que se aproxima. Como a sua divisão mal equipada enfrentará os vinte e sete tanques soviéticos, doze carros blindados ingleses e artilharia de cento e seis milímetros com centenas de milhares de cartuchos que o exército federal acabou de obter, de acordo com a inteligência de Biafra? E o pior: a Nigéria empregou centenas de mercenários, muitos deles veteranos da Segunda Guerra Mundial que lutaram pela vitoriosa União Soviética. E o que é ainda pior: como eles irão lutar quando não houver mais comida em Biafra?

Considerando o fracasso das suas tentativas anteriores, Kunle quer ser prudente, mas a força de atração sobre ele é tal que se torna insuportável. Ele grita no ar:

— Qualquer que seja o preço, eu nunca mais vou voltar para o front! Nunca!

Limpa a testa, pois transpirara intensamente. Para em frente de uma casa ouvindo um homem dentro dela falar sobre o tamanho da vaca que havia trazido para o casamento do filho. Em outro local da casa, uma mulher chama uma pessoa de nome Isaac:

— Eiisic! Eiiisic oooo!

Sem ter ciência do que faz, Kunle logo se vê dentro da casa apontando a pistola para três homens de meia-idade e duas mulheres, gritando:

— Todos deitados!

Imediatamente os cinco se prostram no chão com as mãos trêmulas sobre a cabeça. Sem terem visto seu uniforme, com as três estrelas na manga sobre a insígnia do sol nascente e a inscrição xii, que indica 12ª Divisão de Biafra, um dos homens fica resmungando:

— *Faa abia go! Faa abia go!*

Eles lhe dão tudo o que Kunle requisita, gritando "Nigéria unida!" e implorando pelas suas vidas. Quando abre a porta da frente e corre para o mato, seus bolsos da calça estão estufados com inhame assado e carne frita, ele tem na mão um galão cheio de água e leva dependurados no ombro uma camiseta e uma calça.

Escondido pela vegetação, ele come a carne. Já faz mais de um mês que ele ingeriu algo que não fosse peixe curado, lesmas, vermes, formigas, grilos, farinha de mandioca, frutas silvestres, inhame, folhas silvestres e leite em pó. A escassez de alimentos havia se tornado tão desesperadora que durante as muitas semanas de suspensão da luta forçada pelas chuvas pesadas de abril e maio, seus homens começaram a confraternizar com as tropas federais. Ele estava dormindo perto da trincheira meio vazia quando foi acordado por homens que falavam iorubá. Imediatamente buscou o fuzil, mas seus homens riram dele. Oito soldados federais tinham vindo com presentes: carne bovina enlatada, cigarros, cerveja e sardinhas. Os homens dos dois lados sabiam o nome uns dos outros. Kunle ficou confuso: deveria prender aqueles soldados inimigos que, desarmados, tinham rompido a sua linha? Deveria levar os seus homens para a corte marcial? Então ele se lembrou que tinha na mão uma garrafa de cerveja, metade da qual bebera sem refletir, e um maço de St. Moritz no bolso da camisa. Ele próprio já era culpado de confraternização com o inimigo, cuja comida estava no seu estômago. Assim, ele apenas olhou para os soldados federais com uma curiosidade bestificada, perguntando-se como eles se sentiam quando enfrentavam seus companheiros em combates mortais. Eles abrigavam o ódio no coração ou lutavam apenas por terem recebido ordem de fazê-lo? Uma tarde, quando seus homens estavam num jogo de tabuleiro com soldados federais, ele lhes fez essa pergunta. Um dos soldados, sem saber que Kunle era iorubá, disse aos amigos: "Mas que pergunta é essa?". Então, voltando-se para Kunle respondeu simplesmente: "Quanto a mim, eu não estou lutando por dinheiro. Só para fazer a Nigéria ser uma só. Simples!". Os outros aprovaram a ideia, balançando a cabeça. Posteriormente ele ouviu que isso estava acontecendo por toda parte no front meridional, até mesmo entre os comandos da unidade chefiada por Taffy Williams, o único mercenário que ainda estava em Biafra.

***

Ele despe o uniforme e veste a camiseta e a calça. Onde deixar o uniforme? Muitos soldados estão esfarrapados — como a maioria dos seus homens —, por isso o mais desejável seria que eles o encontrassem. Considerando, porém, que em vez disso a roupa poderia ser descoberta por um policial militar, ele a atira num galho alto e ali ela fica dependurada, com as pernas da calça balançando lentamente como as pernas do paraquedista em Abagana. A medalha no bolso da camisa, que lhe fora dada por matar o atirador, ele põe no bolso da sua nova calça. Pontos de luz enviesada que rompem a copa das árvores revelam que o sol começou a perder intensidade. Ele precisa ser rápido, pois não trouxe uma lanterna para poder se deslocar pela floresta à noite. Dois homens da sua divisão morreram picados por cobra durante a estação chuvosa.

Ele chega a um lugar tranquilo e vazio, mas com um mau cheiro tão forte que precisa tampar o nariz com a camisa enquanto caminha. O chão está coalhado de esteiras de aniagem, pratos quebrados, papéis amarelados, cestas, estojos de cartucho e uma bicicleta escangalhada. Uma fila de formigas-soldados segue por uma vala na terra vermelha até a raiz de uma árvore grande, e ele caminha olhando para baixo por temer pisar nelas. Logo chega a um estranho aglomerado de plantas, com cogumelos escuros de chapéu grande inclinando-se suavemente no vento. Ele tenciona ir porali, mas para ao ouvir um som. Então vê: uma cabeça pequena, enrugada, volta-se para ele, com olhos brancos piscando. Fugindo, ele se atira contra uma árvore. Com pios rápidos e sonoros, as asas negras explodem em meia dúzia de urubus que saltam para as árvores. Uma pena preta fica no chão, cercada de excrementos de pássaros, capim morto, peças de roupa. Jaz ali um corpo humano vestido com uma túnica escura e que tem grande parte da carne já devorada por vermes que se contorcem. Um braço está curvado sobre a cabeça e, no ombro, Kunle vê a insígnia escura em zigue-zague da Brigada S de Biafra sob o emblema do sol nascente. O resto do uniforme está desbotado e manchado de sangue escuro, parcialmente coberto por penas e terra.

Quando começa a chover, ele se abriga sob um grupo de árvores grandes com copas amplas. Fica sentado ali, abraçando os joelhos e com a pistola — que tem apenas quatro balas — empunhada. Quando escurece, começa a considerar o que fez. O que acontecerá no dia seguinte se, por algum milagre, chegar a Ikot Ekpene, a guarnição de uma unidade federal mais próxima? Os oficiais acreditariam na sua história? E se desconfiarem que ele é espião de Biafra e antes de qualquer coisa atirarem nele? Como ele poderia provar, além de falar iorubá, que é iorubá? Ele para, dá um passo atrás e volta a parar. E como se uma voz mal-humorada o estivesse puxando, faz-se novamente, com uma urgência selvagem, a última pergunta.

— *Ah, mo gbe!* — Kunle grita em resposta, unindo os dedos sobre a cabeça. Então como se estivessem ali seus companheiros ou Agnes, que não entenderia essa frase, repete-a em inglês: — Estou acabado!

Ele corre alucinadamente em direção ao local onde dependurou seu uniforme, mas depois de meia hora se dá conta de que não o encontrará. De algum lugar mais além das árvores, ele ouve uma voz conhecida gritar:

— Me ajude, em nome de Ahiara! Todos os de Biafra precisam cuidar dos seus irmãos. Me ajude, em nome de Ahiara.

Então fica claro que a voz é do mesmo mendigo com que se deparara antes e que ele tinha voltado para o lugar de onde saiu, perto de Orlu. Ele se lança no chão e, erguendo as mãos, diz:

— Ah, Deus… quem quer que esteja lá em cima… Baba Igbala, por favor me ajude! Eu… eu quero ir para casa!

Nunca em toda a sua vida ele havia estado tão confuso, tão despedaçado. Nem mesmo na planície dos mortos isso tinha acontecido. Aquela estrada… como se chamava? Nem mesmo aquela estrada tinha sido tão difícil de encontrar. Se pelo menos tivesse falado com o Vidente, ele saberia o que fazer agora: devia rumar para o desconhecido ou voltar e continuar lutando.

Ele se afasta da voz, na direção oposta, até que, encharcado e trêmulo, dilacerado por dentro, encontra um galpão abandonado.

***

Em altas horas da noite, ele acorda: alguém canta do lado de fora do galpão. Ele pega a arma, colocando-a em posição de disparo. A música lhe parece familiar, e parece ser cantada pelo espírito de um dos seus companheiros mortos.

Onye akpakwala nwa agu aka n'odu,
Ma odi ndu
Ma onwuru anwu
Onye akpakwala nwa agu aka n'odu.

Um homem de cabelo encaracolado, com uma roda velha de bicicleta enganchada no braço esquerdo, nu da cintura para baixo, aparece na entrada do galpão aberto e, então, recua, como se tivesse avistado uma barreira invisível.

— Ah — diz o homem, rindo. — *Onye agha ji egbe.*

O homem ri novamente, trôpego.

— Eu dei tiro: bum, bum, bum, bum! Fogo! Foooo-go!

Aliviado, Kunle abaixa a pistola: um louco. Possivelmente um soldado que a guerra deixou naquela condição. Cerca de uma semana após a morte de Ndidi, um cabo enlouqueceu no front. O homem havia começado a dizer que estava ouvindo vozes e a se queixar de constantes dores de cabeça. Steiner inicialmente tinha se negado a liberar do exército um soldado que não apresentava nenhum ferimento óbvio. Mas quando estava de folga numa cidade, o homem se levantou e começou a comandar soldados invisíveis, ordenando-lhes descansar ou atirar. Steiner pediu que o sujeito fosse levado para o hospital Madonna 2 e dispensado.

— *Gaba!* — diz Kunle, expulsando o maluco. —*A sim gi gaba!* Se manda!

O homem ri e para, um ar de terrível seriedade surgindo no seu rosto. Então, com as mãos ainda posicionadas na forma de um fuzil e fazendo sons de arma de fogo, vai-se embora.

Kunle tenta voltar a dormir, mas não consegue. Muita coisa foi despertada pela cena divertida do louco, muitas coisas que não podem ser facilmente afastadas da mente. Quando ouve o primeiro galo cantar, começa a caminhar.

PARTE 5

A EXPLOSÃO DA ESTRELA

O homem não-nascido o chamou novamente num momento de dificuldade e o Vidente está tocado além do que pode suportar. Ele observa Kunle correr, ofegante e chorando, pela vegetação densa de plantas espinhosas e capim-elefante. Com o sol subindo, Kunle está ensopado de suor, mas até ele — o Vidente, olhando de cima — vê que há em Kunle uma vontade férrea, determinada a acabar com aquilo de uma vez por todas. Nada — nem o tempo nem a floresta — pode vencer um homem com tal determinação.

Kunle precisou caminhar por quase dois dias inteiros, mas agora o Vidente vê que ele entrou na paisagem que mais o favorecia: uma floresta de mangue. É uma área com vegetação densa flutuando na água; sob o sol, ela é verde e cheia de raios de luz. Kunle encontra um homem de peito nu, com as calças arregaçadas até os joelhos, que está pescando com o filho. Pergunta-lhe onde fica o quartel federal mais próximo e eles dizem rapidamente o nome de uma aldeia nos arredores de Ikot Ikpene. Kunle, apontando a pistola para o peito do pescador, ordena com esforço:

— Me... me leve... para o quartel federal!

O homem e o garoto imediatamente pulam na canoa. Kunle se instala atrás, apontando a arma para eles. A canoa desliza sob galhos inclinados, avançando entre aglomerados de plantas mortas, envenenadas por anos de derramamento de óleo, com talos secos que parecem ossos finos flutuando no rio e raízes negras. Eles passam por trechos em que o ar espesso cheira à gasolina e a água tem um brilho de arco-íris na superfície oleosa. Garças brancas sobem e se dispersam piando, e uma criatura invisível corre sobre a superfície traçando uma linha reta e, em seguida, desaparece. Por um momento, Kunle tem a sensação de estar de volta ao além e começa a chorar baixinho.

Por fim, a canoa para numa praia, defronte a um campo queimado e desolado — um ermo, como se parte de um mundo chamuscado e vandalizado. Ela se estende por muitos quilômetros com sua areia saturada por pântano e um mar de tocos e lixo, inclusive muitos tambores de óleo parcialmente enterrados no lamaçal, coroados por dezenas de garças. O pescador aponta para a praia de onde Kunle ouve as vozes de gente falando iorubá.

— Eles estão lá, oficial... quatrocentos metros.

Kunle sai do barco, molhado e atordoado, com a voz do irmão na cabeça: *Por favor, vá para casa!*

É difícil olhar, mas o Vidente fica em alerta quando o homem não-nascido sai do mato e entra numa clareira com as mãos erguidas, chorando e gritando:

— Kunle *l'oruko mi! Emi o'n she omo Biafra!*

Rifles apontam para ele, e, na comoção, ele fica estirado no capim lamacento, tremendo, e grita em iorubá, até mais alto, que seu nome é Kunle e que ele não é biafrense.

Soldados com uniforme verde-folha pressionam com a mão suas costas e o arrastam para uma sala onde um homem ibibio telegrafa para um informante no quartel-general do exército de Biafra para confirmar sua identidade. Ele se senta apoiando as costas na parede, com muita sede e muita fome. É deixado sozinho e logo o Vidente observa que é noite. De manhã, Kunle acorda subitamente com um toque. Está com sorte: o homem que fala com ele diz que sua identidade foi confirmada. Ao ar livre, uma dezena de homens o questiona sobre ter lutado contra seu próprio povo. Um deles o esbofeteia e grita:

— Idiota nazista!

Durante a maior parte do dia, ele fica ali, sentado ao ar livre e algemado — suas algemas só são retiradas quando ele come ou vai se aliviar no mato. Ele não imaginava que as tropas federais fossem tão abundantes. Por todo canto, até na mais ínfima parte do acampamento há veículos: tanques, automóveis de comando, caminhões-tanques de gasolina, transportadores de pessoal, vans; e perto do muro que limita o terreno do acampamento os restos de um tanque blindado Demônio Vermelho de Biafra, acumulam poeira. Os oficiais são perfumados, têm uniformes e calçados em bom estado. Na noite anterior um Panhard entrou no acampamento, ainda envergando frondes secas de palmeira e outras folhas, com seu canhão proeminente. Kunle se sentou olhando para o armamento. Parecia tão formidável que se perguntou como era possível que ele e seus companheiros tivessem sido capazes de resistir até mesmo a um único ataque do Panhard.

A chuva despenca sobre ele, e durante toda a noite os pernilongos o incomodam enquanto dorme ao relento. Na manhã seguinte, um homem surge do banco traseiro de um Opel Kadett verde, levanta os óculos escuros e grita:

— Ah... *tani mo n'ri yi?*

Kunle ergue os olhos como se transportado para fora do seu corpo.

— Adekunle Aromire?

— Mobolaji Igbafe.

É de fato Mobolaji, colega de classe de Kunle na escola primária. Seus pais tinham se mudado para Lagos com a família depois da quinta série. Mobolaji confirma para os outros que Kunle é quem disse ser. Então Kunle é posto num depósito, onde é vigiado por dois soldados que não debocham dele. Dois dias depois, Mobolaji volta. Kunle estava com sorte, diz ele tomando cerveja. Aqueles homens estão cansados, irritados com o fato de os "rebeldes do mato" de Ojukwu estarem prolongando a guerra.

— Está vendo aquele homem ali? — diz Mobolaji apontando para uma figura esquelética que ri e fala com outros soldados, todos com boné pontiagudo. — É o famoso general Adekunle, o Escorpião Preto, seu xará. Até ele... todo mundo aqui está querendo que essa coisa acabe para poder voltar para Lagos.

O depósito é quente e abafado, com o ar grosso e seco. As janelas ficam abertas, mas com o espaço inteiramente tomado por engradados com munição e provisões empilhados até o teto o ar não circula. Mobolaji tenta se refrescar com um leque de couro, parando somente quando fica muito envolvido na conversa. Kunle lhe conta como foi que ele entrou para o exército e fala de Tunde, de quem Mobolaji se lembra.

— Ah, eu vou tentar ver se a gente consegue chegar até o seu irmão. A 3ª Infantaria Naval não atua naquela área no momento, mas eu vou tentar.

— Obrigado — diz Kunle.

— Você sabia que alguém em Akure — começa Mobolaji depois de um longo silêncio — já viu tudo isso? Você sabia disso?

— Sei — diz Kunle balançando a cabeça.

— Baba Igbala, o profeta. É verdade — Mobolaji leva a mão ao bolso interno do uniforme.

O Vidente se endireita, pois teme estar a ponto de testemunhar a sua própria rebelião futura contra Ifá. Mobolaji desdobra a página amarelada de um jornal velho, amolecido pela chuva, mas a foto do Vidente ainda está visível na primeira página do *Daily Times*, ao lado da manchete: "Profeta prevê que a Nigéria se desintegrará numa guerra dentro de sete anos".

— Carrego isto comigo desde que vim para cá. Todo mundo que vê fica chocado, mas, olhe, Baba Igbala previu.

Kunle confirma que o jornal é de 16 de outubro de 1960, quinze dias antes da independência. Lê o artigo, surpreso por não haver nenhuma menção a ele. Tampouco o Vidente falou o que causaria a guerra, advertindo apenas: "Eu aconselho os nigerianos a aprenderem a viver com os que são diferentes, de outros grupos étnicos. Esta terra pertence a todos".

— Ele nos advertiu — diz Mobolaji —, e ouvi dizer que até desistiu da sua capacidade de ter visões para revelar isso. Dizem que hoje ele raramente vê qualquer coisa por ter desobedecido Ifá ao revelar essa visão não para o seu dono, mas para todo o mundo. — Por algum tempo, Mobolaji não fala, apenas olha para o jornal amarelecido, para o rosto jovem e familiar do Vidente. Ele dobra lentamente o jornal e, com os olhos avermelhando, lamenta: — Ele avisou... por que nós não o ouvimos?

O Vidente fecha os olhos e se levanta, afasta-se da tigela. Está confirmado: chegará um tempo em que ele contrariará a ordem de Ifá e perderá seu dom. Mas ele reconhece que também isso é a vontade de Ifá. Na verdade, os mistérios estão além da compreensão de um homem simples como ele, mas ele não pode evitar perguntar-se: quando chegar a hora, após muitos anos, e essas coisas se tornarem realidade, qual terá sido o seu papel na vida desse homem não-nascido, esse Kunle Aromire? Ele terá sido uma fonte de confusão e cuidado? Uma presença mística? Ou algum tipo de guia? Parece-lhe, enquanto contempla a noite, que a resposta pode incluir todos esses papéis, mas sobretudo o último. Talvez seja por isso que Ifá irá permitir, cerca de vinte anos depois, que naquela noite Kunle o veja sentado na colina do lado de fora da casa dos velhos. E pela mesma razão Ifá romperá o limite cósmico entre o presente e o futuro, e assim Kunle o ouvirá gritar "Volte" naquele momento memorável, antes de cair morto. E por isso, igualmente, em tempos difíceis Kunle recorre a ele. O Vidente acredita que Ifá lhe mostrou essa visão por ter irmanado os seus destinos, e a vida de nenhum dos dois estaria completa sem a presença do outro. Esses pensamentos o levam a se compadecer do homem não-nascido.

Ele vê no céu uma luz súbita e fulgurante: a estrela está em seu brilho máximo. É o momento — ele sabe — que antecede o grande mistério da vida e em que uma coisa é criada com a intrépida escuridão do esquecimento, passando a existir. Essa luz eterna emite um brilho magnífico, como se indicando que a sua jornada está quase completa e a estrela não tardará em explodir. Ele imagina a mãe do homem não-nascido prestes a dar à luz, cercada de pessoas que lhe pedem para empurrar. Além do brilho, ele nada vê.

Passado esse ponto — seu mestre havia lhe dito várias vezes — é preciso presumir que a visão está terminando. Cada vidente deve saber quando retirar da tigela de Ifá o amuleto e encerrá-la. Contudo, o Vidente não quer fazer isso. Ele fecha os olhos e recita encantamentos para que Ifá lhe permita ver tudo o que Ifá deseja que ele veja.

Ao abrir os olhos, tem certeza imediata de que havia adormecido. Ele murmura: por quanto tempo? Olha dentro da tigela e fica perplexo com a luz, que para seus olhos recém-abertos parece demasiado brilhante. Por fim, se surpreende com o que vê: é o homem não-nascido — Kunle — diante de sua mãe. O Vidente se afasta ligeiramente da tigela como se alguma alteração estranha tivesse acontecido na ordem das coisas. Então,

À ESTRADA PARA O PAÍS *351*

ele se recompõe e se aproxima novamente, ardendo de ansiedade para testemunhar aquilo do qual não pode se afastar.

30.

Há algo no horizonte, na lenta viagem para Akure, que comove Kunle. Mas para um homem com uma vida como a dele, alguém em cujo momento presente está contido o velho coração doentio do passado, é difícil ter um conhecimento pleno das coisas quando ocorrem pela primeira vez. Contudo, ele sabe, sentado no carro ao lado do seu tio Idowu, que precisa fazer algo com os temores que não o deixarão. E um desses temores vem de algo dito por alguém de quem ele não se lembra: que o fim de uma coisa frequentemente tem uma semelhança — não importa quão vaga — com o seu início. E agora, ao abraçar a mãe, ambos soluçando, ele vê a semelhança com o momento em que, depois da insistência do tio Idowu, ele foi para casa dois anos e meio antes. É esse medo de que o fim esteja próximo que o preocupa.

Seu pai, mais velho e usando bengala, também chora. Tem a voz rouca, como se presa na garganta, quando lhe pergunta:

— Você recebeu a carta levada pela freira?

Kunle assente com a cabeça. A carta ainda estava com ele até o momento em que o levaram da Região Oriental — inicialmente para uma prisão em Enugu e depois para a prisão em Lagos, onde ficou por quase seis meses, até dois dias atrás, quando na prisão irromperam gritos de comemoração pela notícia de que a guerra estava acabando. Aquilo lhe parecia um sonho estranho, complicado. Mas logo seus novos companheiros — dois homens da Brigada S que estavam na prisão desde a queda de Enugu —, começaram a sair da cela. Então ele foi chamado e lhe disseram que seu tio Idowu estava lá para encontrá-lo. Devolveram-lhe as roupas com que havia entrado na prisão. Imediatamente, Kunle procurou a carta e seu relógio de pulso, mas não os encontrou.

Sua família o deixa sozinho, e por um tempo ele fica parado no banheiro, assoberbado por aquele mundo novo. Ouve seus pais e o tio conversarem animadamente na sala e então sua mãe chega até a porta perguntando:

— Está tudo certo?

Agora ela fala em inglês com ele.

— Sim, mamãe! — grita Kunle, e percebe que falou muito alto, com a voz de quem responde a ordens.

Quando a água toca seu corpo, ele se surpreende com o quanto ela lhe é agradável. Nos seus dois anos de front ele só tomou banho umas poucas vezes — a maioria delas durante as muitas semanas em Nkalagu, depois da queda de Enugu. Nesses últimos meses, ele se lembrou frequentemente de, junto com Felix e Bube-Orji, ter tomado um banho ao ar livre no riozinho próximo, quando todos se divertiram como crianças. Tio Idowu quer ir embora, assim, Kunle vai se despedir dele e agradecer-lhe.

— Tudo bem… descanse, certo? — diz o tio.

Kunle assente.

— Vou voltar no fim de semana — prossegue o tio. — Lembre-se de tudo o que eu lhe disse no carro: vire essa página. Vamos conversar com o responsável na sua escola, talvez eles o aceitem de volta. *She o ti gbo?*

Novamente, Kunle assente.

Mais tarde seus pais o deixam sozinho no velho quarto, faxinado para a sua chegada e ainda exibindo as marcas do mundo há muito acabado. Tio Idowu havia retirado do apartamento em Lagos todos os seus livros e pertences, e, agora, eles estão num canto do quarto: são a manifestação física das muitas coisas que agora estão adormecidas no palácio decadente dos seus sonhos. Pela janela, ele olha para o quintal do vizinho, onde uma garota desconhecida mói pimenta numa pedra achatada. Ele volta a tomar consciência de algo que cresce dentro de si como uma febre. Sabe imediatamente que é Agnes. Fora ela quem, nos meses da sua prisão, fizera um cerco à sua mente. Era Agnes quem ele via durante as noites em que ficava estudando o reflexo de luz retangular na parede da cela. Era Agnes que às vezes lhe falava como se num sussurro confidencial, levando-o a acordar aos gritos de um pesadelo. Ele deseja desesperadamente encontrá-la. Durante a sua ausência, Kunle se tornou mais plenamente consciente dela, como se o retrato de Agnes estivesse sendo pintado enquanto estava com ele e agora, na sua ausência, fora concluído. E em todos aqueles meses ele muitas vezes se lembrou da incrível flexibilidade do corpo dela, da maciez que ele sentia apesar da rigidez do uniforme que a vestia, e das linhas das suas clavículas quando ela abria os botões do alto do casaco. E na prisão a imagem dela desfilava diariamente no seu encolhido repertório de pensamentos.

Kunle sabe que não poderá viver se não descobrir onde ela está, o que terá acontecido com ela. Assim, de manhã, antes que alguém levante, ele está na casa do Vidente. Ouve um barulho e vira-se depressa, mas vê apenas um galo ciscando ao pé de um coqueiro velho do qual ele não se lembrava. Já não há nenhuma dúvida — depois de anos — de que antes do seu nascimento Baba Igbala, o Vidente, penetrou nas câmaras secretas do seu futuro e desde então entrou na sua vida como uma presença invisível. Essa é uma convicção a qual ele chegou desde os meses que viraram do avesso a sua vida. Está convencido de que aquele homem pode perfeitamente saber o que ele busca agora: o paradeiro de Agnes e da sua filha. E assim, depois de todo aquele tempo e apenas no seu segundo dia na cidade, ele volta à casa do Vidente.

Espera durante quase uma hora; está olhando para o seu novo relógio de pulso quando ouve uma tosse. Vira-se e ali, andando na direção dele num passo firme, ritmicamente manco, está o Vidente. O homem é muito mais velho do que ele imaginava. O Vidente para ao vê-lo, dá um passo à frente e examina o rosto de Kunle com a mão dobrada sobre os olhos. Kunle engole em seco: o Vidente viu esse momento? O Vidente sabe que ele estava indo lá?

— Você? — pergunta o Vidente em iorubá.

— Sou eu, Baba. *E ro ra, sa.*

O Vidente ergue o olhar para o céu, depois escrutina a aparência de Kunle.

— Ah, Ifá, Historiador do Inconsciente! Muito tempo se passou, mas eu me lembro desse momento.

Num movimento que parece coreografado, como se uma plateia invisível estivesse observando, ele põe a mão direita na testa de Kunle. Durante um tempo, o velho Vidente sente com os dedos a cicatriz no lado da sua cabeça. Kunle olha para o seu rosto, nota o cabelo cinza que ele tem no nariz e também repara que pisca constantemente.

— Estilhaço... um estilhaço causou isso — diz o velho passando a falar em inglês entre acessos de tosse. — Antes... antes de você morrer... em Abagana. Ah, que coisa gloriosa, testemunhar as suas viagens nas planícies dos mortos.

O Vidente ergue de novo os olhos para o céu, e agora as palavras conhecidas surgem da boca do velho como Kunle as ouviu pela primeira vez catorze anos antes, quando, a caminho da escola, uma voz clara como o dia lhe disse:

— Ifá, Historiador do Inconsciente, Cronista de Histórias Ocultas, ajude-me.

O Vidente cessa a sua salmodia, com lágrimas rolando pela mandíbula.

— Eu me lembro de quando você voltou por aquele portal, aquela estrada escura, incognoscível.

As batidas do coração de Kunle se aceleram. Não há dúvida de que esse homem viu o que alega ter visto. É algo demasiado pesado, difícil demais para uma mente contemplar, mas Kunle sabe. Esse homem viveu sua vida com ele, pairando como um espírito que ele ouvia, mas raramente via. O que, Kunle se pergunta, teria acontecido se seus pais tivessem ouvido esse homem? Aquilo poderia ter sido impedido? Se as pessoas tivessem ouvido toda a verdadeira história da guerra — contada pelos vivos na terra e os mortos no além — antes da sua ocorrência a guerra teria sido abortada? A pergunta é cortante e precisa ser feita, mas agora há outras perguntas mais urgentes, e ele se vê dizendo:

— *E joor e ma binu si mi, Baba.*

— Por que você se desculpa?

— Por... por não ter vindo aqui antes.

O Vidente balança a cabeça e ri, mostrando seus dentes inferiores pontudos e escuros.

— Você não agiu errado, meu filho. Não teria feito nenhuma diferença. Um animal que rastejou com suas quatro patas durante toda a vida não tenta obter asas na velhice... Ifá vê o que aconteceu, o que não pode ser mudado. Caso houvesse possibilidade de alterar as coisas, eu teria visto isso também.

— Entendi, senhor.

— A vida é como a terra, o solo: nunca se sabe o que iremos desenterrar. Somente Ifá e Orunmila podem ver, podem saber. Vou lhe dizer: daqui a cinquenta ou até mesmo vinte anos, os filhos dos mortos nos campos, que não sabem ou não testemunharam o que você e os seus amigos enfrentaram, podem novamente recorrer a tal violência. Orelhas que foram cortadas de uma cabeça não atentam para sinais de advertência. Pode acontecer novamente... Impedir que aconteça, ninguém pode.

O velho, espantando mosquitos do rosto e balançando a cabeça, começa a se afastar.

— Baba — Kunle chama com o coração novamente acelerado. — Por favor, o senhor a viu... Agnes... na sua visão? Pode me dizer se ela está em segurança?

O Vidente balança outra vez a cabeça e fica mudo por algum tempo. Kunle acha que ele também a conhece. Sem se virar, o Vidente diz:

— Como seu amigo que o capturou deve ter lhe contado, larguei tudo há muito tempo... Ifá me retirou a vidência por eu lhe ter desobedecido. Não sou mais vidente, sou Igbala. Somente Igbala. Não consigo ver além de cinquenta metros de distância, e o futuro, então, muito menos.

Kunle assente com a cabeça. Ele se lembra que Mobolaji havia dito isso.

— Sinto muito, senhor.

O vidente ri com tranquilidade.

— Você não fez nada errado, filho. As coisas são como são... Ifá é depositário de palavras que ainda não foram escritas, de coisas que ainda

A ESTRADA PARA O PAÍS 357

não começaram seu processo de realização. O processo começou… e precisa ser concluído. — O Vidente silencia, olhando para as marcas deixadas na terra pelos seus pés descalços e pelos sapatos de Kunle como se estivesse lendo nelas alguma coisa. Balança a cabeça mais uma vez, curva-se sobre a bengala e diz: — Não posso falar mais nada. Vá e procure por ela.

É uma tarefa da qual ele não pode fugir, uma tarefa que acende nele um fogo furioso. Mas ele sabe que seus pais, que têm sofrido muito, não vão aceitar. Assim, ele fica recolhido durante dois dias, esforçando-se muito para conter a energia que não o deixará e as imagens que o perseguem. Na manhã do segundo dia, enquanto olha para a fumaça que sobe da caneca de ovomaltine dele, com seus pais sentados do outro lado da mesa de jantar, ele se vê falando: precisa voltar para Biafra. Imediatamente sua mãe se atira no chão, chorando e se lamentando com uma voz estranha — como se em algum momento dos últimos dois anos e meio tivesse sido cavado um buraco em sua garganta.

— *Omo mi, haaa?* Desde quando você… Você nos odeia tanto assim, a mim e ao seu pai?

O pai dele limpa a garganta apenas para deixar clara a sua presença, ou talvez para que sua mulher veja que ele está intervindo. Mas ela nada diz.

Sabendo que eles não vão falar mais, Kunle deixa a sala. Ao voltar da guerra, ele é um estranho para os pais, que não conseguem mais olhar nos seus olhos. Eles lhe falam com o maior dos cuidados, como se, a qualquer momento, o filho que desapareceu por anos pudesse se enfurecer e fugir de novo.

Desarmado pelo tratamento recebido dos pais, Kunle fica introspectivo. No terceiro dia, ele sai no final de uma tarde clara para olhar além da cerca coberta de musgo da velha casa dos Agbani. No quintal, instalaram um varal do qual pendem roupas femininas: blusas, uma camiseta branca, dois lenços de cabelo presos juntos. No ano anterior os novos vizinhos chegaram uma noite e se estabeleceram na casa, disse sua mãe quando ele lhe perguntou quem morava ali. Ela foi logo procurá-los, acreditando que os novos vizinhos mantivessem relação com os Agbani, mas o homem que comprou a casa não mantinha. Quem havia lhes vendido a casa? O homem, que era policial, não lhe respondeu. Disse apenas que a casa era deles.

Kunle quer falar com os pais sobre o encontro com os Agbani em Nkpa, dizer que havia encontrado Tunde e a família a salvo. Mas não comenta nada, porque não sabe o que aconteceu com eles nos muitos meses decorridos desde então.

— Você devia descansar — diz sua mãe.

Kunle assente. Ele fica na cama olhando para a lâmpada, com o sol atenuando a luz amarela. Na lâmpada, ele vê uma imagem de Agnes em movimento, com os olhos marejando ao se sentar no carro ao lado do sargento Agbam na última vez em que a viu.

Ele começou a adormecer, mas senta-se de um salto quando o pai dele, com o rádio na mão, entra no quarto gritando:

— *Ope oh! Eledumare eshe un oh!*

Kunle agarra o rádio, faz um sinal para o pai deixá-lo ouvir a voz meio intermitente: "*O mundo sabe o quanto nós lutamos para evitar a guerra civil. Nossos objetivos na guerra para esmagar a rebelião de Ojukwu... Nós desejávamos preservar a integridade territorial e a unidade da Nigéria. Para nós, um país unido...*". Kunle está desesperado para saber mais, porém só se ouve estática e uma mixórdia incoerente de vozes. Ele sai do quarto e com o desaparecimento da estática surge outra voz: "*...que o líder militar saudou a decisão das forças rebeldes de se renderem e em breve fará um discurso para a nação...*".

Kunle despenca lentamente até o chão, soluçando. Sente um misto de tristeza e alegria, entrelaçadas dentro de si como cobras numa gaiola. Quando se recompõe, escancara o armário e pega uma roupa: uma calça e uma camiseta agora velhas. Seu pai, observando-o, pergunta o que ele está fazendo.

— Eu vou lá — diz ele. — A guerra acabou! Já não é perigoso.

Ele se levanta, com a voz sumindo. É desrespeitoso falar em inglês com seus pais, mas ele não consegue evitar isso.

O pai, sentindo-se impotente, chama a sua mãe e ela chega com as mãos cinzentas de água com sabão.

— Olhe para o seu pai. Olhe para ele. Olhe.

Kunle olha de relance para o homem magro sentado na beirada da sua cama; ele tem unidas as mãos trêmulas, cobertas de pelos cinza.

— Você está vendo, hein? — diz a mãe. — Ele é uma sombra do que era. Ele era assim quando você foi embora? Hein, Kunle? Veja como ele está magro… como ele envelheceu. — Ela suspira, estala a língua. — Até você… agora anda vendo fantasmas, gritando toda noite.

Ele fica desconcertado, pois o que a mãe diz é verdade. Poucas horas antes, ele despertou de uma soneca no começo da tarde procurando o fuzil e ordenando: "Sentido!". Só percebeu onde estava quando ela entrou no quarto gritando o seu nome. Kunle teve de se acalmar, deixando o passado assentar como sedimento sobre o chão do presente. Olhou pela janela e viu o que havia provocado nele aquela reação: uma festa na velha casa dos Agbani.

— E agora você diz que quer voltar? — Ela recomeça a chorar.

— Está tudo bem, mamãe, tudo certo. — Seu pai balança a cabeça novamente. — O ti to.

Kunle não deseja falar disso, mas ao ver a preocupação deles e achando que não será possível partir sem compartilhar a questão, ele lhes conta sobre Agnes, sobre a criança.

Sua mãe, enxugando as lágrimas, esboça um sorriso.

— Então… nós temos um neto? Ah, Olodumarê.

Ele os convence: se tem uma mulher e um filho, e agora a guerra já acabou, então ele pode ir e trazê-los. Mas lhe imploram que primeiro encontre Tunde e o traga de volta, vivo ou morto. Afinal, enfatiza pai, esse havia sido o motivo da sua partida.

Ele assente. Tem vontade de dizer que fará o que lhe pedem, mas algo no pedido deles o desmonta. Kunle cai de joelhos, envolve as pernas da mãe com os braços, gemendo, tentando ao máximo reunir as palavras que não saem da sua cabeça: ele sente muito por tudo aquilo.

31.

QUANDO O ÔNIBUS SAI DO ESTACIONAMENTO, Kunle tem, subitamente, a impressão de que, nos últimos meses, havia pairado em si mesmo e agora, finalmente, entra em seu próprio corpo. O ônibus se desloca entre grupos de gaviões. Um homem oferece revistas e jornais que comentam a rendição dos "rebeldes". Embora o anúncio tivesse sido feito há dois dias, em 15 de janeiro, ainda está na primeira página de todos os jornais. A maioria deles traz a foto do vice-presidente de Biafra, general Philip Effiong, cumprimentando um oficial federal, e com o general Madiebo compondo a imagem. Desde que soube do anúncio, Kunle tem se perguntado que mudança houvera no comportamento do exército federal para que a guerra acabasse. Houve várias ocasiões em que as forças federais acharam que a guerra acabaria, mas ela continuou. Acharam que a queda de Enugu significaria o fim, mas ela apenas criou um exército biafrense mais forte. Do mesmo modo, o único resultado da perda de Umuahia foi a recaptura de Owerri. Durante mais de dois anos, Kunle vira diariamente a intransigência da guerra surpreender os exércitos dos dois lados, e agora estava tudo acabado.

A viagem durou mais tempo que o usual, pois a ponte sobre o rio Níger havia sido explodida pelas forças biafrenses poucas semanas após a chegada de Kunle em Biafra. Finalmente, depois de onze horas de viagem,

Biafra subitamente aparece pela janela do ônibus, como se vinda das cinzas. No acostamento da estrada, um poste quebrado perto da base curva-se prostrado com fios dependurados. Ao lado dele há uma grande placa com a inscrição ESTE É O ESTADO CENTRO-ORIENTAL DA NIGÉRIA. Quando vê a placa, uma das mulheres começa a chorar.

Ao percorrerem o centro de Obollo-Eke, ele constata que os destroços já foram quase completamente retirados e a cidade está cheia de gente. Carcaças de veículos queimados e enferrujados abandonados na lateral das ruas e postos de observação danificados são os únicos sinais das batalhas sangrentas ocorridas ali em 1967. Perto das colinas Milliken, dois homens carregam um caixão, seguidos por um grupo de rostos soturnos. E por toda parte, barreiras federais.

— Desçam todos! Desçam aqui! — grita um dos soldados da dupla que opera uma das barreiras perto da colina.

Todos se precipitam para fora com as mãos erguidas, entoando: "Nigéria unida!". Um dos soldados o revista com calma, olhando-o nos olhos, até perceber a cicatriz na sua cabeça.

— Quem é o senhor? De onde o senhor vem?

— Adekunle Aromire, senhor! Eu venho de Akure, senhor.

O soldado se dirige ao motorista.

— Ele está falando a verdade?

— Peguei ele de manhã no estacionamento de Akure, senhor.

— Como foi que você feriu a cabeça desse jeito? — pergunta o soldado.

— Acidente, senhor… no ano passado. Vim para buscar o meu irmão que está aqui. Quero que ele volte. A mulher dele é igbo.

O soldado lhe faz um sinal, dispensando-o. Kunle volta para o ônibus com o coração tão agitado que precisa pôr a mão no peito.

— Você teve sorte, irmão — diz o sujeito atrás dele. — Muitos desses homens já estão aqui há mais de dois anos. Eles estão meio perturbados. Podem matar qualquer um sem nenhum motivo.

Kunle assente.

— Você teve sorte — repete o homem.

Eles entram em Enugu. A cidade tem ruas inteiras em ruínas. Há ervas crescendo por toda parte, cipós sobem pelas paredes das casas e pelas cercas, pendem dos telhados e se estendem como bandeiras estranhas. O ônibus segue lentamente em meio ao tráfego pesado de caminhões e veículos deteriorados, todos eles excessivamente carregados. O motorista continua pela Zik Avenue, onde Kunle havia ido com Felix. Na rua onde então estava a imprensa não há nada além das estruturas de prédios destruídos.

O sol começa a se pôr. São quase seis da tarde, segundo o seu novo relógio, quando desce do ônibus em Umuahia. Ele para na frente de uma loja de dois andares e reconhece diante dela uma bandeira nigeriana num mastro, vista na primeira vez que foi ali à procura de Agnes. A inscrição no lintel ainda está lá, exatamente como ele se lembrava dela: LIVE AND LET LIVE — A CASA DA VOLKSWAGEN EM UMUAHIA. Porém, dependurada abaixo do lintel há uma bandeira com outra inscrição: ZONA MILITAR, ENTRADA PROIBIDA! Os limites das ruas não estão claros porque ainda há muitos destroços nas margens delas, e as seções se misturam umas às outras.

Onde ele conseguirá um ônibus para Nkpa? Nada parece igual ao que era na sua última visita. Por toda parte as pessoas, macilentas, alquebradas e esfarrapadas, atingidas pelas rudes bigornas do sofrimento, caminham, rebocam bicicletas enferrujadas ou passam em carros em ruínas tão lotados que elas quase não podem se mexer ou carregam na cabeça bacias, cestos, panelas de barro, esteiras, sacolas — o que restou das suas posses. Algo que estava em algum buraco fundo da sua memória aflora nele: *Esta guerra nos muda tanto quanto permanecemos os mesmos.* Kunle, no entanto, não consegue lembrar quem disse aquilo. Perto do mercado, ele para numa barreira ao lado da qual muitos soldados biafrenses, vestidos com trapos sujos, estão sentados na terra, com as mãos atadas nas costas. Acima deles pairam moscas, outras estão pousadas no seu cabelo desgrenhado e no rosto curtido de sol. Seus uniformes já se desgastaram tanto que é difícil ver a que unidade pertenciam.

Kunle chega a uma casa com a fachada destruída e da qual alguns homens com o nariz coberto com lenços e usando máscaras retiram cadáveres. Num carrinho de mão já há corpos desenterrados, roupas esfarrapadas e comidas por traças, rostos reduzidos a caveiras. Kunle pede para os homens informações sobre como chegar ao estacionamento de veículos e eles lhe dizem para seguir reto com o maior cuidado possível até a próxima rua, depois virar à esquerda e andar com o mesmo cuidado no meio dos destroços por uns quatrocentos metros. Ele os agradece em igbo e, curvando-se, continua caminhando, cauteloso, mas também ansioso, perguntando-se como tanto trabalho, tanto sangue, tanta coragem puderam no final se reduzir a um refugo. Felix estará vivo? O major Emeka? Que fim terá tido o tenente-coronel Okeke? E Agnes: onde ela e a criança estarão? Será que alguma coisa aconteceu com ela? Terá voltado ao hospital? Será que tentou, durante todo o tempo, encontrá-lo? Perdoou-o?

Kunle agora está perto de um campo cheio de montes, muitos com folhas de palmeira retorcidas que formam uma cruz. Num dos extremos, alguns homens jogam no chão corpos envolvidos em sacos de feno. Por alguma razão estranha, ele se lembra da medalha que o coronel Okeke lhe entregou num abrigo em Amorka, a poucos metros do aeroporto de Uli. Ele a havia enterrado em algum lugar, junto com a sua pistola do exército, antes de chegar às tropas federais. Ele fica imaginando se será capaz de encontrá-la, para guardá-la de lembrança. Só se dá conta de que está dizendo isso para si mesmo em voz alta quando se aproxima de um casal sentado perto de uma loja semidestruída, com uma sacola ao lado. Estão ambos com um aspecto abatido e têm a pele do rosto e do pescoço enrugada. Estão de pé no limiar da floresta de onde acabaram de sair depois de semanas escondidos. Quando Kunle começa a falar com eles, a mulher pula e o abraça gritando:

— *Agha ebi go!*

Ele sente os braços ossudos envolvendo-lhe o pescoço, o tremor do corpo dela, provocado pelos soluços. Sim, diz Kunle, a guerra acabou. Ele está perto de Nkpa, informam-lhe. Adiriba fica longe. Eles estão rumando para lá; querem ver a filha e os netos.

O homem silencia e junta as mãos.

— Nós não sabemos nem mesmo se eles estão vivos. Só Olisabinigwe sabe.

— Vamos passar por Nkpa no caminho — comenta a mulher, refazendo o nó do seu turbante. — Vamos rezar para que o senhor encontre os seus também.

— Amém — diz ele, mais alto do que pretendia. — *Imela nu.*

— *Ndewo* — despede-se o homem. — *Ya ga zie!*

— Boa sorte! — deseja a mulher.

Ele se aperta num carro com outras cinco pessoas, mas a jornada é breve e em menos de uma hora está em Nkpa. Embora já esteja quase escuro, Kunle reconhece o lugar. Há um velho tambor Ikoro instalado sobre um tronco antigo, e nos limites de uma estrada de terra batida, vê-se uma longa fileira de palmeiras. Apressando-se, ele se sente aliviado por ver, mesmo com a pouca luz, que houve muito pouca destruição ali. A aldeia está tranquila: pássaros cantando nas matas próximas, o cri-cri incansável dos grilos. De alguma cabana além da estrada arenosa alguém toca uma gaita enquanto um grupo de pessoas canta:

— *Estamos servindo ao Deus dos milagres que eu conheço, sim eu conheço. Eu estou servindo ao Deus dos milagres, aleluia...*

Kunle fica parado ali por um momento, atento ao hino conhecido, que quase diariamente ele cantava na prisão. As condições das celas em que ficavam os prisioneiros de guerra biafrenses eram tais que eles teriam sobrevivido por menos tempo ali que no front mais violento se não tivessem encontrado conforto na religião. No seu segundo dia, ele ganhou uma Bíblia de Gideão, e nos meses de maus-tratos dos guardas, de exercícios extenuantes, de doenças, fome e pelejas com ratos, ele leu a Bíblia tantas vezes que podia citar de cor trechos inteiros dela, como Felix fazia com as peças de Shakespeare. Ele se consolava cantando e rezando. Agora se benze, dizendo:

— Deus, por favor, permita que ele esteja vivo. O Senhor diz que me concederá aquilo que eu peço invocando o seu nome. Por favor, me ajude!

Ele se surpreende ao ver que chegou à casa dos Agbani e está debaixo da mesma árvore ogbono sob a qual ele se sentou com Tunde quando o visitou. Seu coração bate de modo totalmente descontrolado. Não há luzes na casa, embora a porta da frente esteja aberta. Ele hesita e então ouve seu irmão rir.

***

Não conseguindo acalmar o irmão, ele deixa Tunde soluçar como uma criança. A guerra, embora tenha durado apenas dois anos e meio, pesou sobre Tunde como uma vida inteira. Isso criou um mundo acelerado em que as coisas mudam num curto espaço de tempo. Um homem que era visto ontem, com um rosto suavizado pela vivacidade da juventude, hoje pode se tornar um homem caolho com mil rugas e sem uma perna. Basta ver Tunde, que agora está barbudo e fala igbo com um cantado. Aqui está Tunde, que esteve com uma mulher. Kunle chegou há menos de um dia e já descobriu um irmão que ele não conhecia antes, mas que é em todos os aspectos familiar.

Na segunda noite, eles se sentam conversando na cabana de barro que havia pertencido ao tio de Nkechi, o único membro da família morto durante a guerra. No caso dele, o problema foi a complicação de uma enfermidade da próstata, ocorridas devido à superlotação dos hospitais: nenhum médico estava disponível para tratar a doença crônica de um octogenário.

Ele escuta Tunde falar sobre os últimos dias da guerra em Nkpa. Houve uma luta em Uzuakoli, onde a propaganda de Biafra havia estigmatizado a cidade como a "Waterloo da Nigéria". Durante vários dias eles ouviram incessantemente a artilharia federal, e uma bomba, lançada talvez por um avião, destruiu uma casa perto do lago da aldeia. Mas a luta não se aproximou mais de Nkpa. No entanto, eles sofreram com a fome e a inanição, e, vez por outra, com ataques aéreos. Os dois irmãos de Nkechi sobreviveram, sendo que Chinedu havia lutado durante os trinta meses da guerra. O outro, Nnamdi, era ordenado de um membro do gabinete do general Ojukwu, sem nunca ter ido para o front. O pai deles sofreu um derrame em novembro e passava praticamente o tempo todo na cama ouvindo rádio, com a boca torcida para o lado esquerdo e os olhos abrindo-se apenas uma nesga. A outra pessoa que não sobreviveu é uma das razões para a felicidade de Tunde: o soldado que engravidou Nkechi, morto perto de Port Harcourt em setembro. Não muito tempo depois, Nkechi prometeu a Tunde que o desposaria caso ele adotasse a criança. Tunde concordou e renomeou o garoto.

— Adekunle é o nome dele. A voz de Tunde volta a tremer.

Kunle se endireita.

— Mas por quê?

Tunde ri com tranquilidade.

— Bom, *egbonmi*, eu morria de medo de que eles tivessem matado você.

Kunle olha hesitante para as tigelas vazias de fufu e de sopa de legumes que Nkechi lhes trouxe, dispostas numa banqueta de madeira, e sabe que os olhos de Tunde estavam fixos nele, à luz do lampião de querosene.

— Desde que você veio eu tenho pensado — diz Tunde.

Kunle se endireita mais uma vez na cadeira de vime, pois havia novamente deslizado para baixo.

— Eu... sei, você me ajudou porque...

A cadeira de rodas de Tunde está deteriorada e chia o tempo todo, e ele precisou colocar roupas velhas no assento para almofadar as molas. Com o bloqueio de Biafra não era possível importar novas máquinas, e até mesmo as que eram necessárias para a sobrevivência básica eram muito escassas. Nkechi chega até a porta, com pés vacilantes. Ela também mudou. Está usando roupas masculinas, uma camisa preta e calça preta com o cordão que a prende dependurado entre as pernas. Ela parece ter adquirido uma espécie de inquietude, como se estivesse sempre apressada: entrando agora, desaparecendo no segundo seguinte, fazendo uma pergunta e depois retirando-a rapidamente. Dessa vez, ela traz no colo o garotinho, vestido apenas com um guardanapo de pano envolvido na sua cintura.

Kunle sente um tremor quando ela lhe entrega o bebê, que esperneando no seu braço começa a chorar, estendendo desesperadamente os braços para sua mãe.

— Ele... ele...

— Kunlezinho está com fome — diz Nkechi abaixando a voz.

Kunle se afasta balançando a cabeça. Quem o olhasse de fora veria que, como a água de uma corrente irrompendo num aqueduto, Agnes invadiu novamente os seus pensamentos, desequilibrando-o.

— Terminou? — pergunta ela olhando para Tunde.

— Sim, meu bem.

— Mmhãã.

Ela empilha os pratos e deixa os dois a sós, fechando a porta com tanta suavidade que Kunle precisa olhar para se certificar de que ela não está mais ali.

— Eu sei do que você está falando — diz Kunle. — Não se preocupe, *aburo,* está tudo bem agora. Só precisamos…

— Mas *egbonmi,* eu me preocupo — emenda Tunde insistentemente. — Você quase morreu por minha causa.

Kunle dá um tapinha no pulso para matar o pernilongo que o estava picando e depois cruza as mãos no peito.

— Você quase morreu — reforça Tunde, gesticulando. — Olhe para tudo o que aconteceu. Eu não devia ter me zangado com você naquela época, não devia. *E wo ibi to gbe wa de.*

Quando Kunle o visitou pela primeira vez, e também agora, ele ouviu Tunde falar em igbo. Agora quase ri com o forte sotaque do seu iorubá.

— Você é meu irmão — diz ele com a voz falhando. — Eu queria levar você para casa… Não sabia que isso demoraria dois anos e meio.

— E nós finalmente — Tunde explode em lágrimas — estamos indo para casa.

Ao ver o irmão chorar, Kunle experimenta uma sensação de frio, como se um xale molhado estivesse sendo posto sobre seus ombros. Ao mesmo tempo, estranhamente, ele agora se sente mais vivo, ansioso — como algo em que polvilharam sal. Ele se levanta e põe a mão no ombro trêmulo de Tunde, alisando-o suavemente.

— Está tudo certo, tudo bem… agora. Vou buscar minha mulher e a criança, e quando voltar, talvez amanhã ou depois de amanhã, nós vamos todos para casa.

Tunde, ainda chorando, agarra a mão de Kunle.

— O… o… obrigado. Obrigado.

***

Quando de manhã ele está diante da casa com Nkechi, a mãe dela e Ngozika, Kunle sente novamente um terrível desejo de chorar. Nos rostos e nos corpos das duas, as cicatrizes da devastação salta aos olhos. Mas ele não pode afastar a reflexão de que elas estão entre as pessoas com mais sorte entre todos os biafrenses. Isso lhe foi encoberto na noite anterior porque Nkechi estava com um turbante, mas à luz da manhã o aspecto de Nkechi o havia chocado. Seu cabelo estava emaranhado em nozinhos, lembrando o de um garoto despenteado, e a cor era cinzenta, do giz que ela esfregara para parecer velha e assim reduzir as chances de ser estuprada pelo exército federal que avançava. Sua pele lisa, outrora perfeita, estava cheia de espinhas e manchas. Em Nkechi estava inscrita a terrível insígnia da guerra: a transformação de todos os traços antes atraentes de seu corpo.

Ele se despediu de todos e agora a abraça e sente imediatamente um afrouxamento — como se um entendimento de décadas se tivesse rompido. Kunle sabe que entre eles não há mais uma animosidade adolescente nem tampouco uma afeição de infância. E sente que uma das mágoas da sua vida — a perda da amizade de Nkechi — foi dissolvida. Entende que ambos ficaram presos àquele momento da vida que mudou tudo: o acidente. E uma vez que estavam ambos ligados a ele, a amizade era impossível. Agora parece que ambos estão livres e que algo surge do corpo morto da sua relação, como os cogumelos que crescem nos cadáveres podres de homens vigorosos. Ela agora é a mulher do seu irmão, e portanto um membro da família.

Ele os deixa com o bebê chorando e sente uma estranha liberdade — como se depois de muitos anos algo que estava atado a um órgão vital seu tivesse se desprendido.

32.

ELE NÃO ESPERAVA TER TANTA SORTE, pois descobriu, ao chegar no lugar, que Abiriba se compõe de sete aldeias e ele nunca soube de qual delas era Agnes. Mas sua sorte foi ter encontrado um motorista no estacionamento de veículos de Lohum que, entusiasmado por receber duas vezes o valor normal da corrida em notas nigerianas, diz conhecer a família Azuka. Kunle senta-se no carro cuja janela traseira foi arrancada e tem no seu lugar um saco plástico translúcido que se agita ruidosamente sem cessar. Quase não acredita que provavelmente localizou Agnes sem nenhum problema. E se houver mais de uma família Azuka? E se esse era o nome do falecido marido dela? Mas ele não pergunta e logo o motorista para perto de uma igreja de mármore branco e diz:

— O senhor vai seguir por essa rua calçada; vai continuando, continuando, continuando, até ver uma tabuleta e depois o mercado de Agbala. Aquilo é Amogudu. O senhor vai parar lá.

— Obrigado, senhor.

— De nada. Seguindo em frente, sempre em frente, o senhor vai ver a casa. Vinte minutos para chegar lá. Se eu não precisasse ir para Igbere agora com essas pessoas, eu levava o senhor até lá.

— *Daalu* — diz Kunle.

— *Ndewo* — saúda o homem. — Boa sorte!

— Boa sorte!

Com o sol lentamente despontando para fora das nuvens do harmatã, ele caminha durante vinte minutos antes de encontrar um grupo de refugiados perto de uma cidade que foi afetada pelas últimas e piores fases da guerra, entre eles um homem de muletas. Num campo baixo, sem árvores, nas proximidades, linhas compridas de trincheiras serpeiam a perder de vista. Por todo o campo há buracos negros, como se ali houvesse mil fornalhas. Por toda parte estão espalhados corpos em decomposição, alguns deles parcialmente expostos em covas rasas. Kunle cospe até sentir a garganta doer. As tropas federais estão presentes maciçamente, com um Land Rover sem cobertura estacionado a cada dezena de quilômetros. Kunle pendura a mochila de polietileno que Tunde lhe deu no ombro e levanta as duas mãos ao passar pela barreira federal. Chega a um mercado quase deserto com a impressão de estar prestes a conhecer uma Agnes que ele não aceitará. Para num galpão onde dois homens estão carregando sacos brancos cheios de algum pó ou grão. A poeira branca está no cabelo, nas pestanas, na barba e na roupa deles. Kunle pergunta se conhecem a família Azuka. Um dos homens com o rosto manchado de pó coloca a mão no queixo para pensar.

— Azuka… Azu-ka.

— É — diz Kunle. — Antes da guerra eles moravam em Makurdi, no norte.

— Ôpa! Você está falando do Mbadiwe Azuka?

Kunle reconhece o primeiro nome, mas a expressão do rosto do homem — de reconhecimento ou lembrança — é inequívoca.

— Eu…

— Azuka, que tinha dois filhos e duas filhas. A mais velha *nke* enfermeira.

— Isso, é isso, senhor. Enfermeira! Ela é enfermeira.

— Acabei de chegar ontem de Owerri. Mas a casa deles fica bem perto. — Ele aponta para um mato mais além do qual Kunle divisa o contorno de casas. — Passe pelo mercado e depois de uma subidinha o senhor vai ver uma oficina de ferreiro. A casa deles fica atrás da loja. Do lado esquerdo... Isso, do lado esquerdo. Exatamente atrás da oficina de ferreiro é onde fica a casa do Azuka.

— Obrigado, senhor. *Daalu*.

Kunle não anda muito. Assim que passa pelo barraco do ferreiro encontra a casa. A maioria das construções naquela área está intacta, mas na rua seguinte o que existe são estruturas bombardeadas e crateras. A casa dos Azuka é de tijolo marrom com janelas coloniais de madeira pintada de azul. Do lado há uma bananeira seca. No jardim da frente um pombo está ciscando algo no chão coberto de bastõezinhos de mascar e com um sabugo seco. No lado oposto, um carro velho sem as rodas está assentado sobre pernas de madeira improvisadas, com um lagarto de cabeça vermelha tomando sol no capô. Havia uma inscrição nas laterais, que incluía as palavras "Biafra", "sobreviver" e "futuro", meio encobertas com carvão. Atrás do carro, num varal fixado em duas árvores, duas saias balançam levemente no vento ao lado de uma camiseta masculina e dois shorts.

Ele está olhando para o varal quando de detrás da casa surge um homem sem camisa e com as pontas dos dedos sujas de azeite de dendê.

— Sim, senhor? — diz o homem.

Kunle pousa no chão a sacola, entre as suas pernas.

— Essa casa é de Mbadiwe Azuka?

— Sim — responde o homem, com uma expressão de perplexidade instalando-se no seu rosto. — Me desculpe, quem é o senhor?

Novamente Kunle sente uma compressão por dentro do seu corpo, que chega à superfície como uma crispação. Já se passaram quase dois anos sem qualquer palavra ou imagem de Agnes, e agora ele vê claramente o rosto dela, como se fosse atirado de volta ao tempo perdido na casa de Abagana, com ela olhando profundamente nos olhos dele enquanto faziam amor.

— Eu sou... — começa ele e então deixa o ar escapar de sua boca. — Eu sou o capitão Kunle. Estou... estou procurando Agnes Azuka.

— Ah, *Chineke!* Sim... estou reconhecendo você. — O homem o cumprimenta apertando-lhe a mão. — É você que está na foto que ela mostrou para a gente.

Kunle assente com a cabeça.

Mais baixo que Agnes, o homem tem as mesmas covinhas nas bochechas. Parece querer falar, mas está contido por algum motivo. Em vez disso, ele olha para o chão e balança a cabeça.

— Senhor, há algum problema? — pergunta Kunle, aflito.

— Não, não, você é bem-vindo. — O homem estira as mãos bem afastadas uma da outra, como se quisesse abarcar todo aquele lugar e então diz: — Essa... essa... é a nossa casa. Você é bem-vindo.

O interior da casa deixa Kunle muito surpreso. Está cheio, em todos os sentidos da palavra. É evidente a pressão que a guerra exerceu sobre ela, como uma casa que continha poucas pessoas e agora abriga o dobro de antes. Onde antes devia haver quatro sofás há oito, de cores diversas, trazidos por parentes vindos de vários lugares. Ele entrou na casa meio trêmulo, mas ao ver a parede repleta de fotos emolduradas e o modo como em todos os cantos havia uma profusão de coisas — roupas, sacolas, um violino empoeirado, a cabeça esculpida de alguma divindade —, seu coração se acalmou. Há também uma máquina de costura Singer com pedal servindo de suporte para uma peça de Akwa Jorge, parte da qual se debruça na frente do gabinete. Num dos lados da máquina há um tambor de óleo sem tampa cheio de roupas.

Alguma coisa se mexe, e olhando para cima ele vê uma lagartixa suspensa perto de uma das fotos da parede, que — agora ele nota — sem dúvida é de Agnes, uma Agnes muito jovem, com longas tranças projetando-se como uma coroa no alto da cabeça. Numa outra foto, ela está usando um uniforme de enfermeira, com o cabelo enrolado disposto ordenadamente sob o quepe branco. Ele olha pela janela, onde o calor que sobe da terra parece uma miragem. O homem entra novamente na sala com nozes-de-cola numa cabaça e se senta.

— Meu irmão, por favor, onde estão a sua irmã e a criança?

O homem simplesmente continua a andar em direção à prateleirinha ao lado do sofá em que Kunle se senta.

— Quem dá nozes-de-cola dávida. — O irmão de Agnes ergue um pedaço de cola com a mão agora limpa. — Que este encontro, neste dia, com o meu irmão aqui, nos traga... vida. E... paz. *Isee!*

— *Isee* — repete Kunle, hesitante.

Com a cabeça abaixada em reverência, o homem lhe oferece uma noz-de-cola. Ele a aceita e mergulha-a no *osee-orji*. A pimenta arde inicialmente em sua língua, pois havia muito tempo não a consumia. No Madonna 1, em Etiti, havia um velho que levava para Bube-Orji nozes-de-cola com essa pasta, apelidada por Felix de "a erva do povo igbo".

A noz-de-cola acalma seu estômago.

— Você chegou logo depois que o meu pai e o meu irmão mais velho saíram para a fazenda — diz o homem calmamente. — Fica a seis quilômetros daqui. Teria sido melhor se eles estivessem, para nós discutirmos isso juntos.

Kunle olha novamente para o retrato de Agnes vestida de enfermeira.

— Ela está aqui? — pergunta.

— *E bia go.* — Novamente o homem respira fundo. — Você veio quando veio. Os mais velhos dizem: o pé de um hóspede magnífico que atravessou um rio para chegar precisa ser limpo antes de o acolhermos.

O homem balança a cabeça e Kunle, com o estômago dando uma guinada, está prestes a chorar. Algo se quebrou no mundo!

Ouve-se, vindo da casa ao lado, um súbito grito de júbilo, e o homem corre para fora. Kunle fica sentado e fecha os olhos. Vê os olhos de Agnes na véspera do ataque a Enugu e ouve sua voz como se ela estivesse lhe falando agora, ao seu lado: "Por favor, não me deixe nunca mais. Você está me ouvindo?". O irmão dela entra e volta a se sentar, sob a luz que atravessa as venezianas. As pessoas da casa vizinha encontraram o filho que estava lutando desde 1968. E no rosto de Agunna, o irmão de Agnes, uma esperança madura se estampou. O cessar-fogo foi anunciado no dia 12 de janeiro, mas o general Gowon, do exército federal, só pediu aos seus homens que depusessem as armas no dia 15, três dias depois. Como isso se dera há apenas alguns dias, muitos soldados ainda não tinham voltado para casa.

— Como pode ver, não é só a gente que está esperando… não é?. — Agunna volta a balançar a cabeça e cruza os braços sobre o peito. — Meu espírito me diz que não aconteceu nada com ela. O meu Deus ainda está vivo. Nada… nada aconteceu com ela. Por isso sei que ela vai voltar viva.

Com uma irritação crescente, Kunle pergunta o que aconteceu, e depois de uma pausa Agunna conta tudo em detalhe. Agnes se alojara ali desde novembro de 1968, um mês antes do parto. Nos meses que sucederam à batalha perto de Abiriba, em que as forças de Biafra se retiraram às pressas, ela ficou a maior parte do tempo escondida durante o dia num buraco cavado nos fundos da casa. Uma unidade federal havia instalado nas proximidades uma guarnição, e seus soldados estavam sempre tirando as mulheres de e estuprando-as. Ela queria mandar cartas para o quartel-general do 4º Comando, mas mesmo se passasse uma por meio dos seus irmãos havia o risco de descobrirem, e mandar uma mensagem para um soldado inimigo podia significar a morte. Assim, Agnes desistiu de contatá-lo. Ela devia voltar para o Hospital Rainha Elizabeth em Umuahia, mas depois da queda de Umuahia isso tornou-se impossível. Ela começava a pensar em entrar furtivamente num território dominado por Biafra a fim de ajudar num hospital quando, na manhã do dia 02 de outubro, um avião bombardeou o mercado onde a mãe deles estava fazendo compras. Quando chegaram, os restos dela — um pedaço do seu pé envolto num trapo, reconhecido apenas pelo fato de estar ainda com a sandália com uma estampa de pavão que Agnes lhe havia trazido de Jos —, a irmã abandonou o esconderijo. Dias depois, Agnes desapareceu, deixando para trás a filha de dez meses. Duas semanas mais tarde chegaram dois telegramas. O primeiro dizia que ela havia se reintegrado aos comandos e estava disposta a morrer por Biafra.

Agunna chega mais para a ponta da cadeira e cruza as mãos nos joelhos. Quando volta a falar, o faz com uma voz mais baixa e sua respiração é mais pesada:

— No segundo telegrama, ela se queixa que você tinha partido e abandonado a guerra… depois de ter prometido não fazer isso. Ela estava zangada com você. — Agunna balançando a cabeça. — Muito, muito zangada.

O homem se levanta para procurar os telegramas e volta com um casaquinho de bebê tricotado até a metade, com uma agulha de madeira mergulhada nele.

— Eu não vi os telegramas... não estão mais na mesa do quarto dela. Talvez o papai tenha levado. Não sei por que eu trouxe isto. É que... que... era isso que ela estava fazendo quando chegou a notícia da mamãe. Ela nem terminou as roupas que estava fazendo para a Taata, simplesmente foi embora.

Reprimindo um choro, Kunle pega o casaquinho de bebê, com a ponta da agulha de madeira envolta na lã. Rapidamente, para se acalmar, pergunta:

— Onde está a criança?

Agunna lhe dirige um olhar tímido.

— Não está aqui. Minha irmã mais velha levou ela para a casa do marido, na cidade que fica depois da nossa. Ela ficou lá desde que a Agnes foi para a frente. Mas... se você quer ver a Taata, eu posso mandar um recado e eles trazem ela.

— Quando é que podem trazê-la?

— Humm... amanhã mesmo, é possível.

O ponteiro grande do seu relógio de pulso está passando de oito para nove. Ele fecha os olhos e balança a cabeça novamente.

— Eu quero levá-la comigo até a Agi voltar...

— Ah... ah, não, meu irmão, não. *Mba nu... o buro ka'a esi eme ya.* A tradição não é essa. É melhor esperar a minha irmã. Um filho pertence primeiro à mãe e depois ao pai, quanto mais uma menina. E se a minha irmã volta e não encontra a sua filha? Ela é pequenininha demais. — Agunna tosse e começa a mascar uma noz-de-cola. — Me desculpa. Mesmo se a minha irmã estivesse aqui, a tradição manda que você faça o que é certo.

Agunna, mascando, mantém os olhos fixos em Kunle, que agora é quem se sente embaraçado. Kunle olha pela janela, e o que Agunna não disse soa nos seus ouvidos: é preciso pagar pela cabeça dela. Sem isso, ele não pode reivindicar a criança. Isso seria um insulto à família e à própria Agnes.

Ele dá as costas a Agunna com o pensamento flutuando: se ele apresentar o dote, talvez a raiva que Agnes sente por ele, o ressentimento por quebrar a promessa e partir, possa ser contornada. Afinal, ele voltou não somente para encontrá-la, mas também para casar-se com ela.

— *E kwe go'm* — diz ele, e Agunna, surpreso com o seu igbo, sorri.

— *O ga dili gi nma, nwannem.*

Em silêncio, Kunle observa enquanto Agunna escreve os itens do dote nas costas de um telegrama velho:

1) 1 garrafa de aguardente;
2) 2 tubérculos de inhame ou 1 cabra;
3) 1 rolo de Akwa Jorge;
4) sementes frescas de nozes-de-cola.

Poderia haver outros itens, mas a época é incomum, diz Agunna. E se ele não puder providenciar a maioria dos itens, pelo menos um ou dois e o dinheiro correspondente aos demais seria suficiente. Eles se levantam ao mesmo tempo e, apertando-se as mãos, se despendem.

— Boa sorte.

33·

ELE VOLTA A OUVIR A VOZ DE AGNES tão próxima que se levanta suando. Isso tem acontecido frequentemente nos últimos meses, e durante toda a noite ele tentou dormir na casa semidestruída que encontrou para pernoitar. A porta da frente foi roubada e as janelas estão despedaçadas. O velho carpete de vinil com estampa floral foi rasgado e, ao tentar arrancar um pedaço dele, Kunle vê que por baixo há umidade e minhocas vermelhas contorcendo-se. No teto, um buraco do tamanho de uma granada lhe permite ver as estrelas. Teria sido mais razoável aceitar a oferta do irmão de Agnes para dormir no sofá. Ao dar uma palmada na orelha para se livrar de um pernilongo, ele sente de novo a aproximação do medo.

— Meu bem, onde você está? — diz ele.

Um motor acelera em algum lugar próximo e os traços de luz de um veículo se projetam no teto, roçam a parede e desaparecem.

Mais tarde, embora o sol já esteja alto, a neblina do harmatã, como fumaça cinza, imóvel, paira no ar, com o sol nadando sobre ela como algo envolto numa sacola molhada, transparente. Perto da casa estão três homens consertando uma bicicleta. Ao lado deles, na terra raspada, está pousado um caixão. Novamente seu coração acelera: na véspera, durante todo o dia, ele havia visto muitos caixões e covas. Corpos estavam sendo descobertos nos campos de batalha, em cidades que tinham abrigado guarnições, em casas arruinadas, reservatórios, florestas, poços. Alguns jamais seriam descobertos: o corpo no reservatório da floresta perto de Opi, os mortos na luta que ficaram por tempo demasiado em campos de batalha abandonados. Onde iriam encontrar corpos como o da tenente Layla ou dos soldados mortos em emboscadas? Dias depois de voltar à consciência, ele perguntou a Agnes se o corpo de Bube-Orji havia sido encontrado. Não, disse ela, e ele se perguntou quem o teria enterrado enquanto estava de pé no além. Ao chamar um carro, Kunle volta a rezar, rapidamente, pedindo que se algo aconteceu, ele possa pelo menos ver o corpo dela.

O carro que o levou até Umuahia para diante do prédio que ele reconhece como sendo a Assembleia Legislativa Estadual de Biafra, onde ele e o Pelotão do Comando Especial tinham visitado o chefe do Estado no seu abrigo. Mas agora uma multidão está reunida ali, olhando do outro lado da rua algumas pessoas que balançam a cabeça enquanto um cadáver é depositado na parte traseira de uma van militar. Soldados federais armados estão por perto, impedindo que os carros se aproximem do local. Ele passa com as mãos levantadas, e como os outros, grita quando está perto dos soldados:

— Nigéria unida!

Kunle corre até um homem com uma cicatriz de queimadura em torno do pescoço e no peito, que tem na cabeça uma grande bacia com seus pertences; ele está explicando o que houve. Encontraram escondido num prédio alvejado do outro lado da rua um soldado biafrense que não se rendeu.

— Parece que a guerra não acabou, hein? — diz o homem balançando a cabeça. — Por que continuam matando?

Kunle fica tocado com o que vê. Era isso que eles temiam; esta era a razão pela qual Felix e seus companheiros estavam dispostos a lutar até a morte: o temor do que aconteceria se perdessem. Na prisão, ele ouviu um prisioneiro biafrense falar sobre a dolorosa defesa da desembocadura do rio Aba, sustentada por uma única unidade biafrense. Eles precisavam se retirar porque faltou munição. Uma ordem de retirada foi comunicada, mas a companhia inteira, inclusive seu comandante, a rejeitou. Eles ficaram ali, atirando pedras nos tanques inimigos que se aproximavam, sendo mortos um após o outro. O prisioneiro, que estava naquela companhia e teve sorte de ser ferido e capturado, relatou a história incrédulo, balançando a cabeça e dizendo repetidamente:

— Nós tínhamos homens corajosos... homens corajosos.

Kunle dá alguns passos e para. Quem é o soldado biafrense que foi morto? Quem é? Ele volta apressadamente para o local, abrindo caminho entre a multidão até chegar ao homem com as cicatrizes de queimadura, que havia começado a se afastar.

— Senhor, senhor... por favor... a pessoa que eles mataram...

— Fala. O que você quer saber?

— É homem ou mulher?

— O quê? — O homem limpa o suor do rosto, piscando. — Homem, ora! Um soldado.

Kunle assente, com o coração acalmando-se.

— Um soldado nosso.

A poucos quarteirões da Assembleia, ele encontra uma van que vai para Enugu. Dois soldados de Biafra, descalços e com o uniforme verde--oliva rasgado e coberto de lama, sentam-se diante dele nos fundos do veículo. Para que possam ver a estrada, o motorista enrola até a metade a ponta da lona do lado da saída que funciona como uma espécie de porta. Uma mulher que havia sido levada até ali por um jovem magro grita de repente:

— Boa sorte e feliz ano novo!

Os outros repetem a saudação. Ele também. Mas os dois soldados não falam. Um deles, com uma divisa nas mangas e parecendo não ter mais de dezesseis ou dezessete anos, tenta dizer as palavras, mas de sua boca sai apenas uma bolha de saliva, que se dissipa no lábio inferior. Kunle se pergunta o que o jovem combatente pensará. Talvez: nós sobrevivemos? O que é o mundo em que nos deixaram? Para onde vamos agora? E o outro, que tem a cabeça enfaixada manchada de sangue, senta-se com o rosto voltado para baixo, olhando para o chão como se envergonhado de estar ali: pensará ele que embora os soldados federais não estejam cometendo assassinatos em massa, graças à crescente presença de observadores estrangeiros, ainda assim pode não sobreviver? Será que se dá conta de que uma nova guerra, uma guerra diferente, acabou de começar: uma guerra contra o desconhecido, um inimigo mais perigoso porque a negociação com ele é impossível?

Kunle vira o rosto. Ele pode ser capaz de vencer essa nova guerra se conseguir localizar a casa de Felix — e se Felix estiver vivo. Agora que já não existe um exército de Biafra, que não há quartéis, essa é a sua maior esperança, senão também ele terá de esperar até Agnes voltar sozinha. Mas como ele pode esperar, e por quanto tempo, sendo que prometeu a Tunde voltar dentro de um ou dois dias a fim de levá-lo para casa?

Numa barreira nos arredores de Emene, o motorista sobe a lona. Um oficial federal com capacete de aço preto sobe no veículo, que irrompe em gritos de: "Nigéria unida!". O oficial aponta para o soldado biafrense com a bandagem na cabeça e diz:

— Você não falou "Nigéria unida", soldado de Ajukun?

— Eu falei "Nigéria unida" — responde o soldado biafrense. — Eu falei.

— Mentira, *walahi*! — O oficial esbofeteia o rosto do soldado de Biafra. — Idiota! *Shege banza!* Estou de olho em vocês, viu? Estou armado, entenderam?

O oficial permanece na van, parado no meio do caminho.

— Idiotas — xinga ele novamente com o hálito trescalando a álcool. — Biafra já era, entendeu? Uma república de banana, já era! — Ele abaixa o rosto até seu nariz tocar o nariz do soldado rival. — Está me ouvindo? *Kaput!* Acabou!

— Sim, senhor! — dizem todos.

— Só tem uma Nigéria — grita o oficial. — Uma Nigéria para sempre!

Assim que o oficial sai, os passageiros se voltam para o soldado de Biafra. Alguém lhe dá um lenço para limpar a boca ensanguentada. Uma senhora, sentada na extremidade da fileira em que ele está, se levanta e diz num fio de voz:

— Nunca vamos esquecer o que vocês fizeram por nós.

Aquelas palavras ecoam enquanto a van ziguezagueia lentamente em direção à estrada. O igbo da mulher é de uma variedade estranha e ao mesmo tempo familiar: como o que era falado pelo casal de velhos com quem ele se alojou.

— *Mba nu!* Como é que a gente pode? Eles são capazes de me matar...

— Eles podem me bater, mas vocês dois são soldados. *Unu bu odogwu: Ebubedike, Akwakwuru.* — A voz dela mergulha, suavizada por uma inflexão de sofrimento extremo tão penetrante que Kunle olha para outro lado. — Eles não ganharam essa guerra. Nós... nós não fomos... conquistados.

O soldado menino irrompe num choro. Põe a mão no rosto e as lágrimas escorrem-lhe entre os dedos, acabando por cair na sua perna.

— O que ela fala é verdade — diz o senhor sentado ao lado da mulher. — O meu povo diz que não se pode plantar inhame e colher taro...

— *Oho-nu!* — diz um homem vestindo um terno velho e de gravata. — Veja só! Eles estão por todo lado cantando vantagem, dizendo que ganharam. Humm... Nós, biafrenses, lutamos uma guerra defensiva, e eles não sabem que numa guerra assim o que se ganha não é vitória, mas sim justiça.

— Isso mesmo! — gritam uns poucos.

— Eles plantaram a guerra e a morte no nosso meio — prossegue o homem. — Como é que agora podem colher paz?

— *Oma nme!* — diz a mulher idosa com tanta veemência que sua saia se desamarra na cintura. Ela ergue o punho e grita: — Viva Biafra!

— Viva Biafra! — ecoam todos.

Kunle limpa o nariz com as costas da mão. De novo se envergonha do que fez. Talvez, se tivesse ficado quieto enquanto o chão se mexia sob seus pés, eles pudessem ter vencido. Talvez, se as muitas milhares de pessoas como ele que fugiram tivessem permanecido, eles teriam uma chance. Ah, talvez, talvez! Talvez ele não estivesse agora procurando Agnes, pois os dois teriam sobrevivido juntos!

— Não chorem mais, soldados de Biafra. — A mulher, incentivada, fala com voz veemente. — Nós não fomos conquistados — ela volta a balançar a cabeça —, *mba nu*. Não pensem jamais que vocês foram hu-

A ESTRADA PARA O PAÍS 383

milhados. Nós vamos nos levantar de novo. Vamos voltar. Biafra não está morta, *umunnem!* Biafra viverá!

— Sim!

— *Isee!*

— Biafra não está morta. Não! Um sonho como esse, de um povo que quer se livrar da opressão, não pode ser morto com balas e bombas. — E com a van chegando a uma cidade onde um dos passageiros vai desembarcar, a mulher fala com a premência da conclusão: — Biafra vive em todos nós. Nunca, *nunca* morrerá.

Como havia esperado, ele encontra facilmente a Escola Secundária Imaculada, mas as forças federais a haviam transformado em quartel. Suas instalações foram danificadas, tendo ficado intacto apenas o prédio administrativo de dois andares. A estátua do aluno continua ali, com lascas de estilhaço no braço e, no peito, um buraco do tamanho de uma unha, e além disso, falta-lhe uma perna. Guerra, o ferreiro brutal, pensa ele. Nem as estátuas foram poupadas. Do lado de fora da escola está estacionado um jipe azul e branco das Nações Unidas. Ele caminha com cautela, passa por placas anunciando a disposição do governo nigeriano de ajudar os igbo e por imagens de Ukpabi Asika, o novo administrador da Região Oriental — um homem que Felix odiava e frequentemente chamava de "o deus dos sabotadores".

A casa de Felix está quase como Kunle a mantinha na lembrança, numa rua onde metade das construções estavam destruídas. A família está sentada ali: o pai e a mãe comendo num banco na varanda e a irmã de Felix trançando o cabelo de outra mulher. As sombras deles se estendem como casacos molhados sobre a grama do jardim. Kunle acha difícil acreditar no que vê: a bela irmã de Felix, que era rechonchuda, agora está magra e esguia, com sua beleza tão escondida que olhar para ela parece um ato de transgressão.

Kunle sente as pernas trêmulas pela expectativa em relação ao que lhe dirão quando perguntar sobre seu amigo. Porém, em resposta, a irmã de Felix estica o pescoço e chama:

— Irmão!

Ela lhe conta que Felix havia voltado da guerra duas noites atrás, mas estava na latrina. Kunle assente com a cabeça. Embora seu estômago esteja se acalmando, ele recusa o convite para se sentar e fica indo de um lado para o outro como se algo dentro dele pegasse fogo. Ele enxuga várias vezes o suor da testa, anda e enxuga o suor novamente.

A voz da moça o assusta quando ela pergunta se ele quer comer. Eles ainda têm um pouco de fufu e sopa de *onugbu*.

— Não, não. Obrigado.

— Meu filho me contou o que todos vocês fizeram por nós — diz subitamente o pai, que usa um chapéu Okoko com a aba de lado. — Não posso...

— *Oo-oo ya o?* Meu Deus! Quem é esse?

Kunle se vira. Diante dele está Felix, vestindo uma camisa branca que o faz parecer uma criança com a roupa maior que seu corpo. Ambos tremem ao se abraçarem fervorosamente. Felix está barbudo e tem a pele mais escura, mas há prodigalidade na sua presença, uma familiaridade envolvente que tira o peso da inquietação de Kunle e lhe traz a mesma nostalgia que ele frequentemente sentia durante os longos meses na prisão.

Mais tarde, quando estão ao ar livre, sentados em bancos de madeira a uns dois metros da casa, depois de Felix ter completado seu relato sobre a progressão da guerra no ano que passou — durante parte do qual Kunle estava na prisão —, Kunle lhe pergunta se o companheiro sabe onde Agnes pode estar. A princípio Felix fica em silêncio, torcendo uma folha com a concentração com que outrora ele escrevia no seu caderno. Então, como se tendo recebido um sinal para falar, pigarreia, vira o pescoço para um lado e para o outro até produzir um som.

— Como lhe disse — começa Felix —, *egwagieziokwu*, eu fiquei com muita raiva quando você nos traiu. Traiu os seus amigos. Traiu Biafra, o nosso povo! Mas quando ela voltou em outubro, eu o perdoei.

As mangas da camisa de Felix estão dobradas até os cotovelos, à moda dos comandos, e na sua mão há uma concentração de pele escurecida — a queimadura que, segundo contou a Kunle, sofreu quando uma mina federal incendiou o carro em que ele viajava.

— Agi era a mesma, *nwanne*... a mesma de sempre. O brigadeiro Conrad Nwawo, que assumiu depois de Staina, a designou para a nossa unidade, nos arredores de Umuahia. Nós lutamos. Fizemos tudo o que podíamos. Como você sabe, não tínhamos munição. — Felix ri um riso tenso, amargo. — Nenhuma munição, em nenhum lugar! O quartel-general, o general comandante, Sua Excelência... ninguém podia fazer coisa alguma.

Ele sente no amigo uma hesitação, uma contenção — pois certas palavras, uma vez ditas, podem mudar o mundo de modo inimaginável. Felix bate os pés e muda de posição como um homem que tem uma tosse presa na garganta: oculta, mas maligna.

— É... sabe, *nwanne*... muitas vezes... Às vezes o uniforme dela manchava de leite, e ela dizia que a filha a estava chamando. Com Emeka, nós lhe pedíamos que voltasse para casa. Até mesmo Taffy, o único branco que permaneceu conosco. Mas ela se negava... Ela se negava categoricamente. Agnes nos seguia por toda parte, inclusive na ocasião em que a 12ª se meteu com sabotadores e recebemos ordens de destruí-los. Ela prendeu vários deles e matou pelo menos três. *Egwagieziokwu*, ela era corajosa. — Felix balança a cabeça. — Um dos soldados mais corajosos que Biafra teve. Resumindo, Kunis, nós... veja... tentamos ao máximo.

Até então ele havia olhado para Felix com toda a concentração, atento a cada modulação na voz do amigo, cada tom prolongado: qualquer coisa que pudesse indicar o resultado que ele mais teme. Na casa ao lado soa um grito de alegria. Alguém — alguém que estava desaparecido, aparentemente — voltou para casa. Ele vê que Felix não ergue o olhar, e então sabe o que aconteceu.

Quando ouve novamente a voz de Felix, Kunle sente um calafrio:

— Do mesmo modo que você acabou de falar da sua experiência no setor de Awka, os atiradores de elite europeus estavam também no nosso setor... em toda parte. Assim, no dia 12 de dezembro... não, não, me desculpe, no dia 21. Eu me lembro, foi no dia 21. Mais ou menos às cinco da tarde, perto do entroncamento de Ugba. Um atirador federal atingiu Agnes no peito. Ela caiu, se arrastou, se arrastou para pegar a arma. Tentou se pôr em pé… mas daí, *kpow*! O som do tiro foi assim.

Felix levanta a cabeça, deixa cair a folha, cujos pedaços flutuam no ar da tarde.

— Eles estavam vindo de todos os lados… esquerda, direita, centro, de todos os lados. Estavam nos cercando. Então nós recuamos. Nós… nós… nós deixamos lá o corpo dela.

Enquanto Kunle caminha, parece que a maioria das pessoas olha para ele. As ruas estão repletas de gente e de veículos: vans, semirreboques, carros e caminhões simples, bicicletas. Parece igualmente que o mundo está ruindo, tombando. Ele conhece essa sensação, experimentada muitas vezes antes, e se considerava um hábil administrador desse tipo de aflição. Mas agora vê que não sabe nada. Nesse novo mundo que surgiu a partir do antigo ele é apenas uma criança.

Felix havia pedido que ele se demorasse um pouco lá:

— Você não pode ir embora depois de receber uma notícia como essa.

Mas Kunle argumentou que tinha de comunicar o fato à família dela o mais cedo possível, depois que precisava levar seu irmão e a mulher dele de volta para Akure. Isso fora prometido aos pais e eles já deviam estar ansiosos. E, além de tudo, era preciso buscar sua filha o mais cedo possível. Felix concordou com ele.

Assim, o amigo o levou a uma loja nova perto da sua rua e comprou um dos itens da relação: uma garrafa de aguardente. Depois foi com ele até o novo mercado, que havia voltado a funcionar poucas semanas antes. Atravancado de veículos, numa praça onde quase não se viam destroços, o mercado se parecia com os que existiam antes da guerra. Carros disputando espaço no tráfego congestionado, artigos esparramados em mesas ou no chão — folhetos, revistas e livros dispostos no canto da rua. Ali eles compraram os inhames, as sementes frescas de nozes-de-cola e um rolo de tecido. Aquilo bastava, garantiu Felix. Os tempos não eram normais.

— Verei você em breve — disse Kunle, e depois de abraçar o amigo novamente ele se dirigiu ao estacionamento.

Quando o sol está se pondo, Kunle, um pouco aliviado, chega à casa de Azuka. Ele chorou no carro — seus olhos fizeram rapidamente o trabalho breve do forte alívio, e isso o apaziguou tanto que ele se sente mais desperto. Ao mesmo tempo, agora tem mais consciência do sentimento crescente de que uma parte dele foi lesada. Os três homens já estão lá, acompanhados da irmã de Agnes, uma mulher que à meia-luz se parece tanto com ela que por um segundo ele se pergunta se as coisas não haviam sido diferentes. Ele lhes dá a notícia tal como Felix lhe dera.

O sol desce enquanto ele fala, lançando o grupo na escuridão. Agunna trouxe uma vela numa lata usada e a colocou na mesa ao centro. Quando termina de fazer isso, parece que uma escuridão maior desce sobre a sala. Eles ficam ali sentados, e o silêncio só é quebrado pelos soluços da irmã de Agnes, que balança a cabeça repetidamente e estala os dedos. Dos homens, entretanto, não se ouve um único som durante muito tempo.

Por fim, o pai retira o boné e os óculos e os põe na mesa. Por algum tempo os três homens ficam olhando para o velho. Então, lentamente, ele se levanta e, sob a luz vacilante da vela, tira da parede uma das fotos, a coloca sobre a mesa e diz numa voz calma e baixa:

— Essa é a minha filha.

O pai dela tosse, tenta falar, mas sua voz falha. Ele deixa duas linhas de lágrimas correrem pelo rosto e caírem no chão.

— Essa... é a minha... é a minha filha... *ada mu*. Você a conhece?

— Sim, a conheço — diz Kunle.

— Como manda o nosso costume, eu lhes pergunto, aos irmãos e à irmã dela, que são testemunhas: vocês conhecem esse homem?

— Sim, papai — eles concordam.

— Ele é... o homem com quem nossa filha quer se casar?

— Sim, papai. É ele.

O velho olha novamente para Kunle e declara com a voz trêmula:

— Você concorda em... se casar com a minha filha, minha filha mais velha... a filha mais velha do pai dela?

— Sim, senhor.

— Nós aceitamos o seu dote. Agora você é meu genro, *ogom*. Amanhã vamos completar a cerimônia tradicional. — A mão com que o pai esfrega os olhos está molhada e brilha. — Agora eu vou me deitar ao lado da minha filha. Esta é uma noite grave.

Depois que o velho sai, Kunle não se move, como se estivesse pregado no assento. Agunna põe-se de pé e pede que Kunle fique com eles aquela noite.

Também para ele foi um dia longo.

— Eu quero vê-la… a minha filha — diz Kunle.

— Ah, *ogom*, mas ela está dormindo.

— Por favor, permita que eu me deite ao lado dela. — Kunle põe a mão na cabeça, no lugar em que agora sente uma dor, e, baixando a voz, repete: — Minha filha.

Um irmão olha para o outro, depois para a irmã, e, por fim, assente com a cabeça:

— Tudo bem, *bia-ba*.

Eles vão até a porta, um dos irmãos fica no corredor, e na porta Agunna lhe dá a vela. A cera quente cai no seu dedo e o queima.

— Boa noite, *ogom* — sussurra Agunna. Ele se afasta, mas volta rapidamente. — Cuidado: ela já sabe quem é você. Ela é muito inteligente.

Kunle entra no quarto tomando o máximo de cuidado para não fazer barulho. Seus olhos veem, na mesa alta perto da porta, o casaquinho tricotado. Ele o pega, aproxima dele a vela e fica por um tempo olhando para o tricô, com a agulha de madeira despontando nas fibras onde um segundo braço havia apenas começado a ser tecido, que seria tão comprido quanto o outro, e que a criança teria vestido. Foi a última coisa que ela fez… estava fazendo… antes de chegar a notícia da mãe. Ele quase pode imaginá-la afrouxando a mão que segurava as agulhas no instante em que ouviu o que havia acontecido, seus olhos se fechando, a fúria sanguínea tomando-a. Se ela ao menos tivesse terminado o trabalho, se pelo menos alguém — seu pai, sua irmã, seu irmão — tivesse conseguido detê-la!

Em algum lugar distante, um carro buzina e Kunle teme que a filha acorde. No entanto, ela não se mexe, e logo o único som audível é novamente o dos insetos noturnos. Ele põe a vela ao lado da menina, iluminando-lhe o rosto. É um rosto tranquilo, igual ao da sua mãe. Ela está curvada sobre si mesma e tem o polegar na boca. Por um longo tempo ele observa aquele sono, incapaz de decidir o que fazer. Pensa em se deitar ao lado dela, da criatura que tem o rosto muito parecido com o de Agnes, mas começou a chorar novamente e receia acordá-la. Ele se deita de costas e apaga a vela. No escuro, sem querer, vê Agnes no festival de histórias naquele mundo exuberante, cercada de ouvintes.

Ele não sabe por quanto tempo dormiu, mas arfa atemorizado ao acordar e pensa estar ouvindo o barulho do inimigo no mato. Procura seu fuzil na escuridão, com o coração disparado. Alguma coisa cai, produzindo um som cavo ao rolar para longe. Ele pisca: o que será que derrubou? Ao se virar, vê uma figura engatinhando na cama, com dois olhos fixos nele na semiobscuridade. E antes que ele possa voltar a falar, a voz da criança rompe na noite, assustada e ao mesmo tempo tranquilizada:

— Papai?

O coração do Vidente está pesado enquanto observa o homem segurar a criança com o corpo sacudido por soluços silenciosos. O rosto da criança está em evidência na visão, como se todo o mundo tivesse se reduzido a apenas aquele rosto em que está escrita a eloquência ruidosa da perda. O homem não-nascido fala, chama sua amada para que saia da escuridão impossível da morte. Está lhe dizendo para não se demorar muito nas planícies, para contar a história *de ambos* no festival de histórias e, quando terminar, seguir diretamente para as colinas dos ancestrais onde descansará. Por favor, não se demore, ele suplica, pois não sabemos quando poderemos recuperar o seu corpo. Diz isso com uma voz alta demais para a noite e a criança o olha com um medo silencioso enquanto ele a chama várias vezes pelo nome:

— Agi, Agi, Agi.

Então as águas escurecem, numa escuridão semelhante à ocorrida no momento em que o homem não-nascido estava passando para o além. O Vidente ergue o olhar e vê que a estrela escapou do seu espaço e está lentamente mergulhando para baixo, um sinal de que a criança está prestes a nascer. Ele precisa encerrar a visão, pois não se pode olhar para o futuro de uma pessoa que já nasceu. Ifá proíbe isso. Ele começa o seu encantamento com uma voz o mais baixa possível, mas é preciso pedir permissão a Ifá para encerrar a visão. Assim, sua voz percorre como uma cobra o caminho da melodia mística até que ele atinja o ápice da sua intervenção.

Ao mergulhar as mãos trêmulas na água, um choque elétrico o atinge e ele quase desmaia. Uma cascata de imagens irrompe na tela da água de Ifá. Ele ouve vozes ganindo, os sussurros suaves, prolongados, de pessoas invisíveis, o matraquear de objetos metálicos e sons indistintos que não cessam. Seus dedos procuram o amuleto e, com uma puxada rápida, ele o retira da água.

***

O mundo não criado desapareceu e Igbala está iluminado dentro da escuridão total, uma escuridão tão espessa quanto a que cobriu a água quando o homem não-nascido entrou na estrada no cruzamento entre os vivos e os mortos: a Estrada para o País. No alto, a estrela se deslocou para mais longe, envolta pela escuridão, encolhendo ao navegar naquele começo de vida. Igbala sente-se tenso e cansado. Esteve sentado ali por pelo menos oito horas, e agora ouve o canto distante de galos.

Pega o garrafão, leva-o até a boca e toma o que ainda resta ali. Seu estômago ronca e a cabeça dói. Ele ergue lentamente a tigela, com cuidado para não derramar a água. Com igual lentidão, vai até a ponta da pedra e lança a água no capim que está abaixo.

— A água da vida não pode recorrer ao indesejado — entoa. — As sombras das coisas não se curvarão diante daquele que não pede isso... *Labolabo* é o grito do sapo que sofre, mas *lankelanke* é a sua súplica para a alegria desejada... Ifá, permita que as coisas que você me revelou sejam cumpridas no seu devido tempo. Que a mensagem que você me mandou para ser entregue seja alegremente recebida.

Igbala deposita no chão a tigela, ergue o amuleto em direção ao céu e canta a música de encantamentos. Faz isso balançando a cabeça e rangendo os dentes. Ergue o punho no ar e grita:

— *Asheee!*

Com o amuleto no bolso, ele desce a colina apressadamente, deixando para trás a tigela. O céu está clareando no lento recuo da noite. Há sinais precoces de vida, do fato de que o dia é 19 de março de 1947: um novo dia, tão distante do futuro em que ele permaneceu durante toda a noite que caminhar nesse tempo parece irreal. Ele chegou na escola primária, na extremidade da cidade. Olha atentamente para a bandeira do Reino Unido que tremula diante da escola. Ao lado dela está o novo prédio de uma agência do correio recentemente encomendada pelo governador-geral da Nigéria, Arthur Richard. Com imagens de Biafra viajando pela sua mente, ele anda por bastante tempo num caminho estreito, até ver que a estrela parou, descansando acima de uma casa próxima da Estrada de Oke Aro.

A estrela o leva para um caminho com vegetação cerrada, tomado em ambos os lados por coisas descartadas: um balde quebrado, um mimeógrafo estragado, um monte de palha de milho apodrecendo ao lado de uma pilha de lixo putrefato. Sobre isso tudo se estende um varal com apenas uma saia de nylon que ondula na brisa prenunciadora do amanhecer. Um armário quebrado está apoiado na parede de barro. Dentro dele algo se mexe quando ele se aproxima: um rato despenca do móvel e corre para dentro do mato.

Igbala reconhece a casa de estuque marrom, suas janelas envidraçadas, seus arredores. Ali, do outro lado da estrada, é onde acontecerá o acidente. Aquela casa — que no momento ainda não está coberta — é para onde Nkechi e sua família se mudarão em sete anos. Ele fica momentaneamente petrificado pela espantosa confirmação da visão, aquela criação mística dos olhos de Ifá, de tal modo que sente um calafrio ao ouvir o súbito choro do bebê.

Igbala bate na porta e dá um passo atrás, pois sabe o que irá acontecer. No entanto, quer que essa parte da visão não seja como ele a viu.

— Sim? — grita uma voz sonolenta. Ela fala mais solenemente com alguém e depois grita novamente: — *Ta ni nko ileku ni igba yi?*

— *Emi ni* — diz ele com a respiração pesada. — *Emi, Igbala, Ojise Ifa.*

—Ah — diz outra voz. Ele ouve mais passos aproximando-se da porta e, novamente, o choro de um bebê.

A porta é aberta e ele vê diante de si rostos que reconhece, embora estejam muito mais jovens. O primeiro é do pai, barbeado. Ele usa uma camiseta branca e está de óculos.

— *E ku aro, sa* — o pai o saúda. — *She ko si?*

— Deixe que primeiro ele entre para depois fazer essas perguntas — diz a mulher, que é mais velha, num estranho dialeto iorubá.

Igbala balança a cabeça. Ele sabe que será mais bem atendido se entrar, mas está apreensivo.

A ESTRADA PARA O PAÍS 393

— Tenho um recado de Ifá — diz ele. — Antes de entrar na sua casa preciso saber se vocês estão dispostos a receber esse recado ou não.

— Recado... para mim? — diz o homem olhando para a mulher mais velha, atrás dele.

— Isso. — Igbala tenta firmar a voz. — É sobre o seu filho recém-nascido.

O homem olha novamente para a mulher mais velha e depois para Igbala. Então pisca e começa a falar, mas para quando uma mulher de aspecto debilitado se aproxima, coberta do peito até o joelho com um tecido de saia.

— Estou ouvindo as suas vozes. Quem é ele? — diz a mulher mais jovem.

— Igbala, o profeta — diz o pai com voz seca.

A mulher jovem cobre a boca com a mão. O homem a leva para trás, em direção a um banco no qual uma cabra preta pequenina dorme. Igbala tosse, e sente a tensão na voz da mãe quando ela fala murmurando para o marido. Ele espera. O homem caminha para a porta.

— Nós não queremos saber de nada do que o senhor viu — diz o homem. — Somos cristãos. Não acreditamos que uma pessoa possa ver o futuro, nem tampouco o futuro do nosso filho amado, que nasceu há apenas duas horas.

— Espere. O que eu vi é grave. O que Ifá me mostrou é...

— Grave? — pergunta o homem e olha para sua mulher.

Igbala assente com a cabeça.

— Seu filho é uma criança especial. É por isso que eu vi a estrela dele e fui trazido até aqui. Algo raro acontecerá com ele. Haverá... — Igbala se detém, dá um passo atrás. — É grave, mas eu preciso compartilhar tudo.

Eles ficam em silêncio, e parece que a família considera as suas palavras. Então a mulher que deu à luz, encolhendo-se enquanto segura a porta, diz:

— Nós não queremos ouvir a sua visão. Por favor, leve as suas adivinhações para outro lugar. Não usamos ídolos e deuses pagãos na nossa casa.

Com um empurrão suave, mas firme, ela fecha a porta. Igbala dá meia-volta, ficando de frente para o horizonte ao leste, onde há uma faixa de luz amarela do amanhecer, uma sombra do sol no seu surgimento. A estrela, no entanto, desapareceu. Ocorre-lhe que esse é o primeiro cumprimento do que está para acontecer, e que se passou exatamente como Ifá o revelou. Ele viu muita coisa, testemunhou a destruição de uma nação: Como poderá guardar isso? Por quanto tempo será capaz de carregar esse fardo sozinho?

Ele ergue o olhar. O horizonte voltou a ser o de sempre, adornado com luzes brilhantes, como se a longa noite que ocorrera antes tivesse sido um sonho. O mundo, que estava adormecido, agora despertou, fervilhante de sussurros e vozes terrenas, com o maquinário da vida girando suas rodas. Como uma torrente impiedosa, a vida seguirá seu curso, encerrando dentro de si o grito alegre do nascimento, o uivo triste da morte. Haverá riso e lágrimas, lembrança e esquecimento, orgulho e vergonha, silêncio e barulho. Perdida na emoção que ela contém, a maioria das pessoas não olhará sob a sua superfície. Nem mesmo os curiosos que efetivamente olharem verão o grave fato pairando sobre eles e aguardando a sua hora. Todos os dias a terrível torrente continuará seu interminável fluxo, levando dentro de si a horrenda visão secreta, de tal modo que quando chegar o temível dia, o que ele traz será como uma coisa indesejada que, sem ser percebida, entrou insuspeita numa reunião. E, assim sendo, não será mais possível barrá-la.

Agradecimentos

A ESTRADA PARA O PAÍS é um romance que eu sempre quis escrever e sabia que algum dia escreveria, mas inicialmente a tarefa foi assustadora. Algumas pessoas me ajudaram, especialmente meu pai, Nosike Obioma, que me levou para entrevistar veteranos de Biafra e federais conhecidos dele. A estrutura do romance foi viabilizada apenas depois de uma conversa com minha mãe, Blessing Obioma, a primeira a compartilhar comigo o provérbio igbo que diz: "Para poder contar fielmente toda a história de uma guerra é preciso que, além dos vivos, falem também os mortos".

Obrigado aos veteranos que compartilharam suas histórias diretamente comigo. Entre eles estão os veteranos biafrenses sargento Isaiah Nwankwo, sargento K Opara, cabo Isaac Iwuoji e soldado Gabriel Chukwu. Obrigado também ao sargento John Ilesanmi, da 1ª Divisão Nigeriana. Um agradecimento especial ao dr. John Phillips, que prestou assistência aos biafrenses e prazerosamente compartilhou comigo seus arquivos e lembranças. E a todos os médicos e auxiliares médicos que me ajudaram, especialmente os membros do Comitê Internacional da Cruz Vermelha e da Joint Church Aid.

Sou grato às seguintes pessoas pelo retorno e orientações iniciais: Bill Clegg, meu agente, e a equipe da TCA. Meu editor, David Ebershoff, que fez alterações neste livro, tornando-o como ele é. E Ailah Ahmed, pela sua maravilhosa orientação novamente. Bonnie Thompson, preparadora do original, pelo seu olhar indispensável para detalhes. A Fiammetta Rocco, Linda Jaivin e Chinaza Joseph pela leitura. Obrigado ao Comitê Internacional da Cruz Vermelha, em Haia, pela sua generosidade. E obrigado à Merve Emre e à Wesleyan University pelo espaço e tempo que me concederam para concluir o livro. Um agradecimento especial a Carrie Neil, Brooke Laura, Evan Camfield, David Bruson, Anna Weber, Kalu Osiri, Morenike Williams, Larry Arnn, Manasseh Awuni, Ifunanya Maduka, Judith Mbibo, Ozi Menakaya, Kwame Dawes, Christos Konstantakopoulos, Caroline Von Kuhn, Katerina Papanikolopoulos e a equipe de Oxbelly.

Embora tenha lido muitos livros, estou em dívida de gratidão com os autores de vários livros que me foram úteis na criação do pano de fundo histórico, especialmente no que diz respeito aos personagens da "vida real" do livro: Alexander Madiebo (*The Nigerian Revolution and the Biafran War*, 1980); Rolf Steiner (*The Last Adventurer*, 1978); Ignatius Ebbe (*Broken Back Axle*, 2010); Frederick Forsyth (*A história de Biafra*, 1977); Joe Achuzia (*Biafran Requiem*, 1986); Elizabeth Bird e Rosina Umelo (*Surviving Biafra: A Nigerian Wife's Story*, 2018); Ken Saro-Wiwa (*Sozaboy: A Novel in Rotten English*, 1994); Obi Nwakanma (*Christopher Okigbo 1930-67: Thirsting for Sunlight*, 2010); Eddie Iroh (*Toads of War*, 1979); Kalu Okpi (*Biafra Testament*, 1982).

E, por fim, obrigado à minha família, que me deu tanta alegria e paz enquanto eu cumpria essa jornada.

Este livro, composto na fonte Fairfield,
foi impresso em papel Ivory Slim 65g/m², na Coan.
Tubarão, Brasil, fevereiro de 2025.